Andreas Altmann

Frauen.Geschichten.

AF647988

PIPER

Zu diesem Buch

»Ich werde nur von Begegnungen berichten, die auf irgendeine Weise entscheidend waren. Oder bei denen etwas Außergewöhnliches passierte. Begegnungen mit Frauen also, die mich prägten. Von denen ich – jenseits der sinnlichen Freuden – etwas begriffen habe. Über sie, über mich, über die Welt. Denn ich bin ungefähr so wie wir alle: gejagt von tausend Ängsten, gejagt von dem Verlangen nach Lob und Wärme, nach Einzigsein und Lebensfreude. Ob diese Frauen in meiner Nähe etwas gelernt haben, ob ich sie bereichert habe? Ich kann nur hoffen. Möglicherweise erinnern sie sich nur noch vage an mich. Ich jedoch weiß von jeder zumindest den Namen und den Tag unserer Vertrautheit – und jede Nacht.«

Andreas Altmann zählt zu den bekanntesten deutschen Reiseautoren und wurde u.a. mit dem Egon-Erwin-Kisch-Preis, dem Seume-Literaturpreis und dem Reisebuch-Preis ausgezeichnet. Zuletzt erschienen von ihm die Bestseller »Das Scheißleben meines Vaters, das Scheißleben meiner Mutter und meine eigene Scheißjugend« sowie »Dies beschissen schöne Leben«, »Verdammtes Land. Eine Reise durch Palästina« und »Gebrauchsanweisung für die Welt«. Andreas Altmann lebt in Paris.

Andreas Altmann

Frauen. Geschichten.

PIPER

Mehr über unsere Autorinnen, Autoren und Bücher:
www.piper.de

Von Andreas Altmann liegen im Piper Verlag vor:
Das Scheißleben meines Vaters, das Scheißleben meiner Mutter und meine eigene Scheißjugend
Dies beschissen schöne Leben
Gebrauchsanweisung für die Welt
Verdammtes Land. Eine Reise durch Palästina
Gebrauchsanweisung für das Leben
Leben in allen Himmelsrichtungen
Gebrauchsanweisung für Heimat
In Mexiko
Bloßes Leben

Meiner Mutter.
Die so begabt jedem Glück aus dem Weg ging.

Unser Versprechen für mehr Nachhaltigkeit
• Klimaneutrales Produkt
• FSC®-zertifiziertes Papier
• Hergestellt in Europa

FSC www.fsc.org MIX Papier aus verantwortungsvollen Quellen FSC® C083411

Ungekürzte Taschenbuchausgabe
ISBN 978-3-492-30988-2
Piper Verlag GmbH, München
1. Auflage Februar 2017
2. Auflage März 2022
© Piper Verlag GmbH, München/Berlin 2015
Alle Rechte vorbehalten
Umschlaggestaltung: BÜRO JORGE SCHMIDT, München
Umschlagabbildung: Wolfgang Schmidt
Satz: Fotosatz Amann, Memmingen
Gesetzt aus der Swift
Druck und Bindung: CPI books GmbH, Leck
Printed in the EU

Je länger ich über Frauen nachdenke, desto mehr bin ich
davon überzeugt, dass sie das Beste sind,
was wir in dieser Art haben.
GEORG CHRISTOPH LICHTENBERG

Tu die Finger da weg, ich zähl bis tausend.
EINE FREUNDIN

That it will never come again / is what makes life so sweet.
EMILY DICKINSON

VORWORT

»Frauen« steht auf dem Cover. Weiß jemand einen Begriff im Universum, der mehr Hintergedanken, mehr Atemlosigkeit, mehr Kopflosigkeit, mehr Gier und Begehren lostritt? Und mehr Anbetung oder Verachtung, mehr Heuchelei und Geilheit, mehr Respekt oder Gewalt, mehr Poesie oder boshafte Nachreden? Gibt es ein Phänomen in der Geschichte der Menschheit, das so rastlos zum Träumen verführt, so penetrant die eine Hälfte der Weltbewohner – die Männer – mit Sehnsucht überflutet, ja, sie dazu treibt, etwa 600 Mal täglich – so die Untersuchungen – an die anderen fünfzig Prozent zu denken? Voller Sinnenlust. Denken zu müssen. Schier hilflos und zwangsweise. Weil wir doch alle wissen, dass noch immer nichts Bewegenderes zwischen Himmel und Erde entdeckt wurde. Als sie.

Ich erinnere mich an eine Szene in einer kleinen französischen Stadt. Ich saß auf einer Bank und die frühe Abendsonne leuchtete auf die Enten im Fluss. Zwei Bänke weiter befand sich eine Gruppe Männer, einer stand und unterrichtete den Koran. »Allah hört und sieht alles«, hörte ich ihn sagen. Und während der Eifrige Beispiele vom Alleshörer und Allesseher Allah vorbrachte, geschah etwas ganz Irdisches. Von der Brücke näherte sich eine hübsche Frau. Und Allah und ich sahen, wie die sechs verstohlen zur Seite, Richtung Sünde, schielten.

Wie beruhigend, dachte ich, dass eine weibliche Brust, obwohl zur Hälfte bedeckt, imstande war, letzte göttliche

Wahrheiten zu unterlaufen. Und mit keinem Wort, mit keinem Versprechen einem halben Dutzend Gottesfürchtigen für Minuten den Verstand raubte. Was für ein überwältigender Beweis: dass Schönheit wirklich ist und alles andere daneben kläglich auf der Strecke bleibt. Ja, so nah fühlte ich mich den Muslims, jenseits aller Verschiedenheiten: Jeder von uns spürte seinen Hunger nach Eros, nach Nähe zu diesem Busen.

Über »seine« Frauen zu berichten ist ein waghalsiges Unternehmen. Das dürfen Pornostars, um ein bisschen Wind zu machen für ihren gar unerotischen Job. Leute eben, deren Gemächt unter Umständen – nach dem schweißtreibenden Reinundraus – im berühmten Phallusmuseum von Reykjavík landet. Damit wir ergriffen bestaunen, was alles menschenmöglich ist.

Ich bin kein professioneller Steher, an allen Ecken und Enden meines Körpers fehlt mir das erforderliche Werkzeug. Trotzdem schreibe ich das Buch. Weil ich etwas – so elegant wie möglich – preisgeben will. Eben keine »Bettgeschichten« (wie geisttötend), sondern Geschichten: über jene, die mein Leben bereichert haben. Und jene, die es eine Spur ruiniert haben. Und jene, die genug Entschlossenheit für ihre Träume mitbrachten. Und jene, die in ein biederes Dasein schlitterten. Und jene, die einmal Miss Schönheitskönigin waren und bald mit einem verwüsteten Leib daherkamen. Und jene, die von Melancholie und Lebensekel getrieben den Freitod wählten. Und jene, die an Drogen zugrunde gingen. Und jene, die von Männern vergewaltigt wurden. Und jene, die mit der Waffe an der Schläfe missbraucht wurde. Und jene, die von einem Mann getötet wurde. Und jene, die als Pastorin das rechte Sein von der Kanzel predigte. Und jene, der ich das Leben rettete. Und jene, die einmal 500-Kunden-Hure war. Und jene, die mir mit überirdischer Nachsicht meine Mittelmäßigkeiten vergaben. Und jene, denen Nachhilfeunterricht in puncto Sinnenfreude und Liebeskunst gut getan hätte. Und jene, die ihre Koffer voller Trostlosigkeiten bei mir abstellten. Und jene, die ein Meer der Freude ausbreiteten. Und jene, die in beispielloser Armut auf Matratzenfetzen schliefen. Und jene, die über dem Bett einen (echten) Lichtenstein und einen (echten) Rauschenberg hängen hatte. Und jene, die in meinen Armen in Tränen ausbrachen. Und jene, die an jedem Tag mehr Mut besaßen als ich. Und jene, mit denen ich bei einem Guru tage- und nächtelang das unbeschwerte Geben und Nehmen von Wärme und Begehren übte. Und jene, die als Peepshow-Girl endete. Und jene, die mir beim Schmusen 1001 Weisheiten und Heimlichkeiten verrieten. Und jene, die ihren Körper als lebloses Sperrgut wahrnahmen. Und jene, die – schlimmer noch – gelangweilt beim Liebemachen einschlief. Und jene, die mir erlaubten, ihren von den Göttern entworfenen und von den Liebesgöttern beseelten Leib einzuatmen. Und jene, die auf Geld bestanden für Nähe. Und jene, die mir Geld stahl. Und jene, die mir ein Kind aufbürden wollten. Und jene, die furchterregend jung waren. Und jene, die um viele Sterntaler generöser waren als ich. Und jene, die nackt mit mir in Räumen verschwanden, wo andere Frauen und Männer auf uns warteten. Und jene, die nie etwas wissen wollten von mir. Und jene, die Rache nahmen, weil ich jeder Versuchung nach ihnen widerstand. Und jene, die mit leichter Hand meinem Männerkörper die Furcht austrieben. Und jene, die meine Leichtigkeit genossen.

Sex war oft nur der (treibende) Vorwand, das Vorspiel: um von ihrem Leben zu erfahren. Nicht als Heiratsschwindler, um ihre Bankkonten auszuspionieren. Nicht als Dieb auf der Suche nach Diebesgut. Nicht als Schweinehund, um delikate Informationen abzugreifen. Nein, aber: Ich verlangte immer auch, in ihr Herz, in ihren Kopf zu dringen. Alles, was ich wollte, war alles. All ihr Wissen, all ihr Fühlen. So spielte ich nebenbei den Beichtvater. Damit sie erzählten. Auch ihre unzivilisiertesten Gedanken. Auch ihre dunklen Abgründe.

Doch keine wurde hinterher bestraft, keiner die Hölle in Aussicht gestellt. Denn zu meinen guten Eigenschaften gehört, dass mich die bürgerliche Moral nicht interessiert, sprich: Jede Frau durfte ihre Masken ablegen, die ihr die Gesellschaft, der religiöse Mumpitz, das Elternhaus, die Schule, wer auch immer, verpasst hatten. Etwas wie Wahrheit fand statt, auf fünf Kontinenten, mit allen Hautfarben: oft beflügelnd, bisweilen bitter und dramatisch.

Klar, niemand entkommt seiner Kindheit. So oder so wird sie einen begleiten. Die meine hat mich – nach langen Jahren der Drangsal – auf verheißungsvolle Weise angefeuert: mich nie so aufzuführen wie mein Vater in der intimen und nicht so intimen Nähe seiner Frau. Und partout jenen davonzulaufen, die meiner schönen Mutter glichen: leidend, duldend, gefügig, erbsündenverdummt, ja, ohne jeden Funken Lust im Leib: fürs Amlebensein, für die verspielten Eskapaden der Libido.

»Der Mensch hat ein Recht auf ein gutes Leben«, so Artikel 2.2. des Grundgesetzes. Und deshalb verbringe ich mehr Zeit mit Frauen als mit Männern. Sie versprechen mehr Swing und mehr Geheimnis und mehr Innigkeit. Denn Männer sind wie ich: weniger verschlungen, weniger rätselhaft, ein ganzes Lichtjahr weniger attraktiv. Wäre ich all diesen Frauen nicht begegnet, ein Ozean voll bewegender Stürme und Schiffbrüche würde mir fehlen. Frauen sind ein ungemein potentes Aphrodisiakum, um mein Leben auszuhalten. Das Buch ist folglich auch ein Loblied, eine Hymne von einem, der blüht, wenn ihm Schönheit und Klugheit über den Weg laufen. Und eingeht, wenn sie ausbleiben. Vom Zauber singen – das ist ein formidabler Zeitvertreib.

Jede Frau – egal, wie sie mit mir umging – hat mich etwas gelehrt. Über sich, über die Welt, über mich. Ob mir das gefiel oder nicht. Aber hinterher war ich klüger. Manchmal ein bisschen, manchmal viel. Begriff mehr über die Tiefen und Untiefen menschlichen Verhaltens. So handelt das

Buch – nebenbei – von mir: der, wie so viele seiner Generation, in der Jugend ein Frauenbild verabreicht bekam, das vor Anmaßung und blanker Dummheit strotzte. Der eine Giftsuppe schlucken musste, die alte Säcke – ob nun von Religion korrumpiert oder eiskalt zynisch – tausende Jahre lang angerichtet hatten. Um ihre Pfründe zu behalten, um ihr vom Platzen bedrohtes Ego nicht zu gefährden. Ich hatte Glück, bald spuckte ich das Gift wieder aus. Was ich wohl den Frauen verdanke. Sie waren die ersten, die mir beibrachten, dass ewige Wahrheiten nichts taugen.*

* In diesem Buch berichte ich – stark komprimiert – auch von Personen, die bereits in anderen Texten von mir auftraten. Doch die nochmalige Erwähnung dieser Begegnungen scheint mir unabdingbar zu sein: um Zusammenhänge zu verstehen, Entwicklungen. Der Textanteil dieser »Wiederholungen« liegt unter drei Prozent.

1

Vor langer Zeit sah ich *Herzflimmern*, einen Film, der für Furore sorgte, ja, in einigen Ländern nicht gezeigt werden durfte. Regisseur Louis Malle verfilmte eine wohl autobiografische Geschichte über eine Mutter und ihren 15-jährigen Sohn, die sich irgendwann lieben. Wie Liebhaber. Das war grandios inszeniert und nie peinlich, nur wahr und raffiniert erzählt.

Ich verließ träumend das Kino. So wie dieser Junge kann man auch an Geheimnisse herangeführt werden: in einem herrlichen Hotel in einem herrlichen Kurort. Und mit einer herrlichen Lea Massari als Verführerin ihres an Herzflimmern leidenden Kindes. Der Titel ist wunderlich zweideutig. Einmal bezeichnet er eine gefährliche Herzrhythmusstörung, einmal ein Herz, das durcheinandergerät, weil das Leben es mit einer fulminanten Aufregung konfrontiert.

Nach dem Träumen musste ich grinsen. Mein Weg ins Reich der Sinne war bis dato von Pleiten gepflastert gewesen: aufgewachsen in der katholischen Spießergruft Altötting (und nicht, wie im Film, im hübschen Dijon), umzingelt von Pfaffen, von denen einige Kinder missbrauchten, einige schwule Sexorgien feierten, einige, nein, die meisten, Kinder – via Prügelstrafe – misshandelten. Und – alle gemeinsam – die Wut auf den Körper und seine Freuden lobpreisten. Dazu kamen ein Rosenkranztandler als Vater (und kein Gynäkologe wie in *Herzflimmern*) und eine Mutter, die den Schwanz des Rosenkranzgatten hasste, ja, anschließend den meinen, und nie zu einem Funken leichtsinniger Geilheit imstande war. Bis zum Sterbenmüssen.

2

Aber es gab Fluchtpunkte. Der früheste: die zwölfjährige Sandra, deren Bluse ich, der Zehnjährige, lautlos und verschwiegen öffnen durfte. Um ihren frühreifen Busen zu berühren. Wie tausend Meter unterm Meeresspiegel lagen wir da, so unhörbar, so verborgen, so unfähig, die Seligkeit zu kommentieren.

Ich vermute, dass ich an diesem Nachmittag süchtig wurde. Wie eine Epiphanie kam Sandras Mädchenhaut über mich. Als reinster Ausdruck von Vollkommenheit. Und nicht als Auslöser sexueller Erregung, die damals nicht stattfand. Ich wurde, innerhalb von Minuten, das schönheitsdurstige Tier, ich wurde abhängig. Wie sich herausstellen sollte: unheilbar, unwiderruflich.

Denis Diderot schrieb in der von ihm herausgegebenen *Encyclopédie*, einer der großen Aufklärungsschriften des 18. Jahrhunderts, über »femme«: »*Frau* – allein das Wort berührt die Seele.« Ach, wenn es nur die Seele wäre.

3

Jahre vergingen, inzwischen war die Pubertät über mich gekommen. Mit ihr die Hydra der Sexualität. Und damit die Hilflosigkeit. Unmöglich, sie auszuleben. Nicht genug: Zur totalen Hilflosigkeit – wohin mit der Wollust? – kam die totale Erniedrigung. Denn der Trieb war böse und Sex war böse und die Frau war das Böseste. Denn sie verführte. So predigten sie es in meinem Geburtsort. Der stank, wie alle Brutstätten der Lügen und Bigotterie stinken.

Nach jeder Masturbation – bei der die üppigsten Frauenleiber durch mein Hirn geisterten – war ich erlöst. Und platt vor Reue. Und trübsinnig von dem Wissen, dass ich zu linkisch oder zu feig war, eine dieser Unerreichbaren zu verführen. Ein Teufelskreis, der Schuldgefühl auf Schuldgefühl häufte. Was immer einer tat, das ätzende Bewusstsein von Sünde war schon da.

4

Sieben Jahre musste ich warten. Dann kam Britta, die Schuhverkäuferin. Ein warmer Mensch, mit einer Figur, wie sie nur 17-Jährige haben. Was uns nicht weiterhalf. War ihr Herz doch, wie meins, besudelt vom verabreichten Hass auf Zärtlichkeit, auf das Verlangen nach verschmuster Vertrautheit. Immerhin schafften wir es, nach Monaten, in ein Bett. Keine fünf Minuten lang, dann spürte sie meine unaufhaltsame Erektion – und stürmte hinaus. Auf die Straße. Nur weg.

Britta war die erste Frau, die ich enttäuschte. Sie ahnte, dass mein Vorrat an seelischen Reserven für Liebe nicht reichte. Ganz unbewusst hielt ich auf Distanz. Zehn Jahre später würde ich erfahren, dass meine Mutter bei meiner Geburt versucht hatte, mich zu ersticken. Sie wollte nicht noch einen Mann (Schwanz!) in die Welt setzen.

Ob das der tatsächliche Grund für meine Zurückhaltung war? Heute misstraue ich schnell verfügbaren Erklärungen. Die Dinge waren, wie sie waren: Mein Vater prügelte, meine Mutter war längst davon und ich war Kindersoldat. Da war für leidenschaftliche Zuneigung kein Platz. Und Britta wollte ohne »das« ihren Körper nicht herausrücken.

Ich habe viel gelernt von diesem Mädchen, das bald eine hübsche Frau wurde, auf Krankenschwester umschulte, heiratete und zwei Kinder bekam. Aus der Ferne verlor ich sie nie aus den Augen. Früh interessierte mich, wie Menschen mit ihrem Leben zurechtkamen, in welche Richtung es ging.

Britta beging keine Fehler, keine größeren. Nur zwei große: zwei Männer, zweimal die falschen. Der erste verschwand und ließ kein Geld da für die Tochter. Der zweite machte ihr einen Sohn und wurde irgendwann ein Säufer, ein Loser (seine Arztpraxis wurde zwangsgeräumt), ein Schuldengangster und (Ehefrau-)Schläger. Als ein Tumor in ihrem Hirn entdeckt wurde, warf er sie aus der Wohnung. Kurz vor ihrem Tod, Mitte 50, besuchte ich sie. Wie eine Greisin sah sie aus, von Kopf bis Fuß uralt. In Bruchteilen einer Sekunde schob sich das Bild ihres Teenager-Körpers vor meine Augen, den ich *einmal* sagenhaft nackt und vollendet sehen durfte. Vergänglichkeit, da war sie. Ohne mildernde Umstände.

Es gibt Indizien, die darauf hinweisen, dass Krebs *auch* psychische Gründe haben könnte. Bei Britta glaube ich das sofort. Sie war begabt für das Unglück. Wie meine Mutter. Ohne Zaudern ging sie drauflos. Und fand es.

5

Töchter, die von ihren Vätern geschlagen werden, suchen sich später Männer, die ebenfalls nach ihnen ausholen. Heißt es. Und Söhne, die unter die Räder ihrer Väter kamen, werden wie sie. Nicht immer, aber zu oft: gewaltbereit.

Ich nicht. Mein Vater war ja mein Negativ-Beispiel. Ich wollte das Gegenteil von ihm werden: eben nicht Frauen malträtieren, um mich als Krone der Schöpfung aufzuspielen. Wollte Ritter sein, einer eher, der behütet.

Diesen Instinkt habe ich zuerst bei Szenen entdeckt, die meiner Mutter zusetzten. Momente, in denen sich ihr Herr und Meister über sie hermachte. Als Erniedriger. Als Beleidiger. Als Entwerter. Mitgefühl überkam mich. Und Hass auf ihn. Und manchmal Hass auf Mutter. Weil sie es hinnahm. Statt ihn kaltzumachen. Was Vater wohl zu den Cherokee-Indianern gesagt hätte, die glatt behaupten: »Die höchste Berufung des Mannes ist es, die Frau zu beschützen; damit sie frei und unverletzt auf der Erde wandeln kann.« In Vaters Nähe war niemand frei, weder Frauen noch Männer noch Kinder, von ihm ging keiner unverletzt davon.

Ich habe mich gewehrt. Und lief, noch minderjährig, davon. Und kam nicht wieder. Und war – wie seltsam – gewappnet gegen jede Art von Zwang gegenüber Frauen. Erstaunlich, wie vorbildlich ein schäbiges Beispiel sein kann. Um ihm gekonnt aus dem Weg zu gehen. Ich schwöre, ich blieb Ritter. Meine Defekte lagen woanders.

6

Ich floh in ein Internat. Vorne in der neuen Klasse saß Anna, und ich saß ganz hinten. Müsste ich einen der Gründe angeben, warum ich ein schlechter Schüler war, ich würde auf die 18-Jährige deuten. Selbstverständlich trug sie Pullover, die wie eine zweite Haut ihre Formen nachzeichneten. Millimetergenau. Um das Leid auf Erden noch zu vergrößern. Wie alle Busenwunder wusste sie, dass sich etwas an ihrem Körper befand, wovon eine ungeheure Faszination ausging. Dolly Parton, nur wenig älter, aber Anna in Brusthöhe ebenbürtig, hat Jahre später den passenden Namen für ihre eigene Schatztruhe gefunden: *weapons of mass distraction*. Ich erinnere mich, dass stundenlang, ja, stundenlang, nichts anderes mehr in meinem Kopf Platz hatte als Annas Oberweite. Wie sollte ich denken können, mitdenken, wenn alles Blut das Hirn verlassen hatte und sich in einem anderen Körperteil schmerzhaft staute.

Anna war die Nächste, bei der ich etwas Entscheidendes lernte: die unheimliche Macht der Frauen. Über mich, nein, über uns alle, die keine Frauen waren: Diskrete Blicke auf meine Klassenkameraden bewiesen, dass wir an jedem Tag, an dem Anna anwesend war, den gleichen Todsünden verfielen. Wie einfach gestrickt wir waren, wie voraussehbar. Manche legten Hand an. An ihrem Körper. Um der Folter für einen Vormittag zu entkommen. Alles musste lautlos gehen, alles innerhalb der Hose stattfinden, alles schnell. Nur die roten Hitzeflecken im Gesicht leuchteten verräterisch.

Anna hat nie von meinen Orgien der Unkeuschheit erfahren, jenen, die ausschließlich in meinem Hirn tobten. Ich war nur ein verzagtes, geiles Würstchen, geil und ignorant, dem weder Worte noch Taten zur Verfügung standen, um eine wie sie zur Preisgabe ihres Tresors zu überreden: um ihn splitternackt anschauen, ja, anfassen, ja – unvorstellbar – abküssen zu dürfen. Ich sah sie und war erledigt. Schon schachmatt, schon stumm. Nur abends kam ein bisschen Erlösung: als ich Anna – als Sexbombe in meinem Kopf – in die Dusche mitnahm und sie ordentlich durchbürstete. Bis sie um Gnade winselte, lustzitternd und erschöpft. Ich Träumer, ich Onanist, ich immer mutterseelenallein zwischen den Kacheln.

Im Frühjahr 2014 ging die Tat eines gewissen Elliot Rodger durch die Weltpresse. Er tötete sechs Frauen und Männer, verwundete über ein Dutzend und erschoss sich am Ende seiner Flucht vor der Polizei. Seine Motive – vor dem Morden fürsorglich als »Manifesto« auf Youtube geladen – waren »sexuelle Eifersucht« und »Frauen für ihre Zurückweisung zu bestrafen«. Als ich das Video sah, dachte ich an mich als jungen Kerl, so alt wie der Mörder aus Kalifornien: Schau, so hätte ich auch werden können. Aber ich ging in die andere Richtung. Denn ich betrachtete Annas Verhalten nicht als Absage an meine Person. (Sie sagte allen ab.) Ich suchte die »Schuld« ausschließlich bei mir. Also: Ein Mann musste ich werden, einer von Welt, einer mit Mumm, einer, der sich mit Sprache – nicht mit der Knarre in der Hand – sein Glück holte. Mein Manifest sollte der Swing sein, das Schwerelose.

7

Von leicht keine Rede. Sex, nein, bereits die Annäherung an Sex, schien unerfüllbar, war ewige Mühsal. Ich befand mich vor einer meterdicken Glaswand und sah dahinter die Mädchen, schön und unzähmbar wie wilde Tiere. Plötzlich erinnerte ich mich an eine Zirkusvorstellung, bei der ein Dompteur in einer Manege mit fünf Löwen gestanden hatte. Und keiner seinen Befehlen gehorchte. Bis er etwas sagte, unhörbar für das Publikum, und die fünf sanft wurden. Das wär's: Frauenflüsterer werden. Das Zauberwort aussprechen und die Annas dieser Welt würden die Arme ausbreiten und mich umschlingen.

Ich fieberte. Schon kamen Träume über mich, in denen ich vor Gericht stand und zu einem »Leben ohne Frauen« – so der Richterspruch – verurteilt wurde. Ich wachte auf und wusste nicht, ob es ein grausameres Schicksal für einen Mann gäbe, als seine Zeit in kalter Einsamkeit verbringen zu müssen.

Doch ich kam vom Fleck, eines Tages einen halben Schritt: Zwei Schülerinnen aus der Mittelstufe suchten Nachhilfe. Ihr Latein war so dürftig, dass sogar mein Niveau reichen würde. Fünf Mark pro 45 Minuten. Welch Segen, schließlich hatte ich jede finanzielle Unterstützung von zu Hause verweigert.

Und wieder ging ich in die Lehre. Ich begriff, dass ich eine »Brücke« finden musste, auf der ich mich dem Ort der Sehnsucht nähern könnte. Einfach auf jemanden zugehen und ein Kompliment abliefern, das erledigten Helden. Aber ich war der Mundtote, der mit der blühenden Fantasie und der kargen Realität. Jetzt kam der perfekte Vorwand: Vokabeln abfragen und Grammatik pauken, in einem leeren Klassenzimmer.

Mit Anita fing es an. Kinderleicht und verspielt. Am Ende der dritten Stunde war uns langweilig und ich streichelte ihren Unterarm. Dann küssten wir uns. Für Sekunden hatte mich die Angst verlassen und ich handelte. Heute würde ich sagen, dass ich – tief unbewusst – gespürt hatte, dass der Augenblick »stimmte«: dass Anita bereit war. Ihre 16-jährigen Lippen öffneten sich leicht und küssten die meinen.

Von nun an bekam ich das Geld *und* die Küsse. Aber wir waren, das ganze halbe Jahr lang, eisern und stark: zuerst Cicero und Tacitus, dann unsere zärtlichen Finger, dann unsere zärtlichen Lippen. Und immer fuhr Anita hinterher nach Hause, zu ihren Eltern. Und immer ging ich wie ein begeisterter Jäger auf mein Zimmer, der frohgemut, nein, berauscht, an seiner Beute roch: am unglaublichen Duft von Anitas Haut an meinen Händen.

Adele kam stets am folgenden Tag. Sodass die zwei sich nicht begegneten. Jedes Mal, wenn ich sie hereinkommen sah, fragte ich mich, wer von den beiden hübscher wäre. Schwer zu sagen. Beide dunkelhaarig, beide sommerbraun, beide längst Frau. Vielleicht war Anita schöner, mit den harmonischeren Zügen im Gesicht. Dafür strahlte Adele mehr Sinnlichkeit aus. Sie schien reifer, lässiger im Umgang mit Jungen.

Als Adele und ich uns zum ersten Mal küssten, wusste ich, endgültig, was ich zuerst nicht hatte wissen wollen. Ein Gedanke, der mich schon als 15-Jähriger erschreckt hatte: als ich einem Mädchen nachschaute, das mir gefiel. Und hundert Meter weiter wieder einem, das auch verlockend aussah. Und zehn Minuten später noch einem. Und am nächsten Tag wieder einem. Diese »Untreue« fand ich erschreckend. Mir war ja – mittels Schule und Religionsunterricht – die Idee eingedrillt worden, dass Frau und Mann sich einzig und allein gehörten. Auf ewig nur zwei. Nie ein anderer, nie eine andere. Jeder Seitenblick war Sünde, jede Tat eine Todsünde.

So durchzuckten mich drei Gefühlszustände, als Adeles Zunge wunderbar leichtsinnig nach meiner suchte: dass ich außerstande war, treu zu sein. Dass mich diese Tatsache irritierte. Und dass die Irritation schnell verflog.

Das Mädchen bekam einen Sonderplatz in meinem Tagebuch. Eine knapp 17-Jährige als Lehrmeisterin. Ohne dass sie ein Wort verlor, wurde ich in ihrer Nähe klüger: dass auf später verschieben nie gelten sollte und dass sexuelle Treue eine bizarre Erfindung war. So konnte ich es damals nicht sagen, aber so begann die Gewissheit. Mit Adeles Küssen, an einem leise verregneten Mittwochnachmittag.

8

Jahre danach, als ich anfing, mich in die Schönheit von Sprache ähnlich närrisch zu verlieben wie in die Schönheit einer Frau, fand ich eine Notiz von Max Frisch. Was für ein Mantra schrieb er da auf, was für eine stürmische, schier unzumutbare Wahrheit: »Warum folgen wir unserer Sehnsucht nicht? Warum eigentlich? Warum knebeln wir sie jeden Tag, wo wir doch wissen, dass sie wahrer und reicher und schöner ist als alles, was uns hindert, was man Sitten und Tugend und Treue nennt und was nicht das Leben ist, einfach nicht das Leben, das wahre und große und lebenswerte Leben! Warum leben wir nicht, wo wir doch wissen, dass wir nur ein einziges Mal da sind, nur ein einziges und unwiederholbares Mal, auf dieser unsagbar herrlichen Welt!«

9

Meine zwei Jahre im Internat waren nicht herrlich. Miserable Zeugnisse und zähe Depressionen. Wohl Nachwehen einer Kindheit, der ich nur mit Gewalt entkommen war. Aber ich begriff bereits, dass Frauen eine entscheidende Rolle in meinem Leben spielen würden. Und dass ihre Nähe mir gut tat. Heilen konnten sie mich nicht, aber den Schmerz lindern. Wie Morphium empfand ich sie manchmal. Die Droge Frau.

Warum diese Abhängigkeit von ihnen? Weil meine Mutter von mir nichts wissen wollte? Ich folglich jeder beweisen musste, dass ich liebenswert war? Begehrenswert? Weil mein vom Vater demoliertes Selbstwertgefühl nach Lob und Begeisterung hungerte? Weil ich ein Erfolgserlebnis nach dem anderen brauchte? Weil ich mich über mein glanzloses Leben trösten musste? Vielleicht, vielleicht nicht. Später würde ich Männer treffen, die – wie ich als Kind – mit einem Mühlstein um den Hals fertig werden mussten. Oder noch entschieden dramatischer den Hassschüben männlicher Erwachsener ausgeliefert waren. Und die anständige Bürger wurden, brauchbare Ehemänner, die, so die Statistiken, nie die Höchstmarke des »Durchschnittsdeutschen« – unter zehn Intimpartnerinnen pro Leben – überschritten.

So geht jeder seinen Weg, um mit dem zurande zu kommen, was ihm zugemutet wurde. Ich ging ihn mit Frauen. Mit mehr als zehn. Wohl auch, weil ich mich dunkel daran erinnerte, dass keine Frau je auf meinen Kinderkörper eingeprügelt hatte. Diese Erfahrung prägte. Sie hörte auch nicht auf, als ich den Abzockerinnen und Schäbigen begegnete, jenen, von denen man wünschte, man wäre ihnen rechtzeitig ausgewichen. Im Bett und außerhalb des Betts.

10

Die Schule war groß, und so lernte ich nach Anita und Adele noch andere Mädchen kennen. Und wieder bekam ich Nachhilfeunterricht. Bei Ines und Kerstin, die mir das Tanzen beibrachten. Ich schien für nichts zu gebrauchen, sogar den Slow musste ich üben. Aber irgendwann beherrschte ich die fünf, zehn Schritte und wieder hatte ich mir ein Sprungbrett gebastelt: den Körper elegant wiegen und drehen zu können, entpuppte sich als fehlerloses Passepartout. Um einer Fremden näherzukommen. Und sie, wenn es denn sein sollte, zu umarmen.

Wie verwirrend sich das liest. Man könnte glauben, hier schreibe einer, der endlich zum Mann wurde, einer, den

Frauen bei der Hand nahmen und – siehe *Herzflimmern* – ins Weltreich der Sinne entführten. Von wegen. Keine (und es waren ein Dutzend) wollte mehr von mir, mehr als die Küsse. Jeder Versuch, mit meinen Händen über ihren Busen zu wandern, wurde abgeblockt. Nicht verärgert, nur bestimmt. Verschnürte Brüste, wohlgemerkt. Von nackten, ja, ganz nackten Körpern, schienen wir alle unvorstellbar weit weg. Ich habe mich später diskret umgehört und der abstruse Verdacht bestätigte sich: Wir alle waren Jungmänner, die mit Jungfrauen in dunklen Ecken saßen.

11

Im Internat lernte ich einen Kerl kennen, der mir sogleich imponierte: die wilden Haare, das wilde Lachen, sein Widerspruchsgeist. Unsere Freundschaft begann, als ich ihn nachts im Waschraum beim Rauchen überraschte. Ich setzte mich zu ihm, und er las mir halblaut aus seinem Buch vor, Rilkes *Die Aufzeichnungen des Malte Laurids Brigge*. Hermann war gebildet, ein Allesverschlinger, ich ein ignoranter Nichtleser, der mit Mühe wusste, dass eines unserer deutschen Weltwunder Rainer Maria Rilke hieß. Doch ich hörte hin, auch wenn ich nur die Hälfte verstand. Hermanns Singsang lullte ein.

Sporadisch trafen wir uns auf dem Steinboden neben den Duschen. Der Mensch liebte Literatur, und ich erzählte ihm von den Frauen, die mir entgingen. Die da waren und irgendwie nicht da waren, die mich anzündeten und nie willens schienen, die Sehnsucht zu stillen. Erzählte ihm von Anna, deren Traummaße mich noch immer verfolgten. Hermann nickte mit dem Kopf. Und schwieg.

Aber eines Nachts streckte er mir grinsend ein Blatt Papier entgegen, auf das er einen Satz getippt hatte. Von einem gewissen Charles Bukowski, der – irgendwann würde ich es wissen – als Deutscher geboren worden war und später ein *amerikanisches* Weltwunder wurde. Ich las und Hermann saß still triumphierend daneben: »Keiner von uns weiß es zu sagen, warum manche Männer hinter Gittern sitzen wie Eichhörnchen in der Zoohandlung, während andere sich in enorme Brüste wühlen, endlose Nächte lang.«

Das war wunderbar poetisch und wunderbar vulgär. Und sagenhaft wahr. Vielleicht habe ich geheult, ich bin mir nicht sicher. Wenn ja, dann über Hermanns Liebestat. Und weil es tröstet, plötzlich von einem fernen Unbekannten – hier von einem Mann, der in Los Angeles lebte – zu erfahren, dass man nicht allein ist: dass andere auch leiden, auch dürsten nach dem Traum Frau. Und diesen Durst hinausschreien, hinaus übers Meer der Scheinheiligkeit, ja, hinein in die Fressen der Frömmler. »Yes, Mister Bukowski«, schrieb ich in mein Tagebuch, »ich will auch wühlen, ich will auch an den Herrlichkeiten dieser Welt teilhaben!«

12

Die letzten Kapitel habe ich in Vilnius geschrieben, der Hauptstadt Litauens. Nach den Zeilen über den Amerikaner, der trotz hundert Fehlstarts ein berühmter Dichter wurde, verließ ich das Hotelzimmer. Und ging flanieren. Und kam, reiner Zufall, an einem Steg vorbei, an dessen Eisengeländer schwere Sicherheitsschlösser hingen. Wie am *Pont des Arts* in Paris: die Vermächtnisse Verliebter, die beschlossen haben, dass ihre Liebe ein Zuchthaus werden soll, stahlhart angekettet und unaufschließbar. Da ja der Schlüssel in der Vilnia (oder in der Seine) landete. Und Buk fiel mir wieder ein, seine Lust zu wühlen. Und die meine.

Ich wollte gleich zwei der ergreifendsten Phänomene auf Erden: die Frau und die Freiheit. Von Anfang an. Ich hatte als Kind und Jugendlicher genug Zeit, in die Abgründe germanischer Einehen zu schauen. Ruiniert von Frau und Mann, die sich einst – vom Dorfpfarrer besiegelt – der Ewigkeit verkauft hatten. Und anschließend, wie die Schlösser hier, Rost ansetzten. Die Aussicht auf Unvergänglichkeit kann nur tödlich enden: mit dem Tod der Sehnsucht, dem Tod des Respekts, dem Tod der sprudelnden Geilheit. Wie im Frühstücksraum an diesem Morgen, wo sich die Leichen paarweise gegenüber saßen. Und kein Wort herausbrachten, oder drei Wörter, und sich verschwiegen wie Taubstumme den Bauch vollschlugen. Um die Einsamkeit auszuhalten, das gemeinsame Vorhandensein ohne Sehnen und Funkensprühen.

Dem Himmel sei Dank: dass ich nie so dasaß, so verblichen. Und noch immer nicht sterben durfte. Ich begegnete anderen Fiaskos, und die jeweilige Frau, die mir nahe stand, war nicht immer das Glück auf Erden. Und ich nicht immer ihr Traumboy. Aber Leichen waren wir nie. Ich bestand darauf, ziemlich unerbittlich, dass ich am Leben war, am Leben bleibe. Und dass wir uns zuallererst darum kümmern sollten, uns gegenseitig anzuspornen. Zu noch mehr Leben.

13

Nach den zwei Jahren machte ich das Abitur und bekam mein »Reifezeugnis«. Ich war nicht und für nichts reif. Für keinen Beruf, von dem ich gewusst hätte, wie er aussehen sollte. Nicht reif als Mann, der eine Ahnung vom Umgang mit Frauen hatte.

Ich verließ das Internat, und die Mädchen (an der Schule) verschwanden. Als ich wieder, über Dritte, von ihnen hörte, erfuhr ich wenig Gutes. Eine war tödlich beim Segeln verunglückt, eine bald leukämietot. Andere blieben in der Provinz, wurden Volksschullehrerinnen, wurden brav und rund. Ich erinnere mich an mein Staunen, als ich ein Foto von Mariam sah, der Schulhofkönigin, deren Silhouette mir manche Nacht den Schlaf geraubt hatte. Doch jetzt: kugelig, mitten im Eigenheimgarten. Ungläubig hielt ich das Bild in Händen, war ich doch stets davon überzeugt gewesen, dass ein schöner Mensch ein schönes Leben haben würde, spektakulär, extravagant, weit weg von der Banalität der Welt. Nein, die Schöne war umweglos stämmige Mutter geworden. Mir fielen ihre liederlichen Reden zwischen unseren Küssen ein und dass sie die Nachtwächter in ihrem Dorf verlacht hatte und nicht daran dachte, je wieder zu ihnen zurückzukehren.

Ich hatte noch nicht verstanden, dass die Mehrheit – Frauen wie Männer – für ihre Träume nicht ausgerüstet war. Entweder fehlte das Talent oder die Kraft oder das Glück. Oder die drei zusammen. Wie naiv ich mich aufführte. Ich glaubte lange Zeit tatsächlich, dass alle das tun, was sie reden. Nicht sofort, aber dann, irgendwann. Wie eine Verräterin empfand ich Mariam, wie eine von den vielen, die ins Lager jener zurückgingen, die wir so vehement verspottet hatten.

14

Ich bin noch immer in Vilnius. Am folgenden Nachmittag begegne ich auf der Straße einer Gruppe von sechs Männern. Alle in beigefarbenen Sakkos, alle mit der Bierdose in der Hand, alle leicht angeheitert. Der siebte von ihnen war der »Gefangene«, so sagten sie: Ein breites, weißes Klebeband schnürte Arme und Oberkörper ein, vom Hals bis zum Nabel. Er sah aus wie einer, der in einer Zwangsjacke steckte. Sie feierten, so erfuhr ich, seinen »last bachelor day«, seinen letzten Tag als Junggeselle. Denn morgen würde er heiraten. Seine Fesseln sollten ihn auf seine Zukunft vorbereiten.

Erstaunlich, nicht? Sie wissen es und trotzdem lassen sie die Freiheit los. Und das mit siebenundzwanzig. Freisein, so könnte man vermuten, strengt an.

Und den anderen freilassen: auch anstrengend. Ich komme am *Domina Plaza* vorbei, dem Hotel, in dem – Juli 2003 – Bertrand Cantat, der Sänger von *Noir Désir*, seine

Freundin Marie Trintignant, die französische Schauspielerin, per Hiebe auf den Kopf getötet hat. Auslöser war eine SMS von Trintignants Noch-Ehemann. Cantat wollte allein über Madame Trintignant gebieten. Nicht einmal Männer, die SMS schrieben, waren erlaubt. Die Geschichte ging durch die Weltpresse, beide waren berühmt.

Cantat scheint tatsächlich ein schwieriger Patron zu sein: Sieben Jahre später erhängte sich die Mutter seiner beiden Kinder. Auch sie hatte über den rabiaten Künstler geklagt.

Der Mann ist mir irgendwie nah. Nein, nicht als Frauenverbläuer, nicht als Totmacher. Ich blieb bis auf den heutigen Tag ganz unbescholten. Eher nah als einer, der besitzen wollte: die Frau. Der Unterschied zwischen Cantat und mir betraf die Form, nicht den Inhalt. Der war gleich: Eifersucht. Den anderen haben wollen. Nur für mich. Denn ich bin einzigartig, und keinen anderen Gott (Mann) darf die Frau anbeten. Witterte ich Gefahr, prasselten die gemeinsten Ängste auf mein Herz: dass ich nichts wert wäre, der Liebe sowieso nicht. Dass jeder andere mich übertrumpfte. Dass ich immer der von der Mutter (der Urfrau!) Verstoßene sein würde. Dass ich nie gegen den Rest der (Männer-) Welt bestehen würde.

Setzte ich dann – in Anwesenheit der verdächtigten Frau – zu einer Eifersuchtstirade an, so kam kein Wort der eigenen Minderwertigkeitsschübe über meine Lippen, nein, ich tat das, was die meisten in ähnlicher Lage tun: Ich wurde ein moralinsaurer Wichtigtuer, der manipulierte, der von Treue als »wichtigstem Gut« in einer Beziehung schwadronierte, der siegessicher – als Exkatholik unschlagbar souverän – dem Gegenüber massenhaft Schuldgefühle verpasste. Ich produzierte aufs Haar genau das, was ich als Kind den »Erziehungsberechtigten« abgeschaut hatte: Der Gipfel meiner pathetisch vorgetragenen Komödie war die – natürlich verheimlichte – Tatsache, dass ich selbst nicht treu war. Um diesen Tatbestand vor mir, dem vollbeschäftigten Moralapostel, zu rechtfertigen, war »das« bei einem Mann

»etwas anderes«. Ins klassische Machodeutsch übersetzt: Männer dürfen links und rechts ficken und Frauen nur den einen.

Ich habe gefühlte dreihundert Jahre gebraucht, dabei fünf Kontinente durchquert, etwa ein halbes Hundert Gurus, Therapeuten, Zen-Meister, Hypnotiseure und Yogalehrer besucht und noch ein halbes Dutzend Waschkörbe Bücher zum Thema gelesen: bis mir die Scheinheiligkeit abhanden kam. Und das irgendwie irrsinnige Ansinnen, einen Menschen besitzen zu wollen. Und die unsäglich komische Idee, dass Frauen »von Natur aus« monogamer als Männer sind.

15

Inzwischen war ich knapp einundzwanzig, und das Leben wurde nicht beschwingter: keine Gegenwart, keine Aussichten, nie Geld. Dafür einen verhassten Vater, verhasste Jobs, die abgebrochenen Studien, die wieder abgebrochene Therapie. Und – unaussprechlich und unerträglich in einer warmen Sommernacht – keine Frau.

Ich erinnere mich an eine Episode, weit nach Mitternacht. Ich war Taxifahrer, und im Fond saß eine Kundin, jung und blühend. Nachdem sie gezahlt hatte, ging sie auf ein Haus zu. Vermutlich wohnte sie dort. Ihre Beine schimmerten im Licht der Straßenlaternen: Auf der anderen Straßenseite, auf der anderen Seite des Lebens, gab es diesen vollendeten Menschen! So kam es mir vor. Ich glotzte hinterher, und mein Hirn war so überhitzt und mein Geschlecht so im Aufruhr, dass ich zu delirieren begann. Nein, das Wort ist nicht zu wuchtig. Mir passierte das, was Wüstenverlorene erleben: eine Fata Morgana. Der Kopf lässt sich täuschen und sieht am Horizont eine Oase auftauchen: uff, die Rettung, Wasser, Datteln! Auf meiner eigenen Wanderung gab es keine Frauen, seit Monaten nicht, und so sah ich plötzlich die etwa 23-Jährige zurückkommen, an mein

Seitenfenster klopfen und cool fragen: »You wanna come up?« Überraschenderweise fand der Traum in Englisch statt. (Ich hatte Tage zuvor einen amerikanischen Film gesehen, vielleicht deswegen.) Als die Haustür zufiel, wachte ich auf. Gut, dass ich allein war, ohne Zeugen. So merkte keiner, was für ein armer Sack hier kauerte: einer, dem seine Phantasmen die Synapsen lahmlegten. Und ich blieb lahm, zehn Minuten mussten vergehen. Bis ich mich von dem Crash erholte. Notdürftig. Dann startete ich den Opel, mit trockenem Mund, mit dem Herz voller Trostlosigkeit. Hier fuhr ein Dünnmann durch die Nacht, abgehängt vom Leben, von den Frauen, von einer siegreichen Zukunft.

In dieser Zeit las ich ein Interview mit einem Häftling, der nach der Vergewaltigung einer Frau an einem medizinischen Versuch teilgenommen hatte. Um den Trieb zu bremsen. »Es war meine beste Zeit«, sagte er hinterher und meinte die Monate, in denen er die Tabletten schluckte. »Ich war frei, der Druck war weg.« Aus finanziellen Gründen wurde das Experiment abgesetzt und die Dämonen kamen wieder. »Es ist die Hölle«, so der letzte Satz des Gesprächs.

Sogleich dachte ich an den nächtlichen Fahrgast in meinem Taxi. Nicht eine Sekunde hatte mich damals die Vorstellung gestreift – trotz, ja, höllischer Drangsal –, dieser Frau mit Gewalt näherzutreten. Der Gedanke war nicht da und sollte auch später nie kommen. Alles, alles, was zwischen einer Frau und mir passierte (wenn es denn passierte), konnte nur freiwillig, *aus freiem Willen*, geschehen. Ich sage das nicht, um mich als Hochanständigen herauszuputzen. Nein, es geht tiefer: Die Lust der Frau auf mich war die unverhandelbare Bedingung dafür, dass ich sie berührte. Erst wenn *sie* mich begehrte, war ich erlöst. Erlöst von der Panik, nicht begehrenswert zu sein. Die Frau zu überreden, gar zu zwingen, gar ihr physischen Schmerz zuzufügen, um mittels Machtgebärden an ihrem Körper teilzuhaben, das klang in meinen Ohren nur absurd, ja pervers.

16

Wie wohl bei allen männlichen Jungfrauen ließ sich irgendwann der Gedanke an ein schreckliches Todesurteil nicht mehr vertreiben: sterben müssen als Nicht-Mann! Als einer, der am Allerschönsten, am Allerunermesslichsten, das je in die Welt gekommen war, nie teilnehmen durfte. Weil er vorher verschwand: als Unfallleiche, als Sterbenskranker, als Mordopfer.

So ging ich – kein anderer Notausgang schien verfügbar – ins bekannteste Puff der Großstadt, in der ich damals lebte. Mit gesenktem Kopf wischte ich hinein und mit gesenktem Kopf kamen mir Kunden entgegen. Klar, Sex war dreckig, und sich verstecken und schämen gehörte zum Code der pflichtgemäßen Maskerade. Ohne Schuldgefühl kam hier keiner rein. Und raus auch nicht, noch schuldbewusster.

Laut Brockhaus aus dem Jahr 1864 ist »der Geschlechtstrieb der innere Trieb«. Das mag stimmen, aber bei mir war er auch der äußere. Oft peinigend, oft peinlich störend. Folglich war meine Geilheit wichtiger als die so lang verabreichte Moralkotze. Ich zitterte vor Verlangen nach einer nackten Frau.

Trotz der Hitze trottete ich bis hinauf in den fünften Stock. Und auf jeder Etage saßen ein Dutzend Damen, von denen zwei, drei schon ein Alter erreicht hatten, das an Pensionärinnen erinnerte. Strickende Großmütter als Prostituierte. Ich wusste damals noch nicht, dass es Männer gibt, die danach suchen.

Ich nicht. Ganz oben ging es nicht weiter und ich musste mich entscheiden. So sollte »Caprice« meine erste Frau sein. Um mir das Allerschönste zu zeigen und mich – dank ihres Raffinements – zum Mann zu krönen.

Das Einzige, was mit meiner Fantasie übereinstimmte, war die Bude: puffrot schummrig, auf dem Bett die acrylrosa Decke und im Eck ein Paravent. Jedes Klischee stimmte. Als Caprice ihre enge Bluse aufknöpfte, wurde ein Satz von Karl Lagerfeld wahr, den ich viele Jahre später lesen sollte: »La mode, c'est le grand menteur«, die Mode ist die große Lügnerin. Die Bluse war weg und kein kosmischer Torso kam zum Vorschein, keiner mit einem strahlend in die Welt ragenden Busen. Nein, alles schon müde und unfroh.

Doch die Witzfigur im Zimmer war ich, denn ich forderte sie auf – sie lag bereits breitbeinig da –, die Beine wieder zusammenzulegen. Anders ginge es nicht. Wäre ich nicht selbst dabei gewesen, ich würde niemand einen solchen Auftritt glauben: Ein 21-Jähriger verstand von den Gesten der Sexualität so viel wie ein Einjähriger.

Caprice lachte wie ein Gaul, als ich anfing, an ihr rumzuwirtschaften, ja, sie klärte mich grob und unkompliziert auf, dann kniete ich mich vor sie, dann fummelte sie das Kondom über meinen Schwanz, dann steckte sie ihn rein, dann war ich drin. Ich schloss die Augen, um ihren spiegeleierplatten Brüsten aus dem Weg zu gehen, und begann – immerhin soviel hatte ich kapiert –, hin- und herzuwetzen. Das also, fragte ich mich, während mein Unterleib wie ein Roboter in ihr zugange war: Das also ist das Allerschönste? Und ich dachte: Das ist scheiße. Und dachte: So lächerlich, so verkehrt, so erbarmungswürdig fing ich an, ein Mann, ein Liebhaber zu werden.

Nach fünf Minuten – wenn es denn fünf Minuten waren – forderte Caprice mich auf, »endlich abzuspritzen«. Das übliche 300-Sekunden-Zeitfenster war offenkundig überzogen. Ich wetzte noch schneller, aber nichts kam, auch nicht unter den anfeuernden Rufen der Hure. So schob sie mich aus ihrem Unterleib und eilte zum Waschbecken. Von draußen drangen Stimmen herein, andere Kunden warteten. Ich war entlassen.

17

Okay, gekrönt wurde ich nicht und ein richtiger Mann – einer, der trunken vor Freude seine Männlichkeit abfeuert – auch nicht. Und weit und breit keine, die mich begehrt und bejubelt hätte. Nur ein verbrauchtes Weib und ein Jüngling, der peinsam unbeholfen in sie hineinfuhr.

Aber ich war das, was die Psychologie heute »resilient« nennt. Schon als Halbwüchsiger hatte ich begriffen, dass schlechte Erfahrungen sich im Nachhinein oft als produktiv erweisen. Nicht, dass ich der Versuchung erlegen wäre, mir meine Desaster schönzureden, nein, aber die Episode mit dem gräulichen Fick gehörte mir jetzt. Sie war grässlich, aber sie bereicherte mich. Das Wort stimmt. Denn eine Wirklichkeit hatte stattgefunden, die mir noch nie passiert war. Mein Herz fühlte, mein Verstand analysierte: Ich war am Leben.

Ich hatte ziemlich früh entschieden – gewiss nicht gleich so eindeutig formuliert –, dass mich Glück und Segen nicht unbedingt interessierten, zumindest nicht oben auf meiner Wunschliste standen. Ich wollte Intensität. Auch die verwirrende, auch die Schmerz bringende.

Der amerikanische Schriftsteller Henry James vermerkte einst in seinen *Notebooks*, dass er ein dreifach glücklicher Mann sei: Weil er in London lebe, weil er im 19. Jahrhundert schreibe, weil er nie eine Frau berührt habe. *Poor Jimmy*. So weit wollte ich mein Unglück nicht treiben. Ich wüsste kein Furcht erregenderes Malheur, als ohne die Umarmungen von Frauen die Tage und Nächte aushalten zu müssen.

18

Da ich kein Ziel hatte, nicht privat, nicht beruflich, fing ich zu trampen an, einmal Richtung England. Zweimal saß ich neben einer attraktiven Frau, eine hielt mit ihrem Porsche 911 neben mir. Doch ich blieb das Würstchen, das keinen geraden Satz abliefern konnte. Durchaus möglich, dass die beiden jeder noch so charmanten Annäherung widerstanden hätten. Aber das wäre weniger zersetzend gewesen als meine feige Blödigkeit. Sich trauen und abserviert zu werden ist erträglicher, als wie ein Tölpel darüber nachzugrübeln, was passieren könnte. Oder was nicht passieren könnte. Es passierte überhaupt nichts. Ich war das Eichhörnchen in der Zoohandlung und vor dem Schaufenster schlenderten die Wundermenschen vorbei. Die meinen stummen Schrei nicht hörten.

Eine Woche nach der Porschefahrerin geschah etwas. Immerhin. Ich ging die Uferpromenade von Torquay entlang, einem südenglischen Badeort. Es nieselte, kaum Leute spazierten über den Sand. Plötzlich überholte mich ein Mann, blieb fünf Meter weiter stehen, drehte sich um und – notdürftig geschützt von einem überdachten Strandkorb – zischelte: »Look at me, look at me!« Nun, nicht *ihn* sollte ich anschauen, sondern seinen dicken Penis, den er jetzt vor meinen Augen stürmisch masturbierte. Wie arglos ich noch immer war. Denn ich brauchte ein paar Sekunden, um die Situation zu verstehen: dass gerade meine erste Begegnung mit einem Schwulen stattfand. Und dass mein Anblick ihn erregte. Gebannt und begeistert schaute ich ihm zu, grinste verlegen und rannte nicht weg. Blieb starr und ergriffen, bis die Lust aus ihm schoss.

Seit ich mich erinnern kann, war ich von Homosexuellen fasziniert. Weniger aus erotischem Verlangen. Eher aus purer Neugier auf einen Menschenschlag, der sich der Schönheit von Frauen entziehen konnte. Der so gleichgültig auf weibliche Nacktheit blickte wie ich auf nackte Männerhaut. Ohne die geringste Regung, nicht im Kopf, nicht am Körper. Aber ich registrierte eine übermäßige Freude, weil jemand sich an mir entflammte. Auch wenn dieser jemand der ganz Falsche war. Doch ich empfand zum ersten Mal so etwas wie Macht über eine Person: Er, *the English man*, war abhängig von mir. Und nicht umgekehrt. Mein Ausgeliefertsein war für Minuten aufgehoben. Ich war sein Objekt und trotzdem der Stärkere. Da frei.

Ich würde später, aus beruflichen Gründen, von Homosexuellen umgeben sein. Jeden Maskenbildner und Garderobier habe ich nach seinen intimsten Praktiken gefragt, ausgefragt, blieb neugierig auf alle Details. Und habe sie bewundert für ihre Hemmungslosigkeit, den Ideenreichtum, mit dem sie ihrer Sexualität frönten. Sie schienen weniger verpestet von den Anmaßungen gängiger Moral. Ich hörte von Liebespraktiken wie *rimming* – was für ein Schrecken verbreitendes Beispiel –, die mich abstießen. Und zugleich innig beschäftigten: So wollte ich sein, so entlastet von allen Bedenken. Doch ich war es nicht, ich war voller Abscheu.

19

So streunte ich ein Jahr lang nach dem Abitur durchs Leben. Ohne Zweck und ohne Aussicht auf eine Beschäftigung, die mein Herz und mein Ego befriedigt hätte. Und die genug Geld versprach für eine schwungvolle Biografie. Ein paar Küsse hatte ich seit Torquay geschenkt bekommen, auf verschiedenen Feten. Aber nie flüsterte eine Frau das Versprechen für eine ganze Nacht, für das ganze zügellose Spiel der Liebe. Doch, halt, eine signalisierte ein »Vielleicht«, ein Vielleicht in einem Jahr. Während dessen ich, so war zu vermuten, balzen und Süßholz raspeln, ja, so dornenreiche Zustände wie Sicherheit und Ewigkeit beteuern sollte. Zum Teufel nein, meine Zukunftsaussichten reichten bis zum Wochenende, alles andere schien nicht vorstellbar.

Ich war noch immer *handyman*, einer, der mit seinen Händen tat, was jeder konnte: Hilfsarbeiter. Bis ich einen Job als Spüler, Parkplatzwächter und zweibeiniger Rasenmäher in einem Hotel fand. Und mein Leben anders wurde, ein bisschen anders: als ich am zweiten Morgen die Küchentür öffnete und eine junge Frau dastand. Allein. Und Sekunden später die Hotelbesitzerin kam und mich aufforderte, Seka den Weinkeller zu zeigen. Damit sie ihn mit meiner Hilfe sauber mache, Flaschen abwischen etcetera.

Dort im Tiefgeschoss, zwischen Spinnweben und tausend Litern Alkohol, verborgen vor aller Welt, drehte ich (lebte ich!) meine erste Hollywoodszene: Ich betrat wieder diesen angstfreien Raum, in dem mich blitzartig jede Erinnerung an meine Vergangenheit verließ und ich das tat, was ich in diesem Augenblick für das einzig Richtige hielt. Ich nahm Sekas Hand, zog sie sacht an mich und – küsste sie: Seka. Und unsere Lippen schlingerten über unsere Gesichter, schlingerten zurück, schlingerten, bis wir ein Geräusch hörten und unsere Münder wie Blitze auseinanderfuhren. Der Hausmeister kam und er sah nichts als die Schatten unserer fleißigen Körper, die putzten und wischten.

20

Seka war »Gastarbeiterin«, kam aus Split, und bis ans Ende meiner Tage werde ich an ihrem Lorbeerkranz flechten: Abends schlich ich in ihr Zimmer. Allein dieser Vorgang – das Hineinschleichen – rührte mich an. Das Verbotene sicherte die Aufregung. Einfach deshalb, weil es verboten war. Heimlich tun vor dem Vater, um der Bestrafung zu entgehen. Heimlich aus der Kirche wischen, um dem Pfaffengeleier zu entfliehen. Heimlich Sandra treffen, um uns zu berühren. Heimlich zu Seka huschen.

Ich hatte wohl schon als Knirps geahnt, dass sich das Erlaubte eher leblos anfühlte und dass das Tabu eine Sünde versprach: die Sünde des Ungehorsams, die Sünde, nach verbotenen Früchten zu greifen.

Seka war das Gegenteil von Caprice. Sie lächelte, als sie mich sah. Und ihr sonnendurchfluteter Körper lag vollendet auf dem Bett. Vollendeter ging nicht. Und wir liebten uns. Nun ja, eben so, wie einer wie ich einen Frauenkörper lieben konnte. Gewiss führte ich mich bereits ein paar

Grade weniger eckig und hilflos auf als im Bordellzimmer Nummer 37. Aber noch immer so weit weg von dem Bild, das ich mir – von mir – erträumte: der Souveräne, der mit seinen Zauberhänden die Buchten und Geheimnisse einer Frau nachzeichnete. Einer, unter dessen Berührungen sie seufzt und selig ermattet.

Aber Seka machte gut, was mir fehlte. Ich fasste nicht, dass sie mich schön fand, und fasste nicht, dass ein so schöner Mensch mich umarmte. Wie hypnotisiert starrte ich auf ihren Busen, wollte nicht glauben, wie verkümmert bei der einen und wie fantastisch bei der anderen ein und derselbe Körperteil aussehen konnte. Bei Seka, in dieser Nacht, erkannte ich etwas, das mich ein Leben lang nicht verlassen sollte: dass der Blick auf Schönheit mich rettet, ja, für eine Zeit versöhnt mit einer Welt, die mich so oft überfordert.

Ich war noch immer der Roboter und Sekas begabte Hände versuchten diskret, mich zu entschleunigen. Doch ich hörte nicht hin. Der Roboter saß tief, auf Autopilot gestellt. Er war meine Angst, kein »richtiger« Mann zu sein, ja, als einer zu gelten, der es der Frau nicht ordentlich besorgte. Irgendwann muss der Gedanke in meinem Kopf gelandet sein, dass Geschwindigkeit »männlich« sei: Je schneller, desto viriler. Sex als Wettkampf, bei dem einer siegt und der andere besiegt wird.

Ich könnte nicht sagen, woher diese Ansichten kamen: von den grausigen Erzählungen meiner Mutter? Vom heimlichen Geflüster der Freunde? Von den bis zur Unkenntlichkeit abgefingerten Fotos kopulierender Paare? Von der allwaltenden Stimmung, dass Sex grundsätzlich »schmutzig« sei, sprich, dass der Akt hastig und überstürzt abgewickelt werden musste? Um »es« hinter sich zu bringen.

Eines (fernen) Tages würde ich im Internet Pornofilme sehen und dabei Männer beobachten, die sich noch immer aufführen wie ich damals: Triebglühende Tiere, die umstandslos ins Weibchen fahren und mit Vollgas ihr Geschäft erledigen. *The quick business men*. Der Männerschwanz als Hochgeschwindigkeitskolben, den nur eine Sorge plagt: spritzen! Nicht die Sorge, haltlos und unbekümmert zu schmusen, nicht das Verlangen, sich gegenseitig mit Flüstern und eleganten Bewegungen ins Paradies zu schaukeln. Nein, lieber angestrengt hin und her zu ranzen, bis er, der gerade tätige Pornohengst, aus der Stute fährt und – spritzt.

Ich war auch Hengst, doch ein erfolgloser, ohne Abschluss, ohne Abschuss. Denn bei Seka passierte wieder nichts. Ich rotierte, aber nichts kam: kein Samen, kein befreiendes Keuchen. Nur Ladehemmung. Wie bei Caprice, obwohl jetzt alles anders war: Seka war voller Hingabe, voller Leuchten und Bereitschaft. Aber ich konnte nicht loslassen.

Jahrelang sollte es dabei bleiben. Irgendwann würde mir ein Androloge ein Attest schreiben, worauf der korrekte Name dieser Hemmung stand: *Anorgasmie*/Nicht-Orgasmus. Befriedigte ich mich selbst (ich war allein!), ging alles seinen Weg. War ich mit einer Frau (nicht allein!), verstockte ich. Warum? Weil Frauen mir Angst machten? Weil ich nichts teilen wollte? Weil meiner Mutter vor Schwänzen ekelte? Weil ich diesen Ekel verinnerlicht hatte? Woher soll ich das wissen.

Ich war ein seltsamer Liebhaber, die ganzen acht Wochen lang, in denen wir uns sahen. Weder Seka noch mir konnte ich Erfüllung bringen. Aber sie vergab mir meinen Dilettantismus, vergab mir, dass ich nie mit dem Mund ihr Geschlecht berührte, ja, sie bestand auf keiner Erklärung. Mir graute, ich war ja der typische, vom Religionsunterricht verkrüppelte Arsch. Zu alldem war Seka bewusst, dass die erotische Nähe ihr keinen Vorteil verschaffen würde: Ich war mittellos, ich war machtlos, ich war ein schlecht bezahltes Faktotum, das tagsüber Gläser spülte und im Hotelgarten Unkraut rupfte. Und nachts als wenig talentierter Lover agierte. Warum also ihre Wärme für mich?

Hier eine Vermutung: An einem Wochenende kam Sekas »Verlobter« zu Besuch. Ein Deutscher, den sie in Jugoslawien kennengelernt hatte. Sie aßen im Hotel, ich bediente. Seka und ich hatten ausgemacht, dass wir uns strikt jeden Blick verbieten würden. Was mich nicht daran hinderte, genau hinzuschauen. D. war kein griechischer Halbgott, eher solider Daddy, doch freundlich und nicht ungehobelt. Sein offensichtlichster Minuspunkt: Blindheit. Er hatte noch immer nicht begriffen, dass Seka, diese 27-jährige Adriagöttin, zu den (vielen) Frauen gehörte, die sich den Einen wünschen, der ihre Schönheit wahrnimmt. Und sich – via sprühender Komplimente, ja, mit Berührungen und verträumten Augen – dafür bedankt. D. nicht. Er saß da und redete über Profite. Seine Profite.

In dieser Nacht von Sonntag auf Montag klopfte ich wieder an Sekas Zimmertür. Und legte mich neben sie. Immerhin war ich, anders als D., dazu fähig: überwältigt zu sein von ihrer Anmut – und ihr von diesem Überwältigtsein zu erzählen. Als Tatmensch war ich die Null, aber als einer, der gerührt Wörter verschenkte, war ich passabel.

Kurz vor Mitternacht, noch am selben Sonntag, läutete das Telefon. Seka hob ab, musste abheben. Und ich hielt still. Der Geschäftsmann meldete sich, wie vereinbart. Nach ein paar nebensächlichen Sätzen wurde es riskant. D.: »Bist du auch hübsch allein?« Und Seka – wir lagen Körper an Körper, wie zwei Löffel – antwortete ruhig: »Klar, ich allein. Was du denkst.«

Es war das erste Mal, dass ich einer Frau in einer solchen Situation beim Lügen zuhörte. Zweifelsfrei wusste, dass sie log. Aber ich war nicht empört. Schon als Kind hatte ich ja begriffen, dass einzig die Lüge taugt, um ein eigenständiges Leben zu führen. Wer andere kontrolliert, muss damit rechnen, dass die Kontrollierten durch die Hintertür – die Lüge – zu entkommen versuchen.

Noch ein Gedanke kam mir. Und den fand ich widerlich, aber ich konnte ihn nicht verhindern: Ich sah mich D. gegenüber als »Sieger«, als der Begehrtere. Ich war – und jahrzehntelang sollte es so bleiben – verstrickt in ein kolossal aufreibendes Muster: Männer gegen Männer. Der andere als Gegner, nein, als Feind. Der mich anstiftet, mich mit ihm zu vergleichen. Um ihn anschließend zu stutzen. Zu meiner Glorie. Oder vor ihm einzuknicken. Zu meiner Erniedrigung. Weil der andere mich überragte. In so vielem.

Nach zwei Monaten kam das Ende unserer sanften Liebelei. Das Hotel machte bankrott. Seka ging mit D. davon und ich stolperte weiter Richtung Ziellosigkeit. Voller Wehmut und Dankbarkeit dachte ich an sie, deren Spur sich bald verlor.

Vor unserem Abschied passierte noch eine kleine Episode: Ich hatte aus dem Keller eine Weinflasche geklaut und wir kuschelten voller leichtsinniger Ideen im Bett. Bis mein Blick auf den Boden fiel, wo neben dem Nachttischchen eine Zeitung lag. (Seka trainierte jeden Tag ihr Deutsch.) Die Seite mit einem Bericht über den Architekten Edwin Lutyens, der maßgeblich, so stand es hier, am Bau New Delhis beteiligt war, lag offen da. Ich hatte nie von dem Mann gehört, aber beim Überfliegen der Zeilen stieß ich auf einen Absatz, der mich sehr berührte: Der Engländer wurde einmal gefragt, warum er so detailversessene Arbeiten an Stellen von Bauwerken vornehmen ließ, die niemand einsehen konnte. Und seine weltmeisterliche Antwort: »Gott sieht es.« Ich dachte sofort an Seka. Jedes (auch verborgene) Detail an ihr war von himmelblauer Schönheit. Und ich habe es gesehen.

21

Ich kam mit keinem Talent auf die Welt. Jedes Glück, das mich irgendwann ereilen sollte, war erschuftet. Nie war ich Spieler, nie einer, der ohne Strapazen davonkam. Nie Luftikus, der tänzelte. Ich war Zehnkämpfer, der in keiner Disziplin brillierte. Erst recht nicht in der Disziplin »Frauen«. Gern wäre ich ein Schwarm gewesen, der nur die Hand ausstrecken musste, damit sie anschwirren. Eine betrübliche

Feststellung für jemanden, der heftig von ihnen abhängig war. Immerhin war ich kein Aufgeber, der sich bescheidet und der Sucht abschwört. Kam nicht infrage, es wäre kein Leben gewesen.

22

Nach fünfzehn Monaten war das Streunen und Gehilfendasein vorbei: Ich saß auf einer Toilette und in der mitgebrachten Zeitung fand ich eine Anzeige des Mozarteums in Salzburg. Ein Studium für »Schauspiel & Regie« wurde angeboten. Also fuhr ich los und ließ mich zu einem Beruf ausbilden, den ich mir als Traum vorgestellt hatte und der als Albtraum endete.

Ich hatte zu tun. Die Schäden, die ich mir – via psychischer und physischer Gewalt – in meinem Geburtsort geholt hatte, verabreicht von Erwachsenen, die nicht wussten, wohin mit ihrem Sadismus: Sie hielten mich auf Trab. Und das Schauspielern half nicht als Gegenmaßnahme, funktionierte nicht. Da sich bald herausstellen sollte, dass ich nur mäßig begabt war. Auch dafür.

23

Dennoch geschah etwas ganz Dramatisches, ganz Stilles. Ich fing zu lesen an – plötzlich an einem Winternachmittag. Ich erkannte sogleich, dass ich ein Heilmittel gefunden hatte, das mir ab sofort beistehen würde: die Entdeckung von Sprache als Lebensretter. Die so überraschende Erfahrung, dass Buchstaben, die von einem Buch in den Kopf wandern, mithalfen, die Welt und das Leben beherzter auszuhalten. Eine solche Erkenntnis gehört wohl zu den überwältigendsten für jeden, der sie je macht. Logischerweise taugte Literatur auch dazu, mich über meine Debakel bei Frauen hinwegzutrösten. Nein, das Wort ist zu stark. Literatur tröstete nicht, nicht gänzlich. Aber sie war ein Fluchtpunkt, ein Lebensraum, in dem ich wenig falsch machen konnte. Denn ich las von anderen, die gleichfalls scheiterten. Oder von Männern, die ich beneidete. Jene, die besaßen, was mir fehlte: die Nonchalance, den Triumph, die Unbeschwertheit neben einer Frau.

24

Doch ziemlich rasch wurde klar, dass mich Träumen nicht interessierte. Ich wollte beim Lesen nicht der Welt davonfliegen. Und nicht in Traumwelten landen. Die Gedanken der Schriftsteller sollten mich antreiben, sollten Lichtadern durch mein Hirn (und mein Herz) ziehen. Damit ich heller durch die Tage käme. Auch heller und gewiefter mit Frauen umginge. Ich wollte nicht ins Paradies entführt werden, ich wollte irdisch bleiben. Trudelte ich, via Lektüre, zu sehr ins Virtuelle, kam eine hitzige Wut in mir auf, ja, Trauer. Denn das gerade stattfindende Träumen erinnerte mich daran, dass ich ein Loser war, einer eben, der unfähig schien, seine Träume in die Wirklichkeit zu zerren. Einer wie so viele, die nur träumen. Statt sich um ein romantisches Leben zu kümmern.

25

Frauen, endlich. Die ewige Wartezeit – über 400 (!) keusche Nächte nach Seka – ging ihrem Ende zu. Wir Schauspielschüler besuchten Partys, wurden eingeladen und herumgereicht. Wir besaßen – ob verdient oder nicht – einen Status, der verführerisch wirkte. Es fehlte folglich nicht an Orten, um sich zu finden.

Ich erinnere mich an jedes Gesicht, dem ich näherkam, da ich schon als Elfjähriger angefangen hatte, ein Tagebuch zu führen. Bei allen intimen Begegnungen übte ich. Mit bescheidenem Erfolg. Denn die Mädels – oft nur eine Nacht lang in meiner Nähe – verschwanden wieder. Keine plagte eine ungestüme Sehnsucht nach mir. Natürlich weiß ich nicht alle Gründe, warum es so war. Doch mit mir, so vermute ich, kam keine Leichtigkeit ins Bett. Der genitale Ernst fing an, das Abmühen, das Reinstecken und Aufdrehen. Kein Spiel, kein Liebesspiel, kein Himmel auf Erden. Wie ein Lehrling kam ich mir vor, dem nichts anderes einfiel, als Nägel reinzuhauen. Meine Hände, mein Mund und mein Geschlecht, sie wussten so wenig von der extravaganten Vielfalt, die eigentlich für sie vorgesehen waren. Aber *eigentlich* zählt nicht. Nur die Wirklichkeit zählt.

Ein paar der nächtlichen Besucherinnen schienen so unbegabt wie ich. Und noch haltloser versaut. Nicht bravourös versaut im Sinne von »alles ist erlaubt«, nein, für sie war Sex böse, versaut von Geilheit und niedrigen Instinkten. Er war Sünde, tiefe, unheimliche Sünde. Dennoch landeten wir nackt auf einem Laken. Wobei Theresa noch eine Spur (unfreiwillige) Heiterkeit inszenierte, indem sie mittendrin einschlief, ja, mich – eine Handbreit von ihrem Atem entfernt – unerschrocken anschnarchte. Sie hetzte nicht gegen Sex, sie ignorierte ihn meisterlich. Und bestrafte den Mann – kein Wort fiel, nur eisiges Schnarchen – mit demonstrativer Abwesenheit: »Schau, Sex ist scheiße und du bist scheiße.«

Da war Nina – sie soll als einziges drastisches Musterbeispiel erwähnt werden – ein ganz anderes Kaliber. Abgesehen davon, dass sie umwerfend gut aussah, war sie es, die geradezu drängte, mit ihr in die Wohnung zu kommen. Wäre ich weniger eitel gewesen, ich hätte sofort den Hinterhalt gerochen. Ihre großzügige Geste – schon am zweiten Abend – war zu ungewöhnlich, um keinen Verdacht zu erregen. Erst im Bett erkannte ich die Falle, die sie für mich aufgestellt hatte: Kaum sah sie meine Erektion, ging der Spott los. Nicht vornehm, dafür laut und ordinär wie aus dem Mund einer Marketenderin: was für ein Arschloch ich sei, was für ein präpotenter, geiler Bock, der einer Frau nicht mehr zu bieten habe als seinen »ekligen Schwanz«.

Konsequenterweise hatte sie ihren (formidablen) Körper unter einem enganliegenden (!) Schlafanzug versteckt. Hass brach aus der 22-Jährigen hervor. Ich stand am Pranger, wohl stellvertretend für alle Männer, mit denen sie längst hatte abrechnen wollen. Wie meine Mutter. Wäre die arme Frau, die Gattin des Rosenkranztrödlers, nicht sanft gewesen und nicht eine, die sich jeden (sichtbaren) Zorn verboten hatte. Nina nicht, sie verschmähte Schwänze und sie verkündete es laut und hemmungslos der Welt.

Alle Männlichkeit schwand, in Sekunden. Niedergeschrien von einer, die irgendwann dem falschen Mann (den falschen Männern?) begegnet sein muss. Ich flüchtete aus dem Bett und stürzte in meine Kleider. Erniedrigt werden ist nicht lustig, aber vor einem Weib flüchten, das mich kreischend an meine dunkelsten Ängste (der ungeliebte Sohn, der Schwanzträger!) erinnerte, war noch anstrengender. Ich rannte die fünf Stockwerke hinunter, immerhin so schlau, kein Wort zu erwidern. Vor der Haustür lag Schnee, zitternd vor Kälte und Wut eilte ich nach Hause.

26

An den Wochenenden fuhr ich Taxi in einer 150 Kilometer entfernten Stadt. An manchen Tagen aß ich nur einmal, musste eisern haushalten und mit etwa (umgerechnet) 250 Euro pro Monat auskommen. Eine meiner En-passant-Bekanntschaften stieg wieder aus dem Bett, als sie meinen unbekleideten Körper sah. »Du bist mir zu eckig.« Und ging davon. Wie recht sie hatte, ich war elend lang und elend dünn. Wie ich den Männern mit den schönen Muskeln hinterherblickte.

Im folgenden Frühjahr gab es Geld. Keinen Batzen, aber ein wenig. Ich spielte – noch immer Schauspielschüler – in einem Film für das Österreichische Fernsehen mit. Den Vertrag verdankte ich ausschließlich dem (bis heute) erfolgreichen Regisseur Peter Keglevic. Er besuchte am Mozarteum die Regieklasse und wir waren – unzertrennlich, dachten wir damals – die besten Freunde. *Du sollst nicht begehren*, hieß der 30-Minuten-Streifen. Ein Zwei-Personen-Film, eher dunkel und surreal, mit dem Keglevic versuchte, die eigenen Eifersuchtsschübe (seine Frau sehnte sich nach einem anderen) in den Griff zu bekommen. Die zweite Hauptrolle übernahm Sylvia Manas, eine von uns beiden bewunderte, wunderschöne, wundersam begabte Schauspielerin. Natürlich wollte ich die Filmküsse mit ihr nachts, ohne Kamera, fortsetzen. Sylvia war klug genug, mich auszulachen und fortzuschicken. Das war wohl die Garantie dafür, dass wir uns heiter und unbefangen verbunden blieben.

Nur Monate nach den Dreharbeiten stieg sie zu einem der Superstars im deutschsprachigen Raum auf: Kino, TV, Theater. Nicht lange. Vier Jahre nach dem Filmschmusen verunglückte sie tödlich auf der Autobahn. Eigenverschulden, die genaue Ursache – Unachtsamkeit? – wurde nie geklärt.

Die Begegnung mit ihr war noch aus einem anderen Grund wichtig: Ich schaute ihr beim Drehen zu und sah, dass sie zwei oder drei Klassen talentierter agierte als ich. Das waren die Augenblicke, in denen ich unwiderruflich begriff, dass ich für dieses Metier nicht taugte. Nur besaß ich nicht den Mut, diese Einsicht in die Tat umzusetzen, sprich, mich um einen anderen Beruf zu kümmern. Und wenn: Welcher wäre das gewesen? Ich wusste von keinem.

27

Und doch. Eine kam, die auf ihre Weise dazu beigetragen hat, dass ich – so viel Zeit später – bei mir ankam: Ein Juniabend, letztes Studienjahr in Salzburg, ich saß auf der Terrasse des berühmten Tomaselli-Cafés. Ich las, wie pompös, *Platons Briefe*. Und ein kurzer Seitenblick fiel auf den Alten Markt. Eine junge Frau kam vorbei, elegant gekleidet, Maxirock, durch das viele dunkle Haar fuhr eine leichte Brise. Sie ging weiter und bog um die nächste Ecke. Und wieder kam dieser Moment, in dem keine Angst mich duckte, kein Bedenkenträger in meinem Kopf seine Bedenken äußerte, nein, ich ließ ein paar Schilling auf dem Tisch und lief ihr hinterher. Und sah sie in einem offenen, hell erleuchteten Hausflur verschwinden. Vor dem Eingang stand eine Gruppe Leute, irgendeine Versammlung schien hier stattzufinden. Ich beschrieb die Kleidung der jungen Frau und fragte, ob man sie kennen würde. Ja, das sei Miriam, ja, man könne sie holen. Und sie kam. Und lächelte. Und ja, wir könnten uns nachher sehen, doch jetzt müsse sie an einem Treffen der sozialistischen (kommunistischen?) Arbeiterjugend teilnehmen.

Eine Stunde später kam sie an meinen Tisch, ich saß wieder mit Platon im Café. Und diesmal war es anders, das Treffen von Frau und Mann. Kein Gerede, kein Blabla, kein Imponiergehabe, um voneinander Beifall einzuheimsen. Miriam nahm das Buch und fing an, über den alten Griechen zu sprechen. Als wäre Altphilologie ihr Hauptfach. Mir fiel die heilige Dreifaltigkeit ein, die ich immer bei einer Frau suchte, die Wärme, die Klugheit, die Schönheit. Und ich begriff bald, entlang der Monate, in denen wir uns sahen, dass die Schönheit eines Menschen durchaus begeistern mag. Doch rasanter begeistert, wenn Esprit dazukommt. Dieses Wunder im Kopf, das von der eigenen Welt erzählen kann und von tausend anderen Welten auch noch weiß. Und so ein Mensch war sie, die 21-Jährige.

Nun passierte etwas, was ich vorher nicht kannte: Wir befreundeten uns, ohne die geringste intime Geste. Miriam war an mir als Liebhaber nicht interessiert. Und ich akzeptierte das, ohne mich als gekränkter Gockel zurückzuziehen. Bei aller gestauchten Eitelkeit erahnte ich gleich am ersten Abend die Schätze, die in dieser Frau lagen.

Wir trafen uns dreimal die Woche an einem ruhigen Ort und taten nichts anderes als reden. Rede und Gegenrede.

Ich fürchtete schon damals, dass die Menschheit in nicht allzu ferner Zukunft an Verblödung zugrunde gehen würde. So widerrief ich jedes Mal meine Mutlosigkeit, wenn ich von ihr fortging. Miriam legte bei jedem Rendezvous tausendundeinen Gedanken auf den Tisch, sie war weltsüchtig, sie schien alles zu lesen, sie war so hungrig. Wie eine riesige Orgel kam sie mir vor: Welches Register man auch zog, immer kam ein Ton, ein gescheiter Satz, zum Vorschein.

Nach jedem Treffen war *ich* der Gewinner. Weil *ich* etwas gelernt hatte. Sie war jünger und wusste mehr als ich. Sie kam aus Paris, wo sie ein paar Semester studiert hatte, und ich kam aus der Provinz. Sie sprach bereits drei Sprachen, und ich gackerte ein bisschen Englisch. Sie würde bald ihren Doktor in Politikwissenschaften machen und das werden, was sie wollte (Reporterin beim Fernsehen), und ich würde mein Diplom in »Schauspiel und Regie« bekommen und als unerheblicher Schauspieler eine *misère* verdienen. Wären wir zwei Boxer gewesen, sie hätte jede Runde für sich entschieden. Immerhin stand ich stets wieder auf, stets neugierig auf ihre (geistigen) Fundsachen.

Wir hatten kein System, wir redeten Kraut und Rüben: über den Vietnamkrieg, über bewunderte Kriegsfotografen, über Curd Jürgens als *Jedermann*, die Watergate-Affaire, den Hungerstreik der RAF, die Ausweisung Solschenizyns aus der Sowjetunion, über Camus und seine absolute Forderung, die Menschen zu lieben, und unser Eingeständnis, dass uns das so oft nicht gelang, über den Salzburger Unglücksmensch Georg Trakl, der als Apothekerlehrling – keine hundert Schritte von unserem Café entfernt – seinem Arbeitgeber Morphium aus den Regalen stahl und mit 27 Selbstmord beging, über das österreichische Genie Klaus Maria Brandauer, über Henry Miller und seine Liebe zu Frankreich, über das Schwulsein von Platon, über das Milgram-Experiment, dessen gerade veröffentlichte Ergebnisse nichts Gutes über uns Menschen zutage förderte, über Gott und die Welt, nein, über Gott nicht, wir waren beide längst gottlos und immer nur weltlich. Miriam war ein Freigeist. Frei auch von religiöser Infantilisierung.

Immer brachte jeder von uns einen Stoß Zeitungen und ein paar Bücher mit. Ihre waren gekauft, die meinen geklaut. Klar, wir wollten auch ein bisschen voreinander angeben, wollten einer den anderen an Weltneugier übertreffen. Das so Besondere an Miriam: Was immer mir einfiel, sie verwendete es als Sprungbrett für weiterführende Einfälle. Wir redeten und einer manövrierte den anderen in überraschende Gedanken. Keine weltneuen, aber neu für uns.

Später, als Schreiber, würde ich einen gescheiten, ja, weisen Satz (Autor unbekannt) finden: »Ich schreibe nicht, um zu sagen, was ich denke, sondern um zu erfahren, was ich weiß.« Jedes Wort stimmt. Denn der Akt des Schreibens ist wie Tiefseetauchen. Um in der Tiefe (des Unbewussten, des Intuitiven) auf Neuland zu stoßen: auf das, was – bisher – in einem verborgen war. Bei Miriam bekam ich einen Vorgeschmack darauf. Während ich ihr zuhörte und antwortete, kamen Erkenntnisse in mir hoch, die ich vorher nicht einmal vermutet hatte. Nein, keine Weltformeln sprudelten aus mir, aber ein paar Ahnungen, die mir helfen sollten, irgendwann mit dem Leben, das dunkel und übermächtig vor mir lag, fertig zu werden.

Wir waren unfassbar jung und zynisch und berauscht von unserem Pathos. Als wollten wir uns bestärken. Damit wir durchhielten und nicht abstürzten in ein bürgerliches Leben. Das wir nicht ausgehalten hätten. Und gewiss, Miriams Enthusiasmus für die Welt hatte etwas in mir bewegt, genauer: etwas bestärkt. Wobei ich noch immer nichts, nichts Genaues, davon begriff. Aber ich sah es untrüglich: Sie war der Weltbürger, der Kosmopolit, der ich sein wollte. Ihre Sehnsucht nach Unruhe und Internationalität, die plagte mich auch. Doch sie war die Frühbegabte. Und ich der Umständliche, der sich erst in unzählige Sackgassen verlaufen musste, um bei sich anzukommen.

28

Einige Jahre später – inzwischen getrennt durch verschiedene Lebenswege – haben wir miteinander geschlafen. Eine Nacht lang und nicht wieder. Obwohl sie eine umsichtige Geliebte war und ich mich im Bett bereits ein Stück weniger unelegant aufführte. Wir waren geil, aber nicht warm. Auch unsere Gespräche gelangen nicht mehr. Das Überbordende war weg, die Freizügigkeit, die Wortlawinen, mit denen wir uns gegenseitig überschüttet hatten. Ich habe nie herausgefunden, warum. Allen meinen Fragen – dahin zielend – wich sie aus.

Der Kontakt verlor sich, jetzt unwiderruflich. Rein zufällig begegneten wir uns, immer wieder einmal, immer flüchtig, auch einmal auf einem Flug. Obwohl sie allein in einer Dreierreihe saß, kam keine einladende Geste, mich dazu zu setzen. Wie ein Messer fuhr ihre Kälte in mein Herz. In dem kurzen Wortwechsel sprach sie nur von sich. Wo sie wieder überall gewesen war, wen sie schon wieder interviewt hatte, wer alles nach ihr verlangte. Als ich (Idiot) noch einmal an ihren Sitz zurückkam, um ihr mein neues Buch zu schenken, legte sie es – ohne einen Blick darauf zu werfen, ohne einen Hauch von Interesse – gleichgültig neben sich. In Salzburg hätten wir gejohlt vor Freude, geteilter Freude. Ein Verdacht verdichtete sich: Der Ruhm war ihr in den Kopf gestiegen. Und wenn das passiert, ist kein Platz für den Erfolg eines anderen. *What a pity.* Wie gern hätte ich diese Frau, der ich soviel verdanke, zu meinen Freunden gezählt.

29

Damals, noch im Flugzeug, musste ich an meinen Zen-Meister in Kyoto denken. Er war überzeugt, dass Gier die Ursünde des Menschen sei. Aber bald danach käme der Hochmut. Der Mann sprach ein einfaches, deutliches Englisch: »Stay fucking normal«, riet er jedem, der von dem Wahn heimgesucht wurde, dass er der Bessere sei, der Auserwähltere. Freuen solle man sich, wenn einem etwas gelungen ist. Und das sei, so der Alte: »Enough.«

War Miriam ein Spiegel? Auf dass ich hineinschaue und mich ertappe? Bin mir nicht sicher. Dünkel schien mir schon immer verdächtig. Allein deshalb, weil ich nicht an den »Eigenverdienst« glaube, eher an Glück. Und die Gene. Beides geschenkt, beides Launen des Schicksals. Fest steht, dass mich die letzte Begegnung mit ihr sehr bewegt hatte. Wie sagte es Flaubert: »Das Ende der Welt durch das Aufhören der Wärme.« Nein, ich will mich hier nicht als Opfer aufplustern, aber Wärmeentzug, der nicht einmal der Mühe wert scheint, erklärt zu werden, der betrübt.

30

In Salzburg, noch Schauspielschüler, fing ja der Lesewahn an. Und somit die notorische Lust, Bücher zu stehlen. Weil ich notorisch pleite war. Das ist keine Entschuldigung, aber ein Grund. Ich war gewissensbissefrei, denn Leidenschaft will von Moral nichts wissen.

Auf einem meiner Streifzüge besorgte ich mir, endlich, Rilkes *Aufzeichnungen des Malte Laurids Brigge*. Jenen Text, aus dem mir Hermann – nachts, im Waschsaal des Internats – vorgelesen hatte. Und ich fand gleich die Stelle, die ich mir an diesem Abend aufgeschrieben (und wieder verloren) hatte. Mein Unterbewusstsein wusste schon, was aus mir werden sollte. Anders kann ich mir nicht erklären, warum mich damals Rilkes Einsichten ins Leben, ins Schreiben, so aufgewühlt hatten. Auch wenn sich seine Überlegungen an einen Dichter richten (der ich nie wurde), so gelten sie jedem, der es liebt, Sprache aufzuschreiben. Als Brotverdienst. Als Sinngebung. Als Rettungsring: »Ach, aber mit Versen ist so wenig getan, wenn man sie früh schreibt. Man sollte warten damit, und Sinn und Süßigkeit sammeln ein ganzes Leben lang und ein langes womöglich, und dann, ganz zum Schluß, vielleicht könnte man dann zehn Zeilen schreiben, die gut sind. Denn Verse sind nicht, wie die Leute meinen, Gefühle (die hat man früh genug), es sind Erfahrungen. Um eines Verses willen muss man viele Städte sehen, Menschen und Dinge, man muss die Tiere kennen, man muss fühlen, wie die Vögel fliegen, und die Gebärde wissen, mit welcher die kleinen Blumen sich auftun am Morgen. Man muss zurückdenken können an Wege in unbekannten Gegenden, an unerwartete Begegnungen und an Abschiede, die man lange kommen sah, (...), an Reisenächte, die hoch dahinausrauschten und mit allen Sternen flogen (...) Man muss Erinnerungen haben an viele Liebesnächte, von denen keine der anderen glich ...«

Kein Wunder, dass mir das gefiel: Rilkes penetranter Aufruf, innig zu leben und dabei dem Leben und sich und den anderen so nah wie möglich zu kommen. Und Erinnerungen zu sammeln, auch an Nächte, die man in der Nähe einer (eines) Geliebten verbracht hat. Ob es uns jedoch, den Bewunderern des Genies, gelingen würde, *nicht eine Liebesnacht der anderen gleichen zu lassen*? Gewiss nicht, aber Poeten dürfen träumen und donnern und mit Superlativen um sich werfen. Wir Sterblichen nicht, wir müssen uns redlich placken: dass uns das Leben nicht abwirft, nicht verbannt ins Reservat der Leblosen. Wo alles verwelkt, alles, was einmal blühen, was einmal prall sein und saftig und willkommen sein wollte.

Hundert Jahre nach Rilke würde Michel Houellebecq in einem Interview den einfachen Satz aussprechen: »Es gibt zwei Arten von Menschen, jene, die Zugang zu Sex haben, und die anderen.« Da ich unbedingt zu den *lucky ones* gehören wollte, schon lange vor den Sprüchen des französischen Schriftstellers, war ich für alles gerüstet, ja, auch dafür, die Flops – von mir verursacht oder über mich gekommen – hinzunehmen. Als Leergeld, nein, als Lehrgeld. Auf dass die anderen, ausnahmslos Frauen, mich etwas lehrten: über ihren Körper, über meinen Körper, über ihre Seele, über meine Seele, sprich, meine Männerängste. Damit einer den andern verzaubert. So das Ziel, uff, wie weit schien es weg.

31

Eine Nacht kam, die war gewiss einmalig. Und sollte so auch nicht mehr passieren. Und sie war keine Peinlichkeit, sie war eher lustig und vergnügt und harmlos: Irgendwo in der Stadt fand eine Party statt. Ein Freund vom Mozarteum hatte mich mitgenommen. Es gab keine Drogen, aber eine Badewanne voller Alkohol. Und irgendwann – ich könnte nicht mehr sagen, wie – befand ich mich mit zwei Studentinnen auf einer Matratze, in einem Zimmer der großen Wohnung. Wir drei waren betrunken, die paar Versuche, uns wieder aufzurichten, schlugen fehl. Also schliefen wir ein. Und als ich erwachte, spürte ich eine Hand an mir fummeln. Ich war einverstanden. Bis ich ins Halbdunkel blinzelte und erkannte, dass die Linke, die Mordsdicke, ein Auge auf mich geworfen hatte. Und ich ihre Hand nahm und zurückpackte. Und mich nach rechts wandte und die Schöne der beiden Freundinnen zu streicheln begann. Worauf sie meine vorlauten Finger – ebenfalls ohne ein Wort der Empörung – disziplinierte und wegschob. So ging das eine Weile hin und her, bis jeder von uns begriffen hatte, dass wir nicht zusammenpassten.

Ich erinnere mich gern an diese Episode, an diesen frühen Morgen, an dem die Plumpsige mich begehrte und die formschöne Isabel mir nur die kalte Schulter zeigte. Was für eine Parabel: dass oft die »Falschen« nach einem spähen und die »Richtigen« nichts von einem wissen wollen.

32

Die Wahrheit ist immer konkret, schrieb Brecht. So dämmerte mir während der Jahre in Salzburg die Gewissheit, dass eine Schöne sich abwendet und eine andere Schöne die Arme ausbreitet, sprich: dass Absagen verdrängt, genauer, akzeptiert und verdrängt werden müssen. Sie dürfen sich nicht ins Herz graben. Sonst kommt irgendwann ein schüchterner, ja, mutloser Mensch zum Vorschein. Ich sollte noch einige Waschlappen (weiblich/männlich) treffen, die ihren Mitmenschen mit Emphase von dem *einen* bösen Weltbewohner erzählen, der *einmal* böse zu ihnen war. Und sie deshalb keine Frau oder keinen Mann mehr anschauen. Oder anschauen und sofort verdächtigen. Denn einmal böse ist immer böse. Ihr Beleidigtsein als täglicher Vorwurf an die Menschheit.

Ich nicht. Ein Dasein als Waschlappen durfte nicht sein. Ich hatte bald – nach der Arme-Würstchen-Phase – verinnerlicht, dass ich nicht der Schönste und nicht der Begehrenswerteste auf Erden war. Auch ließ mich eine Rachsüchtige freundlicherweise wissen: »You are not the only brick in town.« I was not, gewiss nicht. Aber ich wurde mit raschen Schritten umtriebig, immer darauf bedacht, »teilzunehmen«: an den Wundern, die das Leben – so fordernd, so eiskalt vorüberziehend – verschenkte. Ich wollte Täter sein, einer, der tut, und nicht Zuschauer, einer, der nur dasteht. So kam nach Isabel die biegsame Lone, die Tanzschülerin. Sie führte mich nach einer Premierenfeier in das Wäldchen, das neben ihrem (unbetretbaren) Studentenheim lag.

Danach ertappte ich mich bei der Frage, was mir jetzt mehr Freude bereitet hatte: die verschmuste Lone oder die Erkenntnis, dass ich mich getraut hatte, auf sie zuzugehen und eine Abfuhr zu riskieren. Und siehe da, sie breitete die Arme aus und hieß mich willkommen. So schulde ich noch eine Weisheit den Frauen: dass man etwas hergeben muss. Etwas wie Beherztheit, wie Chuzpe.

33

Irgendwann, in meinem späteren Leben, würde ich in einer Zeitung zwei Nachrichten lesen, von denen die erste schallendes Gelächter provozierte und die zweite mir die Tränen in die Augen trieb: Ein Sozialhilfe-Empfänger forderte beim Bürgermeister seiner Stadt »finanzielle Beihilfen zur Abwehr sexueller Entzugserscheinungen«. Das ist grandios witzig und für Hunderte von Millionen Erdbewohnern (klammheimlich) nachvollziehbar.

Auf der nächsten Seite stand ein Bericht über ein Rehabilitationszentrum in der Schweiz. Dort hat man eine »Berührerin« engagiert (was für ein berauschendes Wort), um querschnittgelähmte Männer zu berühren, zu umarmen, zu massieren, zu kosen, zu kämmen, sie sexuell zu bedienen. Bezahlt von der Krankenkasse. Das wäre einen Friedensnobelpreis wert. Denn viel zuträglichere Mittel als eine warme Frauenhand kenne ich nicht, um einen unglücklichen Männerkörper zur Friedsamkeit zu verführen. Denn – jetzt kommt doch eine ewige Wahrheit – jedes fühlende Wesen, ob nun beinlos oder einbeinig, ob nun schief oder verbuckelt, ob nun kopfverwirrt oder autistisch einsam: Jedes hat ein Menschenrecht auf Wärme, auf die schützende Wärme eines anderen. Und würde der andere dafür entlohnt, vollkommen belanglos. Sie wärmt, und das soll zählen.

34

Mit dem *Diplom für Darstellende Kunst* zog ich nach München. Ich war weder ein Künstler noch ein Darsteller, nur ein untalentierter Schauspieler. Trotzdem bekam ich vom Residenztheater, dem »Bayerischen Nationaltheater«, einen Vertrag. Dank freundschaftlicher Beihilfe. Und wurde das, was ich von mir erwartete: unerheblich und meist zum Komparsen degradiert, der einen oder zwei Sätze aufsagen durfte.

Die Bezahlung war lausig, aber mit (heimlich) Taxifahren kam ich über die Runden. Und da für zehn Wörter abliefern kaum Probenzeit nötig war, verfügte ich über viel Freizeit. Ich wollte ein sensationelles Leben und es war ganz klein. Der Abgrund zwischen dem, was ich beanspruchte, und dem, was die Wirklichkeit hergab, war erschütternd. Zumindest für mich, den 25-Jährigen, der jeden Tag mit einem Ego auskommen musste, das ihm keinen Fehltritt verzieh. Wie ein Raubtier saß es in meinem Nacken und holte aus. Oft.

Ich flüchtete Richtung Frauen. Meine Eroberungen sollten gutmachen, was schlecht war in meinem Leben. Wenigstens als glorreicher Liebhaber Spuren hinterlassen, wenn schon der Beruf, die Berufung, nie glorreich werden würde. So redete ich mit mir, und so anders kam es.

Kein Mangel herrschte jetzt mehr. München war eine Großstadt, am Theater gab es hübsche Statistinnen und hübsche Maskenbilderinnen und hübsche Hauptdarstellerinnen. Und einen Fasching gab es, während dessen man betrunken sein und wild tanzen durfte. Und auf den nächtlichen Taxifahrten bekam ich ein paar Telefonnummern. Und bei Abendessen mit Freunden ergaben sich Kontakte. Ich war so getrieben, dass ich mich Frauen in der U-Bahn näherte, auf Rolltreppen, in Kaufhäusern, mitten auf dem Trottoir.

Nun könnte man beim Lesen dieser Zeilen glauben, dass hier ein Mann von sich erzählt, der wie der griechische Gott Priapos vor Potenz strotzte und deshalb stets mit einem prompt erregbaren Glied unterwegs war. Mitnichten. Mein Schein war das Gegenteil von meinem Sein. Ja, es kam noch absurder. Denn ich erwarb mir den Ruf eines »Frauenhelden«: weil ich oft mit einer Neuen gesehen wurde.

Die schlichte Wahrheit: Es dauerte keine zwei Monate und ich wurde impotent. Ich lag da und war tot, männergliedtot. Direkt neben einer lieben, ansehnlichen Frau, die mich gern als Mann erlebt hätte. Aber ich konnte nicht.

Von einer Nacht auf die andere. Ohne dass ich von einem Grund gewusst hätte. Einem fassbaren, einem stichhaltigen, einem mit einem bestimmten Namen. Der Mensch im Bett war verlockend, keine Gefahr drohte, ich hatte (noch) nicht das Kündigungsschreiben meines Arbeitgebers erhalten, nichts.

Wie auch immer. Was zuvor stets und wie selbstverständlich funktionierte, hatte aufgehört, sich zu bewegen. Freundliche Frauen, wie Petra damals in dieser gräulichen ersten Nacht, sprechen dann von einer »Panne«. Die einmalig ist, die vorbeigeht.

Aber sie ging nicht vorbei. Die Leblosigkeit kam jede Nacht wieder. Hätte ich irgendeine Ursache für den GAU, *den größten anzunehmenden Unfall in einem Männerleben*, nennen müssen, ich hätte auf »Stress« getippt. Lebensstress. Weil ich die Pfeife war, die Schauspielerpfeife, auf die kein Ruhmesblatt wartete. Nur die despektierlichen Blicke der Könner. Und auf solch eine seelische Entzugserscheinung – den Entzug von Achtung, das Verweigern von Wärme – reagiert jeder auf seine Weise. Der eine flüchtet in Drogen, der andere bekommt Herzrhythmusstörungen, der dritte wird fresssüchtig. Ich wurde tot, mein Unterleib starb.

Auf gewisse Weise war ich arbeitslos, denn das bisschen Arbeit, das man mir überließ, war der Rede nicht wert. Aber jetzt hatte ich zu tun. Neben dem Besuch verschiedener »normaler« Therapien – um den aus der Kindheit angeschleppten Seelenmüll zu entsorgen – stürmte ich nun zu Ärzten, zu Pfuschern, ins Max-Planck-Institut, zu Andrologen, zu Sexologen, zu Heilpraktikern, zu esoterischvernebelten Hochstaplern, zu allen eben, von denen ich Heilung erwartete. Und die ich aufforderte, mir die verschwundene Manneskraft zurückzugeben, ja, aus mir wieder einen Mann zu machen, der sich zumindest nachtsüber nicht verstecken musste.

Am gewissenhaftesten ging Professor Dr. J. mit mir um. Er galt als Koryphäe auf seinem Gebiet. Eineinhalb Tage wurde ich vermessen und gewogen, an einen Elektrokardiografen angeschlossen, zu Röntgenaufnahmen und Kniebeugen aufgefordert, mit Elektroden übersät. In den verschiedensten Körperhaltungen musste ich Laute von mir geben, ohne und mit herausgestreckter Zunge. Musste meinen Urin, meinen Stuhl, mein Blut hergeben. Der Meister starrte in meinen Hintern, befingerte meine Geschlechtsteile, tastete lautlos wie ein Panzerknacker über meine Hautoberfläche. Wohl auf der Suche nach einer dubiosen Stelle, die Aufschluss geben sollte über die Fehlerquelle. Ein Schellong-Test, ein Doppler-Test, eine Elektrophorese waren fällig, die Serumwerte wurden gecheckt, der Testosteronwert, ja, ein imposantes Ultraschallgerät kam zum Einsatz. Zuletzt standen auf vierzehn Blättern die Daten meines Körpers.

Das Ergebnis war niederschmetternd: Mir fehlte nichts. Alles in Ordnung, mein Leib schien in tadelloser Form und mein Penis gehörte laut vorliegender Details, Tabellen und Grafiken, so der Experte, zu den normalsten der Welt. Nichts, absolut nichts, was Aufsehen erregt hätte. Unheilbar gesund und deprimiert trottete ich nach Hause. Hatte ich mir doch eine Krankheit gewünscht, die man mit schnellen Spritzen und Medikamenten heilen konnte. Umstandslos, in ein paar Tagen. Fazit: Ich war ein Mann, dem es an nichts mangelte. Und der kein Mann war.

So jagte ich noch atemloser hinter Frauen her. Vielleicht war ja die eine dabei, die mich wiedererweckte? Eine, die alle Ängste verscheuchte und für meine Auferstehung sorgte. Aber, jeder weiß es: Angst gebiert Angst, Angst potenziert Angst. Und genau das trat ein, vor dem ich mich fürchtete: Je öfter ich nun reglos dalag, desto öfter würde ich reglos daliegen. Als Männerleiche. Angst ist so nachtragend. Und immer kamen diese beschämenden Augenblicke, in denen ich eine Ausrede erfinden musste. Um meine Scham in Grenzen zu halten. Welcher Mann würde schon sagen: »Ich bin ein impotenter Sack, sorry.« Keiner.

Ein knappes Jahr verging und nicht *eine* der Vielen brachte Erlösung. Natürlich nicht. Ich war das Problem, nicht sie. Und natürlich war da keine Zeit, um in ihren Kopf, in ihr Herz zu dringen. Ich suchte nur Körper, nur Versuchsobjekte. Manche der Frauen, die so freundlich waren, sich nackt neben mich zu legen, habe ich drei Tage später nicht mehr erkannt. Auf der Straße, wenn sie mich grüßten. Weil zu viele Gesichter einander ablösten und weil ich bisweilen schnapsbesoffen war. Es war ein teuflischer Kreislauf: *Die Angst, kein Mann zu sein, vertrieb die Angst, von einer Frau, die ich ansprach, zurückgewiesen zu werden. Und sie – die eine, die nächste, sie alle – »bewiesen« erneut, dass mein Männerdasein vorbei war.*

Aber das stoppte mich nicht, ich ging wieder los und verführte sie. Wie ein Androide – unbeirrbar auf Ergebnis programmiert – schob ich jedes Untergangsszenario zur Seite. Auch wenn ich manchmal, mitten in der Nacht, das Bett der Frau verließ, angewidert von mir und der erbärmlichen Situation. Ja, sogar aus meiner eigenen Wohnung rannte. Und mich herumtrieb, bis ich sicher sein konnte, dass die Besucherin verschwunden war.

Manchen der Frauen erging es so kläglich wie mir: Sie waren noch nie – gemeinsam mit einem Liebhaber – in diesen Zustand schwerer Bewusstseinstrübung geraten. Hatten noch nie taumelnd den Gipfel gestürmt. Und schon gar nicht mit mir, der ich – im Gegensatz zu den anderen Männern – nicht einmal eine Erektion vorweisen konnte.

Zwei der Enttäuschten zogen jeweils unterm Bett eine Schachtel mit Beate-Uhse-Spielzeug hervor. Und ich durfte, nachdem klar war, dass ich als Lustknabe ausfiel, zuschauen: wie sie die Gerätschaften einsetzten. Damit Feuer sich ausbreite in ihren Körpern.

35

Es kam noch demütigender. Auf einem Theaterfestival lernte ich Dora kennen. Halb Brasilianerin, halb Studentin, halb Model. Zufällig hatte sie ihre *Sedcard* mitgebracht, da sie von einem Vorstellungsgespräch kam. Mich wunderte, wie zutraulich sie lächelte. Sogleich nahm sie die Einladung zu einem Kaffee an, ja, breitete auf dem Tischchen ihre Nacktfotos aus. Bilder einer bronzefarbenen Göttin am Strand von Korsika. In einer Blitzsekunde dachte ich, ihr Verhalten ist nicht normal, da stimmt etwas nicht. Aber ich ging dem Verdacht nicht nach, ich war überwältigt.

Es passierte alles an einem Abend, in einer Nacht. Vom Café gingen wir ins Kino, in *Endstation Sehnsucht*. Einen verkehrteren Film hätte ich nicht vorschlagen können: Der Männertraum, der Frauentraum Marlon Brando, der mit seinem wunderbaren Gesicht und seinem wunderbaren Body – in der Rolle des Stanley Kowalski – seine so sinnliche, ihm sexuell verfallene Frau (Kim Hunter) vögelte. (Den Rest der Handlung nahm ich nicht wahr.) Alles gespielt, alles inszeniert, ich weiß, aber das änderte nichts. Ich sah nur ein Raubtier, das sich holte, was es begehrte, sah nur eine Frau, die sich nach diesem animalischen Akt der Hingabe sehnte. Sah nur zwei, die begabt wie haltlose Götterkinder über die Ziellinie keuchten.

Hinterher begleitete ich Dora nach Hause. Und wie selbstverständlich nahm sie mich mit in ihre Mansardenwohnung. Und ohne einen Wimpernschlag lang zu zögern, zog sie sich aus, legte sich hin, lag wie eine brasilianische Todsünde auf dem Bett. Und ich zog mich aus und lag wie einer, der ich war: ein erfolgloser Schauspieler mit einem Schwanz so blutleer, so unfähig zu jeder Männertat.

Nachdem Dora mich mehrmals aufgefordert hatte, mit ihr zu schlafen, und irgendwann begriffen hatte, dass ich zu nichts nutze war, öffnete sie die Schublade ihres Nachtkästchens, holte zwei Vibratoren heraus, schob den mächtigeren in ihre Scheide und legte den anderen auf ihre Klitoris. Und schaltete sie ein. Zwei kleine Lichter brannten jetzt und ein näselndes Summen erfüllte den Raum.

Mir fiel eine Zeile aus einem Gedicht von Nazim Hikmet ein. Wahrscheinlich musste sie mir einfallen, denn sie redete vom Status quo, hier in dem Dachzimmer, in einer windigen Sommernacht: »Manche wissen die Namen der Sterne, ich kenne die Namen der Einsamkeit.« Ich war einsam, wie ein Hund nicht einsamer sein kann.

Stumm richtete ich mich auf, saß am Bettrand, nicht imstande, fünf Wörter zu finden, die uns beiden hätten helfen können. Ich betrachtete Doras vollendete 176 cm, ihren Coverbusen, die Halslinie, ihr schönes, tiefes Gesicht. Sie fing zu weinen an, zu reden: »Ich hatte mit über hundert Männern Sex. Im März werde ich zwanzig und bin noch immer frigide. Hundert Schwänze und kein Glück. Deshalb habe ich dich mitgenommen, nur deshalb. Um es mit dir zu probieren. Aber ich sehe, du hast die gleichen Probleme wie ich.«

Die zwei »Bohrmaschinen« (der gängige Ausdruck damals) surrten weiter. Eine hieß »Starlight«, die andere »Earthquake«. Doch auch nach einer halben Stunde leuchtete kein Stern im Dunkel und kein Erdbeben kam über die junge Frau. »Ich fühle nichts«, sagte sie, »es passiert nichts.«

Ich hielt den Mund, keiner sprach jetzt. Bis sich Dora mit einem »Gute Nacht« auf den Bauch drehte. Ich war leer im Kopf und begann nach ein paar Minuten ihren Rücken zu streicheln. Die einzige Geste, die nicht falsch sein konnte. Bis sie einschlief. Dann schlich ich davon.

36

Ich habe mich oft gefragt, warum all die Frauen so schnell bereit waren, mit mir intim zu werden. Das ist keine kokette Frage, ich weiß es tatsächlich nicht. Ich hatte ja nichts vorzuweisen, nichts schien präsentabel an mir: keine Glorie, keinen Besitz und zuletzt keinen Körper, Männerkörper. Ihr Mutterinstinkt, der mich retten wollte? Glaube ich nicht, dazu waren sie zu jung und ich zu aggressiv.

Viele Jahre später, in Frankreich, würde ich den Ausdruck »beau parleur« hören, ein Schönredner, einer, der schön daherredet. Das wäre ein Indiz (und der »Verdacht« war mir schon bei Seka gekommen): Immerhin war ich jemand, der früh begriffen hatte, dass eine Frau nach Komplimenten hungert. Dass man gut daran tut, ihr mit Worten zu schmeicheln, ihre Schönheit, ihre Eleganz und – wenn bemerkenswert – ihren Geist zu preisen. Nicht plump, nicht unverfroren. Eher spielerisch, eher so, dass die Hintergedanken nicht auffallen. Irgendwann konnte ich das. (Nachdem ich es so lange nicht konnte.) Und mein schönes Daherreden war grundehrlich. Wie meine Absichten.

37

In der Zeit, in der ich die letzten Kapitel schrieb, las ich etwas über Franz Ferdinand, den österreichischen Thronfolger, der am 28. Juni 1914 in Sarajewo erschossen worden war. Und dessen Tod den Funken für den Ersten Weltkrieg zündete. Der Mann muss ein Monstrum gewesen sein, ein Geisteskranker, ein Choleriker, eine Hassbeule, ein Wildtöter von exorbitanten Ausmaßen: Über 274 889 niedergeschossene Tiere hat er persönlich Buch geführt, das wären fünfzehn pro Tag seines 51 Jahre dauernden Lebens. Aber er war auch ein phänomenaler Liebender. Gegen den Widerstand der gesamten Hofkamarilla heiratete er »seine Sophie«, eine aus »minderem Adel«, eine, die seiner – so redeten sie damals – nicht würdig war. »Ich schwimme in einem Meer aus Glück«, rief er nach der Trauung aus. Und das Verzücktsein hielt, bis zu ihrem gemeinsamen Ende. Und auch das ist erwiesen: Wahrlich unzählige – gewiss mehr als 274 889 – Briefe, Depeschen, Billets d'amour und G'stanzeln (selbst gereimte und komponierte Lieder) hat er seiner

Sophie gewidmet. Eine schier makellose Liebe, unangreifbar und unversuchbar. Bis zum letzten Tag.

Mir imponieren solche Erzählungen. Wo zwei durchhalten. Mit Verve, mit Begeisterung und nicht, weil sie müssen, nicht, weil sie zu träge sind für einen Neubeginn. Aber ich bin das nicht, ich kann das nicht. Dafür bin ich nicht waghalsig, nicht furchtlos genug. Ich bin der Strohfeuermann.

38

Etwas Eigenartiges geschah. In all dem Chaos gelang mir eine Liebesgeschichte, sagen wir, eine Liebelei. Und sie gelang mir vielleicht nur deshalb, weil sie verboten war, voller *thrill* und Heimlichkeit.

Der Anfang war banal: Ich lief über eine belebte Straße und *sie* kam mir entgegen. Als ich mich auf der anderen Seite nach ihr umdrehte, war sie verschwunden. Sie sah hinreißend aus und sie hatte heiter gelächelt: Denn um ein Haar wären wir zusammengestoßen.

Zuweilen erinnerte ich mich an diese Frau. Sie war zu extravagant, als dass ich mir zugetraut hätte, sie in meine Wirklichkeit zu holen. Oder mir einbildete, sie würde je an mich denken. Zudem, wo sie wiederfinden? Sie hätte in Berlin oder New York leben können. Ich registrierte sie unter »vermisst«. Aber als Hirngespinst tat sie gut. In meinem Kopf schwindelte es angenehm, wenn sie mir einfiel.

Wenige Wochen später fand ich sie. Ohne nach ihr zu suchen. Rein zufällig, keine zweihundert Meter von der ersten Begegnung entfernt. Sie stand vor einer noblen Gemäldegalerie und sie stand so, als gehörte sie dazu. In den sechs, sieben Sekunden, die mich noch von ihr trennten, beschloss ich, sie nicht anzusprechen. Ach, was für ein hochmütiger Satz. Ich war außerstande, den Mund aufzumachen, Himmel, so elegant gekleidet und so souverän weiblich sah sie aus.

Ihr Blick zeigte keine Regung, als unsere Augen sich kreuzten. Kein Zeichen des Wiedererkennens. Kein Wunsch, keine Neugierde. Sie wusste nichts von meinen Träumen.

Ich war nicht enttäuscht, ich hatte damit gerechnet. Kaum war ich zu Hause, fing ich zu brüten an. Ich wollte ihr nah sein.

Zwei Tage vergingen, dann bezog ich meinen Beobachtungsposten. Er lag schräg gegenüber der Galerie, hinter einem Verkehrsschild mit drei verschiedenen Hinweistafeln. So war ich leidlich geschützt. Aus knapp fünfzehn Metern Entfernung wollte ich das Leben dieser Frau entdecken, wollte sehen, wer kam, wer ging. Und wer blieb.

Auffallend viele Männer parkten nahe dem Eingang. Gut aussehende Mercedes-Fahrer, die im Kofferraum die teuren Bilder verstauten. Die Geschäfte liefen nicht schlecht, die vielen kauften viel und oft. Ich dachte an mein verrostetes Fahrrad und überlegte, ob ich mich nicht überschätzte. Trotzdem hielt ich Ausschau, tagtäglich, mindestens vier Stunden.

Ich recherchierte. *The Art House* gehörte einem gewissen Tristan D., Spezialist für Niederländische Meister. Eines Abends fuhr ich dem silbergrauen BMW der Eleganten hinterher. Die Strecke war kurz, nur einige Straßen weiter stieg sie aus und verschwand hinter einer vornehmen Haustür. Ich überflog das Klingelbrett, ganz oben stand der Name des Galeriebesitzers. *Bad news.*

Wieder vergingen Wochen. Inzwischen war früher Herbst. Nun fror mich manchmal in meinem Versteck. Ich stagnierte, befand mich noch immer dreißig Schritte von ihr entfernt, wusste noch immer keine Zeile ihrer Gedanken, wusste noch immer nicht ihren Namen. Der Weg auf die andere Straßenseite schien noch immer so weit.

Eines Nachmittags regnete es, ein böser Wind blies. Eine Zeit lang hielt ich noch feig aus, dann formulierte sich wie von selbst der einzig intelligente Satz: Entweder gehe ich jetzt los – oder verschwinde! Als Hasenfuß eben, der lieber träumt, als riskiert. Dieses atemlose Herumstehen war nur lächerlich. Als ich das begriffen hatte, ging ich los, dachte noch: mit meinen nassen Haaren im Gesicht, das sieht romantisch aus, sieht nach einem Mann aus, der dem Wetter trotzt, um eine Frau zu erobern.

Bevor sie mich sieht, wird sie mich hören! So hämmerte mein Herz. Noch hoffte ich auf einen frenetischen Hilferuf aus der Nachbarschaft, einen Unfall, einen Hirnschlag, irgendetwas, das mich aus dem Verkehr ziehen würde. Andere Gedanken waren tapferer, die wollten das alles nicht, die wollten, dass ich durchhielt und bis ans Schaufenster gelangte.

Als ich ankam, blickte sie mich einen Augenblick an, ohne einen Funken Vertrautheit. Dann wandte sie sich wieder ab, unterhielt sich weiter mit jemandem, der ihr gegenübersaß. Die beiden lachten viel, vermutlich Freundinnen. Über drei Monate hatte ich in ihrer Nähe verbracht und sie hatte mich nicht zur Kenntnis genommen. Aber jetzt blieb ich und schaute bedenkenlos durch die Scheibe. Der spanische Philosoph Ortega y Gasset hatte einmal notiert, dass nichts einen anderen mehr verunsichere als ein ruhiger, fester Blick. Und genau so wollte ich die noch immer fremde Frau betrachten: ohne Hast, ohne Gier, ohne Seufzen.

Nach zehn Minuten kam der Zeitpunkt, an dem sie mich nicht mehr übergehen konnte. So lange stand kein Kunde vor einer Auslage. Sie blickte ein zweites Mal herüber, diesmal mit einem Hauch von Verwunderung. Möglich, dass sie in diesem Moment alles verstand: dass ich kein Bild haben wollte, dass ich der Kerl war, der seit Ewigkeiten hier herumlungerte: dass ich auf sie wartete.

Als sie ein drittes Mal den Kopf wandte, lächelte sie spöttisch. Sie hatte begriffen. Aber nein, sie hatte nichts begriffen. Denn sie hob die Hand und deutete auf ihre (mutmaßliche) Freundin. Ich schüttelte wild den Kopf und bat sie mit stummer Geste, mir ein paar Schritte entgegenzukommen. Während sie tatsächlich aufstand, schrieb ich mit

Filzschreiber – immer dabei für den Tag X – groß und deutlich auf die Scheibe: »Sie sind einfach unheimlich schön.« Das war kein Satz, den sich die Menschheit aufheben muss, aber er war eindeutig und unbeschreiblich wahr. Und sie holte einen Spiegel, um die seitenverkehrte Schrift zu lesen. Und lachte mich gerührt an. Die Freundin war hell und grinste. Und ging.

Nun standen wir da, sie drinnen, ich draußen. Für Sekunden wussten wir nicht weiter, dann nickte sie lässig Richtung Tür. Und ich betrat nach über hundert Tagen die Galerie. Leicht und bestimmt sagte sie: »Machen Sie sich keine Illusionen, es gibt da einen Mann, den ich liebe.« Und lud mich ein, mich zu setzen. Wir fingen an zu reden.

Ab dieser Stunde kam ich immer wieder. Mona war einverstanden, trotz ihrer warnenden Zwischenrufe. Ich kümmerte mich nicht darum. Klar, er war ihr Arbeitgeber. Sie lebte mit ihm hinter der vornehmen Haustür. Ich war ja von Anfang an auf schwer begehbares Terrain eingestellt gewesen. So viel Zeit für fünfzehn Meter, ein schnelles Abenteuer sah anders aus.

Wir redeten. Nur Sprache zwischen uns. Wobei ich großzügiger beschenkt wurde, denn ich durfte nebenbei noch bewundern: sie, das Kunstwerk. Mit Unterbrechungen, da die gut aussehenden Männer oft kamen und ich den Kenner mimen musste, der versunken vor einem Bild stand.

Ich ließ mich nie hinreißen. Ich blieb eisern Gentleman. Jeden Nachmittag nur reden und nie berühren. Trotzdem entging mir nicht, dass sich Monas Verhalten änderte: ihre nachlässige Hand, für Momente, auf meinem rechten Ärmel, wenn sie etwas erklärte, die längeren Blicke, ihr Tonfall, der sachter wurde, mit weniger Distanz, weniger Firewall in der Stimme.

Das muss es ihr angetan haben: dass einer sie unbeirrbar will. So beständig hatte ich ausgeharrt, den Regen weggesteckt, den Wind, die Kälte, die Langeweile, die Aussichtslosigkeit.

Im Französischen heißt *se rendre*: sich ergeben. Daher das Wort »Rendezvous«, die Verabredung, bei der man sich »ergibt«. Die kam jetzt. Es war ein wolkenloser Oktobertag, an dem ich mich über ihren kleinen Empire-Schreibtisch beugte und sanft mit meinem Mund über ihr Gesicht mit den grünen Augen wanderte. Und sie es zuließ, nicht wich, nicht auswich. Trotz der Angst. Ich schmuste über ihre linke Wange und sie schielte rechts zum Schaufenster. Jeder konnte kommen und uns entdecken. Von dieser Stunde an mussten wir aufpassen. Mehr denn je.

Den Galerie-Mann liebte sie noch immer. Und nicht weniger als zuvor. Sagte sie, weil ich fragte und mich wunderte über den Gang unserer Geschichte. Aber uns zwei verbände etwas, das mit dem anderen nicht möglich sei: unsere überschwänglichen Reden, unsere Schwärmerei für so vieles jenseits von Kunstbusiness und Profit, unsere Begeisterung für Bücher. Jetzt merke sie, was ihr gefehlt hatte. Und jetzt habe sie ein Problem.

Noch am selben Abend »lauerte« ich ihr auf. Nachts unter dem Vordach einer Garage. Kurz vorher hatte Mona mich angerufen und eingeladen. Ins Wohnzimmer ihrer (verschwiegenen) Freundin. Aber ich lehnte ab, wollte keine andere Frau sehen, wollte sie, sie allein. Sicherheitshalber notierte ich die Adresse.

Ich musste lange warten. Wieder einmal. Fünfzig Meter Luftlinie lagen zwischen der hell erleuchteten Wohnung und meinem Versteck. Als sie endlich auf die Straße trat und mich auf sich zukommen sah, war sie keineswegs überrascht. Insgeheim, so flüsterte sie, habe sie damit gerechnet. Wir küssten uns, das erste Mal. So innig, bis wir uns entschieden hatten. Wir gingen zu mir.

Ich lebte in kümmerlichen Umständen, im Erdgeschoss. Die Mülltonnen standen vor dem vergitterten Fenster und die Kloschüssel – hinter einem Vorhang – in der winzigen Küche. Nach Mitternacht urinierte die betrunkene Kundschaft einer Bar gegen die Wände im Hinterhof. So machte ich kein Licht, als wir die Behausung betraten, zündete nur eine Kerze und den Gasofen an. Aber ich hatte ein sauberes Bett, immerhin.

Und ich durfte ihr alles abnehmen, vom exquisiten Pelzmantel bis zum federleichten Slip. Und sie lag da und ich starrte hin. Um diesen Augenblick in meinem kaputten Leben zu genießen. Seltsamerweise hatte ich das Gefühl, ich würde ihn verdienen, diesen Glücksrausch. Als kurzzeitige Rast auf meiner Schussfahrt in die Zukunft eines Losers.

Und alles war erlaubt, bis auf das »Letzte«. Das gehöre ihm, sagte sie, in das dürfe ich nicht eindringen. Der Hinweis kam ganz überflüssig, denn ich konnte nirgends eindringen, war ich doch noch immer der Tote, der Gliedtote. Was Mona souverän überspielte. Vielleicht sogar annahm, ich unterdrücke bewusst die eigene Geilheit: um uns beide nicht in Versuchung zu führen. Wir haben nie darüber gesprochen. Ich wollte den Zauber nicht mit meiner Jämmerlichkeit belasten.

Mona war die nächste Lehrmeisterin. Begünstigt – so bizarr das klingen mag – durch meine Unfähigkeit zu erigieren. Ich war plötzlich kein Roboter mehr, der glaubte, mit seinem dick geschwollenen Schwanz das Geschlechtsteil einer Frau bearbeiten zu müssen. Not macht sinnlich, aber ja. Ich erkundete zum ersten Mal die »gefährlicheren« Territorien eines Frauenkörpers, näherte mich mit meiner Zunge Gegenden, die bislang *off limits* waren, da ja verdunkelt von Scham und Widerwillen. Was für andere so selbstverständlich schien, für mich war es eine Schlacht. Gegen die frühen Flüche auf Leib und Lust und weibliche Nacktheit.

Es passierte auch deshalb in dieser Nacht, weil Mona so sweet war, so gelöst, so küssend und umschlingend, so leise wispernd und gebend, dass etwas sehr Überraschendes geschah: Ich fing an zu heulen. Nicht verdruckst und heimlich, sondern sturzflutartig, so hemmungslos, dass ich mich aufsetzen musste, um das Beben meines Oberkörpers auszuhalten.

Woher die Tränen? Ich weiß es nicht. Möglich: Etwas an dieser Frau war so überwältigend warm und einladend, dass ich mich für eine Stunde traute, die Drangsal in meinem Leben herzuzeigen. Den Damm zu öffnen, hinter dem sich der Sperrmüll meiner Niederlagen staute, jene Tränen, die nicht fassen konnten, wie es bergab ging. Mit mir, mit allem Meinem.

Wochenlang hielten wir durch. Getrieben vom Hunger, uns gegenseitig auszubeuten und alles zu teilen: die Worte, die Geheimnisse, die Haut unserer Leiber. Getrieben von der Furcht, entdeckt zu werden. Getrieben von der Ahnung, dass die Zeit nicht reichen würde.

Wir suchten nach Lösungen, nachdem wir einmal beim Küssen vor den teuren Niederländern überrascht worden waren. Von einem Klienten, den wir nicht hereinkommen sahen. Und zweimal um Haaresbreite vom Galeriebesitzer überführt worden wären, der sich in unsere Telefongespräche dazugeschaltet hatte. (Ich konnte sie nur im Büro anrufen.) Das pure Glück rettete uns, denn wir hörten rechtzeitig das Knacken und stellten blitzschnell auf den vorher vereinbarten Text um.

Die Lösung war ein Briefkasten, den ich an einem schmiedeeisernen Gartenzaun befestigte, der sich in der Nähe meines früheren Beobachtungspostens befand. Als Depot für alle wortglitzernden Stärkemittel und Liebkosungen. Und jeder von uns bekam einen Schlüssel. Das Kästchen war sicherer als eine leicht zugängliche Telefonleitung. Nun trugen wir täglich unser Brennen und Sehnen zum heimlichen Schließfach. Einmal hatte Mona folgende Zeilen an mich adressiert: »Es gibt ein altes Buch über Nasreddin, der im 13. Jahrhundert gelebt haben soll, irgendwo in Anatolien. Eine Art Weiser, der, um den Sinn des Lebens zu verstehen, zu Fuß durch die Welt reiste. Eines Tages erblickte er vor den Toren einer Stadt eine Menschenmenge, Frauen, Männer, Kinder und dazwischen Kamele, Pferde, Esel und Hühner. Die alle hinter einem jungen Mann herrannten.

Der Kerl weinte, tanzte und babbelte. Er warf sich zu Boden und stand wieder auf. Weinte wieder, lachte und bewarf sich mit Erde. Nasreddin fragte einen alten Mann: ›Bruder, sag, was ist mit diesem Jungen?‹ Und der Alte: ›Die Liebe hat ihn in ihrer Gewalt. Alle sehen ihm zu, weil sie die Liebe kennenlernen wollen.‹«

Natürlich wussten wir, dass ich nicht der junge Mann war. Dass mir, gezügelt von tausend wunden Punkten, der Mut fehlen würde für derlei Ekstasen. Aber Mona und ich wussten auch, dass Sprache und Literatur auf sagenhafte Weise gut machen können, was fehlt im Leben. Nicht ganz gut, doch einen Teil.

Über dem Eingang zur berühmten Bibliothek in Alexandria stand: »Psyches iatreion«, *Seelenapotheke*. Wie wahr: Wörter schlucken, um das Zugemutete auszuhalten. Um abzuheben, um davonzuschweben. So verstand ich ihr (verkapptes) Liebesbriefchen. Als poetischen Traum, nicht als Wirklichkeit.

Mona traute sich. Wann immer sie eine brauchbare Ausrede fand, sahen wir uns. Nachts. Entweder bei mir oder an ihrer Arbeitsstätte. Dann rief sie mich an, und ich huschte bei Dunkelheit in die Galerie. Und sie schloss ab. Und in einem der Ausstellungsräume im ersten Stock legte ich das mitgebrachte Leintuch auf den teuren Teppich. Und wir zogen uns gegenseitig aus. Und so sehr ich es liebte, dass dieser Mensch mich begehrte, so sehr liebte ich die Gewissheit, dass wir in diesen Nächten etwas Verbotenes organisierten und das Verbotene vor der Welt verstecken mussten. Es gab Champagner und leise Jazzmusik und die grünen Augen dieser Frau. Und Minuten vergingen, in denen ich tatsächlich dachte, ich komme eines Tages davon: in ein anderes Leben. Wo ich ein Mann bin und einen Beruf finde, ein Tun und Machen, das mir gelingt.

Und dann: In einer Januarnacht, weit nach null Uhr, jaulte die Alarmanlage. Unser (beschwipstes) Liebesspiel war ins Blickfeld der Videokameras geraten. Technik begriff nichts von Zärtlichkeit, unsere zutraulichen Hände galten als kriminell. Mona stürzte hinunter, um die verräterische Sirene abzustellen. Und in rasender Eile zogen wir uns an und verschwanden, stoben in verschiedene Richtungen auseinander. Jeder hätte kommen können, die Polizei, der Hausbesitzer, die Nachbarn. Und jeder hätte gewusst, was war.

Über zwanzig Jahre später würde ich einen Film von Nanni Moretti sehen, »Das Zimmer meines Sohnes«: Ein glückliches Ehepaar verliert seinen Sohn, der beim Tauchen tödlich verunglückt. Und man sieht, wie die beiden versuchen, mit dem Drama fertig zu werden. Und sie werden es nicht.

Himmel nein, Mona und ich hatten kein Kind verloren. Aber ein dramatischer Augenblick kann zwei einander näher bringen. Oder entzweien. Mona rief mich am nächsten Morgen an und – weinte. Zu viele Lügen, zu viel Geheimnistuerei, zu viele Ausreden. Und die bedrückende Aussicht, dass sie die Verbindung zu dem anderen aufs Spiel setzte. Gleich zu Beginn hatte sie es erwähnt: Würde er von uns wissen, würde er sie verlassen. »Ihn liebe ich und dich begehre ich. Und das geht nicht auf Dauer«, sagte sie jetzt leise ins Telefon. Das Martinshorn vom Vortag hatte ihr den Rest gegeben. Das gräuliche Schrillen, laut wie die Feuerwehr, war in ihre tiefsten Ängste gefahren, hatte sie schlagartig in die Wirklichkeit zurückgeholt. Nach all den Monaten könne sie nicht mehr. »Bitte verzeih mir.« Dann hängte sie rasch ein. So, als wolle sie nicht rückfällig werden.

Ich hatte ihr nichts zu verzeihen. Ich war ja der Beschenkte. Zudem durfte ich in ihrer Nähe den spielen, den ich am liebsten in der Nähe einer Frau spielte: den Ritter, den Troubadour, der ihr den Hof machte und Blumen und Wörter vorbeibrachte, deren Schönheit es nie aufnehmen konnten mit ihr. Und der nichts besaß außer seinem Mundwerk: um von ihrem Glanz zu singen, den sie in die Welt brachte.

Wenn ich aufmerksam in mich hineinhörte: Ich war erleichtert über den Abschied. Denn irgendwann hätte ich angefangen, Mona zu enttäuschen. Weil ich für die ewige Zukunft nicht taugte, für die solide Routine, die Stabilität. Ich funkle nur, solange die Leidenschaft antreibt. Hört sie auf, verbleiche ich. Außerdem war es der genau richtige Zeitpunkt: der Höhepunkt. Bald hätten sich die ersten Maßregelungen zu Wort gemeldet, der miserable Alltag, das Gewöhnliche. Und davon sollte in unserer Geschichte nichts vorkommen. So war es versprochen, von Anfang an. Zuletzt: Ich war noch immer der arme Sack, der kein strahlendes Männerglied vorweisen konnte. Das mag für Gutmenschen, die auf äußere Werte pfeifen, nicht der Rede wert sein. Für mich schon, ich pfeife nie auf äußere Werte, erst recht nicht auf einen Schwanz, der mir gut steht. Und gut tut: mir und den Frauen, die mir nah sein wollen.

39

Im Sommer 2013 kam in Deutschland der Film »Love Alien« auf den Markt. Gedreht hat ihn Wolfram Huke. Der Regisseur ist der Außerirdische der Liebe, denn im hohen Alter von dreißig geht er noch immer ungeküsst durch die Welt. Vom feurigen Knutschen, ja, wilden Nächten mit wilden splitternackten Frauen ganz zu schweigen. Er ist der *absolute beginner*, die totale Jungfrau. Der Streifen dokumentiert eine gute Stunde lang, wie dieser sympathische, bestausgebildete, ein bisschen pummelige Mensch nach den Ursachen dieser biblischen Verdammnis sucht: Er spricht mit seiner Therapeutin, befragt Frauen und Männer und Eltern, hinterfragt sich selbst. Und probiert Möglichkeiten durch, um den Fluch aufzuheben: stylt sich um, rennt ins Fitnessstudio, wandert auf dem Jakobsweg, besucht einen Tanzkurs. Und erzählt: von seinen zahllosen Online-Dating-Nächten und missglückten Treffen, die immer ins keusche Nichts führten, ja, von einem Besuch bei einer Prostituierten, bei dem nichts Beichtenswertes passierte, denn der Scheue machte sich – »vorher« – aus dem Staub. Und dazwischen führt Huke – er ist erfrischend unverlogen – die Taten eines einsamen Herrn vor: beispielsweise weltverloren in einer Dusche stehen und onanieren. Vielleicht liefert seine »gute Freundin« Johanna (auch unangerührt) die bewegendste Zeile im Film: »Wenn ich allein bleibe, hätte ich mir mein Leben auch sparen können.« Das ist ein schöner Satz und eine schreckliche Wahrheit: Da keiner nach mir hungert, keiner mich riechen will, keiner sich nach meiner Haut verzehrt, hat das Hiersein auf dieser Welt nicht viel Sinn. Nein, noch schmerzhafter, hat es keinen Sinn. Letzter Stand: Huke, dieses Meer von Einsamkeit, hat sich einen Hund aus dem Tierheim geholt. Und, allerletzter Stand, eine Frau soll sich genähert haben. Endlich, Wolfram: Trau dich!

40

Ich fand mich nicht ab, nie. Und wenn ich ins Bordell musste (und nicht davonrannte), unbedarft und verschreckt. Aber das Leben einer Jungfrau schien unvorstellbar. Und wenn ich, später, mit hundert Freiwilligen ins Bett musste, um wieder ein vollständiger Liebhaber zu werden: Hinnehmen kam nicht infrage. Den Huke verdächtige ich, dass er zur Rasse jener gehört, die lieber über ihr Unglück reden. Und nach dem (vielen) Reden ist alle Energie dahin. Um das Pech abzustellen.

41

Nein, hundert Frauen waren es nicht in den zehn Monaten, in denen mir keine einzige Liebesnacht gelang. Aber viele. Weil ich ja wie von Sinnen nach der einen suchte, die das Wunder vollbringen würde. Aber wie sollten sie, sogar Mona war machtlos: Denn des Rätsels Lösung lag ja in mir.

Da mir körperlich nichts fehlte, versperrte mein Hirn den Ausgang. Und mit dem war nicht zu verhandeln. Irgendeine Synapse blieb verwaist.

42

Dann kam eine Silvesterparty. Auf der Tanzfläche wirbelte Sieglinde. Ich bat sie an die Bar, wir turtelten und küssten uns und sie sagte mir ihren so unerotischen Namen. Und wir gingen zu mir, in mein Bett hinter den Mülltonnen. Und sie schenkte mir ihren festen, busigen Körper und schuf aus mir – unergründliches Menschenherz – wieder einen Mann. Mit allem Seinem. Und da ich das bei Mona Gelernte – das Wartenkönnen, das Entschleunigen – nicht vergessen hatte, gingen wir am Vormittag voller Freude auseinander. Wobei mir Sieglinde lächelnd verkündete, dass sie nicht wiederkommen würde. Sie sei verheiratet, zudem lebe sie woanders. Ich hörte kaum hin. Mir war alles recht, denn ich war ja wieder unter den Lebenden, war wieder einer, der dazugehörte. Kein Mensch kann diese Ekstase verstehen, der nicht Nacht für Nacht, viele Nächte lang, tot war. Tot neben einer Frau, tot neben vielen Frauen.

Oft habe ich über Sieglinde und ihr Geschenk nachgedacht. Mich gefragt, warum sie es war, die mich erlöste. Warum nicht eine andere, nicht weniger begehrlich, nicht weniger freundlich. Ich habe keine Antwort. Die Dinge sind, wie sie sind. Als ich mit Sieglinde schlief, war ich noch immer in Therapie, war noch immer der Kleindarsteller, noch immer fehlte der Glanz im Leben.

Mein Körper war, wie wohl jeder andere auch, eine geheimnisvolle Angelegenheit. Mit Launen, vergnüglichen und gräulichen, von deren Beweggründen er nichts erzählte. Man konnte nur mutmaßen.

Tage nach der erhebenden Nacht stand in der Zeitung ein Bericht über einen Mann, der seine Frau im Bett erdrosselt hatte. Sein Motiv: Sie hatte sich über ihn, wiederholt, lustig gemacht. »Weil ich sie nicht befriedigen konnte«, so der Meuchler. Das ist der übliche euphemistische Ausdruck für Impotenz. Ich lächelte dankbar, als ich das las. Wieder hatte ich Glück, denn keine von denen, die ich in diesen vielen Nächten »nicht befriedigen« konnte, hat sich beschwert. Sie alle waren voller Langmut. Die einen taten, als würde nichts fehlen, und die anderen sprachen mir Hoffnung zu, bagatellisierten die Bloßstellung. Und keine von ihnen hat je meine »Heilung« erlebt, denn ich lief ja nach jedem Fiasko zur nächsten. Bereit für die nächste Blamage.

Erstaunlicherweise hörte die Vielweiberei jetzt nicht auf. Denn nun suchte ich von Neuem nach Frauen. Aber diesmal, um jeder zu demonstrieren, dass ich wieder ein Mann war. Die erfahrene Wunde, die Schmach, saß so tief, dass ich nicht genug Zeugen, nein, Zeuginnen, finden konnte, um nun allen das Gegenteil zu beweisen.

Als ich später als Reporter arbeitete und für einen Artikel über St. Pauli recherchierte, kam ich auch ins berühmte *Salambo*. Wo sie die Todsünde – *Figgi-Figgi live on stage* – am luxuriösesten inszenierten. Viermal die Woche gab es *König Arturs Tafelrunde*. Ein bunter Abend, an dem sechzig Minuten lang weiße und schwarze Ritter auftraten, immer mit vorgestreckter Lanze auf Ritterfräuleins aus aller Welt stoßend. Die wiederum die prächtigen Lanzen bestaunten, anfassten, ja abschmeckten. Um sie dann fürsorglich im Ritterfräuleinschoß zu verstauen. Ganz gleich, ob die Lanzenträger als Raubritter, Könige oder Eskimos (!) auftraten: Hauptsache, dass Speere, Zepter und (männliche) Eiszapfen glorreich ins Rampenlicht ragten.

Als ich anschließend mit zwei der Damen sprach, erfuhr ich hinter vorgehaltener Hand, dass die meisten von ihnen Transsexuelle waren: Männer, die keine Männer mehr sein wollten und sich operieren hatten lassen. Die Transis, so erzählte der Boss, würden die harte Arbeit viel leichter erledigen. Da für sie jedes erregte Glied den Nachweis lieferte, dass sie nun FRAU waren, dass sie reizen und verführen konnten. Jeder Beischlaf war ein Sieg über ihre Vergangenheit.

So ähnlich erging es mir. Nach Sieglinde musste ich beweisen, dass mein Vorleben vorbei war. Dass ich wieder eine Lanze – wenn der donnernde Vergleich erlaubt ist – besaß. Nicht, um damit in den Krieg zu ziehen, sondern in den Frieden. Auch in den in meinem Herz.

Noch eine Anekdote, Stichwort Wiedergeburt: An einem der Abende, an denen ich zu einer Geburtstagsfete eingeladen war, verabredete ich mich mit D. Sie spielte damals am Münchner Residenztheater die Hauptrolle in dem Stück, in dem ich immerhin den »Herrn« (alias Herrgott) mimen durfte. D. war märchenschön, herzlich, wunderbar begabt, studierte Geige und sollte einige Jahre später einen weltberühmten Dirigenten heiraten. Die 20-Jährige wollte kein Bett mit mir teilen, aber mit Küssen und Schmusen war sie ganz einverstanden. Und ich vergötterte sie schon deshalb, weil ich mich an sie schmiegen durfte und wir beide spürten, dass wieder ein Mann aus mir geworden war.

Wir tanzten. Als Paar, nicht getrennt, sondern eng umschlungen und rasend schnell. Wir waren blau und sorglos. Bis wir der Fliehkraft nicht mehr standhalten konnten und ins Eck flogen. Wobei ich ins Leere schoss und D. mit dem Unterkiefer gegen die Kante einer Kommode knallte. Und Blut aus ihrem Mund spritzte. Ich dachte sofort, dass acht ihrer Hollywoodzähne zu Bruch gegangen waren. Vier Tage vor der Premiere. Wir stürzten hinunter und fuhren mit dem Taxi ins nächste Krankenhaus. Mit einem Handtuch über der Wunde. Dann endlich Entwarnung, nur die Unterlippe hatte einen Riss. Seit diesem Abend denke ich an sie wie an eine Heldin: Kein Klagelaut entkam ihr, kein böses Wort an mich, keine Sekunde Reue über die zwei superben Stunden.

43

Noch ein paar klärende Zeilen, Stichwort Schönheit, genauer: Schönheit einer Frau. Dazu vorab ein wahres Märchen: Als Michelangelo im Sterben lag, kam ein Freund zu ihm und fragte den knapp 90-Jährigen Wunderknaben, wie er all das ertragen habe, sein langes Leben, die Hoffart seiner päpstlichen Arbeitgeber, die Wirren der Renaissance. Und der Todkranke: »La forza d'un bel viso«, die Kraft eines schönen Gesichts.

Ja, das darf ich mit dem Giganten gemeinsam haben: Einer sein, den dürstet nach *bellezza*. Was heute, ein halbes Tausend Jahre später, schwieriger geworden ist. Denn wir leben ja in hübsch verlogenen Zeiten, in denen es unter Strafe eines Shitstorms verboten ist zu sagen, dass man nur mit schönen (weiblichen) Menschen intim sein will. Das sei natürlich Sexismus der gräulichsten Art. Heute hat man jede schön zu finden, heute sind wir alle gleich (schön), heute sind wir Duckmäuser und dulden keine Unterschiede, heute – einsamer Gipfel der andressierten Heuchelei – zählen nur die »inneren Werte«.

Darf ich noch schüchtern dazwischenrufen – bevor ich vom gesunden Volksempfinden gelyncht werde –, dass ich keiner Frau auf Erden vorzuschreiben habe, wie sie zu sein, wie sie auszusehen, wie sie mit ihrem Körper – achtsam oder ruinös – umzugehen hat. Wie käme ich dazu? Was geht mich an, wie andere ihre (schändlichen) äußeren Werte achten bzw. missachten. Nein, mein Standpunkt ist denkbar einfach: Seit dem Tag, an dem ich zum ersten Mal beim Anblick einer Frau Lust empfand, empfand ich immer nur Lust bei einem Menschen, den ich – meinen Kriterien entsprechend – für attraktiv hielt. Und seit dem Tag, an dem eine Frau zum ersten Mal so liebenswürdig war, mich als Liebhaber zu akzeptieren, wusste ich (das immerhin wusste ich), dass ich keinen Schlitz suchte, hinter dem ich nach ein paar hurtigen Friktionen meinen Männersaft abladen konnte, sondern: dass Eros mich nur erfüllt, wenn das, was meine Augen sehen, maßlose Freude in mir auslöst. Erst dann bin ich fähig zum Liebesspiel, zu haltloser Intimität. Mit einem Wort: Schönheit inspiriert mich, Hässlichkeit nicht. Schlimmer, sie deprimiert.

Umgekehrt soll es auch gelten, ohne Wenn und Aber: Jede Frau, auf allen fünf Kontinenten, hat das Recht, Nein zu mir zu sagen. Weil ich ihr nicht gefalle! Und ich habe das hinzunehmen, ohne sie mit einer Bergpredigt über (weiblichen) Sexismus heimzusuchen. Denn diese Frau ist nicht sexistisch (so wenig wie ich), sondern hat keinen Bock auf mich. *It's that simple.*

Und das noch: Wenn ich mir eine Formschöne (mit Scharfsinn und Esprit, bitte) wünsche, dann sollte ich – aus purem Respekt – darauf achten, nicht mit Daddy-Wanst vor ihr aufzukreuzen. Was, so hört man, so manche Herren für selbstverständlich halten: dass sie Speckschwarten herumtragen dürfen, die Frau aber gefälligst als Topmodel anzutreten hat. Wenn sich die Damen das zumuten lassen, nun, auch das kann mir egal sein. Ich persönlich will nur – via Schweiß und Training – bescheiden daran arbeiten, ohne Fettgürtel durchs Leben zu kommen. Dass es auch biegsame Männer nie mit verlockenden Frauen aufnehmen können, ich erwähnte es bereits.

Ein letzter Gedanke zum Thema: Sogar ich habe begriffen, dass so manche Nicht-Schöne mehr Hirnschmalz, mehr Haltung und mehr berufliche Kompetenz mitbringt als so manch Fehlerlose, die glaubt, eine pretty Bimba zu sein, reiche für lange achtzig Jahre. Ein alter Hut, jeder weiß es.

Doch dieses Buch ist eine Ode an die Schönheit und keine Abhandlung darüber, welcher Typ Frau »mehr wert« ist als der andere. Wie skurril wäre ein solches Unterfangen. Und, ja: Auf fast allen Seiten dieses Buches wird vom Eros geredet. Von seiner Macht, mich (und den Rest der Menschheit) zu entflammen. Und diese Macht tritt – frei nach einem orientalischen Weisen – durch das Auge ein und kann nur mittels Beischlaf besänftigt werden. Und das hat – zumindest in meiner kleinen Welt – mit Ebenmaß zu tun.

44

Wenn ich ein Buch schreibe, dann soll es an verschiedensten Orten entstehen. Das ist ein harmloser Spleen, von dem ich hoffe, dass er mich inspiriert. Die drei letzten Kapitel entstanden in Bukarest, der Stadt, in der einst Dracula Ceausescu sein Volk von einem Schrecken in den anderen jagte. Bis das Volk ihn erschoss. Jetzt küssten sich Frauen und Männer wieder auf der Straße und ich sah (ungesehen) einem Paar zu, das diesen intimen Akt wunderbar still und versunken feierte. Und sie sagten sich Goodbye und sie hüpfte, ja, hüpfte davon. Ich folgte ihr zweihundert Meter, entzückt von einer, die vom Küssen so beschwingt war. Man konnte den Mann nur beneiden. Für seine Kunst, eine Frau zu umarmen.

45

Eine Stunde später erfuhr ich, dass Peter Scholl-Latour, der verehrte Kollege, mit 90 gestorben ist. Und sofort erinnerte ich mich – noch die Hüpfende im Kopf – an ein Interview mit ihm, in dem er gefragt worden war, was denn im Leben eines alten Manns am bedauerlichsten sei. Und der Reporter redete nicht vom Reisen, nicht vom wilden Kurdistan und von den dort lauernden Abenteuern, nein, er antwortete: »Ach, im Alter geht natürlich der erotische Pep abhanden.«

Und noch zwei Männer fielen mir ein. Ein Argentinier, der als Mörder im Todestrakt eines texanischen Zuchthauses sitzt. Und ein Journalist von ihm wissen wollte, was er nach achtzehn Jahren Einzelzelle am meisten vermisse. Und Señor Saldaño schreit nicht: »La libertad«, die Freiheit, nein, er sagt die ganz einfachen Worte: »Las chicas«, die Mädchen.

Und zuletzt soll der unglaubliche Ernest Pusey erwähnt werden. Er hatte am Ersten Weltkrieg teilgenommen und schaffte es kurzzeitig zum drittältesten Menschen der Welt. Und was immer der Mann in seinem Leben gesehen und erlebt, wen immer er geliebt und begehrt haben mag: Am 5. Mai 2006, an seinem 111. Geburtstag, dem letzten, bestellte er sich drei Bauchtänzerinnen ins Haus.

Himmel, soll mir einer erzählen, dass Frauen keine Macht über uns (Männer) haben. Bis zu unserem finalen Schnaufer halten sie uns in Atem.

46

Um niemanden zu langweilen, auch mich nicht, werde ich nur von Begegnungen berichten, die auf irgendeine Weise entscheidend waren. Oder bei denen etwas Außergewöhnliches passierte. Begegnungen mit Frauen also, die mich prägten. Von denen ich – jenseits der sinnlichen Freuden – etwas begriffen habe. Über sie, über mich, über das Leben. Denn ich bin ungefähr so wie wir alle: gejagt von tausend Ängsten, gejagt von dem Verlangen nach Lob und Wärme, nach Einzigsein und Lebensfreude.

Ob diese Frauen in meiner Nähe etwas gelernt haben, ob ich sie bereichert habe? Ich kann nur hoffen. Vielleicht wurde ich längst entsorgt, möglicherweise erinnern sie sich nur noch vage an einen, der kam und – nicht blieb. Ich jedoch weiß von jeder zumindest ihren Namen und den Tag und die Nacht. (Okay, etwa zwei Dutzend sind mir entschwunden, da war ich ja – promillebedingt oder voller Drogen – geistig umnachtet.) Denn mein Tagebuch weiß es genau. Und so ein intimes Journal, in dem die gemeinsten und feierlichsten Tatsachen stehen, ist ein Tresor, ein Rechenschaftsbericht über das, was danebenging, und das, was Begeisterung auslöste.

47

Im Sommer nach Sieglinde kam Hanna. Wäre ich König, ich würde ihr, der Medizinstudentin, einen Orden umhängen. So bravourös war ihr Auftritt, so revolutionär. Wobei wir am Ende der Geschichte einander ebenbürtig wurden: Sie machte aus mir einen (vollständigen) Mann und ich rettete ihr das Leben.

Sie war die Freundin eines Freunds und so lernten wir uns kennen. Und nichts geschah. Kein tiefer Blick von ihr und keine Avancen meinerseits: Freundinnen von Freunden waren tabu. Bis wir drei zu einer Premierenfeier gingen. Und wir, wir zwei, irgendwann in einem Eck standen und redeten. Premierenfeierblabla, nichts Pikantes. Seltsamerweise rückte Hanna immer näher, wobei sie bisweilen den Kopf nach hinten drehte. Bis ich verstand, sie an mich zog und wir uns küssten.

Drei Tage später landeten wir im Bett. Bei ihr. Inzwischen hatte ich sie gefragt, woher ihr plötzliches Interesse für mich kam, nachdem ja so lange kein Funken gesprüht hatte. Und Hannas Erklärung klang geradezu aberwitzig: »Ich habe in den letzten Monaten mit drei Männern geschlafen, immer heimlich. Denn ich hatte Angst, von meinem Freund abhängig zu werden. Weil ich nur mit ihm kommen konnte. Mit keinem vorher und auch mit keinem der drei. Also habe ich dich ausgesucht.«

Ich war höchst erfreut und keineswegs verstimmt. Ein Sexualobjekt zu sein betrachtete ich als Auszeichnung. Scheinheilige brausen gern auf, wenn sie sich als Objekt »missbraucht« sehen. Ach, die eitlen Wichtigtuer, das Jahr wird früh genug eintreffen, in dem sich keiner mehr mit sehnsüchtigen Augen nach ihnen umdreht.

Es wurde eine denkwürdige Nacht. Hanna und ich waren uns zugetan, aber kein Gramm Liebe zog uns zueinander. Und vielleicht war das einer der Gründe, warum uns alles gelang. Seit Sieglinde war ja das Gespenst der sexuellen Mattigkeit verschwunden. Bei jedem intimen Rendezvous danach war ich mit einer tadellosen Erektion zur Stelle. Aber ich hatte noch immer keinen Höhepunkt erklommen, litt noch immer an *Anorgasmie*, an der Unfähigkeit, zu »explodieren«. Kein Milliliter Sperma raste bisher in den Körper einer Frau.

Doch in diesen Stunden passierte die fulminante Wende, nein, passierten zwei fulminante Wendungen. Und da mich nie, trotz anderer Katastrophen, frühzeitiger Samenerguss geplagt hatte, beging ich auch nie – will man den Frauenzeitschriften und Sextherapeuten glauben – die »erste Männersünde«: hastig und hurtig loszuplatzen.

So war Zeit für uns beide, innig und verschwenderisch lang miteinander zu schlafen. Bis Hanna zum ersten Mal loslassen konnte: mit einem »anderen«, mit mir. Und sie lachte lauthals und haltlos, als die Wellen dieser ozeanischen Seligkeit über sie kamen. Und sie umarmte mich wie ein jauchzendes Kind. Und nach dem Gelächter flossen die Tränen, nur Glückstränen, und ich – wohl getragen von ihrer Leidenschaftlichkeit – machte es ihr nach und ließ ebenfalls los. Alles. Schön zitternd und fassungslos. Und Hanna, die über meine »Sperre« Bescheid wusste, freute sich ein zweites Mal. Und jetzt heulte *ich* und die Tränen tropften auf ihren Busen: Denn in zwei Monaten würde ich 27 und konnte nicht glauben, dass so ein Tag käme, an dem ich ein ganzer Mann würde, ein vollständiger, einer, der sinnliche Freude geben und alle sinnliche Freude empfinden konnte.

Am nächsten Morgen dachte ich an Goethe, dessen *Italienische Reise* ich vor kurzer Zeit gelesen hatte. In dem Buch erzählt der Maestro, wenig verschlüsselt, von seinen Schäferstündchen mit Faustina, einer römischen Schönheit. Sie scheint die Frau gewesen zu sein, die ihn von seinem schweren deutschen Leib, seiner schweren deutschen Seele erlöste. Ja, er durfte mit ihr fliegen, ohne Ächzen, ohne Angstschweiß desjenigen, der beim Auftrumpfen und Mannseinmüssen versagen könnte. Ich grinste bei dem Gedanken, beamte mich in das italienische Zimmer und sah den beiden voller Andacht zu. Und beamte mich zurück in die eigenen letzten Stunden. Wie befeuernd, wenn man mit einem Genie etwas gemeinsam haben darf.

Hanna und ich hatten nur eine Nacht geplant. Aber da wir beide als strahlende Sieger aus ihr hervorgegangen waren, forderten wir mehr Nächte. Die grundsätzlich mit Umsicht organisiert werden mussten. Der Freund war noch immer ihr Freund. Und mein Freund. Natürlich drückte uns ein schlechtes Gewissen. Aber die Unruhe hielt sich in Grenzen. Wir wollten leben und nicht moralisch sein, nicht rund um die Uhr. Wir waren fest entschlossen herausfinden, ob unser Glück einmalig war oder von Dauer: wiederholbar.

Eines Nachts kamen wir nach einem Kinobesuch am ehrwürdigen *Alten Nordfriedhof* vorbei, mitten in Schwabing. Und Hanna hatte die hübsche Idee, über die Mauer zu klettern und auf der anderen Seite Liebe zu machen. Und so kletterten wir und machten Liebe. Im Moos zwischen den so verschwiegenen Gräbern. Unser Begehren und unsere Nacktheit waren unsere Gabe an die Toten, die schon lange auf das alles verzichten mussten.

Und wieder gelang die Nähe, die uns beiden so vehement Selbstvertrauen einflößte: Hanna fühlte sich endlich als unabhängige Frau, deren sinnliche Empfindsamkeit nicht mehr von dem *einen* Mann abhing, und ich, ich war der über alle Maßen Beschenkte.

Hanna war frech und entschieden, wenig interessiert an Konventionen. Und sie war eine Fast-Einser-Studentin, immer schnell im Kopf, immer schnell mit einer intelligenten Antwort. Was nicht schaden konnte, wenn man eine Affäre verborgen halten wollte: Wir hatten uns bei ihr verabredet, für die Liebe am Nachmittag. Und wieder, wie so oft in meinem Leben, wurde die Intimität unliebsam unterbrochen. Gewiss lag es auch daran, dass die geheimen Stunden – vom Standpunkt bürgerlichen Benimms aus gesehen – unlauter waren. Viele durften nichts davon wissen: einmal die Väter der Töchter, einmal die Ehemänner, einmal die Freunde, eben all jene, die andere – am liebsten eine Frau – als Besitz betrachteten. Und somit immer die Gefahr bestand, dass diese Männer plötzlich auftauchten und – wissentlich oder unwissentlich – das Liebesspiel unterbrachen.

Gewiss hatte auch mein Unbewusstes Schuld. Denn das sorgte automatisch dafür, dass keine »ordentlichen Verhältnisse« ausbrachen. Hatte ich doch mit der Muttermilch (ich übertreibe) die Gewissheit eingesogen, dass das Ordentliche nach Lüge und Heuchelei stinkt. Nicht überall, aber so oft. Und ein solches Leben war nicht möglich, nicht mit mir. Das mag vermessen und unbelehrbar klingen, egal: Der dezente Dünkel bewahrte mich vor den Zumutungen einer geregelten Existenz.

An diesem Montag störte Freund Ben. Hanna und ich lagen im Bett, und Ben läutete an der Haustür. Vier Mal kurz, das war sein Code. Wie ertappte Kinder ließen wir einander ruckartig los. Da ihr Auto vor der Tür stand, wusste er, dass sie zu Hause war. Sie musste also, sollte kein Verdacht entstehen, öffnen. Rasch, wenn möglich. Doch rasch ging nicht, denn ein Teil meiner Sachen lag in der Küche, ein anderer im Bad, zudem fand ich das blöde Buch nicht, das ich – mit meinem Namen auf dem Deckblatt – irgendwo hingelegt hatte. Außerdem bestand die Gefahr, dass in der Zwischenzeit ein Bewohner das große Mietshaus betrat oder verließ und Ben schon in den ersten Stock gehen konnte, bevor ich aus der Wohnung verschwunden war. Denn durch die eine Tür musste ich raus, es gab kein Versteck, keinen Hinterausgang, keine Feuerleiter.

Ein letzter Blick, ob nichts vergessen, dann an der Tür lauschen, ob keiner dahinter stand, dann hinauf in den zweiten Stock wetzen. Lustig und nervenzehrend war das, wie beim Eheschwank einer Dorfbühne. Und erst jetzt drückte Hanna den Knopf, um zu öffnen. Ich hörte, wie Ben wütend heraufkam und noch im Treppenhaus wissen wollte, warum es so verdammt lang dauere, ihm aufzumachen. Aber Hanna antwortete souverän: »Ach, du weißt doch, ich musste noch deinen Nebenbuhler wegschicken.« Das war die Wahrheit und Ben lachte und glaubte sie nicht. Tolles Mädchen, eine Meisterleistung. Mit nackten Füßen schlich ich die Stufen hinunter.

Wochen später wurde es ernst, sehr ernst. An einem Herbstabend, an dem Hanna und ich zuerst im Kino saßen, dann im Bett, dann in der Badewanne lagen. Und uns aus Büchern vorlasen. Doch mitten im Lesen glitt Hannas Buch ins Wasser und ihr Kopf sackte nach vorn. Mitten im Satz. Ich sah hin und verstand nichts. Mein Hirn funktionierte nicht mehr so schnell, ich musste mich anstrengen, um zu erkennen, was gerade vor sich ging. Dann fiel mir das passende Wort ein: GAS! Ich kroch über den Badewannenrand. So vertrödelt mein Hirn auch arbeitete, automatisch schafften meine Instinkte – jetzt getrieben von Todesangst – die notwendigen Gesten: Ich fasste, mit angehaltenem Atem, Hannas bewusstlosen Körper unter den Achseln und zog ihn, nicht sehr elegant, aus der Wanne. Wie schwer 53 Kilo Frau, überall nass, wiegen, weiß ich seit dieser Nacht.

Ich musste schnell handeln. Ich schleifte Hanna (zum Tragen fehlten mir bereits die Kräfte) aus dem Bad, durch den Gang ins Schlafzimmer und ließ sie dort liegen, riss alle Fenster und Türen auf, rührte keinen Lichtschalter an, eilte in die Küche, um den Gashahn zu schließen, eilte zurück, zog das Bett zum nächsten Fenster, hievte die Leblose darauf, schob sie in Seitenlage (hoch lebe mein Erste-Hilfe-Kurs bei den Pfadfindern), inhalierte heftig die Abendluft und begann mit der Mund-zu-Mund-Beatmung, sah meine Schweißtropfen auf das weiße Gesicht von Hanna tropfen und redete zwischendurch beruhigend auf sie ein. Immerhin bewegte sich ihr Puls, sonst nirgends ein Zeichen von Leben. Da in diesem Raum kein Gas zu riechen war, traute ich mich Tom anzurufen, einen Bekannten, der als Pfleger im Krankenhaus arbeitete. Natürlich hätte ich die 112 wählen sollen, aber damit riskierte ich, dass Hannas Freund davon erfuhr. Tom beruhigte mich. Da kein Gift mehr ausströmte und sich das Opfer nicht sehr lange in der Gefahrenzone aufgehalten hatte, solle ich einfach mit den Wiederbelebungsversuchen weitermachen.

So küsste ich noch eine halbe Stunde lang eine Frau, die nicht wusste, dass sie geküsst wurde. Und irgendwann schlug sie die Augen auf, kam zur Besinnung, hörte meine besänftigenden Sätze und begriff, was passiert war. Und zog mich zu sich. Wir umarmten uns. Das war unser intimster Moment in all den Wochen. Eine kurze Ahnung von Liebe. Die nie vorgesehen war. Wie vom Schafott gezerrt, schliefen wir ein.

Am nächsten Morgen, beim Frühstück, war sie vorbei. Die Ahnung. Alles war vorbei. Hanna war klug, aber keine Intellektuelle, die ihren Entscheidungen tausend Worte hinterherschickte. Im Grunde – siehe Mona – hätte ich es wissen müssen: Emotional so aufgeladene Szenen wie am Tag zuvor tun einem so schwerelosen Verhältnis nicht gut. Sie überfordern es, sie stellen eine Intensität her, die anderen Gefühlen in die Quere kommt. Hanna nahm meine Hände und meinte: »Jetzt sind wir quitt.« Als ich sie fragend anschaute, obwohl ich ihre Antwort schon ahnte, lächelte sie sanft, wohl wissend, dass ich es wusste, und sagte: »Du hast mich aus dem Wasser geholt, und ich habe dir auf andere Weise das Leben gerettet.« Das stimmte. Hannas Wärme hatte mein Männerleben gerettet, mein verstocktes Geschlecht beflügelt, ihm die Angst ausgetrieben.

An der Wohnungstür küsste sie mich noch einmal und flüsterte: »Bitte komm nicht wieder.« Und legte den Zeigefinger auf meine Lippen. Damit mir keine Dummheit entkam. In einem Augenblick, der zählte. Ich hielt den Mund und wischte hinaus. Alles war so eindeutig: Die Nähe des Todes hatte sie an den anderen erinnert, den Freund, an den so wichtigen. Und sie begreifen lassen, dass ein Lebensretter nicht zählte gegen den einen, den sie liebte.

Ich war nicht böse. Trauerte auch nicht. Was ich noch nie konnte. Doch Frust über die Tatsache, dass ein so wacher, schöner Mensch nicht mehr zugänglich war, klar, der kam hoch. Aber keine Trauer. Manchmal erschreckt mich diese Unfähigkeit. Doch sie ist kein Zeichen von Gefühlskälte, eher Einsicht in den Lauf der Welt.

Vielleicht taugt diese Erklärung: Für die bombastische Entscheidung – für die Eine, das eine ganze Leben lang – reichten meine (inneren) Ressourcen nicht, nie. Ich wollte stets nur das Seltene, das Vibrieren, den *mindfuck*. Die Beziehungskiste, verbarrikadiert an allen Ausgängen, das Verzichtenmüssen auf so vieles, das vertraute Verranzen, nee, *damned*, das nicht.

Möglicherweise steht mir auch die Wissenschaft bei: Sie will ein Gen entdeckt haben, das sie *DRD4–7R* nennt, das sogenannte »Entdecker-Gen«. Knapp zwanzig Prozent der Menschheit sind damit ausgerüstet: Das treibt eine Person an, nährt ihre Neugierde, ihre Reiselust, ihre Bereitschaft, Risiken einzugehen, ja, ihre Fähigkeit, leidenschaftlich zu sein und ihre Unfähigkeit zur »Stabilität«: da immer auf der Suche nach etwas Neuem.

Und eine dritte Deutung sei noch erlaubt. Stets ging die Furcht in mir um, dass mich die Frau ertappt: wie ich – in der germanischen Einehe an sie gekettet – so leblos und so abwesend und so welk werde wie die vielen Männer, die schleichend zu Ehemännern mutierten, jener Spezies eben, die – bald trüb und zahm geworden – neben der trüb und zahm gewordenen Gattin im Ehebett Platz nimmt. Und nichts passiert, nur durch ihre Köpfe fluten die *wet dreams*, die brutale Gier nach einer anderen Frau, nach einem anderen Mann, nach einem anderen Leben.

Ich wäre nicht anders als die Mutanten. Und ich will nie so sein. Schon früh hatte ich einen Satz von Erich Fromm gelesen, den ich wie eine Handgranate aufhob und ins Tagebuch schrieb. Damit ich ihn abfeuern kann, wenn die rechte Stunde gekommen ist. Wie jetzt: »Es gibt nichts Anziehenderes als einen Menschen, der liebt und dem man es anmerkt, dass er nicht nur irgendetwas oder irgendwen, sondern dass er das Leben liebt.«

Als ich nach dem letzten Kuss das Haus von Hanna verlassen hatte, war ich beruflich und finanziell die gleiche Flasche wie eh. Da keine Proben anstanden (meine drei Sätze musste ich heute nicht üben), ging ich zu meinem zweiten (heimlichen) Arbeitgeber, dem Taxiunternehmer. Ich stieg in die schwarze Karre und fuhr los. Und wurde ein paar Stunden später, über Funk, von einer Filmgesellschaft angefordert. Ich kam ans Set und sah B., mit dem ich an der Schauspielschule in Salzburg studiert hatte. Sah B., wie er als Hauptdarsteller einer Vorabendserie unter dem strahlenden Licht von sieben Scheinwerfern agierte. Als wäre der Stich nicht tief genug gewesen, war er es, der bald im Fond Platz nahm, die Adresse eines feinen Hotels angab und ohne viel Zutun spüren ließ, dass er der Star war und ich der Dienstbote.

Der Liebe zum Leben, ja, der war ich verbissen treu. Auch an diesem Nachmittag. Auch in den dunklen Jahren, in denen ich nicht von dem Gefühl verwöhnt wurde, vom Leben geliebt zu werden.

Ach ja, das Schicksal eines Menschen ist so prompt nicht entschieden. B.s Glücksstern ging unter und der so Erfolgreiche siechte in den Tod. Nicht alt, aber alkoholverseucht.

48

Wie folgerichtig, dass ich bei Frauen Trost suchte. Nicht als Muttersöhnchen, das sich an ihrem Rockzipfel ausheult, nein, Trost im Sinne von »Entschädigung« für die blauen Flecken auf meinem Ego. Das als mediokrer Schauspieler nur Niederlagen kassierte. Fiel tatsächlich ein Regisseur auf mich herein, dann bereute er im Laufe der Proben seine Entscheidung. Ich ging auf die 30 zu und mein Platz in der

Welt schien unauffindbar. Immerhin kam von drei Seiten Hilfestellung, um das auszuhalten: die Therapien, das Phänomen Lesen und das Wunder Frauen.

Ich war nicht ungeschickt. Sah ich eine Hübsche aus ihrem Auto steigen, wartete ich ein paar Sekunden, dann steckte ich zwei Zeilen von Rilke – »Gib deine Schönheit immer hin/ohne Rechnen und Reden« – unter den Scheibenwischer, plus meine Telefonnummer. Oder ich sah hinter einem Schaufenster eine attraktive Angestellte und schon klebte ich einen Neruda – »Dich so viele Tage, ach so viele Tage so sicher und so nah zu sehn« – an die Vitrine. Oder eine Kellnerin gefiel mir, dann ließ ich einen Brecht – »So unter Sonn und Monds wenig verschiedenen Scheiben/Fliegen sie hin, einander ganz verfallen« – neben dem Trinkgeld liegen. Oder ich legte einer Schauspielerin, die – laut Regieanweisung – nackt auftreten musste, eine Blume und den Vers – »Frauen und Blumen und ein Bewunderer« – von Eugen Gomringer auf ihren Garderobentisch. Ja, ich erspähte von der Bühne herab eine Schöne im Zuschauerraum, merkte mir Reihe und Sitz und bat in der Pause einen Platzanweiser, auf dem Stuhl eine Nachricht zu hinterlegen.

Ich wollte nicht anmachen, nicht grob und anmaßend sein. Ich versuchte eher eine Situation herzustellen, in der die Frau frei blieb, sich nicht sofort zu einer Entscheidung genötigt sah. Kein Druck durfte entstehen. So konnte die Nackte die Blume riechen, die Zeile lesen und – lächeln. Oder beides, plus meine Nummer, auf den Müll werfen. Ich war kein Draufgänger, ich war, so wollte ich es sehen: Kavalier. Leichtigkeit sollte umgehen, die Luft sollte flirren, Freude transportieren.

Einige riefen an, und einige riefen nicht an. Glück, Zufall, die Stimmung am Abend entschieden. Die vier Dichter (und vierzig andere) waren meine Geheimwaffe. Mir war vollkommen bewusst, dass nicht *ich* die Angesprochenen verführte, sondern die von mir zitierten Herren. Doch da alle von ihnen nicht mehr zur Verfügung standen, nahmen die Adressatinnen mich, den Botschafter der so vortrefflichen Worte.

Bald musste ich einen Stundenplan aufstellen, um die Übersicht nicht zu verlieren. Aber nicht immer passten wir zwei, der neue Mensch und ich, zusammen. Manche der Damen bekamen von den Göttern einen Prachtkörper – und wenig mehr. Manche zogen sich aus und man konnte nur staunen, was raffinierte Kleidung an Prachtvollem zu suggerieren vermochte. Und was schon lange nicht mehr – ich will es schonend ausdrücken – prachtvoll aussah. Andere waren endlos verkopft und gehörig unbegabt für das Umschlingen zu zweit. Manche küssten wie schlecht gelaunte Nagetiere, die nicht spielerisch mit Lippen und Zunge ineinander glitten, sondern ihr Gebiss in Stellung brachten und es forsch dem Opfer in den Rachen schoben.

Eine, ach, sweet Colette, begann mittendrin bitterlich zu weinen. Weil sie, so war unter Schluchzen zu erfahren, an ihren Ex-Freund denken musste, der sie verlassen hatte. Und ich, wie offensichtlich, kein Ersatz war für den Unersetzlichen.

Karina, eine Studentin der Kunstgeschichte, forderte mich auf, sie zu entjungfern. Ich fühlte mich geehrt, denn die 21-Jährige sah nicht wie ein altes, verkümmertes Mädchen aus, das um einen solchen Gefallen betteln müsste. Falsch, es war ein Gefallen, ein mühseliger. Ich vermute, dass ich nicht der erste war, den sie um die Schwerarbeit bat. Und ich wusste bald, dass ich nicht der Letzte sein würde. Denn ich scheiterte. Kein Häutchen schien den Zugang zu verwehren, nein, eine Panzerplatte verriegelte ihr verletzlichstes Geheimnis. Irgendwann, nach zehn, zwölf Versuchen, bat ich um Gnade. Obwohl Karina – schmerzverzerrt – auf das Ritual bestand. Aber ich spürte auch die eigene Pein, spürte bei jedem weiteren Anlauf meinen inzwischen eichelblau geschwollenen Penis. Zuletzt: Ich war völlig unfähig, den Akt des Liebemachens mit körperlicher Zumutung zu verbinden. Sex war Freude, war Wonne, war Harmonie. Das Leben tat weh genug, so sollte es wenigstens hier, auf den paar Quadratmetern meines Futons, friedfertig, ja, lustig zugehen. So lenkte ich die verzweifelte Jungfrau ab, massierte sie, schlug sanft vor, sich von ihrer Ärztin untersuchen zu lassen. Vielleicht war nur ein winziger Eingriff nötig und einem rasanten Liebesleben stand nichts mehr im Weg.

Seltsam, aber bei ein paar der Eingeladenen war die Situation herausfordernder. Denn sie waren lüstern, aber ohne einen Anflug von Wärme. Sie inszenierten das Gräulichste, was einer dem anderen auf einem frischen Laken antun konnte: kalten Sex, ohne Umsicht, ohne Spiel, ohne Glut, sprich: Eros on Ice, maximale Intimität und maximale Entfernung. So nah das Herz, so fern. Dabei fiel mir auf, dass ich bis zu diesem Zeitpunkt – ganz ungefragt – davon ausgegangen war, dass nur Männer »gefühllos ficken« können. Grundfalsch, auch Frauen schaffen das.

49

Das stand dann fest, irgendwann: Zum großen Liebenden wird es in diesem Leben nicht reichen. Müsste ich raten, warum, ich würde, ja doch, auf meine Mutter tippen, ihren Versuch, mich, den »Mann«, den Penis-Mann, auszulöschen, weil sie eine Tochter, einen Mensch ohne Penis, ersehnte: Das muss der Moment gewesen sein, in dem das »Urvertrauen« zuschanden kam. Der Winzling – ich, nur eine Minute in der Welt – »begriff«, dass Liebe für ihn nicht da war.

Ich konstatiere das fern allen Jammers. Schon aus Dankbarkeit, weil ich überlebte. Und inzwischen erfahren habe, dass andere noch ganz anders unter die Räder kamen. Und unter diesen Rädern zugrunde gingen.

Ich nicht. Zudem habe ich gelernt, mich in der Wirklichkeit einzurichten. Nicht als Frauenhasser, der Rache nimmt für die böse Frau Mutter, sondern als einer, der nicht genug von ihnen bekommen kann. Da jede für mich – im schönen Sinn des Worts – ein Trostpflaster ist: das Trost spendet für den einen untröstlichen Schmerz. Denn jede Frau, die meinen nackten Leib umarmt und ihn begehrt, widerspricht meiner Mutter. Sie will den verschmähten Sohn, will sein Geschlecht, will mich, den Mann, nicht töten.

Deshalb war kaltes Durchficken nicht möglich. Und kalt durchgefickt werden auch nicht. So hochtourig und gejagt ich als staksiger Liebhaber auch angefangen hatte: Der Wunsch nach Verbundenheit, ja, Leidenschaft – und wäre es nur eine Nacht lang – war unverhandelbar.

50

Die *éducation sentimentale* hörte nicht auf. Für die meisten der Frauen, die mir in dieser Zeit näherkamen, würde ich gern ein Museum aufstellen. Sie unter Denkmalschutz stellen. Weil sie warmherzig waren und nicht kaltschnäuzig. Und weil ich wieder etwas erfahren durfte vom Menschenleben, von den Träumen und der Realität. Als ich später (auch) zu Prostituierten ging – Geduld, wir kommen noch dazu –, sagte »Stella«, eine der Damen: »Du bist ein eigenartiger Typ. Viele Kunden wollen reden und sich ausschütten. Du sagst gar nichts, du fragst nur.« Das stimmt. Seit ich denken kann, hat mich nichts neugieriger gemacht als die oder der andere. Jeder Mensch ist, irgendwo, mein Niveau, die Hure, die Schuhverkäuferin, der Star. In jedem liegen tausendundeins Geheimnisse. Und wo ließe sich dieser Reichtum unbeschwerter heben als in Momenten der Nähe.

51

Meine Favoritinnen waren die Verheirateten. Sie hatten schon ein paar Illusionen verloren, sprich, sie waren lebenstüchtiger, gingen intelligenter mit der Wirklichkeit um. Und sie wollten nichts von mir, keine Zukunft, keine Gemeinsamkeit, nicht einen Schwur. Die Königin von allen hieß Bianca. Sie lebte in einem Vorort und wenn sie in die große Stadt musste (und sie musste oft), traf sie hinterher mich. Hinter verschlossenen Türen. Sie war hundert Prozent unzickig und schenkte mir eines Tages ein wunderbares Kompliment: »Weißt du eigentlich, dass du meine Ehe gerettet hast?« Und die Ehebrecherin erklärte es ungemein einleuchtend: Der Gatte war ein lieber, braver Mann. Aber wie so oft in lieben, braven Ehen legten sich bald die Stürme der Inbrunst und die Flaute zog auf. »In unserem Ehebett ist es ganz windstill«, meinte sie einmal poetisch. Und so war alles zum Schönsten geregelt. Bei mir stach sie in See und zu Hause wartete der sichere Hafen. Und kein vorwurfsvoller Blick mehr auf den lieben Braven von wegen Nicht-Erfüllung (seiner!) ehelichen Pflichten. »Lass uns Kür laufen«, sagte sie immer, wenn sie mein Schlafzimmer betrat. Sie grinste dabei ein bisschen hinterhältig. Ich liebte das sehr, es war die Garantie dafür, dass es mit uns nicht still und heimelig wurde.

Bianca war mir auch deshalb so nah, weil sie Sprache liebte, sie eifrig las und mit Worten spielte. Ohne berufliche Ambition, einfach zum Vergnügen. Und sie hatte Ideen, aus dem Stegreif, wie diese: Sie lag auf dem Bauch, ich neben ihr, versonnen schweiften meine Augen über ihren Körper. Und Bianca – wie alle Schönen wusste sie, dass sie schön war – bettelte kichernd: »Schreib was Tolles auf meinen Hintern.« Und ich holte einen Filzschreiber und fing sofort an, denn den Dreizeiler von Hans Magnus Enzensberger trug ich schon lange mit mir herum: »Unbegreiflich,/was so sublim ist/am bloßen Arsch einer Frau.«

52

Inzwischen war ich umgezogen, weg von den Mülltonnen und hinauf in den dritten Stock eines nahegelegenen Mietshauses. Hier stand nicht mehr die Kloschüssel in der Küche, sondern die Badewanne. Für mich ein Fortschritt, geschuldet den Mehreinnahmen durchs Taxifahren. Und jede Besucherin badete in der Küche (in der nur noch ein Kühlschrank, ein Tisch und zwei Stühle standen). Was mich immer auf eigenartige Weise bewegte, denn keine war verdorben vom Anspruchsdenken, von der Sucht nach Protz. Vielleicht eines Tages, aber damals waren wir jung, gewiss nicht korrumpiert von Besitz.

Gewissenhaft habe ich hinterher umsichtig die Wanne gereinigt, sollte doch keine ein Haar von einer anderen entdecken. Ich war stets darauf bedacht, mehrere Geliebte zu haben. Ich hasste es, abhängig zu sein: von der Verfügbarkeit einer Frau, von ihren Launen, von der Aussicht, verlassen zu werden. Das – das Unabhängigsein – machte mich als Mann freundlicher ihnen gegenüber, entspannter. Da ich mich nicht »gefangen« fühlte, nicht alles Glück auf *eine allein* projizierte. War L. unpässlich, rief ich T. an. Oder S. Sagte eine ab, kam von mir keine Silbe Vorwurf. Ihre Freiheit hielt ich für so wichtig wie meine: sehr wichtig.

Zugegeben, ich beneidete jeden, der lässiger mit dieser Sehnsucht (nach Frauen) umging. Und verlachte jeden, der auch hörig war. Aber hörig auf die ganz und gar schauerliche Art: Vor ein paar Tagen las ich im ZEIT-Magazin die wöchentliche Rubrik, in der Paartherapeut Wolfgang Schmidbauer Fälle aus seiner Praxis vorstellt. Diesmal lautete die Überschrift: »Darf er von ihr Sex verlangen?« Nach dem Lesen erlaubte ich mir einen kleinen Veitstanz der Freude, so grotesk klang das Beispiel: Marius ist seit geraumer Zeit gereizt und nervös, Lebensgefährtin (Gattin?) Verena will wissen, warum. Und der arme Kerl beichtet, dass er regelmäßig mit einer Frau schlafen müsse, sonst komme er unter »Triebdruck«. Und dass sie, seine Freundin, die letzten Monate kaum mehr Lust auf ihn signalisiert habe. Und Verena lässt einen Mördersatz raus, einen Liebestöter von beachtlichen Graden: »Ich bin doch keine Sex-Tankstelle!« Und liefert noch einen Fangschuss hinterher: »Und warum hast du nichts gesagt?« Und das Männchen antwortet: »Ich wusste doch, dass du mit mir schimpfen würdest!«

Zum Schreien komisch ist das: Sie hat keinen Hunger mehr auf ihn, er schon, traut sich aber nicht, und als er sich traut, hat er Angst vor Schimpfeschimpfe. Während sie ihn wissen lässt, dass die Tankstelle, alias Vagina, nicht immer geöffnet ist. Und sie aufsperren ginge nur, wenn man »vorher etwas sagt«. Kann man sich ein erbärmlicheres Liebesleben vorstellen? Bestimmt, aber hier geht es bereits auf totale Windstille zu.

Das ist eine wunderbare Anekdote, denn sie inspiriert zum *negative learning*, zum Lernen, was man *nicht* will. Das da, niemals: sich in eine Lebenssituation zu manövrieren, in der man es mit Leuten zu tun hat, die ihre Geschlechtsteile als Pfand schwenken und bei denen man die Fleischeslust rechtzeitig ankündigen muss. Damit der Pfandinhaber »nachgibt«. *The horror, the horror.*

53

Deshalb putzte ich umsichtig meine Badewanne. Damit ich nie zum Männchen regredierte, das eine Frau um einen Mitleidsfick anbetteln muss. Und umgekehrt auch nicht. Ich will keinen Antrag auf Geschlechtsverkehr stellen. Und keinen genehmigen. Ich will begehrt werden und begehren. Und eine Frau und ein Mann, die sich morgens nicht nackt aneinanderdrängen, um sich gegenseitig aufzugeilen, haben in einem gemeinsamen Bett nichts verloren. Als Greise ja, aber nicht vorher.

54

Manche der Frauen, die ich kennenlernte, waren älter als ich, schon dreißig, schon Mitte dreißig. Schon berufstätig, einige ex-verheiratet. Sie hatten folglich etwas zu erzählen. So fragte ich und sie redeten. Oft in meinem Schlafzimmer. Kerzlein brannten, leise Musik summte, Wein gab es, bisweilen einen Joint. Wir befanden uns in perfekter Obhut. Ein solches Ambiente löst das Herz, die Zunge.

Ich war weniger auf Details versessen, vielmehr wollte ich wissen, wie sie mit dem Leben zurechtkamen, was sie antrieb. Ratschläge wollte ich hören, »Lebensweisheiten«. Keine dümmlichen Kalendersprüche, sondern Worte, Sätze, denen ich wie Richtungspfeiler folgen könnte. Wie ich ja auch Bücher las, um hinterher klüger mit mir und der Welt umzugehen.

Eigenartig, aber die Gespräche führten in keine lichten Höhen. Die meisten der Frauen waren bereits in den Alltag verstrickt, mussten Geld verdienen, mussten (endlich) ihr Studium abschließen, ja, hatten den Kopf voll vom Traummann, der sie irgendwann ins Endlosglück entführen sollte.

Ich hätte damals gern eine Aufständische getroffen, eine, die sich auflehnt und nicht brav und fügsam den Abklatsch – *Sicherheit und Ewigkeit* – nachplappert. Den Einheitsbrei, der ihr schon als Kind von der braven, folgsamen Mutter verabreicht worden war. Eine wollte ich, die anders träumte, die ein anderes Leben verlangte.

55

Mit ein paar meiner damaligen Bekanntschaften hielt ich losen Kontakt. Und seltsam, die Nachrichten klangen über die Jahre nicht erfreulicher. Sweet Sandrina, die mich oft, meist lächelnd, einen Schweinehund genannt hatte, der nicht zur Liebe (zur Herzensliebe!) fähig sei, nun, sweet Sandrina war aus dem Fenster gesprungen. Aus dem zehnten Stock. »Wegen«, wie ich über Umwege erfuhr, »eines

Mannes.« Der sie verlassen hatte. (Nicht ich, denn *sie* hatte mich, den »Feigen«, aufgegeben.)

Andere berichteten von schiffbrüchigen Beziehungen. Einer nach der anderen. Denn nie war der »Richtige« dabei. Nein, mich wollten sie nicht wiederhaben, aber ich bildete mir ein, aus ihren Briefen ein Lob herauszuhören: weil ich sie ja immer gedrängt hatte, ihre kindische Suche nach dem Supermann aufzugeben. Den es nicht gab. Denn je verzweifelter sie nach ihm suchten, desto unwahrscheinlicher war sein Auftauchen.

Viele Jahre später, als ich durch Australien reiste, fand ich eine böse, böse Postkarte. Man sah ein menschliches Skelett – in Frauenkleidern – auf einer Bank sitzen, Text darunter: »Waiting for the right man!« Und ich sandte den Cartoon an ein paar meiner Verflossenen. Ich bin ein schlechter Mensch, ich weiß, doch die Versuchung war einfach zu heftig. Freilich, mein pädagogischer Eros regte sich ebenfalls. Ich wollte diese Frauen, an die ich mit Dankbarkeit dachte, anrempeln. Damit sie ihre drei Wähne losließen: den vom *perfect man* und den von der Unvergänglichkeit und den dritten, den germanischsten, den von der Sicherheit. Wären die drei Lügen weg, dann bliebe die Wirklichkeit übrig. Und die hätte ja einiges zu bieten.

Ich verschickte die Post, obwohl ich längst wusste, dass man ein Menschenleben kaum beeinflussen kann. Wer tut schon, was einem gesagt wird. Ich habe es auch nicht getan.

Aber es drängte mich trotzdem. Denn damals, während der *pillow talks* auf meiner Matratze, hatte ich eine kleine Begabung entwickelt: Ich konnte mich in eine Art Trance versetzen und mit halb geschlossenen Augen die andere Person im Raum »wahrnehmen«, sehen, wie stark oder schwach ihr Körper »leuchtete«. Das mag man als spiritistischen Zinnober abtun, jedenfalls interpretierte ich starkes Leuchten als starke Persönlichkeit und wenig Licht als Kraftlosigkeit. Und ich täuschte mich selten: Die Leuchtkörper kamen besser mit ihrer Zukunft zurecht und die zaghaft Flackernden, jene, die sich ohne den »Richtigen« nichts trauten – Sandrina gehörte zu ihnen –, drifteten vom Weg ab oder trieben noch immer, auch Jahrzehnte später, im Strudel der Antriebsschwäche.

56

Als ich anfing, als Reporter zu arbeiten, ziemlich genau zehn Jahre später, besuchte ich eine Blindenschule in Indien, in der Spezialisten alle Schüler untersuchten. Einige hätten durch eine (kostenlose) Operation geheilt werden können. Was der Rektor ablehnte: weniger Blinde ist gleich weniger Subventionen, gleich weniger Rupien. Doch es kam noch absurder. Auch die Blinden verweigerten einen Eingriff. Denn dann hätten sie sehen können, ihren gemütlichen Heimplatz verlassen müssen und – so sagte es einer wörtlich – »hinausgehen in die bedrohliche Welt«.

57

Da ich noch immer in Therapie war, las ich viel zu dem Thema. Ich entdeckte den amerikanischen Psychologen Carl Rogers. Einer seiner Grundgedanken war das unbedingte Streben des Menschen nach Selbstverwirklichung. Eben das Bedürfnis, sich auszudehnen, zu wachsen, das Verlangen nach Autonomie – weg von äußerer Kontrolle und Zwängen. Er beschreibt diesen Drang mit dem Gleichnis von den Kartoffeln im Keller: Sobald nur etwas Licht im Keller auf sie fällt, beginnen sie auszutreiben. Obwohl das ja in dieser Situation keinen Sinn ergibt. Selbstverwirklichung – von der Kartoffel auf den Mensch übertragen – soll heißen, unter allen Umständen, auch unter lebensfeindlichen: zu leben.

Das klang einleuchtend. In meinen Tagträumen sah ich mich als Sonnyboy mit dem Fernfahrerwind im Haar, den bronzefarbenen Unterarmen und der Nonchalance eines Weltbürgers. Aber das war ich alles nicht. Doch die widerspenstige Kartoffel, die nicht verkümmern und verfaulen wollte, die war ich. Immerhin.

58

Ich erhielt ein Angebot aus Wien. Vom Schauspielhaus. Ach, die glücklichen Umstände: Denn der Leiter des Theaters, der von uns allen bewunderte Hans Gratzer, war schwul. Doch Hans war ein warmherziger Mann und er mochte mich selbst dann noch, als sich herausstellte, dass ich für sein Bett nicht infrage kam. Ja, ich nicht begabter aufspielte als vorher. Die größeren Rollen kamen trotzdem. (Wohl aus Personalmangel.) Auch war der Lohn großzügiger. Und das Klima am Haus gelassener: Es gab nicht fünfzig, sondern nur einen Arschkriecher. Und kein Größenwahnsinniger ohne Größe herrschte. Nur Hans, der Coole.

Die Therapie ging in Wien weiter. Denn die Depressionen und die Wut auf den Körper hatten nicht aufgehört. Sicher war das einer der Gründe, warum ich als Schauspieler nichts taugte. Ich wollte mich nicht herzeigen, auch nicht angezogen. Ich fand mich eckig und staksig. Keine Männerschultern, keine virilen Beine. Nur ein dünner Leib. Aber mein Manko funktionierte ebenso als Antrieb: Die Sehnsucht nach Frauen, deren Hingabe immer der Beweis dafür war, dass irgendetwas an mir ersehnenswert war. Trotz aller Minuspunkte. Jede Frau, die eine Nacht mit mir verbrachte, bewies mir das Gegenteil von dem, was mich vergiftete. Aber der Trost war so kurzlebig, dass immer ein neuer her musste. Von einer Neuen.

Das Desaster kam bald. Das Wort wiegt zu leicht, um die Bruchlandung zu beschreiben. Die Episode zeigt, dass Gier – hier die Gier nach Frauen – dafür sorgte, dass sich der Verstand im Augenblick der Begegnung eintrübte. Nein, er setzte aus, er verschwand.

Vera war eine Kollegin und spielte eine der Prostituierten in Jean Genets *Der Balkon*. Sie war groß und schön und dunkel und kam in ihrer Sado-Maso-Lederkluft wie eine Göttin auf die Bühne. Ich sah sie und wollte sie haben.

Es passierte schneller, als ich dachte. Bei der Premierenfeier – noch immer war ich ohne Wohnung – fragte ich sie, ob ich bei ihr übernachten könnte. Ich fragte als Wohnungssuchender, gekonnt scheinheilig. Ja, warum nicht.

Und natürlich schlief ich nicht auf dem Sofa im Wohnzimmer (wie fadenscheinig vorgeschlagen), sondern im französischen Bett neben ihr, mit ihr. Das war eine überraschende Erfahrung. Auf zweifache Weise. Denn Vera war wie ich, wie ich einst: Ihr Unterleib wirbelte auf und nieder, ja, er wäre das ideale Gegenstück für meinen Ex-Roboter-Schwanz gewesen. Aber die Zeiten waren vorbei. So ein seelenlos beschleunigter Akt widerte mich jetzt an. Hochgeschwindigkeitsficken sollte für Prolos reserviert sein, nicht für zwei, die sich so nah, so hautnah, kommen.

Und noch etwas: Während sich mein Penis anfühlte, als wäre er an eine überdrehte Melkmaschine angeschlossen, wurde mir klar, dass ich als (männlicher) Zuschauer sie – die Bühnen-Göttin in scharfer Kutte – sofort und vollkommen unbewusst als göttliche Liebhaberin halluziniert hatte. Kann Geilheit blöd machen? Bisweilen schon.

Ich hielt den Mund, dachte, das würde sich legen, hoffte (was sicher Frauen früher bei mir gehofft hatten), das würde sich ändern, vielleicht würde *ich* es ändern. Ich eitler Narr. Nichts würde anders werden, im Gegenteil, dieser unwirtliche Koitus war nur der Anfang. Als ich am nächsten Morgen aus dem Küchenfenster blickte, sah ich genau gegenüber – Berggasse 19 – ein Schild hängen: *Freud-Museum*. Dort also hatte der Meister gelebt. Ich wusste (noch) nicht, dass ich gerade mit einer Frau zusammen war, die gewiss reif gewesen wäre für seine Couch, die berühmte mit dem Perserteppich darüber.

Die nächsten drei Wochen – ich war gefangen, da ohne eigene Unterkunft und ohne Geld für ein Hotelzimmer – gab es Nahaufnahmen von der Existenz einer Frau, die eine manisch-depressive Erkrankung jagte. Depressionen, die schwer zu heilen sind, da (teils) erblich bedingt. Und bestimmt nicht besser wurden in der Gegenwart von jemandem, der ebenfalls an einer »affektiven Störung« litt. Aber die meine war »umweltbedingt«: Sie hatte einen Grund, eben mein erfolgloses Leben, und saß nicht tückisch in den Genen.

Mein Mitfühlen mit Vera wurde nicht erwidert. Wärmende Worte prallten ab. Ihre Haut schimmerte eisblau. Bis ich es wusste: Das war ihr Panzer, der nichts durchließ, nichts Liebenswertes. Denn jede Nähe stand unter Verdacht.

Tagsüber kam Vera mit der Welt zurecht. Sie musste funktionieren: bei den Proben für ein neues Stück, für die Vorstellungen abends. Etwas Melancholisches umgab sie, das schon. Sie war eine verdammt gute Schauspielerin. Keine Ahnung, ob der Schmerz ihr Talent vertiefte. Vielleicht. Immer, wenn ich mich leise in den Zuschauerraum setzte und ihr bei der Arbeit zusah, war ich begeistert.

Bis die Nacht kam, bis Mister Hyde kam. Okay, Miss Hyde. Ich will nur eine der gemeinsamen Nächte beschreiben. Nicht jede war so, aber jede vierte gewiss: Zuerst Robotersex, den ich – bis auf Weiteres obdachlos – über mich ergehen ließ. (Ja, ich war berechnend.) Dann Stille. Kein Nachspiel, kein verschmustes Wort, kein Gekicher, nein, still wie zwei Maschinen, deren Stecker man aus der Wand gezogen hatte. Meine Sätze landeten im Aus, nie einer Antwort wert. Dann wälzte Vera sich im Bett, die verzweifelte Suche einer Schlaflosen nach Schlaf. Etwa zwei Stunden ging das so. Dann war es zwischen drei und vier Uhr morgens. Dann ging die Bombe los.

Sie sprang auf, rannte in die Küche, machte überall Licht und fing zu spülen an. Lärmend, völlig gleichgültig ihrer

Umgebung gegenüber. Dann wieder ins Bett, Zigaretten rauchen, mindestens zwei, wieder hoch, zurück in die Küche und das Geschirr rausräumen, jeden Teller, jede Tasse, jedes einzelne Besteckteil, laut schreien über die Unordnung, wieder pedantisch einräumen, rauchen, zum zehnten Mal die Hände waschen, den Staubsauger packen und mit Vollgas über jeden Teppich in der Wohnung fegen, ins Bett und ein Buch aufschlagen, Buch zuschlagen, keine Geduld für fünf Zeilen, hochfahren, Kerzen anzünden, die großen Schranktüren aufreißen und eine halbe Tonne Klamotten auf den Boden werfen, wieder über das Gewirr schreien, wieder das Chaos wegräumen, jeden Zwischenruf von mir niederbrüllen, jede beruhigend gemeinte Umarmung zurückstoßen.

Bis die Unglückliche abstürzte, sich mit ausgebreiteten Armen auf das Bett warf und mich wimmernd bat, ihre Tabletten zu suchen: die ich – in Absprache mit ihr – versteckt hatte. Um zu verhindern, dass sie suizidäre Mengen schluckte. Und ich holte das Fläschchen und ein Glas Wasser, schüttete die vereinbarte Zahl der Pillen auf meine linke Hand und ballte sie zur Faust. Denn jetzt begann der Kampf: Obwohl Vera nach der Medizin verlangt hatte, verweigerte sie nun die Einnahme. Weil ihr in der Zwischenzeit eingefallen war, dass sie es unbedingt ohne Pharmaka »schaffen« wollte. Was ich aber – auch das hatten wir festgelegt – ignorieren und sie zum Schlucken, und wäre es mit Gewalt, zwingen sollte. Das Leben dieser 28-Jährigen schien atemberaubend kompliziert und unentwirrbar. Doch nun war keine Zeit mehr für Reden und Gegenreden, ich zerrte sie mit der Rechten aus dem Bett, packte ihren Schopf und drückte blitzschnell die Pillen auf ihren Mund, drückte so lange und so schmerzhaft, bis sie nachgab und die Lippen öffnete. Und ich schnappte nach dem Glas auf dem Nachtkästchen und schrie sie an, sofort zu trinken. Und sie trank.

Wer diese Szenen beobachtete, ohne den Kontext zu kennen, musste glauben, einen Mann zu sehen, der einer Frau Gift hineinwürgte. Fast richtig, nur mit dem Unterschied, dass das Gift Vera nicht tötete, sondern ihr den Verstand rettete. Für die nächsten 24 Stunden. Ich half ihr noch beim Hinlegen, kurz darauf schlief sie ein.

59

Ein Techniker vom Theater hatte mir eine leere Abstellkammer vermittelt, mit Oberlicht. Er riet mir, die zwei Löcher im Eck zu vergipsen, die zwei Rattenlöcher. Ich mietete die neun Quadratmeter, da mein Budget denkbar knapp war. Ich verdiente zwar mehr, aber mein Nebenverdienst als Taxifahrer fiel aus. Freunde spendierten eine Matratze und beim Sperrmüll besorgte ich mir einen Tisch mit Stuhl. Ein Kabuff, aber ich war in Sicherheit, Veras Attacken fanden jetzt ohne mich statt. Und ich hatte Zeit, seitenweise mein Tagebuch nachzutragen, die Walpurgnisnächte. Allerdings mit nur einer Hexe. Als kleinen Höhepunkt notierte ich noch die bisweilen anfallartige Demontage ihres Betts. Damit die von einem extravaganten Sauberkeitswahn Geschlagene letzte Staubreste entfernen konnte. Nicht eine der 22 Übernachtungen habe ich bereut. Denn ich hatte ja ein geradezu masochistisches Verlangen nach Erfahrung. Und Vera überschüttete mich mit Einblicken in das Leben einer zutiefst unglücklichen Frau. Ich bin nicht im Zorn davon, nur überfordert, nur ganz unfähig, ihr Leid zu mildern.

60

Zu dieser Zeit las ich einen Text von Georg Kreisler, dem in Wien geborenen Komponisten, Sänger und berühmten Schandmaul. Die Zeilen habe ich mir ausgeschnitten und an die Wand geheftet. Um mich jeden Tag damit zu stärken. Um mich jeden Tag daran zu erinnern, dass mein Leben anders sein sollte. Auch wenn Frauen wie Vera der Eintrittspreis – für ein anderes Leben – wären. Auch wenn ich Debakel aushalten müsste, die Irrwege, die Prellungen einer Bauchlandung: um einem gräulich vernünftigen, einem gräulich leblosen Dasein zu entkommen. Hier der Kreisler-Schmäh im Originalton: »Ich kann mir vorstellen, dass es Menschenleben gibt, die nicht länger als vier Wochen dauern. Da wird einer geboren, verbringt eine unangenehme Kindheit, kriegt einen Posten und aus lauter Angst behält er diesen Posten den Rest seines Lebens, obwohl er damit todunglücklich ist. Irgendwann heiratet er eine aus dem gleichen Büro, kriegt ein Kind mit ihr, sonntags gehen sie spazieren, mittwochs ins Kino. Eines Tages wird der Mann krank, kommt ins Krankenhaus und lernt dort eine Krankenschwester kennen. Mit der hat er vier Wochen lang ein wildes Verhältnis, vier Wochen lang ist es wüst und pervers und er macht alles, was er mit seiner Frau nie gewagt hat oder wagen wird. Er und die Krankenschwester schmieden Pläne, wie sie auswandern und unter Palmen in der Südsee ein neues Leben beginnen werden. Aber dann wird der Mann wieder gesund, geht zurück zu seiner Frau und die Krankenschwester verschwindet irgendwohin. Alles läuft den gleichen Gang wie vorher und das Leben dieses Mannes hat nur vier Wochen gedauert.«

61

Bald zog ich wieder um. Da ich nicht wagte, die Wiener Mädels in den Verschlag zu bitten. Ein Hauch von Romantik sollte schon umgehen, wenigstens ein Möbel sollte herumstehen, das nicht an die Bude eines Versagers erinnerte. Diesmal war es der Wirt, bei dem wir Schauspieler zu Mittag aßen, der mir seine (angebliche) Zweitwohnung überließ. Zehn Tage lang, bis seine Mutter – die tatsächliche Eigentümerin – unverhofft auftauchte und mich hinauswarf.

Zuletzt kam ich bei einem Kollegen unter, der selten am Theater spielte und deshalb nur gelegentlich vor Ort übernachtete. Wenn doch, schlief er vorher mit einer verheirateten Kollegin. Dann rief er mich an und ich verschwand in ein Café. Nach zwei Stunden kam ich zurück, wechselte das Leintuch und die Wohnung gehörte wieder mir. Das Zimmer mit Dusche war sauber, draußen im Flur lag das Klo.

Ich hatte zu dieser Zeit ein wenig Schopenhauer gelesen. Hatte ich richtig verstanden, so wäre es die Aufgabe des Menschen, seinen »Willen« zu organisieren, sein Ziel, seinen Weg zu finden. Wenn das nicht gelänge und das Ziel diffus bliebe, dann würde das Leben zur Qual.

Wie einleuchtend. Mein Wille hatte keine Richtung, weil ich bereits wusste, dass ich mit dem grundfalschen Beruf unterwegs war. Mit diesem würde ich keinen Blumentopf gewinnen, nie mein Ego besänftigen, nie meinen Narzissmus stillen können. Bestenfalls als Kleindarsteller enden, ein Tun, das man nur mit einer Schachtel Valium im Bauch ertrüge. Doch keine Alternative fiel mir ein. Eine, die das Herz zum Singen bringt, eine, die nach Leidenschaft riecht, nach Welt. Ich hoffte bisweilen, mir würde es wie dem peruanischen Säulenkaktus *Cereus peruvianus* ergehen, der zwanzig Jahre braucht, bis er Blüten treibt. Es sollte sich herausstellen, dass ich fast die doppelte Zeit benötigte. Ich war eben ein *late bloomer*, der Spätblüher.

Noch eine Randnotiz: Claude Chabrol, der Weltberühmte, drehte in Wien ein TV-Remake von *Fantomas*. Mit Helmut Berger in der Hauptrolle. Ich wurde zu einem Casting eingeladen. Ich sollte den Weltstar doubeln, in Szenen, in denen er nur von hinten zu sehen war, weit weg. Und der überaus freundliche Franzose rief »action« – und schnitt mich hinterher wieder raus. Klarer könnte ein Zeichen nicht sein: Du kannst nichts, lass los.

62

Das Jahr in Wien verging schnell. Wie die Affären. Das Schauspielhaus wurde mit jeder Premiere attraktiver, *Toute Vienne* kam, sagenhaft schöne Frauen gab es in dieser Stadt. Schöne Männer gewiss auch. Und obwohl ich über Bisexualität nachdachte, ja, bisexuell sein wollte, ja, logischerweise davon ausging, dass mein erotisches Leben dadurch vielfältiger, ja, ich damit imstande sein würde, ganz neue Territorien zu betreten: Ich konnte nicht. Männer gefielen mir, aber sie entflammten mich nicht. Mein Kopf inszenierte die einschlägigen Szenarien, aber die Geilheit kam nicht, kein Blut schoss. Natürlich spielten »moralische« Überlegungen keine Rolle. Im Gegenteil: dass Homosexualität verteufelt wurde, wirkte eher belebend und verführerisch.

Apropos Sündenpfuhl: Alice war Stewardess und nach einer Vorstellung hielten wir hübsch Händchen und gingen – über einen Zwischenstopp bei Freunden – miteinander ins Bett. Wir waren betrunken und somit aller überflüssigen Nebengedanken ledig: Gleich am ersten Abend Liebe machen? Nicht doch länger kennenlernen? Ach, wir vertrauten der Weisheit unserer Körper und legten los.

Das wurde ein erstaunlicher One-Night-Stand. (Das Wort stammt übrigens aus der Theaterwelt: nur *eine* Aufführung in der Stadt.) Wir führten uns gut auf, wobei Alice mich darauf hinwies, besonders sacht mit ihr umzugehen. Jede Art von Gewalt, auch gespielte, sei undenkbar.

Ihre Bemerkung – befremdlich und ganz unnötig – ließ mir keine Ruhe. Nachdem sich die ersten Wogen der Hingabe gelegt hatten, fing ich zu fragen an. Warum bittet eine Frau einen Mann, der nicht als Schläger bekannt ist, keine Gewalt anzuwenden? Meine erste Vermutung, dass sie eine Beziehung mit jemandem hinter sich hatte, der eher handgreiflich mit ihr umging, erwies sich als falsch.

Alice zögerte, ich bohrte. Bis sie die dunkle Wirklichkeit aussprach: Als 13-Jährige war sie missbraucht worden. Nicht *hardcore* mit Penetration, aber Anfassenmüssen und

Angefasstwerden. Vehement und brachial. Vom Dorfpfarrer, dem Religionslehrer. Nach vier (!) Monaten war sie tapfer genug gewesen, ihre Mutter einzuweihen. In damaligen Zeiten ein brisantes Unternehmen, denn meist wurden die Kinder bestraft: Sie hätten sich falsch benommen, sie hätten gewiss den armen Mann provoziert. Doch die Mutter handelte klug. Wenn ihr auch die Kraft fehlte, den Unhold öffentlich zu denunzieren. So landete Hochwürden nicht im Zuchthaus, sondern wurde von seinem Vorgesetzten, wie damals (und meist heute noch) üblich, stillschweigend versetzt. Mutter und Tochter traten aus der Kirche aus. Das war vor fünfzehn Jahren und Alice hatte nichts vergessen. Jeden Mann, mit dem sie schlief, so erfuhr ich in dieser Nacht, bat sie um Rücksicht. Als grundsätzliche Vorsichtsmaßnahme.

Es war ein One-Night-Stand, der ein paar lustige Wochen dauerte. (Bis Alice, als Späteinsteigerin, im Ausland zu studieren begann.) Kein sichtbarer Knacks war ihr geblieben, ihr erotisches Talent schien – trotz Albtraum in Kindertagen – intakt.

Hier unsere schönste, ergreifendste Stunde: Wir hatten *Midnight Express* gesehen, diesen fulminanten Film von Alan Parker, und waren auf dem Weg vom Kino nach Hause. Zu ihr. Und kamen rein zufällig an einer Kirche vorbei. Und schlichen hinein. Wir hatten Lust auf Rache. Etwa ein Dutzend Leute, uralt und versunken, saßen in den Bänken: gewiss still und verzweifelt die Frau Muttergottes anflehend. Links, nicht weit vom Eingang, stand ein Beichtstuhl. Wir wussten sofort, was wir vorhatten: Ich spiele den Pfaffen und Alice die Sünderin! Und da wir beide einst Opfer – jeder auf seine Weise – des »allein selig machenden Glaubens« waren, kannten wir uns aus. So nahm ich in der Mitte des Getüms Platz und Alice kniete rechts nieder. Türen zu. Und ich machte das Kreuzzeichen und frage sie flüsternd durch das Gitter, ob sie Unkeusches gedacht oder angesehen oder gehört oder geredet oder gelesen habe. Allein oder mit anderen? Wann? Wo? Wie oft? Ich hatte die Litanei zu oft vernommen, um sie nicht auswendig nachleiern zu können. Und die Schuldbeladene beschrieb detailliert und grafisch alle durchexerzierten Schweinigeleien und ich, der Gottesmann, hechelte immer erregter (auch das kannte ich aus der Praxis), würzte die hochheilig-scheinheilige Geilheit mit »Amen« und »Halleluja« und »Das kann doch nicht wahr sein, mein Kind« und »Was wird die Jungfrau dazu sagen« und »Wie konntest du nur so weit sinken« und fummelte nebenbei am Gitter, bis es nachgab und wir uns – küssten. Und an allen erreichbaren Körperstellen anfassten. Und zum ersten Mal in unserem Leben erlebten wir diesen gräulichen, nach strafender Hybris stinkenden Ort als befreiend, als menschenfreundlich und wunderbar erheiternd. Dann rissen wir die Türen auf und stoben davon.

In dieser Nacht habe ich Alice geliebt. Für ihren Mut, für die Chuzpe, für ihre Bereitschaft, kindisch und dreist zu sein.

63

Über Wien habe ich in Oslo geschrieben. Und das letzte Kapitel auf der Terrasse eines Lokals, das sinnigerweise *Cathedral Café* hieß. Ich musste mich konzentrieren, denn zwei Tische weiter saß ein blonder Recke mit seiner Wikinger-Schönheit. Sie schmusten und ihr vieles blondes Haar schimmerte heldenhaft in der Sonne. *Lucky guy, lucky girl.*

Drei Stunden später, nach der Schwerarbeit, las ich die aus dem Flugzeug mitgebrachten Zeitungen. Ach, wieder gab es Anlass zum Schmunzeln: In der *Welt* stand ein Artikel über Anna S. Die 24-Jährige wartet, als Katholin, auf den Richtigen, den Einen, den Einzigen. Für das Sakrament der Ehe. Denn sie will »nach den Regeln der Kirche leben«, ja, selbst »Masturbation ist eine schwere Sünde.« Immerhin: Wenn sie nachts – nach dem Bibelkurs – im Bett liegt, spürt sie eine warme Umarmung, »es ist, als ob Gott bei mir wäre«. Leider schwebt ein Fluch über Anna, denn sie fühlt sich »schmutzig«, habe sie doch bereits mit einem Verwerflichen (einem Nicht-Christen) dem entsetzlich Bösen nachgegeben: der unaussprechlichen Sünde des Geschlechtsverkehrs. »Beichtgespräche« (!) mussten danach geführt werden, ja, die unausweichliche Frage – »Woran lag es, dass meine Gedanken zum Spielball des Teufels geworden sind?« – kam zur Sprache.

So ist das wohl hienieden: Die einen blühen und umarmen das Leben. Und die anderen sitzen im Kerker und entkommen selbst dort nicht dem Blick ihres (lusthassenden) Herrgotts. Ich schmorte leider auch, denn ich dachte an keinen Gott, sondern an eine Göttin: die Wikingerin von eben, die inzwischen mit ihrem Helden weitergezogen war. Wie gern wäre ich jetzt schmutzig und des Teufels Spielball gewesen. Wenn ich nur ihren diabolisch-sündigen Leib hätte anbeten und verherrlichen dürfen.

64

Wien war gut zu mir. Liebe und Ruhm gab's nicht, aber eine Folge von herzbewegenden, vom Reichtum des Lebens erzählenden Episoden. (Mein beruflicher Output blieb kümmerlich.) Die Mehrheit der Beziehungen war nicht spektakulär. Sie waren beschwingt, getragen von dem Gefühl, dass eine Frau und ein Mann sich begehrten. Und diesem Begehren, so oft und so vergnüglich wie ihnen möglich, nachgaben. Und dazwischen ins Kino gingen, ins Theater, sich von der Welt erzählten und von sich.

Klar, fast alle Frauen verließen mich nach gewisser Zeit. Auch hier. Weil bald offensichtlich wurde, dass ich für die Zukunft nicht taugte. Sie ahnten wohl, dass ich zu zerrissen war, zu sehr damit beschäftigt, mich zu finden. Ich brauchte alle Kraft für mich. Ich als Familienvorstand? Einen Unfähigeren hätte man nicht finden können.

Gut, ein paar habe *ich* verlassen. Weil keine Wärme ausbrach zwischen uns: weil Arroganz nicht hilfreich ist beim Herstellen von Nähe. Und weil es dumme Frauen gab, im Hirn ganz fad. Kein Sprühen fand statt, kein Pingpong. Ihr Kopf war nicht leer, aber fast leer. Und das geht nicht. Eros nährt sich auch – wenn er denn länger halten soll – über die Grütze, die beide mitbringen.

Wäre ich homosexuell, käme ich gewiss zum selben Schluss. Frauen und Männer haben sich nichts vorzuwerfen. In beiden Lagern tummeln sich Hohlbirnen, eine Mittelschicht. Und die Blitzlichter. Und am liebsten sind mir – hüben wie drüben – jene, deren Geist mich begeistert.

65

Noch ein Mädchen aus Wien will ich erwähnen, Rosalie. Das Herz wird mir schwer, wenn ich an sie denke. Die Studentin arbeitete nebenbei als Garderobiere am Theater. Sie war neunzehn und ein lichterloher Beweis für die Ungerechtigkeit in der Welt: So schön war sie. Und freundlich und gescheit. Sie war eine, bei der ich dachte: Sie wird eine Eroberin, eine Frau, die einst in alle Himmelsrichtungen strahlen wird. So bewunderte und beneidete ich sie.

Oft spazierten wir nach einer Vorstellung in ein Café und plauderten. Und setzten uns anschließend auf die nahe, so berühmte, *Strudlhofstiege*. Und begannen uns zu streicheln, die Hände, das Gesicht, die frühlingswarme Haut. Der Mond leuchtete bisweilen.

Zu zweit ins Bett wollte Rosalie nicht. Auch die nächsten Wochen nicht. Ich war ganz einverstanden: Um Nacktheit betteln kam nicht infrage. Nach dem Flüstern ging jeder in seine Richtung nach Hause, den Mund und die Augen voller Sterne, voller Erinnerung an den anderen.

Nach ein paar Monaten war Rosalie verschwunden. Das passte zu ihr. Sie hatte sich einmal als »existenziell heimatlos« bezeichnet. Ihre Familie war ein Fall für das Sozialamt, ihr Jurastudium hatte sie abgebrochen, sie wusste nicht, wohin. Irgendwie waren wir uns ähnlich.

Ich rief in ihrer WG an und erfuhr, dass sie ausgezogen war. Ohne eine Adresse zu hinterlassen. So betrüblich das klang, die Nachricht beruhigte mich: immerhin kein Unfall, kein Verbrechen. Jetzt konnte ich nur warten, bis sie mich anrief. Aber sie rief nicht an.

So abrupt, so wortlos sich zu trennen, das ist eine absonderliche Erfahrung. Doch der Schrecken kam Jahre später, als ich – schon längst nicht mehr Schauspieler – einen ehemaligen Kollegen aus Wien traf. Der uns manchmal flirten gesehen hatte. Und mich fragte, ob ich auf dem Laufenden sei, von wegen Rosalie. Nein, natürlich nicht. Und F. erwähnte lachend, dass er sie in Deutschland in einer Peepshow entdeckt hätte. »Hundert pro«, denn er habe sie angesprochen, ja, sie nach mir gefragt. Doch die inzwischen 30-Jährige habe abgewiegelt, die Entdeckung durch F. schien ihr peinlich.

Rosalie, die Wunderschöne, die mit den vielen Lichtern im Kopf, sie tänzelte jetzt auf einem rosa Flokatiteppich, um Männer zum Abspritzen zu animieren. Bizarr, aber ich musste sofort an meinen Vater denken. Er war ein stattlicher Mann und er war helle. Trotzdem blieb er in diesem bayerischen Kraal stecken und verscherbelte Zubehör für Betschwestern. So ist es eben: Schönheit und Verstand reichen nicht. Die Wut, sich aufzulehnen, muss dazukommen, ja, der unwiderrufliche Wille nur jenes Leben anzunehmen, das man aushält, ja, lieben könnte.

66

Ein letztes Kapitel über Wien. Das Schauspielhaus war erfolgreich, das Fernsehen meldete sich und zeichnete Inszenierungen auf. So gab es ein paar Tausend Schilling mehr für uns. Ich investierte sie in Reisen, während der spielfreien Tage. Nie länger als eine Woche, mehr Zeit war nicht.

Und ich ahnte, noch diffus, dass ich etwas gefunden hatte, das irgendwann meine Zukunft bestimmen sollte: eben davonfahren in die Welt. Dass ich darüber schreiben würde, dieser Gedanke kam nicht. Zu unbescheiden, zu vermessen hätte er geklungen.

In Prag, im Nachtklub des Hotels Jalta, lernte ich Mila kennen. Die Studentin aus Brünn. Nein, sie war keine der Hausfrauen, die nebenbei als »Hostessen« arbeiteten und jetzt diskret am Rande der Tanzfläche standen. (Auch im Sozialismus wurde tapfer geheuchelt.) Sie war mit ihrer Freundin gekommen, und als wir eng und langsam miteinander tanzten, ließ Maria uns allein. Wie taktvoll. Die Bee Gees spielten *How deep is your love* und ich fühlte Milas Formen. Und ihre warme Hand auf meinem Rücken. Ach, eines der Wunder der Welt ist das Weltwunder Frau.

Nach dem letzten Kuss vereinbarten wir, dass ich tags darauf, nach 15 Uhr, in ihr Hotel schleiche. Dann wäre das Doppelzimmer frei, die Freundin unterwegs.

Und ich kam, mit Blumen und Begeisterung. Und keine Mila weit und breit, nur der Rezeptionist (den ich noch hätte bestechen müssen), der mir ein sorgsam zugeklebtes Kuvert überreichte. Die liebliche Mila schrieb, dass sie nicht mit mir schlafen könne, nicht aus Mangel an Lust, nein, aber sie wäre schon einmal enttäuscht worden, sie habe einfach Angst, sich »unglücklich« in mich zu verlieben.

Das Zettelchen war voll ernsthafter Wörter. Ich war nicht verärgert, nur untröstlich, weil sich nun kein schöner Körper vor mir ausbreiten würde. Nach einer Nacht zügelloser Träume kam jetzt die Vollbremsung. Milas Entschuldigung schien aufrichtig. Ich kannte solche Texte bereits. Abschiedsbulletins Furchtsamer, die sich im letzten Augenblick davonmachten.

Doch stärker als die Ernüchterung über die entgangene Liebesstunde war meine Verwunderung: wie schnell sich viele nach einer (oder gleich zwei) »Niederlagen« zurückziehen und kein Risiko mehr aushalten.

Ich funktioniere anders. Ziemlich früh hatte ich erkannt, dass ich ohne die Gefahr einer Pleite nicht weiterkomme. Nicht im Leben, nicht als Mensch, nicht als Mann. Ich muss doch ausprobieren. Mich ausprobieren. Wie soll ich denn lernen, wenn ich davonrenne? Und: Warum soll ein Nachmittag – verlebt mit Küssen und In-Flammen-Stehen – unglücklich machen? Fuck, warum müssen wir immer die Zukunft mit ins Bett zerren, die Liebe, die Ewigkeit? Ich kann doch auch durch Prag flanieren, ohne von dem Wunsch verfolgt zu werden, bis ans Ende meiner Tage in dieser Stadt wohnen zu wollen. Warum wird es beim Thema Eros oft so dramatisch kompliziert?

Aber Mila konnte das nicht, das Unkomplizierte: Ihr (mir) wohlgesonnener Leib schien an Bedingungen gekettet. Die von der Gegenwart nichts wissen wollten. Unergründliches Frauenherz.

67

In London flog ich aus dem *Piccadilly Club*. Die beiden Gorillas hatten nur ein bisschen nachgeholfen. So landete ich nicht bäuchlings auf dem Kopfsteinpflaster, sondern hielt das Gleichgewicht und zog blamiert von dannen. Die ruhmlose Geschichte ist schnell erzählt: Als armer Schlucker kam ich in den Nightclub und wollte die attraktivste Frau im Laden. Gina, die ohne Makel. Die hier als *attendant* arbeitete. Ich Greenhorn, ich übersetzte das englische Wort mit »Bedienung«. Aber ja, sie bediente mich, mit unbezahlbaren Spirituosen. Als ich – der Blindgänger – mit ihr flirtete und fragte, ob ich sie nach Dienstschluss abholen dürfe, meinte sie: »Of course, why not.« Und nannte einen Betrag. Nicht in Schilling, nein, in Pfund.

Irgendwann wachte ich auf, obwohl schon alkoholblöd und träge im Hirn: Die Rechnung kam, der *total account* für die Getränke plus »Gedeck«, plus »Eintritt«, plus »Service«, plus »Entertainment« war phänomenal. Der letzte Posten betraf wohl Gina, die so freundlich gewesen war, fleißig mitzutrinken.

Ich verlangte, den Geschäftsführer zu sprechen, und erklärte mich für zahlungsunfähig. Der Mann war der Boss: Zweireiher, Einstecktuch, gepflegte Fingernägel. Er murmelte etwas, was ich nicht verstand, und nickte diskret nach hinten. Und die beiden Gorillas kamen. Sie nickten auch, diesmal Richtung Seitenausgang. Wo niemand herumstand. Okay, jetzt hauen sie mich in Stücke und ich wüsste einmal mehr, wie schlecht die Welt ist. Dachte ich.

Keine Spur. Sie filzten mich, der eine die linken, der andere die rechten Taschen, fuhren mit ihren geübten Händen über meinen Rücken, den Gürtel entlang, ja, in meinen Schritt. Ich hoffte schon, ich käme davon. Bis einer raunzte: »Get off your boots.« Und da lagen meine vierzig Pfund, mein Budget für die letzten zwei Tage. Die vier Scheine reichten sie dem Boss, die Fünf-Pfund-Note im anderen Stiefel konfiszierten sie gleich mit. Dann öffneten sie die Tür und entfernten mich mit Schwung aus dem Etablissement. Durchaus mit Stil, kein Fluch flog hinterher.

So stand ich kurz nach drei in der *Great Windmill Street* und machte mich auf den Weg nach Quiswick, die sechs Meilen zu meinem maroden *Bed & Breakfast.* Ich war nicht unglücklich. Obwohl Gina nichts von mir, dem Banknotenlosen, hatte wissen wollen. Obwohl ich noch immer kein Weltmann war. Aber ich winselte nicht. Ich allein war für die Situation verantwortlich.

68

In Rom hatten die Götter ein Einsehen. Endlich. Als ich in der Via Veneto die Treppen zu *1001 notti*, einer Diskothek, hinunterstieg, überkam mich ein Gefühl, das jeden – selten genug – heimsucht: das Gefühl von Unverwundbarkeit, von grandioser Unbekümmertheit. Vollkommen ungerechtfertigt, denn nichts hatte sich in der Welt des gerade Unbekümmerten geändert. Wie ein Flash reinsten Glücks kommt es auf einen nieder. Ohne Hilfsmittel von außen, ohne Alkohol, ohne Drogen, ohne vorangegangenes Erfolgserlebnis. Es ist da, unerwartet, unangemeldet, unvermeidbar.

In diesen Sekunden unbelehrbaren Übermuts, in denen ich wusste, dass mir jetzt gelänge, was ich wollte, beschloss ich, dass ich das erste schöne Frauengesicht ansprechen würde, dessen Blick den meinen kreuzte. Ob zufällig oder wohlweislich. Egal. Ich war in dieser Stunde der König von Rom. Ohne den geringsten Anflug von Hochmut.

Und ich ging auf eine Frau zu, lächelte, verbeugte mich leicht und bat sie ganz altmodisch um einen Tanz. Und wir tanzten sacht zu Chicagos *If you leave me now*.

Zur Erinnerung: Ich halte Wort und werde nur Begegnungen erwähnen, die eine Geschichte erzählen, jenseits der Nachricht, dass eine Frau und ein Mann zueinanderfinden. Auch Geschichten, die vom kleinen Irrsinn berichten, von der Begabung der Menschen, sich das Leben umständlich und mühsam einzurichten. Hier kommt so eine. Wobei vielleicht noch erwähnt werden soll, dass der Irrsinn der Grund dafür ist, warum die Story hier auftaucht. Ohne ihn wäre sie »normal« verlaufen, ohne Umwege, ohne Aberwitz.

Juana und ich, wir zwei waren absolut umstandslos. Unsere Sprachlosigkeit – die Spanierin sprach dreißig Wörter Englisch, ich drei Wörter Spanisch – beschleunigte unsere Hintergedanken. Nach einer Viertelstunde beschlossen wir, in ihr Hotel zu fahren. Dafür reichte unser Wortschatz.

Wir stoppten ein Taxi und Minuten später nahm eine *Commedia dell' Arte* vom Feinsten ihren Anfang: »No«, meinte der Rezeptionist trocken, kein Zugang für mich. Auch wenn Juana über ein französisches Bett verfügte. Auch, als wir sofort anboten, für die Doppelbelegung extra zu zahlen. Auch, als ich diskret Schwarzgeld anbot. No, denn wir waren nicht verheiratet. In Rom, jetzt begriffen wir, kommandierte der Vatikan. Wenn die Todsünde Sex schon nicht abgeschafft werden konnte, so sollte er – zähneknirschend – nur Eheleuten gestattet sein.

Wir brausten zu meiner Pension. Wieder unsere Bettelgesänge, wieder nein. Was für ein herrischer, stolzer Berufsstand. Italien, so hörte man es aus allen Ecken flüstern, galt als Korruptionsweltmeister. Doch in italienischen Hotels herrschte totalitäre Transparenz: no Trauschein, no Geschlechtsverkehr.

Inzwischen war Lorenzo, der Fahrer, unser Komplize geworden. Wir versuchten 10 (zehn!) weitere Hotels, deren Nachtportiers er persönlich kannte. Ich hatte ihm mittlerweile das dicke Bündel Lire übergeben, er ging rein und wir warteten im Fond – überzeugt, dass er intelligenter als wir seine Landsleute umstimmen würde. Von wegen. Immer kam er mit vollen Händen zurück. Kein Geld auf Erden, so schien es, war mächtig genug, hier einen Sündenfall zu arrangieren. An der katholischen Hausordnung wagte niemand zu rütteln.

Aber Juana und ich nutzten die Zeit. Da wir uns fast nichts sagen konnten (immerhin erfuhr ich, dass sie als Lehrerin in Barcelona arbeitete), war die Rückbank des Mercedes ein sehr praktischer Ort für Nähe zwischen Frau und Mann. Zudem erwies sich Lorenzo als Gentleman, der keinen Moment lang frivol nach hinten zwinkerte, nie eine Anzüglichkeit losließ. Im Gegenteil, er entwickelte einen professionellen Ehrgeiz, uns das verdammte Bett zu verschaffen.

Irgendwann, beim Irren durch Rom, meinte Juana: »Love in the countryside, in the countryside!« Ihr Einfall klang wenig verlockend: den weiten Weg hinaus aus der Stadt, um vielleicht »auf dem Land« ein Zimmer zu finden? Aber Lorenzo war cleverer als ich, auch verstand er ein paar Fetzen Spanisch. Die beiden redeten miteinander, bis er sich grinsend an mich wandte: »No, not in the countryside, she means love on the ground, on the grass.«

Io capivo tutto und dirigierte den Wagen zur Piazza del

Colosseo. Dort war ich an diesem Nachmittag vorbeigekommen und dort befand sich der Ort, den wir brauchten. Wir lachten, bis uns die Tränen kamen, *in the countryside*, was für ein bezauberndes Missverständnis. Neben der weltberühmten Arena stiegen wir aus. Herzlicher Abschied von Lorenzo, dem so Hilfsbereiten.

Zu Fuß den Palatin hinauf, einen der sieben Hügel, mit einem sagenhaften Blick über diese Stadt. Und hier lagen die Büsche, die versteckten Ecken, in denen – so ist zu vermuten – die letzten 2700 Jahre voller Inbrunst und Heimlichkeit geliebt wurde. Wie folgerichtig also, dass Juana und ich dieser unsterblichen Tradition folgten und sich einer dem anderen ergab. Mit Wärme, mit Selbstverständlichkeit, ja, nichts schien hautfreundlicher als weiches italienisches Gras. Wie Daunen schmiegten sich die Halme an unsere bloßen – nur von römischer Nachtluft bedeckten – Körper.

»Trouble is my middle name«, in irgendeinem Gangsterfilm habe ich den Satz einmal mitgeschrieben. Nun, mein Leben wäre nicht mein Leben, wenn ich etwas ohne Stressbombe ausgehändigt bekäme. Zu oft schon tauchten – mitten im Glück zarter Zweisamkeit – Zeitgenossen auf, die auf die eine oder andere Weise nicht mit dem einverstanden waren, was gerade passierte. Oder, wie im Augenblick, enthusiastisch zustimmten, aber dennoch gehörig störten: Plötzlich vernahmen wir ein seltsames Geräusch und Juana flüsterte erschreckt »un hombre, un hombre«. Das waren zwei der drei Worte, die ich kannte. Sofort drehte ich den Kopf und sah eine dieser armseligen Kreaturen, die in ihrer Freizeit als Spanner unterwegs sind. Wobei der Mann keine sieben Meter von uns entfernt stand und bereits hechelnd sein durchaus respektables *membrum virile* bearbeitete. Und nun, nach seiner Entdeckung, leicht schwachsinnig zu kichern anfing.

Jetzt musste ich den Ritter spielen, musste aufspringen, sprich, die Umarmung Juanas verlassen, zum nächsten

Baum rennen, einen Ast abbrechen und mit einem gellenden Schrei auf den Sexschnorrer losrennen. Und ausholen. Das wirkte, ich traf ihn nur einmal, doch anschließend war der Spuk vorbei und der Wicht verschwunden.

Wir zogen um, schlichen hinter Sträucher, die jeden Blick verwehrten. Und blieben vergnügt und gelassen. Als wir auf dem Rücken lagen und rauchten, so gegen drei Uhr morgens, fiel mir ein, dass der allwaltende Irrsinn – ob von Roms Pfaffen oder anderen, sexuell verwirrten, Männern inszeniert – auf wundersame Weise zur Intensität des Abends beigetragen hatte.

Wir nahmen ein Taxi und fuhren zu Juanas Hotel. Letzte heitere Küsse und die Gewissheit, dass wir am nächsten Tag in verschiedene Richtungen davonfahren würden. So einfach war es dann doch nicht. Aber wir hielten durch, keine platten Lügen, keine unredlichen Versprechungen. Nur Küsse und die Freude über das, was wir einander geschenkt hatten.

Der Weg zum *Quattro Fontane*, meiner Unterkunft, war nicht weit. Ich ging zu Fuß. Die Stadt erwachte. Und mir kamen die Tränen. So hilflos kann ein Mensch werden. Vor so viel Schönheit.

In einem Schaufenster entdeckte ich das Foto des vor Tagen verstorbenen »Papa«. Raffiniert suggerierten die um sein Porträt montierten Lämpchen einen Heiligenschein. Darunter stand, so konnte man es lesen, ein Auszug aus seinem Testament: »Im Augenblick des Todes, der endgültigen Trennung vom Leben, fühle ich die Pflicht, das Geschenk, das Glück dieser flüchtigen Existenz zu preisen.« – Armer Mann. Erst sterben müssen, um das Glück, am Leben zu sein, zu begreifen.

Eine kurze Fußnote zu dieser bigotten Glanzleistung: Viele Jahre später, als die Kirche als krimineller Kinderschreck durch die Weltpresse ging, hatten amerikanische Hacker herausgefunden, dass das Vatikan-Personal all die Zeit fleißigst Pornoseiten heruntergeladen hatte.

69

Absurderweise gibt es Leute, die behaupten, Sex sei ohne Liebe nicht möglich, ja, die tatsächlich verkünden, dass – wenn Sex ohne Liebeserklärung vonstatten geht – er automatisch »kalt« sein muss, nicht tief, nicht zutiefst befriedigend sein kann. *What a stinky nonsense!* »Ohne Liebe« bedeutet doch nicht, eisig drauf loszuvögeln. »Ohne Liebe« schließt doch nicht Wärme und Heiterkeit aus, nicht Respekt für den anderen. Welch bedauerliche Ignoranz. Ähnlich dämlich wäre die These, dass das Essen in einem Restaurant nur dann schmeckt, wenn man den Koch liebt. Man kann phantastischen oder grauenhaften Sex mit jemandem haben, den man liebt. Und fantastischen oder grauenhaften Sex mit jemandem, den man nicht liebt.

Ach, wenn man nur endlich aufhören würde, die Moralkeule mit ins Bett zu nehmen.

70

In Wien war mir nicht mehr zu helfen. Jetzt war ich knapp dreißig und aus mir war noch immer kein Schauspieler geworden. Den man unbedingt hätte sehen müssen. Bei all dem Fieber nach Frauen, bei aller Sucht, die sie auslösten, bei all dem Pochen, das sie in mein Leben brachten: Sie konnten mich nicht trösten über die ungeheure Kränkung, dass aus mir nichts – unvorstellbar nichts – werden sollte. Manche akzeptieren das irgendwann und richten sich ein in ihrem Loserdasein, finden die notwendigen Ausreden und überweisen die Schuld an andere. Ich nicht. Keine Notlüge hätte mich versöhnt, keine Erinnerung an den missratenen Vater und keine an die überforderte Mutter wäre als Alibi infrage gekommen. Es gab keinen Notausgang, es gab nur zwei Türen. Auf der einen – nur noch einen Spalt geöffnet – stand: »Gelingen«. Und auf der anderen, sperrangelweit offen, leuchtete: »Scheißleben.«

Immerhin besaß ich eine brauchbare Eigenschaft. Ich

konnte Nein sagen, ich konnte weggehen, ja, alles und jeden verlassen: Orte, Frauen, Männer, Götter, Berufe. Weil mir nach gewisser Zeit klar wurde, dass sie mir nicht guttaten, dass ich nicht vom Fleck kam. Also musste eine neue Umgebung her, mit neuen Menschen, mit neuen Aussichten. Ich wollte nicht ausharren, ich musste davon. Getrieben von dem Traum, dass »woanders« das Scheißleben aufhört. Und mir das geträumte Leben gelingt.

71

Ich flog nach Indien, nach Poona (heute: Pune). Dort lebte ein Mann, der in den späten 70er Jahren wie kaum ein anderer von sich reden machte: ein ehemaliger Philosophie-Professor, der sich inzwischen – unbeschwert größenwahnsinnig – »Bhagwan« nannte. Was nichts weniger als »Erleuchteter«, ja »Gott« bedeutete. Das Aberwitzige: Auf eine bestimmte Art war er das, denn der von ihm gegründete Ashram – etwa 150 Kilometer östlich von Mumbai – schien der aufregendste Ort, der damals auf dem Planeten zu finden war. Ich ahnte es schon vorher, genährt von Berichten und Bildern, und wusste es hinterher, nach Monaten permanenter Anwesenheit: ein mikroskopischer Erdteil, randvoll geladen mit Einsichten, mit Frauen und Männern, mit äußersten, den Körper, das Hirn, die Herzkammern überflutenden Erfahrungen. Müsste ich alles erzählen, ich bräuchte tausend Seiten. Ich will mich mäßigen und nur eine hochprozentige Zusammenfassung abliefern.

Der Ashram lag im Villenviertel der Millionenstadt, umzingelt von Dschungelbäumen und wuchernder Vegetation. Aus allen fünf Kontinenten pilgerten die Sinnsucher hierher. Denn mit der Geschwindigkeit eines Kugelblitzes hatte sich herumgesprochen, dass der Mann das zu bieten hatte, wonach jeder Mensch hungerte, ja, hungert: Gefühl, Freude, Geist, Eros, Lachen, Intensität, Tiefe, Beben, Sinn, Vibrieren, Wärme, ja, das verheerend schöne Bewusstsein, am Leben zu sein. Wie niemand zuvor brachte der Guru beides zusammen: Ost und West, Intuition und Wissen, Lassen und Tun, Rätsel und Wissenschaft. Er zitierte die großen japanischen Zen-Meister und indischen Mystiker mit derselben Nonchalance, mit der er auf Freud verwies, auf C. G. Jung, auf Wilhelm Reich, auf Sartre, auf Nietzsche, auf Spinoza, auf den ganzen Rest europäischer Geisteswissenschaft. In seinem Kopf lagerte eine Bibliothek, seine Vormittagsreden, *the lectures*, waren eine Mischung aus Ironie, Liederlichkeit, Brillanz, Anekdoten, handfester Vorlesung und Small Talk. Er war nie das, was wir alle aus unserer Jugend als »Gottesmänner« kannten: fade Einluller, deren Moralpredigten so hartnäckig zum Wegdämmern verführten. Bhagwan war modern, er hatte begriffen, dass wir nicht in den Himmel kommen, sondern auf Erden ein Leben haben wollten, das nicht vom Stumpfsinn der Normalität erniedrigt wurde, nicht vom lebenslangen Herumhocken in viereckigen Räumen, nicht vom Bravsein inmitten anderer Braver. Kein Wunder, dass er sich regelmäßig mit den Inhabern letzter Wahrheiten – gleich welcher Religion und Ideologie – anlegte. Er stänkerte, er verachtete die Heuchelei und ihre lächerlichen Riten. Er schlachtete, mit Witz und Verve, die heiligsten Kühe.

Erste Szene: Während einer Rede in der *Buddha Hall* – Bhagwan hatte gerade einen Witz über einen katholischen Priester erzählt, der zu spät zu einer Swingerparty gekommen war – erhob sich plötzlich ein Mann zwischen den am Boden sitzenden Zuhörern und schleuderte einen Gegenstand Richtung Podest. Und der Meister rührte sich nicht. Vielleicht hatte er den Attentäter nicht gesehen, vielleicht besaß er tatsächlich die Nerven eines Unerschütterlichen. Das Geschoss, ein Stilett, ging daneben und landete im Gebüsch. Sofort Tumult, drei Mann warfen sich auf den Messerwerfer, Schreie, dazwischen der seelenruhige Bhagwan. Und unsere blassen Gesichter. Das Motiv, so hieß es später im Polizeibericht, schien eindeutig: Der Verhaftete war

Moslem und fühlte sich von den Auslassungen des Gurus beleidigt.

Bhagwan, dem Freigeist, war nichts sakrosankt und nichts unberührbar: nicht die Bibel, nicht der Koran, nicht die Thora, nicht die Schriften seiner eigenen (früheren) Religion, des Hinduismus. »Göttliche Offenbarungen« hielt er für einen Witz, »ewige Wahrheiten« für eine Zumutung. Er war mutig, er provozierte. Sein Lieblingsgegner waren die Schafe. Die nachblökten, statt nachzudenken.

Der Ashram galt als Brutstätte heftigen Lebens, bestens organisiert: Um sechs Uhr morgens ging es los. Mit dem Angebot der inzwischen berühmt gewordenen *Dynamischen Meditation*, eine Stunde in fünf Stufen unterteilt: in zügelloses Schnaufen, in Explodieren, in energisches Hüpfen, in »total freeze«, in entfesseltes Tanzen. Sich hingeben, sich lassen, sich vergessen. Ein bisschen blöd werden vor Freude am Körper, selig werden, sich in Trance wirbeln, all das Niedergezüchtete spüren und herausschreien, was man uns als Kinder hatte angedeihen lassen. Eine »Katharsis« – der Boss liebte die monumentalen Worte – sollte passieren.

Ob einer von uns je »gereinigt« wurde? Ich zweifle. Doch hinterher war die Luft raus. Und mit ihr die Wut und der Frust. Kurzzeitig, aber immerhin.

Vor dem großen Tor lag Indien, der grandioseste Wahnsinn seit der Erfindung der Welt. Wer einmal im Ashram gewesen ist, wird verstehen, warum die paar Hundert Quadratmeter fiebrigen Lebens nicht in Quakenbrück neben der Dorfkirche funktioniert hätten. Ein Land musste her, das an Toleranz nicht zu überbieten war. Die Einwohner Poonas wackelten lässig mit dem Kopf und taten – von Giftzwergen abgesehen –, als wüssten sie von nichts.

Das Kernstück bildeten die *groups*, akademisch übersetzt: die Lehrgänge, die Kurse. Aber hier gab es keine Nachhilfe fürs Töpfern, auch kein Yoga für Schwangere, auch keine Häkelklasse für künftige Verlobte, nein, hier ging es um die

Konfrontation mit unseren innersten Sehnsüchten, mit den dunklen (und hellen) Heimlichkeiten in uns.

An der Rezeption konnte man zwischen den verschiedensten Angeboten aussuchen, sich eintragen und einen – für uns westlich Reiche – geringen Betrag bezahlen. Und mitmachen.

Die gefürchtetste Gruppe hieß *Encounter*, eine Begegnung mit den eigenen Aggressionen, dem schlummernden Gewaltpotenzial. In jedem von uns. Und so saßen zwölf, vierzehn Leute – Frauen wie Männer – im Kreis. Und redeten. Oder hielten den Mund. Und irgendwann, irgendwann bald, fing es an zu brodeln. Denn niemand war hier für ein Knigge-Seminar vorbeigekommen, sondern um zu lernen: sich nicht jede Regung wegzulügen. Sich zu wehren. Sich nicht zu verraten.

Und dann krachte es. Bisweilen so hitzig, dass der Leiter, oft ein ausgebildeter Therapeut, mit Nachdruck einschreiten musste. Um zwei Kampfhähne zu trennen. Im äußersten Fall mithilfe anderer Teilnehmer. Ja, es gab Prügel. Nicht regelmäßig, aber zuzeiten.

Andere Gruppen verfolgten das genau entgegengesetzte Ziel: unser Verlangen nach Harmonie und Swing, unseren Wunsch, mit Leichtigkeit und Leichtsinn persönliche Differenzen zu bewältigen. Somit verstehen, dass das Faustrecht kein Recht ist, nur eine Notlösung.

Bei Bhagwan konnten wir etwas über uns erfahren, uns Menschen, uns Frauen, uns Männer. Hautnah (ganz wörtlich), verschwitzt (hot India), nackt (Geduld, Leser, wir sind gleich soweit) erlebten wir unsere Widersprüche und Zwänge und Süchte. Und Begabungen und Talente. Und durften nach dem suchen, was ein Leben erfüllt. Ja, uns eine Ahnung von dem vermittelt wurde, wie es sein könnte, sein sollte.

Noch ein Zwischenruf: Unheimlich viele Deutsche kamen. Wenig überraschend. Seit Jahrhunderten unterhalten wir eine besondere Beziehung zu Indien: Schon Hegel murrte über die »Indomanie« seiner Landsleute. Vor hundert Jahren reiste Hermann Hesse auf den Subkontinent. Auch er suchte Erlösung vom schwerwiegenden Los eines Deutschen, der nie aufhören konnte zu denken, nie loslassen, den nichts mehr schreckte als ein paar Stunden sinnlosen Glücks. So eilten wir, meine Generation, mit der Hoffnung nach Poona, dass uns Bhagwan, der Inder, etwas abgäbe von seiner Verspieltheit, von seiner Lässigkeit im Umgang mit der Wirklichkeit.

Kommen wir zur Sache. Zu jener, die uns alle in ihren Bann zog und die dafür verantwortlich war, dass sogar die Weltpresse hier anlandete. Und sich vor moralinsaurer Erregung überschlug. Kommen wir zum Sex, zum Reizwort par excellence, das skandalös oft in Bhagwans Sprüchen und Büchern auftauchte. Und – das eigentlich Unerhörte – im Ashram unterrichtet, ja, praktiziert wurde. Sex als Lehrfach! Unter dem tibetischen Decknamen »Tantra«. Möglicherweise hatte der damals knapp 50-Jährige ein Einsehen mit seinen eigenen, eher belanglosen, Auftritten als Liebhaber. Der grazile Glatzkopf war – so berichteten mir Frauen, die mit ihm intim gewesen waren – eine eher müde Veranstaltung im Bett. Kein Liebesspiel-Vergnügter, mehr ein Überstürzer, ein Schludriger, der den Akt im Eilverfahren hinter sich brachte.

Wie dem auch sei. Fest steht, dass Bhagwan etwas wagte, was vorher zwischen Himmel und Erde nicht existierte: Frauen und Männer trafen sich in leicht abgedunkelten Räumen und durften – dafür müsste man Bhagwan nachträglich den Friedensnobelpreis verleihen – auf täglich frisch bezogenen Matratzen das Schmusen üben, das Zündeln, das Lieben, durften sich dabei zuschauen, wie lächerlich hastig sie waren, wie unfähig zur Hingabe, wie eilig sie es hatten, in Rekordzeit abzufeuern. Schon klar: Ich rede gerade von uns Männern, die fast alle – Ausnahmen gab es – denselben Reflex beim Berühren einer splitternackten Frau verinnerlicht hatten: rein, raus, rein, Peng!

Es war hinreißend lehrreich und lustig und komisch. Natürlich wurden uns keine Details verkündet: wie und wie nicht anfassen, wo und wo nicht, wo stürmisch und wo wolkenleicht sacht, nein, es ging um etwas Grundsätzliches: um das Verlernen von Angst und das Lernen von Fantasie, sprich: um Entschleunigung, um den Abschied von der Sexualität, die Eros als *quick business* verinnerlicht hatte.

Selbstverständlich, auch die anwesenden Frauen mussten trainieren: Initiative zeigen, also nicht devot auf die Einfälle des jeweiligen Beischläfers warten. Den Bullen bremsen, wenn er zu tierisch aufsprang. Begeisterung signalisieren, wenn Feuer und Flamme sie selbst ergriffen. Den Liebhaber anspornen, wenn der Moment gekommen war, der den (beidseitigen) siegreichen Endspurt einläutete. Man ahnt, dass ein solches Treiben – an manchen Tagen gab man sich, Frauen wie Männer, drei, vier verschiedenen Partnern hin – den grimmigen Neid jener entfachte, die nur davon berichten durften, nicht aber mitfeiern. »Orgien« und »Sittenverfall« und »Sexkloster« hechelten *BILD* und *Spiegel* und die *New York Times*: ja, Orgien der Sinne, der Leidenschaft, des Enthusiasmus. Und wir waren Zeugen, nein, Beteiligte eines einmaligen Experiments, das uns penetrant an die Todsünde erinnerte, die wir so oft so unbekümmert begingen: uns ins Schafsgatter jagen zu lassen, um dort – mitten unter anderen Schafen – die mitgebrachten Träume an ein Allerweltsleben zu verraten. Eiskalt hielt Bhagwan den Finger auf unsere Feigheiten. Lächelnd, nie die Stimme hebend, immer cool. Natürlich hat es Mister Chandra Mohan (sein bürgerlicher Name) nicht zum Weltverbesserer geschafft. Wie keiner vor ihm. Und wohl keiner nach ihm. Nicht als Hellerleuchteter, nicht als »Osho«, wie er sich später nannte. Nach dem Umzug des Ashrams in die USA war der Mann die letzten Jahre vor seinem Tod damit beschäftigt, seiner »Foundation« – gebeutelt von Machtkämpfen, Geldgier und allseitigem Irrsinn –

beim Untergehen zuzuschauen. Bisweilen mit Hilfe von Lachgas. Und Kalaschnikow tragenden Bodyguards.

Egal, Poona war ein Fest. Trotz der dunklen Zonen, die sich am Rande der Kommune auftaten: Drogen, Prostitution, Personenkult. Aber ich hatte Glück, denn die konsumierten Rauschgifte – meist Heroin und Opium, ein bisschen Pot – machten mich nicht eine Stunde abhängig. Und ins *Taj Mahal* Hotel in Bombay musste ich auch nicht reisen, um mir als bezahlter Lustboy meinen Aufenthalt in der Nähe des Meisters zu finanzieren. Und nicht eine Kartoffel habe ich in der großen Küche der Kommune geschält. Und nicht einmal habe ich mich vor dem Verehrten auf die Knie geworfen. Doch (fast) alle Frauen, denen ich – nah oder ganz nah – im verwunschenen, bunt blühenden, Ashram begegnete, brachten Zauber und Anmut in mein Leben. Und wenn nichts von beidem, dann gab es immerhin Momente rabiater Erfahrung. Wenig vergnüglich, aber stets intensiv. Hätte es den Werbespruch schon damals gegeben, er hätte wie maßgeschneidert hierher gepasst: *For life with more wow, for life with more now.*

72

Aufwachen: Als ich nach Wien zurückkehrte, war ich als Schauspieler kein Gramm glorreicher. Trotz all der Wunder, die in Indien über mich gekommen waren. Aber das Talent fehlte noch immer. So packte ich meine Koffer und verschwand. Mit der endgültigen Gewissheit im Kopf, dass ich knapp neun Jahre in den falschen Beruf investiert hatte. Ich ging zurück nach München und suchte weiter. Jetzt als Arbeitsloser.

73

Japanische Soldaten nannten koreanische Frauen, die sie während des Zweiten Weltkriegs in Bordelle gesperrt und missbraucht hatten, »Trostfrauen«. Frauen schänden ist ein Verbrechen, aber der Name gefiel mir, denn ich hatte das Wort »Trost« und das Wort »Frau« schon als Jugendlicher als untrennbar empfunden. Lange bevor ich von den Schandtaten wusste.

Die zweite Trostquelle war die Sprache, die Wörter in den Büchern. Nicht, dass mir jemals in den Sinn gekommen wäre, diese Liebe als Beruf zu erwägen. Zu ungeheuerlich schien mir dieser Anspruch. Aber ich fand zwischen den Seiten Zustände, die mir in der wirklichen Welt oft fehlten: Innerlichkeit, Sinngebung, Tiefenschärfe. Bücher, so bildete ich mir ein, kümmerten sich um mich. Als hätte der Autor nur mich gemeint, als hätte er nichts anderes zu tun gehabt, als sich mit meinem Wirrwarr, meinem Verlorensein zu befassen. Bücher dienten als Leibwächter, als Seelenwächter. Musste ich doch täglich antreten, um endlich »erwachsen« zu werden, um endlich etwas anzubieten, was der Welt gefiele. Als Rechtfertigung für mein Vorhandensein. Und ich musste jeden Tag die Möglichkeit aushalten, dass es dieses Etwas nicht gab. Dass die Welt nichts von mir haben wollte, nichts, was je eines Lobs wert sein würde.

Da ich nun noch bargeldloser war als zuvor, fing ich erneut mit dem Stehlen von Büchern an. Und da mich Rita, eine der Verkäuferinnen, eines Vormittags um ein Haar beim Wegräumen von – unter anderem – Brechts *Chinesischen Gedichten* ertappt hätte, musste ich sie verführen. Um sie zu neutralisieren. Und musste stets eine Ausrede finden: um zu verhindern, dass sie bei mir übernachtete. Denn die Wände standen ja voller Diebesgut.

Wir waren ausgesprochen freundlich und süchtig nacheinander. Die Vorstellung, dass zwei in Sprache und Literatur Verliebte sich nachts, mitten im Lieben, berühmte, das Herz befeuernde Sätze ins Ohr flüsterten, vermehrte auf ganz arglose Weise das Verlangen. Wobei mir wieder einmal bewusst wurde, dass eine Frau durch ihr Wissen, durch ihr Teilhaben an der Welt, noch begehrenswerter wurde. Geist als Aphrodisiakum? Aber ja.

Meine Schuldgefühle meldeten sich eher leise. Ich klaute in einer großen Buchhandlung, keine arme Ladenbesitzerin wurde dadurch ruiniert. Das ist keine Rechtfertigung, nur ein Hinweis. Ich will mich nicht davonreden, Stehlen ist ungesetzlich. Doch das Ungesetzliche, so bildete ich mir ein, war die Bedingung für die Aufregung. Wenn sie zudem noch mit erotischer Wärme belohnt wurde, wie könnte ich da nein sagen. Die beiden – das Verbotene und das Sinnliche – gehörten eben zusammen. Das ist gewiss ein kindischer Gedankengang, genährt von infantilem Trotz. Geschenkt.

Bücher und Frauen schienen untrennbar. Die einen waren die virtuellen Bereicherer, via Buchstaben kam ich einer schier unerklärbaren Welt näher. Und die anderen waren die Tatsachen, das unausweichliche Leben, die andere, unergründliche Welt. Nie wäre ich auf die Idee gekommen, das eine gegen das andere auszuspielen. Beides war unverzichtbar.

In Indien hatte ich von einer Body-Building-Meisterschaft gelesen. Muskelmänner suchten nach dem Strahlendsten unter ihnen. Auch Mister Ambani, so wurde berichtet, nahm teil. Schon achtzig Jahre lang opferte er die Freizeit der Verschönerung seines Körpers. Und mit 97 – das Foto war eindeutig – strahlte er noch immer. Was kann man daraus lernen? Dass Glück das ist, was einen glücklich macht. Macht Eisenteile – täglich stundenlang – in die Luft strecken froh, dann soll nichts einen davon abhalten. Jeder Frohgemute trägt zum Glücksquotienten der Welt bei. Bei mir waren es Bücher und Frauen. Klar, vor Glück bin ich nicht geplatzt. Denn nach wie vor fehlte der selig machende Beruf. Aber ohne sie, ohne das eine und ohne das andere, hätte ich das Suchen nicht ausgehalten.

74

Ach ja, Rita, die Buch-Frau, verließ mich bald. Ich war doch der mit den leeren Händen. Nein, an Geld war sie nicht interessiert. Sie wollte etwas viel Kostbareres, das alte Lied: die Ewigkeit. Und über die verfügte ich noch weniger als über Münzen und Scheine.

Ich nahm die Kündigung an, ohne jeden Widerstand. Welchen hätte ich leisten können? Immerhin war ich kein Hochstapler, der jemandem Aussichten vorlog, die nie Realität werden würden. Auch schindete ich keine Zeit, indem ich meinte: Man wisse nie, vielleicht würde ich mich doch noch ändern, »bitte bleib, bitte gib mir eine zweite Chance«. Nein, denn meine Entscheidung, vor langer Zeit gefällt, war jeden Tag unwiderruflich: Die Spur, die ins bürgerliche Lager führt, dahin, wo ein viereckiger Einfamilienknast neben dem anderen steht, da, wo sie alle vierzehn Tage Hecken mit der Wasserwaage stutzen, da, wo an einem Sonntagnachmittag die gelangweiltesten Gesichter unterwegs sind, diese Spur war verbarrikadiert. Auch wenn so manche Frau glaubte, sie könne mich »umdrehen«. Mein Ehrenwort: Nie.

Gewiss, verlassen werden ist nicht lustig, aber ich gewöhnte mich daran. Ich war im Laufe der Zeit ganz einsichtig geworden: Die Frau forderte etwas, was ich ihr nicht geben konnte. Und ich hatte begriffen, dass sie von ihrer Forderung nicht ablassen würde. So blieb nur die eine Konsequenz: Trennung. Zudem ging es mir besser, wenn die Frau die Geschichte beendete. Dann musste *ich* nicht wehtun. Es reichte, wenn ich mich nicht auf der Höhe ihrer Erwartungen befand. Warum am Schluss noch ein letztes Mal Schmerz bereiten?

75

Ich lernte Cathy kennen. Und als hätte der Teufel seine Hände im Spiel, stellte Ben sie mir als seine Freundin vor: Ben, der Mann, der früher mit Hanna zusammen gewesen war. Ich konnte wieder nicht Nein sagen. Obwohl Freundinnen von Freunden ja als Tabuzone galten. Galten sie auch, immer, aber seltsamerweise nicht bei ihm. Vielleicht empfand ich insgeheim eine Wut auf ihn: Weil ich ihn für denselben (beruflichen) Versager hielt wie mich. Ben war »Dichter« und »Filmemacher« und »Drehbuchautor« und in jedem Fach war er so unbeholfen und unerheblich wie ich als (gescheiterter) Schauspieler. Nahm ich ihm die Frau weg, dann punktete ich. Wenigstens da. Wie schäbig, ich weiß.

Ben kämpfte. Indem er Cathy an seine Liebe erinnerte. Und mich schlecht machte. Das war zu erwarten. Bald würde ich ihn anschwärzen. Das lausige Feilschen um eine Frau ging los: Schwüre, Versprechungen, nächtliche Anrufe, Anklagen, Verdächtigungen, Flüche, Schreie am Telefon, verheulte Aussprachen zu dritt (in denen alles ausgesprochen und nichts geklärt wurde), Hassgebrüll, Notrufe bei Freunden. Und die schwarze Angst in der Seele. Irgendetwas war an dieser Frau, das mich tief anrührte. Jenseits meines Narzissmus, jenseits drängender Geilheit.

Ich war erstaunt über mich: wie dramatisch ich auftreten konnte, wie selbstgewiss ich glaubte, Cathy zu lieben. Zwischendurch dachte ich an Erich Fromms »Die Kunst des Liebens«. In dem Buch bemerkte er einmal, dass »Verliebtsein« das genaue Gegenteil von Liebe sei. Weil man das – sich selbst schmeichelnde – Bild vom anderen liebt, das man sich fabriziert hat. Nicht den anderen, den tatsächlichen Menschen. Bricht das Bild, bricht die Liebe. Die so heftig eingebildete. In kurzen, hellklaren Augenblicken sah ich den einen, der ich war: den, der diese schöne Frau haben wollte. Als Beute. Die man dem Rivalen entriss.

Nach Monaten war der Kampf entschieden und Cathy, die Ergotherapeutin für behinderte Kinder, lief zu mir über. Sie war die Liebende und ich war der Mann, der es nie mit dieser Liebe aufnehmen konnte. Trotzdem, auch schwache Männer haben ihre Momente.

Cathy war ein wildes Mädchen. Sinnlich begabt, sinnenfroh, haltlos und hingegeben. Sie rauchte, sie kiffte, sie tanzte, sie las, sie konnte schallend lachen. Und sie kämpfte mit ihren Depressionen. Bisweilen überkam sie der Weltekel, die allwaltende Sinnlosigkeit des Alltags. Das störte mich nicht. Ununterbrochen lustige Zeitgenossen sind eine Zumutung. Trauerte sie, war sie noch schöner. Ich sah dann heimlich auf ihr Gesicht. Wie ein Gemälde sah es aus, verloren und unberührbar.

Cathy war verwundet. Die Erinnerung an Ben war nicht leicht zu verscheuchen. Aber sie könne nicht zwei Männer lieben, sagte sie. Sie musste sich »entscheiden«. Um sie zu schonen, stellte ich ihr nie die Frage und sie lieferte nie eine Antwort: Warum hast du mich vorgezogen?

Jedes plumpe Kraftwort – »ich bin der Schönere, der Intelligentere, der Tollere im Bett« – wäre lachhaft gewesen. (Berufliche Nieten waren wir ja beide.) Zudem hatte ich keine Ahnung von Bens Performance als Liebhaber, denn auch dazu befragte ich Cathy nie. Um sie nicht zu kompromittieren. Möglicherweise fürchtete ich ihr Urteil.

Dennoch, ich ahnte etwas, das als passable Erklärung taugen könnte: Cathy war eine hoffnungslos romantische Frau. Und das hatte ich umgehend begriffen. So machte ich ihr den Hof, pflückte Blumen, schrieb wieder Gedichte ab, packte auch für sie unbezahlte Bücher ein, fuhr erneut Taxi, um mit dem Geld einen hübschen Fetzen für sie zu kaufen oder ihr Geburtstagsessen mit zwanzig Gästen zu organisieren. Und leistete Schützenhilfe, wann immer ihr katho-verseuchter, Schuldgefühle und Schuldsprüche verteilender Vater – mit der Fratze des hochmoralischen Edelmanns – auf die Welt seiner Tochter losging. Und ich hatte noch einen Trumpf in Händen: das Träumen vom Reisen, das Reisen. Ben lebte als notorischer Stubenhocker.

Cathy war, wenig überraschend, heterosexuell. Mit einem Faible – ganz plötzlich erfuhr ich davon – für lesbische Eskapaden. Als ich sie zum ersten Mal dabei überraschte, verschmust im Eck mit einer Freundin auf einer Party, war ich beleidigt. Sofort zuckte in mir – aufgeblasen wie ein alttestamentarischer Herrgott – der Besitzermuskel: Sie ist die meine, sie darf niemand anderen neben mir begehren. Es dauerte Wochen, bis mir eine Lösung einfiel. Denn »verbieten« hätte ich mir nicht verziehen. Auch in Notlagen wollte ich nicht zum Machthaber verkommen.

Und ich fand sie: Loslassen! Eine Frau als Sexobjekt konnte nie so gefährlich werden wie ein (erotisch begehrenswerter) Mann. Ja, es kam noch eleganter: Als die zwei Schönen wieder nebeneinander auf dem Bett lagen, befand ich mich ebenfalls in Cathy's Wohnung. Und da wir alle drei bereits blau vom Rotwein-Abendessen waren, legte ich mich dazu. Ohne Diskussion. Wobei Cathy nun doch für einen Augenblick stutzte. Denn jetzt musste *sie* nachgeben. Und sie lächelte. Und Marie und Cathy und ich, wir liebten uns.

Das sollte die Ausnahme bleiben. Als Cathy nüchtern wurde, war sie nicht glücklich. So viel nackte Nähe zwischen ihrer Freundin und mir überforderte sie. Und Marie mied mich ab sofort. Wir taten alle, als wäre nichts geschehen.

Wir hatten uns übernommen. »Freie Liebe« ist nur ein Wort, denn im tatsächlichen Leben will einer den anderen für sich allein. Schon unheimlich, welche Verlustängste Sex auslösen kann. Denn natürlich ging es nicht um Moral, es ging um Angst. Sie hat den Hokuspokus von der körperlichen Treue erfunden: »Ich bin dir treu!«, Subtext: *Aber nur, wenn du es auch bist!* Schonungslos wahr übersetzt: *Ich bin nicht treu, weil ich treu sein will, nein, ich bin es, weil ich Angst habe, du könntest auch untreu werden, sprich, einem begegnen, den du aufregender und begehrenswerter und liebenswerter als mich findest.*

Ich war nicht darüber erhaben, war nicht losgelöst von den eigenen Ängsten. Obwohl ich sie durchschaute und obwohl sie mich maßlos ärgerten: Weil sie mich fesselten, weil ich mit meiner Unabhängigkeit dafür zahlen musste. Immerhin ließ ich Cathy ihre erotische Hinwendung zu Frauen. Irgendwann hielt ich den Gedanken aus, dass auch ein anderer Mensch ein wohliges Zittern und Beben in ihr auslösen konnte. Doch Ben (ein Mann!) kam als Teilzeitliebhaber nicht infrage. Und ich hasste mich dafür. Cathys Geschlechtsteile gehörten mir! Ach, ich armes Würstchen.

Ich könnte eine seitenlange Dankesrede über diese Frau schreiben. Cathy war ungemein hilfsbereit, so oft: An vielen Abenden, nach der Arbeit, klebte sie heimlich Plakate an Liftfasssäulen und Häuserwände. *Meine* Plakate, da ich inzwischen als deklamierender Ex-Schauspieler durch Wirtshäuser und Volkshochschulen tingelte. Um Liebesgedichte von Brecht oder Goethe aufzusagen. Und sie lieh mir ihr Auto. Oder holte mich ab. Und beschriftete die nächsten Poster. Und zog von Neuem los.

Und wir reisten. Einmal sogar mit der Transsibirischen Eisenbahn ans andere Ende der Welt. Und ich bemerkte wieder mit Freude, wie federleicht sie kommunizieren konnte. Sie war eine Weltfrau, sprach Englisch und Französisch, nahm es mit jedem auf, verhandelte mit allen, war vollkommen unerreichbar für den kleinsten rassistischen Nebengedanken. Sie lebte.

Und sie agierte als Ganovenbraut, sie hatte Nerven. Ich organisierte mehrere Betrügereien, um bei fetten Versicherungsunternehmen abzuzocken. Bei manchen agierte ich nur als Schreibtischtäter, bei anderen jedoch war eine Inszenierung vonnöten. Und Cathy inszenierte mit. Sie war belastbar. Und gerne Täterin. Sie verstand ihr Tun als stille Notwehr gegen eine Wohlverhalten und Gehorsam einfordernde Gesellschaft. Nie kamen uns tugendsame Bedenken. Im Gegenteil: Jeden Gewinn feierten wir als (verdienten) Sieg. Wir waren eben gerissener. Und das musste belohnt werden.

Wir hatten versprochen, uns treu zu sein (von Cathys lesbischen Ausflügen abgesehen). Ich weiß nicht, wie ich dazu kam, aber ich versprach es. Wir kauften sogar zwei Freundschaftsringe. Ja, ich schwöre: Ich wollte es. Doch bereits nach knapp drei Monaten fing ich zu scheitern an. Die Flut begehrenswerter Frauen, von denen jedes Land überbevölkert zu sein schien, war einfach zu verheißungsvoll. Es ging ja nicht nur um die Sehnsucht nach physischer Nähe, nicht nur um meinen unmäßigen Narzissmus, es ging auch um die Wahrscheinlichkeit, durch sie, die Fremden, an neuen, an anderen Lebenswelten Anteil zu nehmen. Zudem (und das empfand ich als bedenklich) dachte ich bald beim Liebesspiel mit Cathy an genau jene Frauen, denen ich an irgendeiner Straßenecke begegnet war. Und diese Sekunden des Vorübergehens hatten gereicht, sie in Blitzgeschwindigkeit auszuziehen und zu berühren. In meinem Kopf. Okay, Männer sind Schweine. Von mir aus. Doch das Problem geht deshalb nicht weg. *Das* – den Hirnsex – gab es vermutlich schon vor hunderttausend Jahren und wird es die nächsten hunderttausend Jahre noch immer geben. Was anfangen mit dieser dämlichen Moral, wenn mein Körper – vollkommen desinteressiert am Spießbürger-Beichtspiegel – sich meldete? Wenn er, unübersehbar, etwas ersehnte, das sein Glück vermehren würde. Moral sollte nur hier gelten: Jede leiseste Form von Zwang war tabu. Nähe durfte nur durch Verführung stattfinden. »Ergab« sich die Frau, dann aus freiem Willen. Weil sie unüberhörbar Ja sagte.

Bei Cathy wurde klar, was ich längst geahnt hatte: Ich würde nie »Heimat« für sie – und niemanden – sein können, nie Hafen, nie ein Mensch, bei dem man sich ausruhen konnte. Wie denn? Man kann nur hergeben, was man in sich trägt. Und Ruhe war nicht, nirgends. Von der Stunde meiner Geburt an war ich beunruhigt.

76

Nach den drei Monaten Treue fing ich zu lügen an. Zuerst beschämt, dann leichtfertig und gekonnt. Aus der so simplen Erkenntnis heraus, dass die Dinge sind, wie sie sind: Ich wollte auch andere Frauen begehren. Und diesem Begehren nachgeben. Die Lügen mussten sein, weil Frauen – mit Ausnahmen – nie und nie und nie verstehen, dass Männer Sex haben können, ohne dabei die Litanei der großen Liebe stammeln zu müssen. Dass auch die meisten Männer nicht kapieren, dass es Frauen gibt, die sich ganz unbeschwert auf eine hitzige Nacht einlassen können: Auch diese Wirklichkeit darf nicht sein. Doch das Verlangen nach »Abwechslung« existiert. Untherapierbar, unbelehrbar ist es da.

Der Eros zwischen Frau und Mann ist ein überwältigendes Geschenk, an beide. Nur Narren wollen ihn mit Moral erledigen. Sie sind die viel gefährlicheren Lügner: Sie belügen sich selbst.

Gewiss: Die eigene Doppelmoral ließ mich (lange) nicht los, Cathy sollte keine anderen Männer anfassen. Immerhin sah ich das Dilemma und gab es zu. Und freundete mich langsam mit dem Gedanken an. Und hielt ihn irgendwann aus. An diesem Tag, nach gut einem Jahr, stellte ich mir meine Freundin, wieder einmal, nackt und verschlungen mit einem Liebhaber vor. Und kein Dolch fuhr in mein Herz. Er kam nicht, auch Tage später nicht. Ich war frei. Ich heulte tatsächlich, so schön konnte Loslassen sein.

77

Stets war ich ein rücksichtsvoller Betrüger. Ich beichtete nie. Und nie stellte ich Cathy bloß, nicht *eine* Situation gab es, in der eine der heimlichen Geliebten für peinsame Momente sorgte. Auch hörten Cathy und ich nicht auf, miteinander zu vögeln. Voller Vergnügen jetzt. Eine »Josephsehe« – den Ausdruck verdanken wir dem christlichen Zimmermann, der Maria nicht penetrieren durfte, da ja der »heilige Geist« die göttliche Befruchtung übernommen hatte – kam nicht infrage. Nie infrage. Paare, die zusammenbleiben, obwohl kein Feuer mehr sie aneinander drängt, sind eine armselige Veranstaltung. Als 90-Jährige dürfen sie das.

78

Von keiner hat Cathy je erfahren. Gewiss nicht von den vielen Einmal-und-nie-wieder-Begegnungen: eine Faschingslaune, jemand aus der Gruppentherapie, eine Taxi-Bekanntschaft, eine versoffene Geburtstagsfeier. Die meisten dieser Frauen lebten in festen Beziehungen. Und sie wollten nichts anderes als ich: sich amüsieren, den Augenblick mitnehmen. Es ging bisweilen gar nicht um mich. Sie hatten Lust, und ich war gerade anwesend. Manchmal fühlte ich mich wie ein Fußballer, der zufällig im rechten Moment vor dem Tor stand. Und traf. Ein Abstauber.

Wir spielten eine Nacht lang. Und dann war die Geschichte zu Ende. Denn morgens nagten schon leise Gewissensbisse. Ihre. Manche der Frauen jedoch kamen wieder, aber nicht mehr so heiter und unbefangen wie beim ersten Mal. Denn die Promille hatten sich verflüchtigt und die gängigen Anstandsregeln meldeten sich zurück. Doch fröhlicher Sex und Stimmen, die von Schuld flüstern, schließen einander aus. Die »Sünderinnen« redeten plötzlich von Sünde. Wie schade, wie langweilig.

79

Früh hatte ich beschlossen, keine Erfahrung zu bereuen. Auch wenn sie als Debakel daherkam. Ja, ich weiß, ich habe es gesehen, davon gelesen und so wurde es mir erzählt, oft und ausführlich: Nicht wenige Männer betasten den Körper einer Frau mit der Feinmotorik eines Grizzlybären. Brüste quetschen sie wie Gummihupen, zerren an den Mamillen, als wäre dort der Anlasser versteckt: auf dass die Nackte anspringt und »geil, geil« hechelt. Zackige 7 ½ Minuten, so reden die Statistiken, dauert der deutsche Geschlechtsverkehr. Dann hat die Aufregung ein Ende und das Männerglied liegt entspannt und leergeschossen in einer (eher freudlosen) Scheide. Auf anderen Kontinenten wird es nicht viel zeitintensiver zugehen. Wer sich heute Pornoschnipsel – weltweit produziert – im Netz anschaut, muss nicht einmal die 450 Sekunden abwarten: kurz Titten zwacken, kurz unten drüberschlecken, dann – wortlos – rein, dann im Overdrive rein-raus, dann raus und »spritzen«. Hurra. Dass die Porno-Queens bei solchen Hochgeschwindigkeits-Manövern nie einen Höhepunkt erklettern, scheint keinen zu kümmern. Bei *Dirty Tina*, Deutschlands rabiatester Mutti-Nutte und *Milf*, entladen sich die Herren – vor der Kamera von Tinas Gatten – schon nach zwei Minuten. Oh Götter, was für gruselige Nachrichten aus dem Reich skrupelloser Mösen und Schwänze.

Männerbashing ist billig. So muss jetzt von mildernden Umständen berichtet werden, aus nächster Nähe erlebt und erduldet. Auch mancher Frau würde Nachhilfeunterricht – Hauptfach Sinnlichkeit – nicht schaden. Weil ihr talentloser Leib nur einfallslos herumliegt und nichts weiß vom Umschlingen und Anschmiegen, weil er wie ein Betonklotz auf einer Erektion sitzt und nie ahnt, wie man sie elegant reitet, weil sie ihn masturbieren, als jäteten sie Unkraut, weil sie drauflosblasen, als wollten sie – mit Zähnen wie Rasierklingen – dem armen Ding die Haut abziehen, weil ein paar sogar – die vorletzte Todsünde – Sex verachten und weil sie – letztes Sakrileg – diesen Degout den Mann spüren lassen: Sex aus Rache.

Nein, ich habe keine dieser Folterstunden bereut. Auch wenn der Eros-Quotient dieser Tapsigen bei minus 300 lag. Weil ich schon immer wissen musste (ja, musste), was auf der Welt passiert. Und wären es Begegnungen mit schwarzen Witwen und sonstigen Trostlosigkeiten gewesen. Zudem lernte ich durch sie – die Fehlbesetzungen – die anderen umso begeisterter zu schätzen: die Biegsamen, die Geschmeidigen, all jene, die vehement darauf bestanden, dass beide sich beim Liebesspiel beschenken. Er sie, sie ihn. Jedes Mal. Mit warmer Haut, mit schlingernden Blicken, mit hellen Lobgesängen, mit unübersehbarer Geilheit.

80

Ach ja, Stichwort Cathy, Stichwort Untreue. Als ich diese Kapitel schrieb, war ich in Wien. Und der Teufel meinte es nicht gut mit mir und lenkte meinen Blick auf das Schaufenster einer Buchhandlung, in dem Paulo Coelhos letzte Gräueltat lag: *Untreue*. Ich mag den Denkzwerg. Auf schier perverse Weise, gewiss. Er schreibt Wörter hin, die keinem von uns sieben Milliarden je einfallen würden.

Da ich ein zu schwacher Mensch bin, um 320 Paulo-Seiten – ohne hirntot umzufallen – durchzustehen, bat ich meine Leser um ein monumentales Opfer: die Schreckenskammer tapfer zu betreten und mir die schrecklichsten Sätze zu mailen.

Die Ernte war überreich, klar. Aber ich will mich auf eine Stelle beschränken. Sie handelt von Linda, der abtrünnigen Gattin, die bei der ersten Wiederbegegnung mit einem Jugendfreund zur Tat schreitet. So: »Ich knie nieder, öffne den Reißverschluss seiner Hose und beginne, seinen Schwanz zu lecken. Er hält mein Haar fest und kontrolliert den Rhythmus. Er kommt in weniger als einer Minute.«

Coelho hat schon für eines seiner letzten Bücher den *Bad Sex Award* gewonnen, jene Auszeichnung, die in England für die miserabelst beschriebene Sexszene vergeben wird. Mit *Untreue* darf er wieder hoffen. Zur Dürftigkeit – es reicht nicht einmal zur rasanten Beschreibung eines deftig geilen Blowjobs – fügt sich die Gewissheit, dass der »weise Alte« inzwischen die Geschlechtsteile verwechselt. Kopf hoch, Paulo: Frauen wollen geleckt und Männer gelutscht werden. Wenn sie denn unter sechzig (!) Sekunden – ach, diese Brasilianer – ihre Fracht abliefern sollen.

81

Ich war kein wertvolles Mitglied der Gesellschaft. Die Karriere des Schauspielers hatte nicht stattgefunden. Dafür kassierte ich Arbeitslosengeld. Fuhr unversteuert Taxi. Gurkte als Gedichte-Aufsager durch die Provinz. Zahlte keinen Pfennig Tantiemen an die Dichter. Wusste noch immer von keinem Beruf als Berufung. Wurde bald 33. Und hatte eine Freundin, Cathy, die eine bemerkenswerte Frau war. Und traf ein paar Dutzend andere. Meine heimlichen Romanzen.

Monogamie? In der Natur kommt sie kaum vor. Das einzige Tier, von dem die Wissenschaft weiß, dass es absolut monogam lebt, ist ein winziger Plattwurm, das *Diplozoon paradoxum*, das »Doppeltier«. Männchen und Weibchen, beide zwittrig, verwachsen früh miteinander, bleiben so, sterben so.

Schön für diese 7-Millimeter-Liebenden, aber ich bin Mensch, Mann, Europäer, überwältigt vom Reichtum der Welt, verhext von der Schönheit der Weltbewohnerinnen. So wird mir kein Treueschwur je gelingen.

82

Cathy fuhr nach Sri Lanka, ich nach Irland. Getrennte Ferien. Eine halbe Stunde nördlich von Dublin stand eine Villa, mitten im großen Park. Hier fand ein vier Wochen langes Meditationscamp statt. Ich war von dem Wahn ergriffen, dass stundenlanges Sitzen und Stillsein und Konzentrieren das Finden einer Antwort – was sollte werden aus meinem Leben? – beschleunigen könnte.

Die Antwort kam nicht, trotzdem war der Monat extrem

lehrreich. Das herrschaftliche Anwesen wurde zur Kampfzone. Das klingt umso absurder, als wir doch alle angetreten waren, eine Ahnung von innerer Ruhe (was immer das sein mochte) in uns zu etablieren: um unser Ego einzuzäunen, ja, um großzügiger mit uns und den anderen umzugehen.

Ich war einer der Krieger und folglich mitverantwortlich für das Gebrüll, das nun ab dem vierten Tag, bisweilen, durch die Hallen dröhnte. Und die Weinkrämpfe aus versteckten Ecken. Und die Machtspiele, die in Drohungen und – ein paar Mal – in Raufereien ausarteten. Und die Schäferstündchen, die jedes Mal verborgen vonstattengehen mussten. Lautlos, wie tief unten am Meeresboden.

Zwei Männer leiteten den Kurs. Als Macher traten sie auf, lässig, spielerisch, gewissenhaft darauf bedacht, uns wissen zu lassen, dass sie schon »weit« waren. Als coole Meditierer. Schon jenseits der Scharmützel des Alltags, jenseits von Rechthaben und Habenwollen. Das war natürlich enorm witzig: anderen zuzuschauen beim Ergriffensein von der eigenen Spiritualität. Und dann beim Einstürzen der Fassade – in Echtzeit – nicht zu fehlen. Als Kronzeuge.

Was war? Einer der beiden Gurus hieß Luuk. Der Holländer mit dem bestechenden Flair eines Könners hatte seine Freundin mitgebracht. Noch ein Grund, den Mann zu beneiden. Eine Reihe von attraktiven Frauen war gekommen, aber sie, Jana, war die Strahlendste. Das dunkelblonde wilde Haar, die so weibliche Silhouette eines von den Überirdischen persönlich modellierten Körpers, die bronzefarbene Haut, das souveräne Gesicht einer Frau, die jeden Tag gewiss sein konnte, wie fulminant sie wirkte. Doch kein Dünkel ging von ihr aus.

Ich meditierte und versank nicht in schwebende Gelassenheit, sondern in die Abgründe wild flammenden Hirnsexes. Was mich verdross. Warum musste diese Frau genau an dem Ort der Erde den (halben) Lotussitz einnehmen, wo ich mit wehen Knien hockte? Warum umzingelten mich keine lieben Omis mit venenfreundlichen Gesundheitsstrümpfen?

Aus Erfahrung wusste ich, dass ich die erotische Hirnerei nur los werde, wenn ich handelte, sprich, ihr den Hof machte: also irische Blümchen pflücken, Zettel mit (geklauten) Gedichten vollschreiben, beim (hassenswerten) Abspülen helfen, ihr ein Taschentuch reichen. Damit sie die Tränen trocknete.

Es ging erstaunlich schnell: das Eintreffen der ersten Küsse, das Schmusen und irgendwann – unter schärfsten Sicherheitsmaßnahmen – die Himmelsspeise, ach, ihr ganzer Leib, ganz nackt, ganz verlangend.

Die Gründe meines Erfolgs waren unübersehbar, unüberhörbar. Eben nicht, weil ich ich war, eher weil Luuk Luuk war: ein unzärtlicher Mensch, ein barscher Häuptling, der nicht nur uns kommandierte, sondern auch Jana. Ja, er kanzelte sie ab. Coram publico. Guru-Schelte. Krone-der-Schöpfung-Schelte. Und die 27-Jährige ließ sich abkanzeln. So kam ich als Racheengel gerade recht. Um in sein Machoherz zu stechen. Um ihn wissen zu lassen, dass die Liebesworte fehlten, die bewundernden Augen, die begehrlichen Männerhände.

Natürlich flogen wir auf. Weil Luuk, der stundenlang und bewegungslos meditieren und wie Herr Buddha aussehen konnte, eines frühen Abends an das Schlüsselloch meines Zimmers – nachdem er jedem erzählt hatte, dass er für ein paar Stunden in die Hauptstadt müsse – geschlichen war. Und, kniend, auf uns spähte (welch Bild!): Die wir uns – durch seinen Trick nachlässig geworden – eher stürmisch umarmten und begehrten.

Jetzt donnerte es tagelang. Janas Seitensprung legte eine Schlangengrube frei, randvoll mit allem, was schon seit Jahren zwischen den beiden schwelte. Ich wurde ebenfalls beschimpft, doch bald zum Statisten degradiert. Denn die Flurschäden dieser verkrachten Liebe hatten nur am Rande mit mir zu tun.

Verstärkt wurde das Getöse durch die Taten des zweiten Gruppenleiters, Joris, ebenfalls Holländer. Er hatte ein Auge auf die Zweitschönste geworfen, Iris. Wie andere Männer auch. Und so wurde um sie gekeilt. Begleitet von Schreien und Flüchen und angefeuert von lokalem Whiskey, der verboten war und den sich (fast) keiner verbieten ließ. Der Aberwitz unseres Tuns war nicht zu übersehen: Erleuchtet wollten wir werden und führten uns auf wie Prolos in ihrer Stammkneipe. Dennoch, der Gewinn an Wissen aus dieser Zeit war kolossal: wie unter der Oberfläche des Alltags – nur hautdünn verdeckt – die Begierden lauerten, die Instinkte: nach Sex, nach Macht, nach *big ego*, nach so vielem, was Schrecken verbreitet. Und wie hundsgemein anstrengend es ist, diese wüsten Triebe weder totzumachen noch ihnen jede Entscheidung zu überlassen.

Trotz alledem, Jana und ich blieben uns zugetan. Und erkundschafteten Haus und Hof: um nach dem strengen Sitzen warm und wunderbar knochenschonend zu liegen. Nah und traut. Luuk lief inzwischen anderen Frauen hinterher, auch das nicht ohne Nebengeräusche. Offensichtlich verführte er sie nicht, sondern zog mit ihnen in den Krieg. Und erst, wenn er sie besiegt hatte, trat Stille ein. Kurzfristig.

Der Abspann: Nach den Zen-Wochen fuhren beide gemeinsam ab, Jana und der Krieger. Wieder eine Tat, die mir auf ewig ein Rätsel sein wird: Warum Frauen so oft bei Männern bleiben, die sie erniedrigen. Warum? Ich weiß es nicht.

Wir verloren uns aus den Augen, wobei ich oft mit Freude an sie dachte. Nicht ohne Neugier. Was wohl aus ihr geworden war, der Anthropologiestudentin? Zweieinhalb Jahrzehnte später sollte ich es wissen: Ich war beruflich in Hamburg, ihrer Heimatstadt, und googelte ihren Namen. Aus einer Laune heraus. Und rief sie an und sie hob ab, und wir verabredeten uns für den Abend.

Mit Blumen in der Hand drückte ich um 20.30 Uhr auf die Klingel ihrer Wohnung. Und Jana öffnete. Und ich schrammte an einer Herzattacke vorbei. Beim Steigen der Treppen hatte ich noch in Kopfgeschwindigkeit eine Liebesszene aus Irland abgerufen: die Nacht, in der wir tatsächlich vor anderen Eindringlingen sicher waren und im Wohnzimmer vor dem Kaminfeuer schmusten. Und ich ein bisschen stotterte. So geschwungen und atemberaubend lag sie da. So schön das Mädchen. Und nun kam mir ein garstig Weib entgegen, uferlos fett und ungepflegt und zugespachtelt mit Schminke, weit, weit über 120 schwere Kilos. Hätte man ihr eine Burka übergeworfen, man hätte sie mit einem Kleiderschrank verwechselt. So viereckig, so vierschrötig stand sie jetzt in der Welt.

Hinterher – nach einer linkischen halben Stunde Small Talk – bin ich in eine Bar geeilt. Noch mitten in St. Georg. Um mich mit ein paar *Margaritas* zu trösten. Über das Ungeheuer Vergänglichkeit. Und noch ein Glas auf Luuk, der längst tot war, krebszerfressen. Und das letzte Glas auf das Leben. Und das allerletzte, um diese andere Frage zu ertragen: Wie kann ein Mensch das zulassen? Soviel Schönheit wegwerfen? So sich ruinieren? Noch ein Geheimnis, das ich nicht lösen werde. Denn ich hatte nicht gewagt, Jana um Auskunft zu bitten. Blöd und blau ging ich den langen Weg zurück in mein Hotel.

Ein Nachwort zu diesem Abend muss sein. Um die falschen Rückschlüsse zu vermeiden: Natürlich kann ich nicht – auch nicht jünger und schöner werdend – erwarten, dass mich eine 50plus-Jährige als *pin-up girl* begrüßt. Aber ich kenne Frauen im gleichen Alter, die souverän verkraftet haben, dass die Zeit der Sexiness vorbei ist. Und die trotzdem Wert darauf legen, reizvoll zu bleiben, sich schick zu kleiden, ja, die darauf bestehen, an der Welt teilzunehmen. Und die beschlossen haben, sich nicht jeden Schmerz wegzusaufen, sich nicht verkommen zu lassen.

Dass Respekt vor dem eigenen Körper, dem einzigen, sein soll, das habe ich übrigens in Kyoto, im Zenkloster, gelernt. Eine Achtung, die für uns alle gilt: Frauen wie Männer.

Für mich wird ein Mensch nicht »wertloser«, weil seine erotische Wirkung nachlässt. Ich bin mit einigen Frauen freundschaftlich verbunden, Ex-Liebhaberinnen oder Nie-Liebhaberinnen, deren Meinung, Rat und Kritik mich interessieren. (Und sie vielleicht etwas von mir wissen wollen.) Wir treffen uns und das Bett ist kein Thema. Wie entspannend. Denn ich muss nicht als Eroberer auftreten. Ich kann alle Kraft darauf verwenden, einigermaßen geistreich zuzuhören und gerade Sätze zu formulieren. Kein Hintergedanke kommt in die Quere. Hirn, man stelle sich vor, ist sexy.

Erstaunlicherweise würde ich noch die Erfahrung machen, dass ein paar der Frauen, mit denen ich intim gewesen bin, es ablehnen würden, mich später wiederzutreffen. Auch, wenn unsere Geschichte uns einst viel Vergnügen gebracht hatte. Ich hakte nach und siehe da: »Ach, ich fühle mich nicht mehr begehrenswert.«

Gewiss, eine der ewig-irdischen Wahrheiten geht so: Frauen sind der schönere Teil der Menschheit. Aber das ist ein flüchtiges Geschenk. Und die einen werden mit der Flüchtigkeit fertig und die anderen hören nie auf, ihr nachzutrauern. Wie sagte es Serge Gainsbourg mit der Offenheit desjenigen, der wusste, wie unansehnlich er war: »Was ist der Unterschied zwischen Schönheit und Hässlichkeit? Hässlichkeit bleibt.«

Da wir Männer es nur zu den Zweitschönsten geschafft haben, erwächst uns daraus ein Vorteil: Die Gesellschaft richtet gnädiger unseren Abstieg, sprich, das Verfallsdatum liegt weiter hinten. Zudem: Wir müssen keine Kinder austragen. Drittens haben wir mehr Muskeln (als Kurven), noch ein Pluspunkt, um die Baufälligkeit zu verzögern.

Ich spreche hier im Namen der Statistik, doch viele Ausnahmen gibt es. Siehe die Männer, die früh anfangen, ihren Leib zu erledigen. Auch sie haben vergessen, dass ihnen ein zweiter Körper nicht nachwächst. Auch sie wollen von, ja, Ehrfurcht für den Einmaligen nichts wissen. Das hat – ganz nebenbei – nichts mit dem hochmodernen Körperwahn zu tun. Es ist, wie simpel, eine Frage der psychischen Hygiene.

Wie dem auch immer sei: Ich liebe die verruchten äußeren Werte, die sinnvernebelnde Silhouette einer Frau. Doch sie ist kein Gütesiegel, gewiss jedoch eine Freude, ein unglaubliches Geschenk an die Welt. Und nicht weniger gesichert: Die Qualität eines Menschen speist sich aus anderen Quellen.

83

Im Bett – ordentlich blau von den vielen Margaritas in St. Georg – musste ich an meine Mutter denken, die an diesem Tag 87 Jahre alt geworden wäre. Ich mochte den Gedanken, denn mir fiel wieder ein, dass ich bei ihr begriffen hatte, genau das nicht zu tun, was sie stets getan hatte: warten. Von Jana hatte ich erfahren, dass auch sie wartete. Auf eine Art Erlöser, der sie aus ihrem versoffenen, vermüllten Dasein entführt. Ich will nicht warten, ich will leben.

84

Wäre ich Jude, so würde ich sagen: »Der Herr will priefen mich.« Denn ein paar Nächte später saß eine Magersüchtige auf mir. Wie es dazu kam? Ich könnte kein intelligentes Argument vorbringen. Es passierte, obwohl ich bereits vorher – die nächtliche Besucherin war noch ganz angezogen – mutmaßte: Das sind nicht die Formen, die ich an einer Frau liebe.

Es hat wohl damit zu tun, dass ich mir vor langer Zeit geschworen hatte, nie jemanden – in einer so intimen Situation – für sein Aussehen zu kritisieren. Vielleicht, weil ich selbst als Kind und Jugendlicher ätzenden Spott hören musste. (»Nimm den Besenstiel zum Baden mit, damit du dich dahinter umziehen kannst.«) Vielleicht das Wissen, hier im konkreten Fall, dass ein Mensch, der an Anorexie leidet, schon genug Schicksal aushalten muss. Auf jeden Fall wurde das »Letzte« vollzogen und ich – todelend wie ein vergewaltigter Hund – bildete mir ein, das Poltern ihrer Knochen zu vernehmen. Ja, ich fühlte wie eine Prostituierte (so hat es mir eine erzählt), die – wenn ein ungustiöser Männertrampel sie bestieg – grundsätzlich ans Shoppen dachte. Mit dem Geld, das der Verschwitzte gleich dalassen würde.

Aber es gab keinen Cent für meinen Dienst am Nächsten. Noch absurder, Astrid stürmte, knochenspitz und scheppernd, über die Ziellinie, während ich, stumm und Lichtjahre woanders, auf dem Futon lag. Doch ich war tapfer, grinste und erhob mich vom Marterpfahl. Überstanden, intakt.

Unter einem Vorwand bat ich das Mädchen, sich anzuziehen. Ich beobachtete sie diskret und fragte mich, wie viele Geschlechtsakte pro Stunde weltweit stattfinden: den der eine unbedingt will und der andere unbedingt nicht. Und die beiden schlafen trotzdem miteinander.

Ich war nicht böse auf Astrid, denn es war mein Fehler gewesen. Ich hätte Nein sagen können. Und ich wusste, dass solche Abstürze keine Narben in mein Herz hauen, ja, eher umgekehrt: Alles, was mir an Wirklichkeit entgegenfliegt, wird in den riesigen Speichern »Welt« und »Leben« deponiert. Andere besitzen einen zentnerschweren Banktresor, ich trage meine zwei Schatzkammern federleicht mit mir herum. Jede Begegnung liegt dort als Wertpapier. Keiner kann sie plündern, keine Inflation wird sie je auffressen, ich wüsste von keiner fantastischeren Lebensversicherung.

85

Noch ein Jahr – nach der Rückkehr aus Irland – waren Cathy und ich Freundin und Freund. Und alle anderen Freundinnen kamen und gingen. Stets unbemerkt. Keine von ihnen schien von dem Wahn befallen, mich für immer haben zu wollen. Sie begriffen intuitiv, dass ich nur dosiert zu ertragen bin, nur ab und zu, nur als *part-time lover*.

Wie Susan im irischen Galway (ich musste mich ja trösten, da Jana mit Luuk davon war), der ich einen Enzianstrauch von den Aran-Inseln mitbrachte und ihr Gedichte von William Butler Yeats, dem hiesigen Nationalheiligtum, aufsagte: »... I have spread my dreams under your feet/Tread softly because you tread on my dreams.« Worte – und der Dichter war der wunderbar konkrete Beweis – sind das Sesam-öffne-dich, ein Klang in der Luft, der wunderlich benebelt: den Adressaten und den Überbringer. Damit beide näherrücken.

Wie Ella, die Schauspielerin, die mich nach einer Kabarettvorstellung nach Hause begleitete. In mein Bett, jetzt wieder in Deutschland. Und nach einer Stunde wurde klar, dass ich mir nichts einbilden durfte auf meine Verführungskünste. Denn durch einen bizarren Vorfall erfuhr ich den wahren Grund ihrer Hingabe: Ich fuhr mit meiner Rechten durch ihr dichtes rotes Haar – und verschob die Perücke. Und sah ihren kahlen Kopf, vollkommen kahl.

Wir unterbrachen das Liebesspiel und Ella erzählte. Ohne Panik, eher gefasst: dass sie als Zwölfjährige ihren Vater durch einen Unfall verloren hatte. Und am folgenden Tag ihre Haare. Wohl ein Zeichen maßloser Trauer. So die Psychologen, die sie um Rat fragte. Unwiederbringlich verloren, so die drei Dutzend Dermatologen, die sie mit ihrer Mutter aufsuchte.

Ihr Leben trudelte. Ella fing zu vögeln an. Zwei Jahre später, mit 14 (!), hatte sie dreißig Liebhaber und aufgehört zu zählen. Nach Schule und abgebrochenem Studium wurde sie eine professionelle Hure, in Frankfurt, nicht weit von der Kaiserstraße. Nach drei Monaten – länger hielt sie nicht durch – konnte sie die Zahl ihrer Johnnys nur schätzen: 500 plus. Sie sei nie nymphoman gewesen, meinte sie, denn sie empfand nichts, fast nichts, nie war ihr Motiv zügellose

Geilheit. Auch nicht Geld. Ja, was dann? »Ich weiß es nicht, ich kann nur vermuten.« Und das wäre? »Der Verlust meines Vaters, den ich abgöttisch geliebt habe.«

Das Fließband-Ficken hörte nach dem Puff auf. Aber die jetzt 26-Jährige war noch immer nicht zimperlich bei der Auswahl ihrer Lover. Ich befand mich irgendwo, so schätzte sie grinsend, zwischen Nummer 580 und 600. Jeder Schwanz, der sich vor Ella aufbäumte, so könnte man meinen, hatte nur eine Funktion: sie darüber zu informieren, wie begehrenswert sie war. Ein Nichts im Vergleich zur verlorenen Vaterliebe.

Natürlich kam ein Beischlaf mit Ella nicht mehr infrage. Weil sich meine (erotische) Freude an einer Frau stets aus ihrer Freude an mir speiste. Beide *mussten* wollen, unbedingt. Und ich hielt mich noch nie für einen Wunderheiler, der einen tief verletzten Menschen via Wolllust von seinem Schmerz befreit. Doch ich bot Ella eine Massage an. Und drehte sie sacht auf den Bauch, und sie war ganz einverstanden. Zum ersten Mal massierte ich einen nackten Schädel. Ergreifendes Gefühl. Ruhig und beharrlich konzentrierte ich mich auf Ella, von Kopf bis Fuß. Bis sie wegdämmerte und einschlief.

86

Wie erholsam, dass zwischen den Unglücklichen die Unversehrten auftauchten. Ohne kaputtes Herz, ohne kaputten Leib. Die verschenkten keine haarsträubenden Geschichten, sie verschenkten Nächte, bei deren Erinnerung Lichterketten durch mein Herz ziehen.

Ach, wenn sie mir nur meine Treulosigkeit nachsähen. Und begreifen würden, dass ich ihnen schier hörig ergeben bin. Und einen beachtlichen Teil meines Lebens damit verbringe, sie aufzusuchen und anzubeten, ja, manch (seelischen) Kinnhaken kassiere, manch schlaflose Nacht: um sie zu verstehen und Bruchstücke ihrer Wahrheit zu erfahren.

87

Cathy und ich trennten uns. Nachdem das verbale Gekeile nicht mehr aufgehört hatte. Max Frisch meinte einmal: »Krach prüft die Freundschaft, bringt sie weiter.« Schon, aber nicht, wenn es zu oft kracht. Wegen Nichtigkeiten, wie in jeder Beziehung. Jahre später würde ich wissen, dass die Gründe des Unfriedens woanders lagen. Versteckter. Uns beiden unbewusst, halbbewusst. Deshalb auch nie im Zank erwähnt wurden: Cathy war enttäuscht von mir. Denn sie kam in ein Alter, in dem ihr Uterus nach links und rechts ausschlug, mächtig wie ein Atomkraftwerk: Mutter werden. Und – als flankierende Maßnahme – gleich zu zweit in *eine* Wohnung ziehen. Und die gemeinsame Zukunft einrichten.

Für all das war mein Gemüt nicht ausgerüstet. Denn ich wusste es besser als jede Frau, die sich derlei mit mir antun wollte: dass ich in allen drei Disziplinen – Vater, Mitbewohner, Ewigkeit – nur Niete sein würde. Der Frau, dem Kind, diesem Leben gegenüber. Warum soll ein dünner Mann Gewichtheber werden? Warum soll ein misshandeltes Kind sich zu Taten eines Erwachsenen aufschwingen, wofür ihm das (emotionale) Vermögen fehlt? Weniger inbrünstig formuliert: Ich wollte Streuner bleiben, fessellos, ohne würgende Verantwortung. Zudem mag ich keinen Zeugen, der sich 24 Stunden täglich in meiner Nähe aufhält. Es gibt in mir – wie in allen von uns – Dunkelzonen und Geheimfächer, zu denen nur ich Zutritt haben soll. Bis zum letzten Augenblick. Zuletzt: Rastlose Intimität bringt Tod und Teufel über jedes Begehren. Der einst Ersehnte wird unsichtbar, er verlischt, keinen Funken versprüht er mehr.

Und so gingen wir auseinander. Zuerst verbittert, dann gute Freunde, dann bisweilen Liebhaber an heimlichen Abenden.

Ach ja: Cathy kehrte zurück zu Ben. Und die beiden zeugten ein Kind. Ich war hocherfreut, als ich davon erfuhr. Ihr

Glück beruhigte mich. Je glücklicher sie war, desto schneller würde sie mir verzeihen.

88

Ich war wieder frei, ganz frei. Und vorläufig geheilt von jeder »festen« Beziehung. Bisweilen wird einem erst hinterher klar, wie oft man sich rechtfertigen, wie oft man nach Ausflüchten suchen, wie oft man die Wirklichkeit verheimlichen musste.

Beruflich war ich ebenfalls frei, freier, als mir lieb sein konnte. Noch immer machte sich kein Talent bemerkbar, um das mich irgendjemand hätte beneiden müssen. Auch als Wirtshaus-Unterhalter (Gedichte-Rezitator!) fiel ich nicht auf. Auch Geld lag bis dato nicht haufenweise herum. Ein Teil von dem Bisschen ging an meinen Therapeuten, und als das Arbeitsamt vorschlug, mich auf »Maschinenbauschlosser« umzuschulen und ich fassungslos absagte, kam keine Zahlung mehr vom Staat.

Zeitweise hing nur eine zweite Hose im Kleiderschrank. Bescheidene Verhältnisse herrschten, ich musste haushalten. Und ich wurde nicht jünger. Und München animierte schon lange nicht mehr zu Freudenschreien. Ich stand still.

Andere in solchen Umständen werden Säufer. Andere Junkies oder Depressive. Wieder andere Kriminelle. Ich war das alles auch, aber nie auf die harte Tour, nie ruinös, nie mich in eine Abhängigkeit schleudernd. Eher Spiel, eher Freizeitbeschäftigung, nie, um vor mir abzuhauen. Selbst die Depressionen waren nicht stark genug, um mich zu betäuben.

Durchaus möglich, dass mich die Frauen gerettet haben. Sie zu verführen brachte für Zeiten Sinn in mein gar sinnloses Tun. Jeder braucht eine Droge, um sich zu spüren, um sich zu achten. Und meine Droge war immerhin die aufregendste von allen.

89

Mit einem Schlenker über Moskau, mit Aeroflot, flog ich nach Südamerika. Billiger ging es nicht. Das Ticket hatte ich gespart und den Rest pumpte ich. Reisen war auch ein Rausch. Noch ein Heilmittel, das sich als unverzichtbar erweisen sollte. »Heilen« ist ein vielleicht zu dramatisches Wort. Mit Abstrichen passt es, denn Davonfahren linderte zumindest die Bedrängnis.

In Lima, weit weg von der Heimat, beschloss ich, bisexuell zu werden. So fantasierte ich, nachdem jahrelang homoerotische Bilder durch meinen Kopf gezogen waren. Und mit dem schmucken Fernando traute ich mich, in einer Absteige, nicht weit von der *Plaza de Armas*.

Er war der »Mann« und ich war die »Frau«, die »genommen« werden wollte. Und es wurde ein Desaster. Da er eine ungelenkere Jungfrau als mich nicht hätte finden können. Und ich kniete und ich heulte und ich biss in das Kopfkissen. Bis mein peruanischer Liebhaber sein Geschäft erledigt hatte. Die Moral von der Geschicht? Zweimal Moral: Keine Reue! – und – Nie wieder! Gott, wie belanglos ein nackter Mann daliegen konnte: keine Schwingungen, keine Anhöhen, kein tief verborgenes Tal. Der Typ sah aus wie ich, glatt und ohne Rätsel.

Fernando und ich blieben uns wohlgesonnen. Getragen von meiner Dankbarkeit ihm gegenüber. Denn er hatte jeden Zweifel verjagt. Und jede Szene schwuler Vertrautheit in meinen Tagträumen. Ich war reinrassig hetero. Basta.

90

Südamerika war voller attraktiver Südamerikanerinnen. Immerhin, zwei von ihnen wärmten meine Nächte. Zwei, die Englisch sprachen. Weil ja vor der Körperwärme immer die warmen Worte schwirren (sollten). Meist. Hoffentlich. Andere Frauen kamen grundsätzlich nicht infrage, weil ich als Ignorant auf dem Kontinent angetreten war. Ohne Sprache, ohne spanische Wörter. Ich konnte als Caballero gar nicht starten. Weil ich nichts zu sagen hatte. Das war deprimierend – und gut. Denn ich schwor mir, diesen Status quo abzuschaffen. Ich hatte ja über die Jahre begriffen, dass peinliche, verletzende Zustände – von Zeitgenossen oder durch eigenes Verschulden verursacht – auch dazu da sind, mich zu inspirieren. Nur Schmerz empfinden höhlt aus. Man muss ihn ausbeuten. Damit die Wunden irgendwann blühen. Und nicht schwären und die Seele auffressen.

Ein Nachsatz: Zwei Wochen lang war ich mit Nele unterwegs. Einer Deutschen, die vor ihrem Drogenwahn hierher geflohen war. Schon Monate zuvor. Obwohl der Kontinent eher die falsche Adresse war, um clean zu werden, wurde die gelernte Gärtnerin und Hobbyalpinistin nicht rückfällig. Während sie beschwingt über südamerikanische Hängebrücken tänzelte, tippelte ich verzagt los und bildete mir ein, mitten über dem tosenden Wasser, dass Blutstropfen auf meiner Stirn schimmerten.

Aber um ihr sprudelndes Spanisch beneidete ich sie noch heftiger. In einer fremden Sprache sprechen sah verdammt elegant aus. Ich stand daneben und spürte mein missgünstiges Herz. Und ließ es zu, verbot mir jede Ausrede. Damit die ganze Verdrossenheit sich in mir ausbreitete. Damit Neles Können mich antrieb.

91

Wieder in Deutschland, wurde ich mit einer Frau intim, die ich seit über zehn Jahren kannte. Und deren Story aufzeichnen mich anstrengen wird. So viele Siege konnte dieser Mensch verbuchen. Und ein Unglück von biblischen Ausmaßen. Und noch eins. Das uns alle betraf, die mit ihr befreundet waren.

Ich hatte Gila am Mozarteum kennengelernt, wo die studierte Germanistin an jedem Freitagnachmittag kluge, witzige Reden über Theatergeschichte hielt. Man musste sich konzentrieren, denn die ehemalige Schauspielerin stand nebenberuflich als Schönheitskönigin am Pult. Alle Männer im Raum, ich weiß es, hatten dieselben Hintergedanken.

Nach meiner Zeit in Salzburg wurden wir Freunde. Harmlose Freunde. Es ergab sich, da wir beide in derselben Stadt lebten. Ich war schlicht zu feig, sie zu verführen. Sie war monströs schön, monströs gescheit, monströs erfolgreich. Hauptberuflich arbeitete sie als Professorin an einem Gymnasium, dann als Studiendirektorin, schrieb abends erfolgreiche Bücher, modelte als makelloses Frauengesicht, als makelloser Body, wurde Dramaturgin für verschiedene Theater, war rastlos gefragt.

Und sie hatte ein einziges Kind, eine Tochter, Linda. Die bei ihr lebte. Die Heroinsüchtige, der ich – Jahre später – meine Wohnung untervermieten sollte. Und die sie in kürzester Zeit, mithilfe anderer Junkies, in eine versaute Karawanserei vermüllen würde.

Ganz von vorn, denn das Unglück hat eine lange Geschichte: Linda begann mit fünfzehn zu drücken. Aus keinem offensichtlichen Grund. Vater und Mutter kümmerten sich, ein zivilisierter Haushalt, kein Missbrauch, keine Gewalt, nie irgendeine soziale Not. Ja, die Scheidung kam, aber sie verlief ohne Anbrüllen und Hasstiraden, alle drei blieben in Kontakt, stets freundschaftlich verbunden.

Die Sucht – auf einer Party dazu animiert? Reiner Zufall? Langeweile? – nahm dramatische Formen an: Die Polizei meldete sich, Gläubiger riefen an. Wie jede Süchtige brauchte Linda Geld. Da sie noch (sporadisch) zur Schule ging, also ohne Einkommen war, klaute sie. Wo immer Bargeld oder Dinge herumlagen, die man in Währung umtauschen konnte. Natürlich wurde gedealt, gehehlt und – Gila hat auf meine Fragen immer ausweichend geantwortet – der Körper gegen Deutschmark zur Verfügung gestellt, Beschaffungsprostitution.

Es kam zu grotesken Szenen. Mehrere Nächte trotteten Patrick, Gilas Ex-Mann, und ich durch Münchner Nachtklubs. Um eine Bekannte zu finden, der Linda via gefälschter Unterschrift einen Kredit verschafft hatte. Inzwischen lag eine schriftliche Drohung der Bank vor: Anzeige, wenn nicht binnen einer Woche zurückgezahlt würde.

Wir zwei wurden professionell vorgeführt, hinters Licht geführt, vertröstet, eingeseift, in die Irre geschickt. Bis zuletzt blieb das Geld verschwunden.

Dann die Fahrten mit Gila zu ominösen Adressen, wo die Mutter die Tochter aus versifften Matratzengruften evakuierte. Inklusive Geschrei, Verzweiflungstränen und dem Anblick eines Mädchens, der nichts Gutes verhieß. Ich schrieb damals in mein Tagebuch, dass Linda die Hölle nicht verlassen würde, zu abgewirtschaftet sähe sie bereits aus. Die Hölle? Es kam schlimmer.

Wir fuhren mit einem Mietwagen nach Berlin. Und die zwei Tage waren eine Erfahrung. Linda saß hier seit Wochen in U-Haft. Sie war als Pusherin verpfiffen und mit fünf Gramm *Schnee* am Leib verhaftet worden. Lehrreiche Verhandlung. Ali, Pakistani, Dealer und »Abschaum« (laut Gila), der Linda in die Stadt gelockt hatte, stand ebenfalls vor Gericht. Er spielte den Unbedarften, grandios verlogen breitete er – gestylt mit Hemd, Krawatte und Anzug – vor dem Richter die Arme aus und fragte, ob einer wie er »wie ein Rauschgifthändler« aussähe.

Ich durfte auch lügen. Weil ich als Zeuge und Freund der Familie auftrat und versicherte, dass es sich bei »Lindas Ausrutscher« nur um einen Einzelfall handeln konnte, ich sie ganz anders kennen, ja, sich ihr Vergehen gewiss nicht wiederholen würde. Jede Unwahrheit war vorher mit Gila abgesprochen worden.

Unsere Mär kam an, Linda wurde zu einem Monat Dauerarrest verurteilt. Den sie als Untersuchungshäftling aber schon abgesessen hatte. Nach der Urteilsverkündung war sie frei. Ali nicht, er bekam achtzehn Monate. Ohne Bewährung.

Gilas Freude hielt zweihundert Meter. Dann schrien sich

Mutter und Tochter wieder an, im Leihwagen. Weil sich Linda weigerte, wie noch vor Minuten öffentlich versprochen, mit nach München zu kommen. Nein, *no way*, sie würde hierbleiben und die Freilassung einer befreundeten Knastbraut abwarten. Ich sah: Keine Macht auf Erden überzeugt einen schwerabhängigen Menschen, »vernünftig« zu handeln. Gila verstummte irgendwann, rückte einen dicken Schein heraus, und wir fuhren allein die sechshundert Kilometer zurück. Jeder Kampf mit Linda endete mit einer Niederlage. Für sie, für alle.

Nicht lange nach Berlin kam unsere erste Nacht. Gila rief an und fragte, ob ich denn einverstanden sei mit ein paar Stunden voller Küsse und Liebe. Himmel, ja. Und dennoch, sehr überrascht war ich nicht. Nach so viel Drama passierte die erotische Nähe als logische Konsequenz. Als wollten wir uns beweisen, dass es noch etwas anderes für uns beide gab, als einem Teenager beim Untergehen zuzuschauen.

Am nächsten Tag bewunderte ich sie noch inniger. Nicht, weil ich Gila ab nun berühren durfte, die Haut der Professorin, die Haut des Fotomodells. Vielmehr: Bei ihr war ich der Mann, der ich sein wollte. Gila feuerte an und verschenkte hemmungslos ihre Begeisterung. Sie gehörte zu jenen Frauen, die mich am tiefsten beruhigten. Weil sie mit jeder Geste wissen ließ, dass ich willkommen war. Jeder ihrer Höhepunkte (und sie punktete oft) wurde von einem mächtigen Getöse begleitet. Das man auch, ganz ohne Anstrengung, als Freudenschreie interpretieren konnte. Wer es bisher nicht war, konnte es bei ihr werden: ein glücklicher Liebhaber.

Dass wir andere Nächte mit anderen verbrachten, störte nicht. Beide waren wir von der Absurdität der Monogamie überzeugt. Zuzeiten fragte sie mich sogar um Rat, ob der oder der – meist ein Schriftsteller oder ein Theatermann – ihr gut täte. Lustige Fragen, auf die ich natürlich keine Antwort wusste. Gila war ein emotional geladener Mensch. Von Höhenflügen runter zu kalter Verachtung, das ging flink. Sie war gründlich und ausschließlich. Beschwichtigungsreden kamen bei ihr nicht an. Ihr Leben war intensiv: Links am Weg leuchteten die Trophäen, rechts zog sich der Abgrund. Ihre ruhelose Libido war nur ein weiterer Hinweis auf ihr komplexes Menschsein. Alles an ihr war getrieben, das Herz, der Kopf, der ganze Leib.

Bald hatte sie im Bett Zutrauen zu mir gefasst, vermutete, dass sie mir Unternehmungen vorschlagen konnte, die nicht auf Ablehnung stoßen würden. Und so bat mich Gila in der dritten oder vierten Nacht, sie – mitten im Akt – zu »erniedrigen«. Ich fragte nach: ja, erniedrigen! Sie wollte jaulen. Ich blieb ein paar Momente verwirrt, dann verstand ich. Und wir legten los. Sobald ihr Lustzittern begann, stieß ich Bescheid, aus dem Stand, rein improvisiert: »Sag mal, Gila, weißt du eigentlich, warum deine geile Fotze auf die Welt gekommen ist? Du weißt es nicht, ich sag's dir: um von mir, deinem Herrn und Meister, durchgefickt zu werden!« Den Satz fand sie grandios und stammelte: »Ja, so ist es, und du, mein Herr und Meister, erbarmst dich ihrer.« Und schmiegte sich noch hungriger, noch verlangender an mich. Und forderte mehr Sätze. Und ich dichtete, schier Undruckbares, und sie kam, immer wieder, wunderbar lauthals, wunderbar selig.

Eine halbe Nacht hielten wir durch, dann kam der Liebestod. Wie geschlachtet lagen wir irgendwann nebeneinander. Und Gila fing an zu weinen. »Sei unbesorgt«, sagte sie, »das sind eher Tränen der Dankbarkeit.« Und lachte.

Ich habe Gila nie nach dem Grund ihrer überraschenden Bitte gefragt. Denn ich wusste ihn, ziemlich schnell: Sie war eine ungemein starke Frau, die auch vielen Männern intellektuell und charakterlich überlegen war. Ein Alpha-Weib, eine Amazone, die jeden Tag für sich Verantwortung übernahm, die jeden Tag Entscheidungen traf. Treffen musste. Sie nahm keine Anordnungen entgegen, nur Vorschläge. Dass so jemand im Bett – und nur da – Lust auf Rollentausch verspürte, auf totale Hingabe, auf das Spiel liederlich inszenierter Unterwürfigkeit: wie einleuchtend. Gila rauchte nicht, kokste nicht, trank nicht: um mit dem Überdruck fertig zu werden. Gila wollte ein paar Stunden pro Woche Opfer sein, Beute, fickerig und willenlos. Nicht einen Augenblick hätte sie geduldet, dass derlei Szenarien in ihrem »tatsächlichen« Leben stattfänden. Sie war eine Frau voller Würde und Selbstachtung.

92

Kurz eine Zwischenmeldung, um Klarheit zu schaffen: Jahre später würde ich Tamara, eine Ärztin, kennenlernen, die sich im Bett als Masochistin vorstellen sollte. Mehr als ein paar saftige Ohrfeigen habe ich nicht geschafft. Obwohl sie inständig um robustere Taten bettelte. Die ich standhaft verweigerte. Gewalt geht nicht, auch nicht auf Verlangen, auch nicht, wenn jemand danach lechzt. Ich habe meinen Anteil bereits als Kind kassiert. Ich weiß also, dass sie schmerzt. Diese Information bleibt, sie ist nicht zu löschen.

93

Linda, Gilas Kind, rannte in ihr Verderben. Sie wurde ins Krankenhaus eingeliefert. Mit gräulichen Bauchschmerzen, denn seit geraumer Zeit war sie unfähig, sich zu entleeren. Man diagnostizierte eine knapp zehn Wochen alte Eileiterschwangerschaft. Da sie wegen ihres Drogenkonsums nur sehr unregelmäßig die Regel bekam, war das Ausbleiben der Periode nicht aufgefallen. Nach der Blutuntersuchung wurde die nun 24-Jährige zudem darüber informiert, dass sie HIV-infiziert war. Laut eigener Aussage hatte sie sich Embryo und Virus während einer Entziehungskur geholt. Der Fötus wurde entfernt.

Kurz darauf flog Linda nach Bali. »Zum Sterben«, sagte sie. Bali roch nach Junkie-Schlaraffenland. Gila zahlte, da die Tochter alle Beschwörungen ignorierte, auch jede Einladung zu einer weiteren Entgiftung. Sie besaß jetzt die Macht einer Todgeweihten: Es herrschten noch jene Zeiten, in denen eine solche Ansteckung automatisch das baldige Ende bedeutete.

Ich greife voraus: Linda starb nicht. Noch nicht. Ihr brüchiger, bald von Aids und so vielen Nadelstichen geschundener Körper wollte nicht aufhören. Er überlebte sogar das Paradies. Ein goldener Schuss, ein letztes Vollsaugen mit Heroin wäre ein gütigeres Finale gewesen als das eine, das sie drei Jahre später erwartete: Tod durch Mord, erdrosselt von einem Würgeengel, einem Kumpel. In irgendeinem Hinterzimmer in Deutschland. Es ging um Drogen, was sonst.

Als ich über Dritte davon erfuhr, schrieb ich Gila einen Brief. Einen hilflosen Brief, weil ja zwischen Himmel und Erde noch immer kein Wort erfunden worden war, das eine Mutter über den Verlust ihres Kindes tröstet.

Über vierzehn Monate blieb Gila weg, kein Kontakt, dann kehrte sie zum Leben zurück. Wir sahen uns wieder, wir liebten uns wieder, ihr Geist sprühte, Gila sprudelte wie eh mit ihrem Weltwissen. Jedes mögliche Stichwort bediente sie. Nur über die Verschwundene kam kein Laut. In einer ihrer Herzkammern lag die Tochter. Versiegelt, tonnenschwer. Unbetretbar für andere. So schonte sie auch die Freunde. Jeder fremde Seufzer hätte nur bizarr geklungen neben ihrem totenstillen Kummer.

Irgendwann, ich lebte inzwischen auf einem weit entfernten Kontinent, kam von Gila keine Reaktion mehr. Nicht auf Nachrichten auf ihrem Anrufbeantworter, nicht auf Post, nicht auf Mails. Über Umwege hörte ich, dass sie jetzt an einer Art »Greta-Garbo-Syndrom« litt. Die Superschöne war in ein Alter gekommen, in dem sie noch immer schön war. Altersschön, gepflegt, schlank, elegant. Aber der Sex-Appeal war dahin, das Atemlose der Männer blieb aus, keine Pfiffe zogen mehr hinter ihr her. Sie war »unsichtbar« geworden. Ja, sie arbeitete weiter, viel und erfolgreich. Doch ihre früheren Liebhaber, so war noch zu hören, wollte sie meiden. Damit sie sich an das Bild eines Stars erinnerten. An kein anderes.

Als ich für zwei Tage zurück nach München musste, sah ich sie. Zufällig aus einem Laden kommend, in Schwabing. Ich konnte rechtzeitig abdrehen, um nicht bemerkt zu werden. Und überlegte, ob ich sie ansprechen sollte. Auf meine Art liebte ich diese Frau, auch jenseits unserer Nächte. So viel hatten wir geteilt, so viel. Ich entschied mich dagegen. Es hätte ihr missfallen, sie verletzt. So verloren sah sie aus.

Das war das letzte Mal, dass wir so nah waren. Nur Monate danach bekam ich eine Mail von Gilas bester Freundin. Die mir vertraut war und die ich schätzte. Ich las ihren Namen und wusste, was hier stehen würde: dass Gila sich das Leben genommen hatte: »In unaussprechlicher Heiterkeit«, wie sie in ihren Abschiedszeilen mit einem Kleist-Zitat versicherte. Das konnte nur ironisch gemeint sein, denn in seiner berühmten Nachricht an die Schwester Ulrike notierte der Dichter auch: »... die Wahrheit ist, dass mir auf Erden nicht zu helfen war.« Gila schrieb als Postskriptum noch, dass nichts und niemand »diesen Ekel besänftigen konnte, immer weniger zu werden.«

Keiner weiß so genau, warum ein Mensch irgendwann beschließt, eine Schachtel Tabletten zu schlucken. Um zu verschwinden. Doch wer Gilas Geschichte kannte, der ahnte, dass ein Schmerz in ihr schwelte, der an einem hellblauen Augusttag nicht mehr zu ertragen war.

Gewiss, das Leben ging weiter. Aber ohne sie.

94

Zurück zur Chronologie, 25 Jahre zurück, in die Zeit nach der Südamerikareise. Es gab noch Überraschungen in München. Auf der Straße – gerade kam ich von einer Spanischstunde – sprach mich eine Frau an und fragte, ob ich sie nicht wiedererkenne. Peinlich, sorry: keine Ahnung. Doch die Hübsche war nicht böse und gab sich als Carla zu erkennen: als eines der armen Wesen, die mich einst als Männerleiche erlebt hatten und bei der ich, mitten in der Nacht, aus dem Bett gestürmt war. Voller Scham über meine Impotenz. Carla schlug ein Rendezvous vor. Ich sagte hocherfreut zu, gerührt von ihrer Fähigkeit, mir meine armselige Vorstellung nachzusehen.

Drei Tage später kam sie zu mir und nach Tee und Kuchen lagen wir auf dem Futon. Und ich war voller Verwunderung, wie ich mich einmal so unbeholfen und bizarr hatte benehmen können. Denn Carla war sweet und warm und umsichtig, auffallend erfahren.

Nachher gab es nochmals Tee und Kuchen und ich begriff nun, warum ich gerade einer Meisterin begegnet war: Carla organisierte mit ihrem Mann *special parties*, auf deutsch Gruppensex-Abende. Sie hatte mit mir geschlafen, so beichtete sie schmunzelnd, um mich zu testen. Ob ich als »Gruppenmitglied« infrage käme.

Wieder war ich dankbar, als erotisches Objekt betrachtet zu werden. Da so viele durch die Welt kugeln, die nie zu sinnlichen Hintergedanken verführen, hörte ich gern ein solches Lob. Es würde ohnehin früh genug verstummen.

Noch in derselben Woche klingelten Werner, der Gatte, und Carla bei mir und brachten mich zum Tatort. Und die Wohnungstür in einem superbanalen Mehrfamilienhaus ging auf und wir wurden mit einem herzlichen Hallo begrüßt. Auch ich, der Neuling. Zugegeben, ich war nervös. Okay, ich kannte das Prozedere, aus Bhagwans Ashram. Aber das war in Indien, weit weg, mit Fremden aus fernen Ländern. Hier jedoch lebte ich, in einer Straße, die nur ein paar Hundert Meter entfernt lag. Und alle anderen Beteiligten wohnten ebenfalls in dieser Stadt. Mich jetzt zu blamieren wäre keine Freude gewesen.

Doch die je vier Frauen und Männer benahmen sich freundlich und, wie erleichternd, sahen gut aus. Dass es einen Mann zuviel gab, mich, störte nicht. Zudem wurde vorher, in der geschmackvollen Sitzecke, Gin getrunken und geplaudert. Noch ein Pluspunkt: heiteres Gerede, kein vulgäres Volk beim Einsaufen fürs Rudelbumsen.

Irgendwann fingen zwei an, sich auf den dunkelblau bezogenen Matratzen, mitten im Wohnzimmer, abzuküssen. Und irgendwann waren wir alle neun splitternackt und begehrten einander. Da Frauen über die beneidenswerte Gabe verfügen, mehrere Partner gleichzeitig bedienen zu können, saß nie jemand unbeschäftigt in der Ecke. Gelacht wurde, gewiss gehechelt und heftig geatmet. Ergreifend der Anblick von (drei) Ehepaaren, die das Sakrament der Ehe ganz neu und hemmungslos großzügig interpretierten.

Was für ein berauschendes Gefühl, von vier Frauen in vier Stunden umarmt und geküsst und geliebt zu werden. Die alle, wie Carla, raffiniert einen Mann anfassen konnten. Und raffiniert dafür sorgten, dass ihr Vergnügen nicht zu kurz kam. Und die nicht besitzen und nicht besessen werden wollten.

Neben der sinnlich-ästhetischen Befriedigung gab es aber noch eine zweite, das wäre der Zuwachs an Weltwissen, an Erkenntnis vom Baum des Eros: dass nicht vieles auf Erden unschuldiger ist, menschenfreundlicher und unkriegerischer als neun Erwachsene, die sich aus freiem Willen darauf geeinigt hatten, sich nah zu kommen, körpernah und hautwarm.

Vielleicht empfand nur ich es so dramatisch, denn in meinen Volksschuljahren war ich ja von Kinder misshandelnden und/oder von Kinder missbrauchenden Pfaffen indoktriniert worden: mit elendem Schwachsinn zum Thema Sexualität. Grotesk, mit welcher Wut, ja, welchem Hass sie den Unterleib besudelten. Dass die Geschlechtsorgane der Frau als noch infamer gelten sollten als die eines Mannes, auch das lernten wir: die Nackte als Inkarnation des Bösen, das über die Welt gekommen war.

Hier an diesem Abend jedoch war alles Freude und unbekümmerte Erschöpfung. Jeder Akt war für mich – noch immer und jedes Mal wieder – gleichzeitig ein Aufstand gegen die Schmähreden aus frühen Jahren. Sex war nicht dreckig, Sex war bombastisch. Voller Dankbarkeit gingen wir auseinander.

Tage später sah ich im Kino eine Werbung für ein Fernsehprogramm. Fünf Leute saßen auf einem Sofa, drei Meter vor ihnen stand die Röhre. Und in ihren Gesichtern sah man die Emotionen, ausgelöst von dem, was aus der Matt(!)-scheibe ins Wohnzimmer strahlte. Sie lachten, sie weinten, sie erschraken, sie erstarrten vor Schreck. Die Ironie war nicht zu übersehen: Gefühle wurden nur noch durch die Glotze entfacht. Das Leben war ja inzwischen (hinterrücks) abgeschafft worden: Anderen beim Leben zuschauen, das reichte völlig. Konsumiere. Verblöde. Das war die Botschaft.

95

Bald wurde ich 35 und war noch immer »obdachlos«. Viele Amerikaner, so las ich, glaubten an die drei »f«, an »flag, faith and family«. Flagge, Glauben und Familienwerte. Auf dass mich die Götter damit verschonten. Obwohl ich nichts vorzuweisen hatte, kein Heim mit fidelen Eltern, kein soziales Netz, kein Nest, keine wärmende Philosophie. Dennoch, das unheilbar solide Mom-and-Dad-Sein kam als Alternative nicht infrage. Und nie wollte ich einen Schützengraben betreten und Fremde totschießen, nie Gottesanbeter werden und blöken, nie als Vater anderer Leute Glück ruinieren. Natürlich hungerte ich nach etwas, was eine Ahnung von Sinn in mein Dasein bringen würde: einem Beruf, der mich mit dem versöhnte, was mir fehlte. Einem Beruf als Wiedergutmachung. Denn ich wurde von dem hochmütigen Gedanken gehetzt, eines Tages Geld für etwas verlangen zu dürfen, das mich erfüllte. Auch mit einem Hauch von Triumph. Weil ich dann endlich entkommen war: der fürchterlichen Aussicht, in der Tretmühle des gemeinen Lebens zu landen.

96

Weitere Rendezvous auf den hübsch blau bezogenen Matratzen folgten. Mit der Stammbesetzung und bisweilen neuen Gästen. Auch ich brachte jemanden mit. Der gute Geist von Carla wachte, sie war der *smooth operator*, der dafür sorgte, dass niemand übergriffig wurde. Und dass die Grundregel für jede Intimität an erster Stelle rangierte: Respekt, sprich, nur nehmen, was man geschenkt bekam. Und nie nehmen, was der andere nicht geben wollte.

97

Ich reiste nach Nordafrika. Da ich notorisch pleite war, suchte ich stets nach Ländern, die noch ärmer waren als ich. Nur zwei Szenen will ich erwähnen. Sie fanden an verschieden Orten statt, aber sie verkündeten dieselbe Botschaft. Beide träufelten Zorn in mein Herz und waren gleichzeitig mitentscheidend für mein künftiges Leben.

Die erste passierte in Sidi Bel Abbès, gut vierhundert Kilometer westlich von Algier. Ich saß auf einer Bank und ein paar Meter weiter stand eine junge Frau in einem Hauseingang. Sie war der Beweis dafür – einer von vielen –, dass jedes Land seine Quote an umwerfend attraktiven Frauen besitzt. Und jedes Volk, auch das deutsche, seinen Anteil an Dummköpfen. Mich zum Beispiel: Kein Wort entkam mir, obwohl Blicke hin- und herflogen. Doch ich kannte nur zehn französische Sätze, die ich mich nicht anzubieten traute. So unzumutbar eckig hätten sie geklungen. Zudem sah ich mich nicht als einen dieser Männer, die sich für berückend unwiderstehlich hielten. Eher das Gegenteil, ich musste mir immer Vertrauen zuflüstern. Damit ich losgehe. So etwas wie verzweifelte Beherztheit, ja, die hatte ich.

Aber nicht in diesem Augenblick. Denn selbst ein schneidiger Stotterer ist keine Attraktion. Trotz der Blicke von drüben, die lang und ziemlich eindeutig waren: *Mach was!*

Sprich mich an! Vielleicht nur, weil ich einer der wenigen Fremden in der Stadt war. Der Gesichtsausdruck der Algerierin schien heiter, nicht verschlingend, überhaupt nicht. Als wollte er sagen: Lass uns plaudern, lass uns einen *thé à la menthe* trinken.

Wir tranken keinen Pfefferminztee. Denn mein Passepartout, die Sprache, dieser Zaubertrank, der verhexen soll, passte nicht. Wie ein Autist klebte ich fest, fühlte meinen brennenden Kopf und die Scham über meinen (gerade verratenen) Traum: ein Weltmann zu werden. Der ein paar Weltsprachen parlierte. Von wegen. Hier trauerte ein Männchen.

Aber wie damals in Südamerika hielt ich die Niederlage aus, schob sie nicht weg und ließ sie schwären. Und meißelte abends ins Tagebuch: Französisch lernen!

98

Bei der zweiten Szene funktionierte immerhin der Anfang. Mit einem Mann, der Englisch sprach: Abdelkadar, der Gentleman blieb, auch nachdem ich – siehe Lima und Fernando – absagen musste. Von wegen Liebe mit ihm, in Tlemcen, nicht weit entfernt von Sidi Bel Abbès. So gingen wir essen und ich war ganz einverstanden, dass er bisweilen seine Rechte auf meine Schultern legte. Nähe zu Männern störte mich nicht.

Er hätte noch zwei Überraschungen. »Sightseeing einmal anders«, meinte er grinsend, als er mich mit seinem Wagen zurück zum Hotel brachte. Und auf ein unscheinbares Krankenhaus zeigte, wo in einem Nebentrakt »beschädigte« Frauen – mit Nadel und Faden – wieder instand gesetzt wurden. Damit sie tadellos zur Hochzeitsnacht antreten konnten.

Vor dem Puff der Stadt, die andere Überraschung, verabschiedeten wir uns. Abdelkadar behauptete hinterlistig, hier fände ich sicher, was ich bräuchte. Der angenehme

Mensch brauste davon und ich wollte ihn betreten: den grauen Klotz mit Gittern vor den kleinen Fenstern. Ungemütlich wie ein Gefängnis stand der Kasten da.

Wie Fassaden doch trügen können. Am Eingang lehnte eine liebe Mutti, die ein paar Dinar als eine Art Eintrittsgeld verlangte. Und drinnen war es ganz heimelig. Im Erdgeschoss befanden sich knapp zwei Dutzend Männer, sie redeten, lachten, rauchten. Und die Bossin schlenderte mit einem Baseballschläger und einem souveränen Lächeln durch die Reihen. Und alle blieben brav und zivilisiert.

Das Bordell hieß im Volksmund »maison honnête«, ehrliches Haus. Präziser könnte ein Name nicht sein. Es ging um Geilheit, grundehrlich. Jeder, der hereinkam, hatte ein Bedürfnis. Das er anderswo verbergen musste. Hier nicht.

Madame Kalila, die Bewaffnete, mochte mich, sie freute sich über das neue Gesicht. Gut für das Geschäft. Und ich spielte – als einziger Scheinheiliger vor Ort – den Interessierten. Denn ein Blick hinauf in den ersten Stock hatte mich ernüchtert. Dort, entlang einer Balustrade, lagen die Zimmer der Damen. Und davor – vor jeder Tür – standen drei, vier Kunden, die ganz offensichtlich von größter Not geplagt wurden. Eine Nummer dauerte (ich stoppte diskret mit) etwa fünf Minuten. Einer brachte es in 210 Sekunden hinter sich. Sobald ein Mann wieder herausgekommen war, folgte die Hure. Nur lose mit einem Handtuch bedeckt, um den Bauch geschlungen. Und verhandelte, zwischen Tür und Angel, leise mit dem Nächsten. Meist wechselte ein 50-Dinar-Schein (heute wären das umgerechnet etwa fünfzehn Euro) den Besitzer. Dann Tür zu, dann fünf Minuten, dann Tür auf, dann: »Au suivant!«

Ich hatte andere Vorstellungen vom Eros, als die Hose herunterzulassen und einer hundert Prozent desinteressierten Frau nahe zu treten. Zudem präsentierten sich alle fünf Prostituierten mit – von allem Schönen und Schwungvollen – verlassenen Körpern. Eher zerflossen, eher müde und abgewrackt. Himmel, wie erstaunte mich die Potenz dieser Männer! Wie stürmisch muss der Trieb sein, um sich in einer solchen Umgebung erregen zu können!

Dass der Großteil von ihnen nicht bei den *Chippendales* auftrat, sondern als kugelige Freier mit Wurstfingern auf Einlass wartete, auch das soll fairerweise erwähnt werden.

Die Chefin mochte mich noch immer, selbst als klar wurde, dass ich nicht antreten würde. Sie lud mich in ihr Wohnzimmer ein, das direkt neben dem Eingang lag. Eine Wand war nur Fenster: um das Erdgeschoss nicht aus den Augen zu lassen. Zwei andere Omis saßen bereits auf dem Sofa, alle drei waren Ex-Freudenmädchen. Sie schlossen mich in ihr Herz, jetzt gab es Pfefferminztee und supersüßes Gebäck. Die einzige Fehlbesetzung war ich. Weil mir außer ein paar Höflichkeitsfloskeln kein intelligenter (französischer) Satz gelang. Um sie auszuhorchen, die Lebedamen, die bestimmt mehr Leben hinter sich hatten als andere. Mit lauter bunten Geschichten von (fast) 90-Jährigen hätte ich mich an diesem Dienstagabend bereichern können. Wenn ich der Weltmann gewesen wäre, der mit den Weltbewohnern kommunizieren kann.

99

Die Zustände änderten sich, dramatisch. Mein Vater starb. So lange hatte ich ihm die Pest an den Hals gewünscht und jetzt heulte ich eine halbe Nacht lang. Über uns und unsere verpfuschte Liebe. Dann wurde er begraben und ich wollte diesen Friedhof nie wieder betreten. Bei der Testamentsvollstreckung stellte sich heraus, dass ich nicht – wie von Franz Xaver Altmann mehrmals schriftlich versichert – enterbt worden war. Sondern anteilmäßig ein Fünftel erhalten sollte. Als das Geld auf dem Konto lag, rechnete ich nach und wusste, dass ich ein paar Jahre ohne finanzielle Sorgen leben konnte. Die Summe empfand ich nicht als Geschenk, gewiss aber als späte Nachzahlung: als Schmerzensgeld und Lohn für all die Prügel, Sadismen, Erniedrigungen und Zwangsarbeiten, die mein Vater mir hatte angedeihen lassen. Bevor ich davonlief.

Jetzt stürmte ich nach Paris. Denn auf meinem Trip durch Südamerika, mitten in Peru, hatte ich mich tatsächlich getraut, die geheime, dreifache Sehnsucht zu notieren: Ja reisen, ja schreiben, ja veröffentlichen. Mit einem Wort: Reporter sein. Und dafür bedurfte es fremder Sprachen. Und der erste Schwur hieß: *apprendre le français!* Und welcher Ort auf Erden wäre dazu besser geeignet als das Wunder Paris?

Mein äußerer Lebensstil änderte sich nicht, Protz und Besitz langweilten mich. Die Scheine sollten mich antreiben, um die Ziellinie zu erreichen: den einen Beruf auszuüben, den ich aushielte, den einen, der meine tausend Sinne fluten würde.

Paris, das Wunder mit den blauen Wundern. Unlustige Zeiten. Mein Talent für Französisch erwies sich als mäßig, ich stammelte, statt zu brillieren. Schon wieder kein Weltmann, der sich auskannte. So zupften viele an meinem Geld, die Hotelbesitzer, die Immobilienhaie, die Vermieter, die Schulleiter, die Diebe: Meine ersten drei Fahrräder wurden gestohlen und mit dem vierten hatte ich einen Unfall. Ich wurde krank und jetzt, da ohne Versicherung, griffen die Ärzte in meine Schatulle. Ich lebte in unappetitlichen Räumen, mit Obdachlosen unten auf der Straße und drei Alkoholikern über mir. Paris mochte mich nicht, ich war der ungeliebte Fremde.

Das sollte nicht zählen. Zählen sollte, dass ich jeden Tag im Klassenzimmer saß und – so weit weg vom bayerischen Hinterland – mit Leuten aus neunzehn Nationen die neue Sprache lernte. Zwölf Frauen gehörten dazu. Und ich entdeckte, dass unsere sprachliche Hilflosigkeit diesmal ein Vorteil war: Sie verband uns, aus ihr wurde gegenseitige Hilfsbereitschaft, ein Königsweg, um einander kennenzulernen.

100

Paris wurde wärmer. Durch die Wärme von Frauen, die wie ich Nähe suchten. Auch nachts. Flüchtlinge aus dem Iran, aus Saudi-Arabien, aus Chile, aus Afghanistan, aus Vietnam saßen Stuhl an Stuhl. Wurde wärmer für uns alle – egal, wo wir vorher gelebt hatten, egal, wie gemein die Zumutungen daherkamen.

Paris war ein Hort voller Versprechen, eine Woge Glück, die mich am heftigsten überrollte, wenn ich abends mit jemandem durch die Nebengassen der Stadt flanierte. Die Lichter aus einem kleinen Café, die Stimmen, die Musik der Sprache, die Küsse aus einem wundersam fernen Land auf meinem Mund.

Die Fluktuation war gewaltig. Kurse hörten auf, die Teilnehmer verschwanden wieder, andere Teilnehmer schrieben sich ein. Nicht alle Frauen, mit denen ich zusammen war, blieben mir als Lichtgestalten in Erinnerung. Und gewiss war ich nicht immer ihr *dreamboy*. Manche wollten ihre Psychospasmen an mir abarbeiten, andere suchten ein zweibeiniges Möbel zum Heiraten, dritte sahen leichtfüßig aus und erwiesen sich bald als tranige Liebhaberinnen.

Die Mehrheit aber steht mit roter Tinte in meinem Tagebuch. Rot als Ausdruck von Feuer und Leben. Wie Mélissandre, eine Lehrerin an der *Alliance Française*. An die ich heute mit Wehmut denke. Wie blonde Schlangen fiel ihr Haar in den Rückenausschnitt. Jeden, der sie auf der Straße ansprach, servierte sie mit dem Satz ab: »Tu t'es regardé?«, hast du dich angeschaut?, aus dem Hochmütigen übersetzt: *So wie du aussiehst, brauchst du hier gar nicht vorzusprechen.*

Ich durfte, mit Einschränkung. Denn ich kam nur als »Zwischenlösung« infrage. Da sie »eigentlich«, so die Schöne, die wusste, dass sie wunderschön war, einen Mann suchte, »der etwas darstellt«.

Das wäre einer, an dem die Insignien einer Karriere nicht zu übersehen waren. Die besaß ich nicht, ich existierte noch immer als »perdant«, als Loser. Dennoch, unsere Zwischenzeit konnte sich sehen lassen.

Ein paar Monate später verließ mich die Anspruchsvolle, erste Anflüge von Torschlusspanik holten sie ein. Der Richtige musste jetzt her, der für die Ewigkeit. Dem war nicht zu widersprechen, denn jeder wäre richtiger gewesen als ich.

Ach ja, die Wehmut: Eines Tages hörte ich wieder von ihr. Mélissandre lebte nun mit einem Möbelpacker, im Reihenhaus. Nichts gegen Möbelpacker. Aber das war nicht ihr Traum. Mein Vater fiel mir ein. Der sah auch gut aus, der war auch intelligent. Und trotzdem wurde er katholischer Devotionalienrödler. Ja, beiden, ihm und Mélissandre, war irgendwann die entscheidende Zutat abhanden gekommen: der Rotz, der knallharte Wille, nicht vor dem Ziel in die Komfortzone abzubiegen. Um dort, noch Jahrzehnte lang, einem anderen Leben hinterherzuheulen. »Quiet desperation«, nennen die Engländer das. Leise heulen, nur im Kopf, nur für sich.

Von einer will ich noch erzählen. Von Ruby. Wir lernten uns an der Sorbonne kennen, wo ich einen weiteren Französischkurs belegt hatte. Sie saß zwei Tische entfernt, und wir mochten uns von Anfang an. Die Amerikanerin war kein Jota empfänglich für Avancen. »I love women«, sagte sie heiter, und damit war das Thema erledigt. Aber wir konnten reden, ihr Hirn blitzte. Die 23-Jährige, die Dolmetscherin werden wollte, war weltwach. Und stolz.

Was war passiert? Professor G., unser Lehrer, gehörte zu jenem elenden Männerschlag, der – jede seiner verschwitzten Poren roch nach verdruckster Geilheit – keine Gelegenheit verpasste, die weiblichen Teilnehmer im Kurs mit wenig eleganten Anzüglichkeiten zu provozieren. Nicht genug, wir (männlichen) Studenten gerieten auch in die Schusslinie seines lamentablen Unterrichtsstils: Falsche Aussprache und falsche Formulierungen wurden, beinahe grundsätzlich, höhnisch kommentiert. Der Mann hatte anscheinend vergessen, dass wir hier waren (und dafür bezahlten), um Fehler machen zu dürfen.

Dann kam der Moment, in dem der Hokuspokus vorbei war. Ruby und ich – beide schwer getroffen von G.s zynischen Missiles – lasen abwechselnd eine am Vortag erarbeitete Erklärung vor. In der wir uns jede weitere Anmaßung verbaten und im Schlusssatz den unliebsamen Zeitgenossen aufforderten, sich umgehend – sofort und öffentlich vor der Klasse – zu entschuldigen. Andernfalls würden wir das Rektorat informieren. Das klappte. Der Dicke erhob sich und sagte: »Je suis désolé«, es tut mir leid. Drei Mal hintereinander.

Unten im Café an der Place de la Sorbonne, an der Theke, bekam ich nun doch einen Kuss. »Un baiser saphique«, einen Lesbenkuss, sagte Ruby, jetzt leicht betrunken. Ach, das war ein sonniger Tag.

101

Nach dem Jahr flog ich in die Staaten und studierte an der *New York University*. Um besser Englisch zu sprechen. Jetzt war ich über 36 und auch *meine* Eieruhr rannte: dass ich ebenfalls keinen erwische, keinen Traumjob, sprich, kein Talent in mir entdecke. Und nur ödes Tun auf mich wartet: mit wenig Geld und täglicher Sinnlosigkeit. In Paris hatte ich bei Sartre nachlesen können, wie für ihn die entscheidende Frage lautete, die sich ein Mensch, am Ende, stellen sollte: »Was habe ich aus meinem Leben gemacht?« Und ich hätte – nach dem aktuellen Stand der Dinge – antworten müssen: »Pas grand-chose«, nicht viel.

102

Von Norman Mailer stammt der Satz: »Wer zum ersten Mal nach New York kommt, sieht nur Frauen, Frauen, Frauen.« Das ist grandios wahr. Und brutal einschüchternd. Aber die

Hochschule, obwohl riesig, dämpfte die Angst. Eben durch die Atmosphäre einer Klasse, in der wir zusammenhielten. Weil wir ja voneinander abhingen: je intensiver wir teilnahmen, desto deutlicher unsere Fortschritte. Wir hatten Glück und bildeten einen bunten Haufen, mit allen Hautfarben, aus allen Kontinenten, mit so verschiedenen Berufen. Und mit einer Lehrerin, Priscilla, die im Handumdrehen begeisterte. *Master Teacher* war ihr offizieller Titel und sie war eine Meisterin. Hundert dumme Fragen hielt sie pro Stunde aus, lächelte noch über die impertinentesten Verbrechen an ihrer Muttersprache und erzählte die wildesten Märchen aus der amerikanischen Literaturgeschichte. Unterricht als Sinnenfreude. Wie Kinder mit glühenden Backen saßen wir da und staunten und rissen den Zeigefinger nach oben. Weil wir mitmachen, weil wir sprudeln wollten.

Mein Englisch war bereits passabel und so hinterlegte ich im Büro für *language exchange* meine Kontaktdaten. Das waren mein Name und die Telefonnummer einer Bruchbude, über deren Eingangstür selbstbewusst »Hotel« stand. Die Stadt war teuer, die Sprache lernen war teuer, ich musste haushalten.

Ich wollte Amerikanerinnen nah sein, *native speakers*. Und keinen harmloseren Vorwand gab es, als jemanden zu treffen, der sein Deutsch zu verbessern suchte. Und im Gegenzug mein Englisch korrigierte.

Rose meldete sich. Wir vereinbarten ein Rendezvous und wanderten von der *Grand Central Station* die Eastside hoch. Aparte Frau, Jüdin (sie erwähnte es), geistreich, Alleleserin, Philologin an der Columbia University. Sie redete fast fehlerlos Deutsch. Und hatte, so wörtlich, »a failed life« hinter sich.

Das Stichwort – verpfuschtes Leben – gefiel mir, es klang vertraut. Dennoch mutete es seltsam an, denn Rose schien beruflich so erfolgreich. Das war es auch nicht, das Verpfuschte. Eine halbe Stunde später wusste ich es, denn Rose fing zu beichten an und es war die Art Geständnis, die mich immer auf die Palme treibt. Weil es wieder einmal Zeugnis davon ablegte, wie – selbst bei Hochintelligenten – diese typische Frauenblödheit durchschlägt: das Heil beim Mann zu suchen. Der Edle als Retter aus aller Not. Der Gatte als Lichtfigur, von dem alles (weibliche) Wohl und Wehe abhängt.

Wüste Verhältnisse: Der Vater verachtete Tochter Rose, weil sie zweimal einen Deutschen geheiratet, ja, Jahre in Deutschland gelebt hatte. Der erste Angetraute entpuppte sich als Frauenhasser, als Schläger, als hohle Birne. Was die Verachtung des Vaters nur verstärkte. Der zweite erwies sich als eher freundlich, aber schwach. Ein Ja-Sager. Er saß noch immer in einer deutschen Stadt und harrte – noch waren die beiden verheiratet – ihrer Rückkehr. Und wartete – Rose plauderte drauflos – auf seinen ersten Geschlechtsverkehr mit ihr. Sex beziehungsweise kein Sex war ihre Waffe, um den zweiten für den ersten zu bestrafen, ja, ihn nochmals büßen zu lassen für das, was auch er nicht liefern konnte, wörtlich: »finanzielle und emotionale Sicherheit«.

Je älter ich wurde, desto weniger begriff ich die Welt. Eine schöne Frau, akademisch gebildet, noch jung, bekam ihr Leben nicht in Griff. Weil sie närrisch wie ein frisch enthauptetes Huhn einem uralt-stichigen Traum hinterherjagte: der Vollendung der Frau im Paar! Mit dem Herrn als Herrgott und der Gemahlin als Hohepriesterin. Auf dass sie ihn beweihräuchere.

Das hatte ich bei meiner Mutter beobachtet: dass man als Frau an einer Überdosis Utopie sterben kann. Weil man, meist vollkommen unbewusst, nicht ebenbürtig antritt, sondern mit einem Gefühl der Minderwertigkeit. Und deshalb den anderen idealisiert, ihn jeden Tag himmelblau einfärbt. Und dass eine solche Liaison zu nichts taugt. Erst recht nicht für eine beschwingte Zukunft. Mit Liebe, unter Umständen. Weil der Mann, meist ebenfalls unbewusst, den

Machtüberschuss spürt. Und ihn nutzt. Und sich der Frau bemächtigt. Und sie ab dieser Stunde Zahltag hat: Ihr Konto an Lebensfreude schrumpft. »He belittled me so often«, sagte Rose. Das ist ein sinniger Ausdruck: *So oft machte er mich klein.* Ich würde noch erfahren, dass sie gleich zwei Männer damit meinte: ihren Vater und den nächsten Frauenverächter, den ersten Mann.

Mir war, als marschierte so manche Frau in ihr Leben wie in einen romantischen Film. Um irgendwann in der Einsamkeit ihrer Träume zu landen.

Rose und ich wurden gute Freunde. Ein radikal keusches Verhältnis verband uns die Monate über. Unsere Köpfe konnten sich fabelhaft verständigen, ja, nebenbei verbesserte einer des anderen linguistische Fehler. Aber ins gemeinsame Bett wollten wir beide nicht. Meinen Verdacht bestätigte sie Wochen später: »No orgasm at all!«, was für ein schrecklicher Offenbarungseid. Aber ich war nicht überrascht von der Nachricht, dass die 37-Jährige noch nie – den Körper eines anderen umschlingend – einen Schrei der Freude ausgestoßen hatte. Denn trotz all ihrer Schönheit ähnelte sie einem Wesen, das sie hier *spinster* nennen: altjüngferlich, leicht abgedreht, schon verbarrikadiert in der eigenen Welt. Sie trug erstaunlich unelegante Kleider, immer bauschig, um ja ihre Formen zu verstecken. Und in einer ihrer drei Plastiktüten, mit denen sie stets unterwegs war, hatte sie ihr Strickzeug verstaut. *Quite strange.* Aber sie war ein warmer Mensch, hilfsbereit, ausnehmend freundlich, immer suchend.

103

New York war heiß. Die Trottoirs bekamen Risse, das Pflaster glühte. Fiel in der Subway die Klimaanlage aus, wurde es still im Waggon. Fünfzig schweißgebadete Menschen, unbeweglich, lautlos.

Das Leben der acht Millionen Einwohner war anstrengend. Es waren die Jahre, in denen die Stadt täglich sechs Morde lieferte. Und Aids begann, durch die *gay community* zu wüten. Jede Woche stand ein berühmter Toter in der Zeitung. Und christliche Familienväter warteten vor den Eingängen zum *Central Park* (dort gab es *The Rumble*, dichtes Gebüsch für homosexuellen Tatendrang) und hielten Schilder in die Luft: »Aids is God's punishment«. Fürs Schwulsein. Leider hatte sich der Allgütige keine Vergeltung für die Schwachsinnigen ausgedacht: Kein Virus streckte sie nieder. Dummheit scheint unheilbar gesund.

104

In der Cafeteria der Uni ging ein bildschöner Mensch an mir vorbei. Mein Herz verkrampfte sich sofort, ich spürte wieder, wie mächtig Schönheit auftrumpfen kann. Und wie machtlos ich dabei wurde. Als erklärte mir diese Frau persönlich den Krieg. Den ich im selben Augenblick schon verloren hatte. So kolossal war der Unterschied. Zwischen ihr und mir. Schönheit als Königsmal, als unbesiegbare Übermacht.

105

Jeden Montag um 15 Uhr veranstaltete die NYU eine (brave) Party, Orangensaft und Kekse gab es, Alkohol war verboten. Also kein wildes Gelage, eher gedacht als Möglichkeit, sich kennenzulernen. Und ich lernte Eliane kennen, eine Brasilianerin mit blauen Augen. Sie studierte Englisch mit der Absicht, in den USA als *consultant* zu arbeiten, als Wirtschaftsberaterin. Sie kam aus São Paulo – wenige Jahre später würde es New York an Mord- und Totschlagzahlen überrunden – und hatte einiges zu erzählen. Eliane war herzlich, lachte viel, hatte Charme. Wie man sich täuschen kann.

Gegen fünf Uhr nachmittags schlug sie vor, zusammen

nach Brooklyn zu fahren. Zu ihr. Wie erfreulich, wenn eine Frau einmal die Initiative ergriff. Bald würde ich wissen, dass ich sie als Mann nicht interessierte. Aber sie mich brauchte, um ihr Spiel zu inszenieren. Ein kaltes Spiel, ein bisschen krank, eine Art Abrechnung.

Wir nahmen die U-Bahn, überall hingen Poster mit »Aids is deadly, don't pass the spike«. Die Wohnung war groß und geschmackvoll eingerichtet. Eliane, so erfuhr ich nebenbei, kam aus gutem Haus. Es gab Wodka und Cracker und irgendwann holte sie eine Art Cremedose aus dem Küchenschrank. »Blow«, verkündigte sie verheißungsvoll und präparierte mit der beigelegten Rasierklinge zwei Kokslinien. Auf dem leeren, runden Glastisch. Jetzt fand ich die Frau toll und ungemein großzügig. Die zwei Linien reichten nicht, es wurden mehrere. Für jeden.

Kokain ist ein *upper*, eine Droge, die belebt, die beflügelt. Alles an einem Menschen: die Redelust, das Denken, die Sexualität. Und natürlich zogen wir uns nach einer heiteren Stunde aus und tupften das Pulver – einer dem anderen – auf die entscheidenden Stellen. Zum Wegküssen. Das erhitzte nochmals.

Das wurde – nachdem wir zwei Ventilatoren ans Bett gestellt hatten – eine bemerkenswerte Nacht. Und Eliane erwies sich als bemerkenswerte Liebhaberin. Entgegenkommend, ja, liebevoll. Ihr Spiel war perfekt, bis zum Morgengrauen blieb ich davon überzeugt, dass sie zeigte, was sie fühlte. Hochgestimmt fuhr ich mit dem Taxi zurück nach Manhattan.

Die Nähe zu einer Frau, so nah und so verschwenderisch, ist für jeden Mann eine kleine Sensation. Für mich zumindest. So oft sie auch passieren mag, ich würde nie blasiert werden. So überwältigt bin ich, jedes Mal.

Die Rechnung kam, schon vier Tage danach. Als wir uns wieder, zufällig, auf dem Campus trafen. (Auf meine Nachrichten auf ihrem Anrufbeantworter war nie ein Rückruf erfolgt.) Und sie, schön eiskalt, an mir vorbeiging. Das passierte insgesamt dreimal, beim letzten Mal sprach ich sie an. Sie grinste nur – und zog weiter.

Keine Ahnung, warum. Bis ich die Story einem meiner Freunde in der Klasse berichtete, Michele, einem Anwalt aus Mailand. Er lachte und schimpfte mich einen armen Tor: Eliane sei eine stadtbekannte Männerhasserin. Wahrscheinlich liefe ich als einziger durch die Gegend, der noch nicht davon gehört hatte. Sie verführe Männer, um sie hinterher zu bestrafen. Mit Kälte und exquisitem Desinteresse. Er, Michele, wusste es deshalb so genau, weil er eine Zeit lang mit einer von Elianes Bekannten liiert war. Die ihm vom Unglück ihrer Freundin erzählt hatte. Das sehr nach Kitsch und Wirklichkeit klang: Die große Liebe, noch in São Paulo, hatte sich als Hundesohn erwiesen, der alles an ihr ausbeutete, auch das Herz. Und so zog die 27-Jährige in den Krieg. Gegen die andere Hälfte der Erdbewohner. Denn ein Mann ist gleich alle Männer ist gleich alle Hundesöhne. Sie sollten nun leiden. Wie sie.

Diesem Typ Frau war ich schon mehrmals begegnet. Erstaunlicherweise auch in Poona. Schöne Engel, die nun als Racheengel das Männervolk dezimierten. Nicht totmachten, aber schwarze Gefühle säten. So dass der Schmerz des Opfers ihrem eigenen Malheur entsprach. Und da der Genuss nie lange anhielt, musste immer ein neuer Mann, ein neuer Widerling, geschlachtet werden.

Ich litt nicht. Jedenfalls nicht dramatisch. Und holte auch nicht zum Gegenschlag gegen die böse Frau aus. War nur erstaunt über den fantastischen Aufwand (die Nacht, die Drogen, die Hingabe), den Eliane betrieben hatte: um mein Herz zu ramponieren. Was fehlschlug, denn die verletzte Eitelkeit beruhigte sich bald. Und ich fing an, den Flop als Plus zu betrachten: wieder ein Baustein, um die Welt zu verstehen.

106

An den freien Wochenenden inspizierte ich New York, alle fünf *boroughs*. Aus reiner Neugierde. Als ich an einem Samstag, schon nach Mitternacht, auf der 42nd Street landete, damals noch eine verruchte Straße voller Peepshows und Massagesalons, wurde ich von einem großen Schwarzen und einem kleinen Schwarzen eingeladen, mich taufen zu lassen. Roger und Mike waren als ambulantes Predigerpaar unterwegs. Warum nicht, dachte ich, immerhin meine vierte Taufe in diesem Land. Und die beiden legten los. Roger drückte mir seinen rechten Daumen auf die Stirn und feuerte rasend schnell einen hymnischen Monolog zum Lobe Gottes hinterher, und Mike las anschließend aus der Bibel: »We are all sinners and only Jesus can save us from sending into hell.« Das war eine interessante Satzkonstruktion, denn sie besagte, dass allein Jesus uns davor retten kann, von ihm in die Hölle geschickt zu werden.

Amerika liebte ich immer dann am innigsten, wenn seine Freaks auftraten, wenn man in Echtzeit dabei sein durfte, wie blümeranter Schwachsinn per Megafon als letzte Wahrheit verkauft wurde. Da ich seit Langem wusste, dass wir weder einen Himmel über uns noch eine Hölle unter uns haben, sondern Himmel und Hölle einzig hier auf Erden – mitten unter uns – vorkommen, musste ich einige Tage später an die beiden Täufer denken: Denn ich sollte eine Frau treffen, die nicht im siebten Kreis der Hölle lebte, aber gewiss schon im ersten. In dieser Stadt.

107

Ich lernte Megan in einem *Banana Republic Store* kennen. Ich fragte nach einer Südamerikakarte und kam mit der Verkäuferin ins Gespräch. Weil Megan verschiedene Ausgaben ausbreitete und zuletzt auf Rio de Janeiro zeigte. Ihren Geburtsort. Ah, wieder eine Brasilianerin. Sie sagte noch, dass sie alles bekomme, was sie wolle. Das fand ich einen übermütigen Satz und bat sie um ein Rendezvous. Damit sie ihn mir erkläre. Wir machten 22 Uhr aus, vor ihrem Laden.

Sie war zur Stelle und wir zogen in ein nahe gelegenes japanisches Restaurant. Sake, der heiße Reiswein, ist ein probates Mittel, um leichtsinnig zu werden. Und jemanden zum Reden zu verführen. Und Megan hielt sich nicht zurück: Sie lebte vier Jahre mit dem Zeuger ihres Sohnes zusammen, dann verschwand der Mann. In irgendeiner Ecke von Brasilien, nie mehr auffindbar. Ein Autorennfahrer kam und wurde ihr neuer Freund. Bis sie ihn im Bett ertappte mit einem anderen: einem Stricher. Megan arbeitete erst als Mannequin, dann im Holzbusiness ihres Vaters. Irgendwann brach die große Familienfehde aus und sie zog nach New York. Um ihre Selbstständigkeit zu beweisen und vom väterlichen Vermögen unabhängig zu werden. Sie heiratete – gegen Bezahlung – einen Amerikaner. Um die Arbeitserlaubnis zu bekommen. Die »Ehe« bestand noch immer und der »Ehemann« kehrte zurück nach Kalifornien. Jetzt, heute, war sie 31.

Sie wohnte im *East Village*, damals eine verkommene Gegend. Auf dem kurzen Weg sprachen uns zwei Dealer an. Vor ihrer Haustür schenkten wir uns ein paar Küsse und ich hatte den Eindruck, dass sie ihr Leben im Griff hatte. Dass sie tatsächlich dorthin gelangen würde, worauf sie zielte: Eigenverantwortung und Wohlstand. Um ihre Willenskraft zu stärken, hatte sie noch erzählt, trainiere sie Karate. Und meditiere. Die folgende Nacht, so versprachen wir uns, wollten wir bei mir verbringen. »Warum bei mir und nicht bei dir?«, fragte ich scheinheilig, eingedenk meines wenig einladenden Hotels. Und Megan, auch scheinheilig (wie sich bald herausstellen sollte): »Ach, bei mir, das passt zurzeit nicht.«

108

Die nächste Nacht kam, aber Megan tauchte nicht auf. Dafür klingelte um ein Uhr nachts das Telefon, sorry, sie könne nicht weg, ihre Mitbewohnerin sei ins Krankenhaus eingeliefert worden. Da ziemlich verbeult im Gesicht. Ein paar Typen hätten sie in der Nachbarschaft angefallen. Um ihre Handtasche mitzunehmen. Und Tex habe sich gewehrt. Deshalb die Beulen.

Ich war nicht enttäuscht, denn mein Bett erwies sich gerade als wenig bewohnbar. Vor einer Stunde war irgendwo im Haus eine Alarmglocke losgegangen und sie jagte unaufhörlich schrill in jedes Zimmer. Der Rezeptionist blieb unauffindbar. New York war cool und New York konnte einem das Fürchten beibringen.

Megan und ich verschoben auf den Nachmittag, das war noch immer der vierte Juli, der heiligste Feiertag aller Amerikaner.

109

Wir schlenderten durch *Lower Manhattan*, das Volk war lustig und kinderreich, Fähnchen wurden geschwenkt und unglaublich dicke Kühltaschen herumgetragen. Clowns blödelten, eine Männerriege turnte Kunststücke, ein Esel tanzte auf zwei Beinen. Und in einem Zelt lehnte ein Mensch an einem Pfosten. Ein Aidskranker, der inzwischen zu schwach war, um sich ohne Hilfe aufrecht zu halten. Er war knochendünn, schon heftig mitgenommen von der Seuche. Eine NGO hatte ihn dort aufgestellt, um Geld für die HIV-Forschung einzutreiben: Wer den Todgeweihten umarmen wollte, musste einen Dollar bezahlen (nicht umgekehrt!). Ich gab mir einen Ruck und legte die Arme um seinen Rücken. Ganz nah. Ich bildete mir ein, dass die Geste dem jungen Kerl guttat. Er lächelte.

Spätabends gingen wir zu Megan. Auf das, was ich nun sah, war ich nicht vorbereitet. Der Anblick kam wie ein

Faustschlag. So lebte kein Tier: Die Tür ging auf, und der Gestank von Katzenkot drang in meine Nase. Schutt lag herum, lose Holzbretter, schmutzige Wäsche, dazwischen die Katze, Löcher und handbreite Risse im Fußboden (so dass man auf die unbewohnten Zimmer darunter blicken konnte), schädelgroße Öffnungen in den Wänden, verschwundener Verputz, mehrere kaputte Glühbirnen an der Decke, die frei stehende Badewanne in der Küche, voll mit dunkelschwarzer Flüssigkeit (ich steckte den Finger hinein und roch: Öl), in der Ecke ein 100-jähriger Herd (zum Teil demontiert, um das Eisen zu verkaufen), der riesige, von Keilen gestützte, unverschließbare Kühlschrank mit drei Sardinendosen, die vermüllte Kammer von Tex (noch abwesend), auf deren Bett Speisereste lagen, die kümmerlichen, an zwei Ecken aufgerissenen Matratzen in Megans Hinterzimmer.

Das Szenarium wirkte umso gespenstischer, als durch die teilweise zerbrochenen Fensterscheiben der strahlende Himmel blitzte, angezündet von einem gigantischen Feuerwerk. Gebannt starrte ich auf Megans erbärmliche Schlafstelle, denn das da wäre unsere Liebesstatt gewesen. Gebannt, als erwartete ich jeden Augenblick quietschend hervorspringende Ratten. Die seltsamerweise nicht auftauchten. Das hier, so erklärte mir die Mieterin, wäre ein *home estate*, eine Art Sozialwohnung mit billiger Miete. Eigentum von New York City. Natürlich hätte sie eine Renovierung beantragt, schriftlich und offiziell. Aber die berühmteste Stadt der Welt war pleite. Mehr als Versprechungen – seit vier Jahren – lagen bisher nicht in ihrem Briefkasten.

Das Maß für diesen Tag war noch nicht voll. Plötzlich tauchte Megans zehnjähriger Sohn Silva auf, in den Händen ein Dutzend Feuerwerkskörper. Dahinter sein Buddy Tim, wimmernd, da Brandspuren seinen rechten Unterarm überzogen. Eine der selbst gebastelten Granaten war zu nah an ihm vorbeigezogen. Jetzt krachte es noch lauter, denn Megan explodierte, auf Englisch und Portugiesisch, entriss dem heulenden Sohn die Artillerie, warf sie ins Öl (!) der Badewanne und suchte auf den vierzig Quadratmetern Brachland, ihrem Hauptwohnsitz, nach einem Stück Verband für den Lädierten. Vergebliche Mühe, die beiden Jungs waren bereits unter Flüchen abgehauen.

Das Gefühl von Ekel war unvermeidbar, unheimlich, was Menschen sich zumuten lassen. Ich bewunderte Megan, diese Geduld, dieses Hinnehmen, ohne zu lamentieren, bewunderte ihre (illusorischen) Pläne, diese Ruine mit eigener Kraft zu sanieren. Wie das? Mithilfe einer bankrotten Stadt? Mit den Geldhaufen ihres Vaters, die sie verweigerte? Dem Gehalt einer Verkäuferin? Ich bestaunte auch die Abwesenheit von Scham, ihre Bereitschaft, mich in dieses erbärmliche Leben einzuweihen, ja, diese Selbstverständlichkeit, mit der sie den Abstieg verkraftete: vom heimatlichen Nobelviertel Anália Franco mit Penthouse-Luxus – ohne Umwege, geradewegs – in ein grindiges Loch.

Wir liefen zur Subway, um den *4th-of-July-Missiles* auszuweichen. Das Volk war jetzt noch lustiger. Mein Hotelbett erschien mir nun plötzlich wie ein gutbürgerliches Nachtlager, mit einem frischen Leintuch, einem frischen Handtuch. Und ohne lose hängende Stromkabel über dem Waschbecken.

Etwas Rührendes passierte. Megan fragte, ob es eine Dusche gäbe. Ja, die gab es: auf dem Gang, direkt gegenüber meinem Zimmer, betretbar und mit einem Riegel von innen. Ich checkte die Nasszelle, als wir ankamen, und wischte sie blitzblank. Als Geschenk an die Tapfere. Eine sagenhafte halbe Stunde blieb sie dort, und ich hörte ihre Freudenschreie über das Glück, warmes, endlos-sauberes Wasser auf ihrer Haut zu spüren.

Das war unsere einzige Nacht. Zuerst schliefen wir ein, die todmüde Mutter sofort, und beim Aufwachen liebten wir uns. Und dann nie wieder. Obwohl wir beide umsichtig und fürsorglich miteinander umgegangen waren. Doch zur nächsten Verabredung tauchte Megan nicht auf. Es kam auch keine Absage. Auch keine nachträgliche. Ich ging zu ihrer Arbeitsstelle, kurz vor Beginn ihrer Mittagspause.

Und wir spazierten zum nahen *Washington Square Park*. Kaum hatten wir eine Bank erreicht, setzte sich Megan und begann zu schluchzen. Ich legte meinen Arm um ihre Schulter und zog sie an mich. Und aus dem Schluchzen wurde ein Zittern, den ganzen Oberkörper entlang. Aber irgendwann konnte sie sprechen: dass sie nach vier Jahren k.o. sei, dass es am Vortag in der Wohnung gebrannt habe, dass sie Nachrichten über ihre sterbende Mutter erhalten habe, dass der Sohn verwildere, dass sie kein Geld habe, dass da kein Platz für einen Liebhaber sei und dass sie, vorläufig, aufgäbe und nach São Paulo zurückflöge: »I can't take it any more.«

Ich blieb still und hielt sie fest. Und sagte nichts. Da kein Wort ihr helfen würde. Frank Sinatras zwei Zeilen aus *New York, New York* fielen mir ein, er hatte leicht reden: »If I can make it there, I'll make it anywhere.« Ich begleitete Megan zurück. *She didn't make it,* und dennoch: was für eine außergewöhnliche Frau. Doch wenn der Mensch kein Glück hat, dann bleibt er auf der Strecke. »Freedom is a hard master«, meinte einst Henry Miller, damals, als er hier lebte. Und diese Stadt war der knallharte Beweis dafür.

110

In der *New York Times* las ich, rein zufällig, einen Artikel über den Malteserorden, der sich dem Motto *Armut, Keuschheit und Gehorsam* verschrieben hatte. Dabei fiel mir auf, dass mir das genaue Gegenteil teuer war: finanzielle Unabhängigkeit, Unkeuschheit und Ungehorsam. So ausgerüstet, hätte ich gewiss nicht – wie die armen, keuschen und gehorsamen Mönche – am Ersten Kreuzzug teilgenommen: beim christlichen Schlachten von »Mohammedanern«. Ich wäre – wenn nur listig und wacker genug – davongeschlichen und hätte versucht, eine schöne Araberin zu verführen. Als meinen

Beitrag zum Burgfrieden, als meinen Versuch, sie vor Schändung und Sklaverei zu retten. Und das alles wäre mir nur als ungehorsamem und unkeuschem Mann gelungen, der im Wams einen Säckel voll römischer Pfund versteckt hatte. Den schnöden Mammon, um die Hochmoralischen zu bestechen und die gemeinsame Flucht zu organisieren.

111

Ich kam zurecht mit New York. Klar, *it sucked*, es zehrte an den Kräften. Aber ich hielt durch, unverdrossen und belastbar. Nach der Uni schrieb ich mich an Privatschulen ein, denn die englische Sprache hatte so viele Überraschungen, so viele Tricks: So viel war noch zu lernen.

Und immer wieder fand sich eine warme Seele, die sich bei mir wärmen wollte. Und ich mich bei ihr. Bisweilen blieb es beim One-Night-Stand, bisweilen wurde es ein Three-Nights-Stand, bisweilen dauerte es Wochen. Manche wollte nur ins Kino und knutschen, manche wollte mit mir ins Bett und nichts als schmusen, manche ging aufs Ganze. Ich war dankbar für jeden Moment der Nähe.

Ob sich Jamie, Veronica, Natasha, Francesca, Marie, Laure, Danielle und die anderen an mich erinnern? Eher nicht, denn ich war nur ein flüchtiger, flüchtender Gast. Ein Blick genügte, um zu wissen, dass ich als unsteter Geselle daherkam. Wohlwollen verband uns, gewiss, aber kein Liebesschwur, keine wilde Geschichte, keine wie mit Eliane oder Megan. Doch nur die Storys sind es, die hitzigen Aufregungen, die einander unvergesslich machen.

Eine Anekdote will ich aus diesen Zeiten erzählen, sie ist voller (aberwitziger) Wirklichkeit. Sie passierte mit Flor, einer Amerikanerin aus Puerto Rico. Wir hatten uns bei Vojtech Jasny kennengelernt, einem tschechischen TV-Regisseur, den ich noch von der Schauspielschule in Salzburg kannte. Er gab eine Abschiedsparty, weil er nach Kanada umzog.

Nach dem Schlendern zu Flors Wohnung kam der Moment – alle Menschen dieser Welt kennen ihn –, in dem sich die Frage stellte, ob man sich jetzt küsst (ja, in dieser Nacht: nur küssen). Und wir küssten uns, bald feucht und versunken. Bis Flor plötzlich erschreckt zurückfuhr und rief, ja, ausrief: »It's not logical, it's not practical!« Ich bat sie, diesen Einzeiler, der wunderbar in ein absurdes Theaterstück gepasst hätte, zu übersetzen. Und die Filmstudentin erklärte, dass einen Mann zu küssen, der bald New York verlassen würde, keinen Sinn mache, »since the kiss has no future«.

Frauen, die mir solche Sätze schenken, liebe ich. Gewiss, in den Augenblicken, in denen ich diese Wörter höre. So erheiternd sind sie. Ja, Flor blieb dabei: Küsse ergeben nur Sinn, wenn sie eine Zukunft haben. Sie ließ sich nicht umstimmen. Auch nicht durch meinen Hinweis, dass noch nie ein Kuss eine Ewigkeit lang im Universum unterwegs war. Ja, dass die Götter sie, die Küsse, den Menschlein geschenkt hatten, damit sie den Zauber zweier lippennaher Münder – intimer geht's nicht – genießen. *In this very moment.*

Ach, Flor, ich habe Angst um dich, du wirst leiden. Wer nicht *jetzt* leben will, wird nimmer leben. Bis zum letzten Tag kann man dieses Spiel treiben. Bis der Tod kommt, der bestimmt taub bleibt für alle Versprechen: endlich mit dem Leben anzufangen.

112

Ich will ein Gedicht weiterverschenken, eines von Ewald von Kleist, dem Onkel des berühmten Heinrich. Wäre ich Weltenherrscher, ich würde es als Pflichtlektüre einführen: zum Auswendiglernen. Schon im Kindergarten. Als Aufputschmittel gegen die Predigten der griesgrämlichen Bedenkenträger. Die lieber bremsen, als anfeuern:

Vorbereitung zum Treffen

Ich soll nicht lachen
Ich soll nicht küssen
Und auch nicht tändeln
Weil sich die Feinde
Zum Treffen rüsten
Und weil sie morgen
Uns töten wollen
Weil sich die Feinde
Zum Treffen rüsten
Und weil sie morgen
Uns töten wollen
Drum muss ich heute
Noch soviel küssen
Noch soviel lachen
Und soviel tändeln
Als in den Jahren
die sie mir rauben
Wenn sie mich töten
Ich lachen, küssen
und tändeln würde.
Wo bleibt das Lachen
Wo bleibt das Küssen
Wenn ich erst tot bin?

113

Eine New Yorker Freundschaft soll noch erwähnt werden. Debra lernte ich in der *Alliance Française* kennen, die ich abends besuchte, um mein Französisch nicht zu vergessen. Andere Männer haben andere Hilfsmittel, ich besaß immer nur das eine: Sprache. Und die Harvardabsolventin, die einmal Erbin einer der größten Lebensmittelketten im Land werden sollte, und ich verabredeten uns unter dem Vorwand, unsere gemeinsame Fremdsprache zu trainieren.

Debras mondänes Outfit ließ Märchenhaftes ahnen und ihr Geist – als Krönung – war eine Art Perpetuum mobile: der ratterte, der sog auf, der verarbeitete, der reichte weiter. Sie redete nur intelligente Sachen. Mich überkam der Eindruck, dass sie jeden Morgen beim Frühstück – mit ihren Augen – die *New York Times* und die *Washington Post* fotografierte. Und beim Dinner den Inhalt mündlich an mich weitergab. Kommentiert. »Let's play brains«, lass uns Hirn spielen, sagte sie pfiffig. Dabei empfand ich sie nie als überheblich. Nur unheimlich neugierig. Klar, sie war jetzt schon reich, mit 28. Als *business woman.* Aber ihr Umgang mit Geld blieb diskret, sie zeigte es nicht her. Es war kein Thema zwischen uns.

Sie habe, meinte sie, nur ein Problem, das einzige, das sie davon abhielte, mich über Nacht zu sich einzuladen, hinauf in den 23. Stock, mit Blick hinunter auf die – was wohl? – Fifth Avenue: sie sei Jüdin und ich Deutscher.

So war es und ich widersprach nicht. So kam es stets zum selben Ritual: Wenn ich Debra nach dem Kino oder einem Restaurantbesuch nach Hause begleitete, stoppten wir einen Block vor ihrem Wolkenkratzer und küssten uns ein letztes Mal ab. Die (deutschen) Küsse konnte sie verkraften. Und ich drängte nicht. Tapfer lief ich durch den Central Park zurück zur West Side, meinem Schlafplatz.

Dann, eines Abends wieder auf dem Weg zu ihr, passierte etwas Sonderbares. Obwohl Debra inzwischen begriffen hatte, dass ich mich nachts in keine Hakenkreuzfahne wickelte, schwankte sie noch immer. Doch ihr Körper schien viel entschiedener, mit Nachdruck und Zärtlichkeit schmiegte sie ihn an mich, eindeutig: Er wollte den Deutschen.

Diesmal kam das Glück in Form eines Ungeziefers: Eine Küchenschabe lief direkt vor uns über das Trottoir. Debra ekelte sich. Ich hob den rechten Fuß, um das Tier – damals eine Plage in der Stadt – zu zertreten. Und Debra packte mich am Arm, um mich zurückzuhalten, und rief hastig:

»Ne le tue pas, tu vas« (töte sie nicht, du wirst) und stoppte mittendrin und wir lachten wie die Teufel und ich vervollständigte den Satz mit: ».... entrer dans mon appartement«, meine Wohnung betreten. Ihr Unbewusstes hatte sich gemeldet, dessen Entscheidung es unüberhörbar aussprach: Wir werden die nächsten Stunden gemeinsam verbringen. (Aber bitte mit sauberen Sohlen.)

Und so geschah es. An zwei *doormen* vorbei und mit einem *liftman* – er drückte für uns die Knöpfe – hinauf in den vorletzten Stock. Und die Tür ging auf und hier wohnte dieser reiche, schöne Mensch. Zwei Bäder, zwei Schlafzimmer, ein Esszimmer, das Wohnzimmer, der Kamin, der versenkbare Fernseher, die zentrale Klimaanlage, die diskret von der Decke kühlte, die Stapel Bücher am Boden, die wilden, grellfarbenen Gemälde an den Wänden. Und über dem einen Bett, unserem Bett, hingen links ein Rauschenberg und rechts ein Lichtenstein. (Ich hätte es nicht gewusst, wenn ich nicht gefragt hätte.) Und ich durfte ergriffen herumgehen und begreifen, was Geld alles kaufen konnte. Kein Großkotzmobiliar stand herum, nur Eleganz, nur *beautiful things*.

Wir hatten es gut in dieser Nacht. Debra war noch immer Jüdin und ich noch immer Deutscher. Wie beruhigend, dass sich sehnsüchtige Körper nicht um »Rassen« scheren. Als ich später Debras ruhigen Atem hörte, ging ich hinaus auf den Balkon, Blick auf den berühmten Park. 1.27 Uhr war es jetzt und ich war voller Dankbarkeit.

Irgendwann sah ich einen Mann die Straße hochkommen. Und der Obdachlose setzte sich genau auf die Bank dem Hochhaus gegenüber. Zwei Meter hinter ihm lag die riesige Grünanlage, zwei Meter vor ihm die Nobelavenue. Er hantierte noch ein paar Minuten umständlich mit seinen vier Plastiktüten, dann entfaltete er einen Karton, streckte sich aus und schob seinen Kopf in die mitgebrachte Pappschachtel, Aufschrift: *Fragile! Handle with care!*

114

Der Schriftsteller Rudolf Borchardt schrieb in einem seiner Liebesbriefe an seine vergötterte Marie Luise: »Ich bin, was ich bin, durch Dich.« Stimmt das? Ist man *alles* durch *eine* Person? Oder überrollte den Dichter der poetische Überschwang? Nun, ich hatte mehr als eine Angebetete. So könnte ich (fast) hinter jedem Kapitel in diesem Buch ausrufen, ziemlich nah der Wahrheit: »Ich bin, was ich bin, durch Euch.«

Ob »Euch« glücklicher macht als »Dich«? Die Frage ist ganz überflüssig, auch riecht sie nach Moral. Für Rudolf B. war Eine die Erfüllung. Für andere ist Eine (Einer) nicht die Erfüllung. Menschen sind verschieden, wie beruhigend. Den *einen* Weg ins Glück haben wir nicht, wir haben Millionen.

Ich suche nicht die Nähe zu Frauen, weil ich als Prachthengst nicht weiß, wohin mit meiner Lendenkraft (die nie bemerkenswert war), nein, ich suche nach ihnen, weil sie mein Leben schmücken. Weil sie mir Geschichten schenken. Und Gedanken. Und Tiefe. Und Welt. Und weil ich nach jeder eine Spur smarter bin. Und weil ich es liebe, zu bewundern. Und weil sie mich trösten über das Pech, dass mein Leben irgendwann aufhören muss.

115

Ich fing wieder zu reisen an, durch die USA, den Nahen und Fernen Osten. Zurück in Europa schrieb ich ein paar Seiten über eine Zugfahrt durch China. Und schickte sie nach Hamburg, zu GEO. Dieses Magazin war mein Ziel, so lange schon. Die Topadresse in Deutschland. Drei Tage später rief ein Redakteur an: *Der Text ist gekauft!* Und drei Monate später arbeitete ich als Reporter für fast alle großen Zeitungen und Zeitschriften. Ich war dort angekommen, wo ich stets hinwollte: in der Welt. 38 Jahre musste ich dafür werden und drei Jahrzehnte lang Niederlagen wegstecken. In der Schule, im Beruf, im Leben. Jetzt hatte ich genug gespendet, jetzt durfte ich kassieren. Und die Ernte war reichlich, Geld kam, Preise kamen, das Stigma »Loser« verwitterte. Obwohl ich mich jeden Tag fragte, ob ich je so viel Glück verdiente.

116

Nichts änderte sich an meiner Faszination für Frauen. Und nichts an dem Gefühl, nein, an der Tatsache, dass die Annäherung an sie so oft mit Hindernissen verbunden war. Mir wurde dadurch immer bewusst, dass das Schöne – eine Frau zu umarmen, zum Beispiel – zuerst an verschiedenen Fallen vorbeimanövriert werden musste: vorbei an Dummheit, an Anmaßung, an Moral, an Neid, an Besitzansprüchen, an schauriger Respektlosigkeit. Wie im *Quiaoyuan Guesthouse* in der chinesischen Hauptstadt, wo Tara und ich zu später Nacht ein Zimmer buchten. Wir hatten uns am frühen Abend beim Besuch einer Pekingoper kennengelernt. Und der gemeinsame Schmerz über diesen schrillen Wahn war willkommener Gesprächsstoff in der Pause. Hätten die Sänger noch ein Atü gellender gezetert, Blut wäre aus unseren Ohren gespritzt.

Ich werde unsere Geschichte in der Kurzfassung erzählen, denn sie steht schon an anderer Stelle. Aber sie soll einmal mehr zeigen, dass die Welt sich so manches Hindernis ausgedacht hat, um die Nähe zwischen Frau und Mann zu durchkreuzen.

Wir bezogen das Zimmer und durch das offene Fenster hörte man das Quaken der Frösche. Und wir waren uns zugetan. Wie eben zwei Menschen, die mit Freude beschlossen haben, ein (großes) Bett miteinander zu teilen.

Nun, das Vergnügen war kurz, irgendwann ging das gräuliche Deckenlicht an, gleichzeitig donnerten Schläge gegen die Tür. Geisterstunde im Reich der Mitte. Und der Geist war das Gesicht einer etwa 18-Jährigen, das am Oberlicht (!) erschien und gebannt auf unsere nackten Leiber starrte.

In rasender Wut lief ich auf die Tür zu und entriegelte das Schloss. An der Uniform erkannte ich sogleich die junge Frau, die für diesen Flur verantwortlich war. Neben ihr ein Männchen, vielleicht der Hausmeister. Ich stieß die Kanaillen gewaltsam weg und zuckte mit der Faust, als sie Anstalten machten, das Zimmer zu betreten. Sie sahen meinen Hass und trollten sich.

Auf den paar Schritten zurück ins Bett zur bleicherschreckten Tara hatte ich die Situation schon verstanden: unsere Schuld! Als wir beide die Treppen hochgestiegen waren, schlief die Aufpasserin auf ihrem Stuhl. Hier wie auf allen Hotelfluren der »Volksrepublik« saß eine Aufseherin, der Spitzel. Aus Rücksicht hatten wir es unterlassen, die Kleine zu wecken und ihr die Rechnung zu präsentieren. So wachte sie irgendwann auf, hörte »verdächtige« Geräusche und holte Verstärkung. Und die zwei schalteten von außen den hässlichen Lüster ein (im Polizeistaat China geht das) und traten gegen die Tür. Sex in einem nicht bezahlten Bett – so der Verdacht – rechtfertigte offensichtlich jedes Mittel.

Das war die Nacht mit Tara, der Ärztin aus Prag. Wir zitterten ein bisschen. Und rauchten. Der Mond schien und noch immer quakten die Frösche. *Fuck China!*

117

Als Gegner hatte ich Väter, Boyfriends, Gatten, den Katholizismus, die Scheinheiligkeit, Nebenbuhler, Sexhass, tugendreiche Vermieter (»Kein Damenbesuch in der Wohnung!«), chinesische Rüpel, Geldnot, Zeitnot, ja, meine eigene Mutlosigkeit. Aber nun traf ich auf einen neuen Rivalen: Mütter. Ihr Lieblingssatz, den sie seit Urzeiten an ihre Töchter weitervererben, ist weltberühmt: »Männer sind Schweine!« Hatte mich mein Vater einst wissen lassen:

»Weiber wollen nur abzocken«, so musste ich nun erfahren, dass ich ein Männerschwein war.

Jela war *sweet seventeen* und wir lernten uns auf einer Zugfahrt nach Paris kennen. Wir saßen im selben Abteil, allein, und redeten. Frühreife siebzehn war die Gymnasiastin, überall frühreif, auch im Kopf. Sie trieb das Gespräch voran.

Neugierde fand ich schon immer erotisierend. Weil selten, weil strahlend wie ein Leuchtturm im Meer der mürben Stehgeiger. Wir verabredeten uns für zwei Wochen später, wenn ich nach einer Reportage in Frankreich wieder in Deutschland wäre.

Samstag, 19 Uhr: Jela hatte gleich ihre Mutter mitgebracht, als virtuellen Bodyguard. Die 49-jährige Hausfrau war nicht ihre Verbündete, sondern – nach zehn Minuten war ich im Bilde – ihr (blutsverwandter) Moralvampir. Als Lebensweisheiten hatte sie der Tochter den Merkvers vom Mann, dem Schwein, mitgegeben und – als zweite Keule im Geschlechterkampf – den vertraulichen Hinweis, dass es sich »bei dem Typen« (mir) eben um einen »alten geilen Bock« handeln musste. Verstanden, mit Ende dreißig war ich bereits ein altes, geiles Schwein. Ich muss sagen, auch wir Männer haben es beizeiten nicht leicht.

»Cache ta vie«, raten die Franzosen, versteck dein Leben: Dann bist du frei, dann kannst du tun, wie es dir beliebt. Das war meine Sofort-Gegenmaßnahme an diesem Abend, sprich, Jela sollte ihre Rendezvous mit mir in Zukunft verheimlichen. Was der Drachen nicht wusste, konnte er nicht besudeln.

Da ich seit Langem nichts anderes tat, als meine Sensibilität zu trimmen, war mir bald klar, dass Jela mich ausgesucht hatte: als ihren ersten Mann. Ich saß am rechten Tag zur rechten Zeit im rechten Zug. Schöner Zufall, schönes Glück.

Wir beeilten uns nicht, denn ich wollte nicht schweinisch sein, sondern ihr ein heitereres Gefühl für Eros und Körperlichkeit schenken als jenes, das ihr zu Hause zwangsverabreicht wurde. Da ich selbst an einem Ort aufgewachsen war, an dem zornbeflügeltes Hetzen auf alles Sinnliche zur Tagesordnung gehörte, schien ich für diese Aufgabe passabel gerüstet.

Der Klischeehaftigkeit halber soll noch erwähnt werden: Frau Mutter hatte in einem Häuschen mit fünf Gartenzwergen im Vorgarten eine desaströse Ehe hinter sich gebracht und seit über viertausend Nächten (ich hatte aufgrund von Jelas Angaben nachgerechnet) keine »Feindberührung« mehr, keinen Mann mehr, der sich nach ihr sehnte. Sie sei »unberührbar« geworden, meinte Jela, so viel Gift und Wut strahlte sie aus, so viel Erbitterung ob des eigenen Lebens.

Irgendwann war es soweit. Nach tausend Sätzen Theorie – die 17-Jährige wusste beachtlich wenig vom menschlichen Körper, vom weiblichen, vom männlichen, ja, noch weniger von den Spielereien, zu denen die zwei fähig sind – und nach hundert Mal »Ja, ich will« und nach 1001 Küssen auf jeden (ja, jeden) Quadratzentimeter ihrer Haut schliefen wir miteinander. Es war kein Feuerwerk der Sinne, doch warm und nah und seltsam vertraut. Und: wie rasch Jela »begriff«, wie intuitiv begabt sie sich bald bewegte.

Mitten im Liebesspiel war mir ein Satz von Auguste Renoir eingefallen, so benebelt hatte ich auf ihren Busen gestarrt: »Wenn Gott nicht die Brüste geschaffen hätte, hätte ich nicht gemalt.« Ich hielt den Mund. Aus Angst zu stottern.

Nach den Liebesstunden weinte Jela still, und ich spürte ihre Tränen an meinem Hals. Warum? Sie erzählte von den Schreckensbildern, die ihre Mutter jahrelang in ihrem, Jelas, Kopf aufgetürmt hatte, jenem Grauen, das nackte Männer über nackte Frauen brächten. Aber kein Horror hätte an diesem Nachmittag stattgefunden, und so wären ihr die Freudentränen gekommen.

Ach ja, ich war *nicht* ihr erster Mann. Ich fragte nach, denn zu sanft und ungehindert war ich in sie geglitten. Und Jela zögerte zuerst und dann sprach sie es aus: Vor ein paar Monaten, in einer versoffenen Nacht im (sturmfreien) Häuschen, war ihr Bruder in sie gedrungen, halbwegs erwünscht, halbwegs nicht. Nur einmal, nur für Sekunden. Doch »unschuldig« (Jela nannte es so) war sie hinterher nicht mehr.

Mir hätte nichts gleichgültiger sein können. Ich hatte mich nie als Jungfrauenjäger gesehen. Zudem weiß ich noch heute nicht, warum eine Frau mit sexuellen Erfahrungen schuldig sein soll. Schuldig wessen?

Ich beruhigte sie. Denn wenn das Wort »Sünde« auftaucht, stelle ich mich grundsätzlich taub. Ja, sie hatte ihn provoziert, ja, er war darauf eingegangen. *So what?* Kein Kind kam, kein Blitz vom Himmel. Ich war mit mehreren meiner Cousinen intim gewesen, sehr intim, und niemand von uns Beteiligten irrt seitdem – gebrochen an Leib und Seele – durch die Welt. Im Gegenteil, wir erinnern uns mit einem Augenzwinkern an die vergnügten Stunden. Ja, sogar beim Anblick meiner Schwester hatten mich, schon als Halbwüchsigen, turbulente Gefühle überkommen. Denen wir gewiss nachgegeben hätten, wären wir nur forscher, ungenierter gewesen: den Spielregeln der Züchtigen gegenüber.

Alles »normal«, alles nicht der (bösen) Rede wert. Das Beste an der Episode: Keiner der beiden, weder Jela noch Thomas, war bei der Mutter zum Beichten angetreten. Gartenzwerge und Wüstenrotheim wären in Flammen aufgegangen, wenn das ungeliebte Weib vor Erregung über die Erektion des Sohnes zu lodern begonnen hätte. Und über die Ruchlosigkeit der Tochter.

Bei dieser Geschichte habe ich viel gelernt. Auch über die Schandtaten, die sich Erwachsene an ihren Kindern genehmigen: Vier Wochen später fand die Mutter Jelas Tagebuch. Und mit der Gier einer »Betrogenen« las sie die Seiten, las unsere Worte. Alles, was sie in diesen Minuten entdeckte, war (fast) alles, was ihr fehlte. Und so kam der Jüngste Tag über Jela. Die Erziehungsberechtigte geriet in Hochform und geiferte wie eine Erinnye, wie eine griechische Rachegöttin, ja, verdammte die Hälfte der Menschheit, raste an gegen jede Zeile Wonne, nannte mich – wie oft wohl? – den alten Bock, den geilen Bock und – als furiosen Höhepunkt – den Mann, *der die Tochter via Aids töten würde.*

Das alles erfuhr ich durch ein Telefongespräch mit Jela, das sie von einer Zelle aus führte. Denn inzwischen wurden zu Hause auch die Nummern auf der monatlichen Rechnung kontrolliert. Und das Mädchen gab auf, gab uns auf, heulte nur noch, redete zuletzt wie ihre Mutter und fing an, mich zu beschimpfen. Ich erlebte in Echtzeit, wie Gehirnwäsche einem Menschen das Hirn raubt. Wie man ihn – mit Drohgebärden und Albtraumszenarien – dazu bringt, sich und seinen Sehnsüchten abzuschwören: um ab sofort als Sprechblase eines anderen zu funktionieren.

Post scriptum: Fast drei Jahre danach, nun schon lange volljährig, stand Jela wieder vor meiner Tür. Mit einem Brief, den sie längst geschrieben und nie abgeschickt hatte. Und in dem sie mich, wörtlich, »um Nachsicht« bat. Für, auch wörtlich, den »Verrat an unserer Geschichte«. Ich war sehr gerührt, klar, Nachsicht, was sonst. Sie war ja so jung, so ausgeliefert. Dann schmusten wir ein bisschen. Unser beider Abschiedsgeschenk. Zwei Tage später würde Jela ausziehen, weg vom Drachenhaus, weit weg in eine andere Stadt.

118

Ein paar der letzten Kapitel habe ich in Istanbul verfasst. Am Tag meiner Ankunft gab es, dreihundert Meter von meinem Hotel entfernt, ein Attentat: Der *Islamische Staat* hatte eine Selbstmordattentäterin in ein Polizeirevier geschickt. »Um«, so sickerte über Umwege durch, »den Tod eines Dschihadisten in Kobanê zu rächen.« Die Frau, die Verlobte des Toten, starb bei dem Anschlag, plus ein Polizist. Verstanden, der Verlobte ist nun gerächt.

Am folgenden Tag mailten mir Freunde und fragten, ob es mich noch gäbe. Denn nicht weit von meiner Pariser Wohnung hatten zwei bewaffnete Männer die Redaktion des Satiremagazins *Charlie Hebdo* gestürmt. Und zwölf Menschen getötet. »Um«, so war aus dem Mund der hochgestimmten Killer zu hören, »den Propheten zu rächen.« Verstanden, Herr Mohammed ist nun gerächt. Dummheit hat keinen Namen.

Ungefähr zur gleichen Uhrzeit, zu der das Massaker stattfand, saß ich in einem Café und wusste wieder einmal, dass Istanbul zu den bestaussehenden Städten der Welt gehört. Ungemein friedlich ging es zu und niemand schien daran interessiert, uns Kaffeehaushocker kaltzumachen. Ich las gerade etwas über Sultan Mehmet II., den »Eroberer«, eine der Galionsfiguren in der türkischen Geschichte. Las, dass er, der Muslim, heimlich Briefe an christliche Damen geschrieben hatte. Als sich der Skandal herumsprach, ließ er lakonisch (und heldenhaft) verlautbaren: »Ach, die Schönheit der Ungläubigen wäre ein Grund, die Religion zu wechseln.«

Zurück zum Schauplatz Paris: Wie bereits 24 Stunden später bekannt wurde, war einer der identifizierten Mörder verheiratet. Mit einer Rundum-Verschleierten. Noch in der eigenen Wohnung soll die Gattin als Burka-Schreck unterwegs gewesen sein. Kann Mordlust (auch) damit zu tun haben, dass ein Mann gelernt hat, Frauen zu verachten? Indem er sie, unter anderem, als schwarz eingesackte Mumie der Welt vorführt? Kann die Unfähigkeit, Schönheit zu genießen, dazu verleiten, radikal »aufzuräumen«?

Und das noch: In Afghanistan sah ich vor Jahren zugestrichene Glasfenster, Erdgeschoss-Fenster. Eine Anordnung der Taliban, so erzählten die Dorfbewohner: auf dass sich keine Frau darin spiegele und kein Mann sich an dem Spiegelbild erfreue. Ach, Nachrichten aus dem Reich der Narren.

119

Ich flog in die Welt, nach Amerika, nach Pakistan, nach Vanuatu, nach Irland, nach Australien, nach Korsika, nach Kuweit, nach Holland, wieder nach Amerika, nach Island. Und nicht überall, aber fast überall, gab es eine Frau, die mich für gut genug befand: um Zeit mit mir zu verbringen. Bisweilen hatte ich den Eindruck, dass sie nicht mich meinte, eher einen Mann, der gerade zur Verfügung stand. Um ihre Einsamkeit zu vertreiben. Was mich nicht störte, denn ich war ja nicht als Heiratswilliger – emsig auf Brautschau – unterwegs. Sondern als Reporter, auch einsam, auch froh, wenn ein Mensch (weiblich, bitte) bereit war, mir nahzukommen.

Nicht immer gingen wir mit einem Freudenschrei auseinander: weil kein Swing beim Reden aufkam. Weil sich einige irgendwann als Halbtagsnutten outeten und plötzlich kühl Business redeten. Oder weil ich ihnen, nach dem Reden, nicht mehr gefiel. Oder weil sie mir nicht mehr gefielen. Oder wir beide bemerkten, dass es nicht erfreulich, nicht swingig, werden würde.

Ach, es gibt so manchen Grund, warum Frau und Mann sich nicht einlassen auf bloße, hautnahe Wärme. Oder wir ließen uns ein und entdecken, schon nackt, dass es kalt blieb. Der Körper ist ein launisches Territorium. Viele Umstände, auch ganz unbewusste, entscheiden darüber, ob er Feuer fängt oder nicht.

Andere brachten Glanz in mein Leben. Und je begehrenswerter sie waren, desto intensiver dachte ich – beim Liebesspiel – an den Tod. Gibt es doch nichts Vergänglicheres als Schönheit. Noch absurder: Der Gedanke deprimierte mich nicht. Ein wenig gewiss, aber nicht sonderlich. Nein, er spornte mich an, ja, zwang mich, mit letzter Innigkeit zu leben.

120

Eine Geschichte aus dieser Zeit soll erwähnt werden. Sie passierte in Dublin, eine Art Märchenstunde, da sie völlig ohne mein Zutun geschah. Ich saß in einer Show, die sich *Power beyond belief* nannte, inszeniert von Barry Sinclair, »Irlands größtem Hypnotiseur«. Hypnose hielt ich für Bauernfängerei, da ich Jahre zuvor bei einem »Hypnose-Therapeuten« gewesen war (um meine seelischen Flurschäden reparieren zu lassen) und den Scharlatan nach Wochen, ungeheilt, wieder verlassen hatte. Und von Barry S., »the biggest of all«, hatte ich noch nie gehört.

Der Mann entpuppte sich als Weltwunder. Von den etwa zwanzig Leuten, die auf die Bühne stürmten, um von ihm hypnotisiert zu werden, blieben sieben übrig: Sie, so der Meister, würden ihm »unrettbar verfallen«. Und er stellte sich vor jedem Einzelnen auf, blickte kurz in dessen Augen, dann ein leichter Schlag auf die Stirn. Und der Mensch sackte schlaftrunken auf seinen Stuhl.

Und Mister Sinclair kommandierte. Und der eine – mit Latzhose und Catchervisage – sprang auf und drehte die Hüften und war Elvis und wimmerte *Love me tender* ins Mikrofon. Und das Mädchen mit den Zöpfen wurde Jennifer Rush und schmetterte *The Power of Love.* Und einer verwandelte sich in Frank Sinatra und ölte *I did it My Way*. Und plötzlich hatten alle einen Zungenfehler und einer spielte den Zungenfehler-Doktor. Dann mussten alle weinen, weil ihr Hund überfahren worden war. Dann mussten alle lachen, weil sie in einem irre lustigen Film saßen. Dann fielen alle einander um den Hals, denn sie hatten die Liebe ihres Lebens getroffen. Dann kam ein Wasserrohrbruch und wie von Sinnen drückten sie die Zeigefinger gegen die Wand. Dann glotzten sie auf einen Porno und wir sahen ihren haltlos geilen Gesichtsausdruck. Dann intonierte Sinclair die Musik aus *Rocky*, rief »Rocky« und der Kleinste hüpfte von seinem Stuhl und tänzelte boxend wie Sylvester Stallone zum Bühnenrand vor. Und die ersten Töne des

River-Kwai-Marsches waren zu hören, Sinclair nickte nur und zwei spielten »Gewehr über!« und stapften im Stechschritt von links nach rechts. Einer gackerte plötzlich als Huhn los, hockte sich ins Eck und versuchte ein Ei zu legen. Und einer sollte Tarzan sein und er war es und schrie nach Jane. Und Jane sprang auf und sprang auf Tarzan.

Und die über 500 auf den Rängen tobten. Das war das Glück auf Erden. Das war der helle, der schöne, der harmloseste Wahnsinn auf Erden. Weinende, entzückte Gesichter rundum. Eine *finest hour* der Menschheit, ein 3-D-Götterfunke, eine Freude von überirdischen Ausmaßen. Mein Leib zitterte, meine Hände zitterten, Wellen der Glückseligkeit zuckten unter der Haut entlang. Ich blickte auf die Menge und jeder sah aus wie ich: wie Leute, die *Peyote* geschluckt hatten, oder wie von Lachgas vollgepumpte Zweibeiner, die weder ein noch aus wussten mit ihren wild schwankenden Körpern. Und links neben mir saßen Geraldine und ihre jüngere Schwester Dorothy, beide mit irischen Sommersprossen, beide kurz vorher begrüßt. Und wir küssten uns jetzt, umarmten uns, streichelten über unsere Rücken, vermischten unsere Tränen auf unseren Mündern, flüsterten vollendeten Nonsens von wegen *forever love* und *unbelievable* und *the beauty of life* und hörten nicht auf, bis der Zauberer die Sieben wieder in die Wirklichkeit zurückgerufen hatte und die Helden vollkommen erschöpft und abwesend und unter Gejohle und Standing Ovations des Publikums zu ihren Plätzen gegangen waren.

Wir drei blieben zusammen, nahmen ein Taxi (wir konnten kaum gehen) zum vornehmen *Westbury Hotel*, tranken ein paar Martinis an der Bar und zogen, nochmals per Taxi, weiter zu Geraldines Appartement. Direkt in ihr Bett. Noch immer getragen und befeuert von Hexenmeister Barry. Wie ein Rauschgift strömte die Erinnerung an ihn durch unsere Venen, durch unser Herz.

Und wir schmiegten uns aneinander und schnurrten und küssten uns. Sonst nichts, nur schnurren und küssen und die Haut riechen. Intimer wollten sich die zwei Schwestern, Anfang zwanzig und Mitte zwanzig, einander nicht zeigen. Und nicht eine Sekunde überkam mich die Sünde der Undankbarkeit, die nach allem verlangte. Nie und nimmer. Wie verspielte Kinder schliefen wir ein. Bis fünf Uhr früh, dann entwand ich mich sacht den vier Armen. Ich musste los, mein Flugzeug ging.

121

Am letzten Tag in Istanbul traf ich Ömar, Zutreiber für einen Nachtklub. Wir plauderten und ich fragte ihn, ob er glücklich sei. Seine überraschende Antwort: »Yes, I have feelings, I think good.« Ich insistierte und erfuhr, dass *gut denken* für ihn bedeutete: aus seinem Alltag flüchten zu können in (gute) Gedanken, in (schöne) Träume. *Lucky Turk*. Ich kann das nicht. Mein Leben muss tatsächlich sein, zu viel Virtualität macht mich krank. Nur von Frauen fantasieren? Keine in echt und in Fingerspitzennähe? Ein Schreckenstraum.

122

Nach Irland arbeitete ich meist in Afrika. Der Kontinent war voller attraktiver Frauen. Und sie bestachen mich, als Ästheten, als jemanden, der sich an allem freut, was sich elegant bewegt. Aber als Mann – ich war mit einigen zusammen – zog ich mich bald zurück. Das Dunkelschwarze war mir zu schwarz. Neben ihren Körpern sah der meine wie eine Leiche aus, so weiß, so bleich. Seltsam, aber das schreckte mich.

Doch das hinderte mich nicht, mit ihnen – jenseits vom Bett – wunderlich heitere Stunden zu verbringen. Ihr Leichtsinn gefiel mir, ihre Nonchalance, ihr oft stolzer Umgang mit den Strapazen afrikanischer Tage. Und ihr Fatalismus, der mich bisweilen entnervte und den ich oft als geheimnisvolle Kraft begriff.

Auf der *Ile de Gorée*, der Insel vor der Küste Senegals, besuchte ich einst die *Maison des Esclaves*. Knapp fünfzehn Millionen Sklaven waren von der Ostküste Afrikas nach Brasilien, Amerika und in die Karibik verschickt worden. Am hungrigsten waren die weißen (und schwarzen!) Master auf junge Mädchen mit den »seins fermes«, mit den festen Brüsten. Sie waren am teuersten. Für Augenblicke war ich irritiert, als ich diese Information unter einem Foto las: Bemerkenswert, selbst Bestien besaßen ein Auge für Schönheit.

123

Ich flog nach Mexiko City. Um dort zu leben und Spanisch zu lernen. Damit wäre ich als Reporter noch tauglicher. Und ich hatte es mir ja versprochen, nach dem Debakel der Reise durch Südamerika. So trug ich mich – voller Hintergedanken – an einer Schule ein, an der Mexikaner und, entscheidend, Mexikanerinnen Englisch studierten. Und Ausländer die Landessprache.

Kein Zweifel, diese Stadt hat mich überhäuft, mit Erfahrungen in extremis: mit einem Erdbeben (inklusive rasender Flucht aus dem College), mit einer Sturzflut (plus einer romantischen Rettung), mit Heulkrämpfen (22 Millionen machten in diesem Moloch Krach), mit mehrmaligen Entzündungen um Mund und Nase (22 Millionen verpesteten hier die Luft), mit hundert Wutausbrüchen (22 Millionen verstopften hier die Straßen), mit der Mühseligkeit, mir schon wieder brandneue Vokabeln aneignen zu müssen, mit Einblicken in Familienleben, nach denen man lieber in die Hölle umzog, mit Geschichten und – mit *mujeres, mujeres, mujeres*. Ja, sie, die Frauen, sie pusteten Goldstaub in mein Leben. Und sie drängten mich an den Saum gehöriger Nervenkrisen.

Zweifellos, dieses Monstrum von Megapolis kam als Crashkurs über mich und für jeden Crash war ich, wie gewohnt, dankbar. Nicht immer jubelnd. Aber hinterher, nachdem ich ihn notiert hatte, kam die kleine Freude: *I'm still standing!* War ich doch als Schreiber mehr denn je von der Pflicht überzeugt, mir Dellen holen zu müssen. Ja, müssen: um Leben abzuspeichern. Um eines Tages davon erzählen zu dürfen.

Hier kam eine neue (weibliche) Welt auf mich zu, oft so bizarr, oft so von christlicher Scheinheiligkeit erdrosselt, so unter der Machoknute, so eingeschüchtert vom familiären Kontrollwahn. Andererseits so witzig, da voller Finten, voller gerissener Ausweichmanöver: um als Frau zu überleben, um die eigenen Sehnsüchte nicht zu meucheln, um dem Körper – so bestaunt und so verteufelt – zu seinen Rechten zu verhelfen.

Ich brachte einen ganz unverdienten Trumpf mit: Ich war Fremder. Und noch einen Pluspunkt, da hier vor einiger Zeit der Englischwahn ausgebrochen war: Viele wollten diese Sprache lernen. Als Sprungbrett, um endlich aufzubrechen, Richtung Norden, Richtung großer Nachbar. Mexiko galt als hoffnungslos korrupt, als mafiös, als Dorado für Drogenbarone. Politiker wurden grundsätzlich als *criminales* bezeichnet. Sogar der damalige Präsident musste sich später fluchtartig ins Ausland absetzen. (Während der eine Bruder wegen Mordes vor Gericht stand und der andere auf dubiose Weise liquidiert wurde.)

Eine Ernüchterung war auch ich. War ich doch keiner, der – obwohl willkommen geheißen – Licht und Freude verströmte. Auf Dauer. Ob ich je mehr Frauen enttäuschte als dort? Und je gestauchter wieder abreiste? Dabei war das Sichfinden so einfach: Die Schule war ein Hort unerschöpflichen Nachschubs. Ein Zettel am Schwarzen Brett genügte und der Anrufbeantworter zu Hause zeichnete zuverlässig auf: dass ein Mensch mit mir Englisch üben wollte und dafür bereit war, sich mein Spanisch zuzumuten. *Conversación inglés-español* hieß das Zauberwort. Und die Nummern der Männer löschte ich und die anderen rief ich an. Und wir gingen aufeinander zu und wir plauderten und wir küssten und liebten uns. Von wegen.

Ein paar missglückte Szenen sollen reichen: Meine erste Verabredung fand mit Josefina statt. Sie klang frisch und wissbegierig am Telefon. Wir trafen uns in einem Café, hell, übersichtlich, ohne schummrige Ecken. Sie wollte es so. Und Josefina brachte alles mit, was Hochstimmung auslöste: die bronzefarbene Haut, das wache Gesicht, den vifen Geist. Und als saure Note: die Tante. Die saß – so flüsterte mir die Nichte zu – drei Tische weiter. Als Beobachtungsposten. Damit das Schwein – auch in diesen Breitengraden galt der Mann zuerst als Tier – nicht übergriffig würde.

Das war ein ungemein fideler Nachmittag. Denn ich musste so viel lachen, dass die Gäste (und die Verwandtschaft ersten Grades) mehrmals verwundert auf den fremden Kindskopf schauten: Josefina war Ärztin, lebte bei den Eltern, war Jungfrau und suchte – die Konversationsstunde war nur Vorwand – »la pareja«, das Paar, konkret: einen Mann. *No*, keinen fürs Vergnügen, nein, einen fürs ganze Leben. Einen, der ein Haus hinstellte und Babys machte. Die Tante war auch Jungfrau und ebenfalls Teil der Großfamilie: unter einem Dach. Sie hatte allerdings – Josefina verheimlichte nichts – die Suche nach einem Lebensretter bereits eingestellt. Ein diskreter Blick bestätigte, dass die 55-Jährige vor etwa dreißig Jahren zu verwelken begonnen hatte. Ihre Aufgabe schien nun eindeutig: dafür zu sorgen, dass andere auch verdorrten.

Der Bericht mag bitter klingen, aber zuletzt taten mir die Bauchmuskeln weh. So heftig und fröhlich hatte mein Zwerchfell vibriert. Josefinas Erwartungen wurden natürlich brutal gekappt. Zu ihrem Steckbrief von einem Traummann passte meine Wenigkeit nun gar nicht. Ja, ich erfuhr noch, dass sie, da unverheiratet, nicht allein ausgehen durfte. Mit Freundinnen *sí, sola no*: da kämen die Nachbarn mit moralinsauren Gesichtern gelaufen, Stichwort »puta«: Hure, die sich verlustiert.

Später würde ich Frauen treffen, die sich – der Zeuger war entsorgt oder hatte die Flucht ergriffen – von ihrem Nachwuchs kontrollieren ließen. Das Handwerk des Machos – zuerst der Vater, dann der älteste Bruder, dann der Gatte, dann die Söhne – wurde in diesem Land von früh an praktiziert. Aus einer Tradition wurde vor langer Zeit ein Gen. Vererbbar.

Klar, ich trug auch eine Frustbeule davon. Denn Josefina, diese schöne Mexikanerin, hätte wunderbar in mein Bett gepasst: Wir hätten uns gegenseitig das Lied von der Schönheit des Augenblicks vorsingen und uns verträumt fiebrige Wörter aus Glut und Sehnsucht zuflüstern können.

Nein, wir schwitzten: bei Grammatik und Syntax. Und trafen uns noch oft. Als *compañeros*, als Kameraden. Wobei ich schwören musste, nie nach ihrem Fleisch zu greifen. Ich schwor, obwohl ganz überflüssig. Denn ich gehöre nicht zu den Männern, die nach einer Absage Gas geben: um einer Begehrten – »jetzt erst recht!« – zu imponieren. Und um gleichzeitig das eigene wunde Ego wieder aufzupeppen. Verspürt eine Frau kein Verlangen nach mir, nun, sie wird ihre Gründe haben. Zudem gefiel mir Josefina als gescheiter Mensch. Ihre Nähe war ein Gewinn. Wir arbeiteten hart, wir beuteten uns aus.

Sie blieb ein Quell der Heiterkeit: Um unabhängiger vom Zeitplan ihres Bodyguards zu werden, lud sie mich – nachdem die gesamte Sippschaft intensiv darüber beraten hatte – zu sich nach Hause ein. Zum gemeinsamen Büffeln. Nicht ohne Sicherheitsmaßnahmen: In der Nachbarschaft wurde ich als Englischlehrer angekündigt. Und in ihrem Zimmer, immer helllichter Tag, musste die Tür weit offenbleiben. Damit alle jederzeit kontrollieren konnten.

Die zwölf Quadratmeter sahen aus wie die Puppenstube einer Achtjährigen. Nur die Schnuller fehlten. Okay, hier wollte jemand nicht erwachsen werden. Das also war die Wohnstatt einer Akademikerin, die dreißig und attraktiv und jungfräulich war und sich jeden Tag ins Spinnennetz der Familienbande wickeln ließ. Und todtraurig blieb. Weil der Ritter von der imposanten Gestalt nicht auftauchen wollte.

Das war der erste Teil der Geschichte mit Josefina. Monate später – ich werde davon berichten – sollte der zweite kommen. Der war anders. Unergründliches Menschenherz.

124

In Hollywood gab es früher sogenannte »d. f. films«, *delayed fuck films*, in denen es nie vor der Ehe zum Geschlechtsverkehr kam. Aus »moralischen Gründen«, so die (amerikanischen) Heuchler. Sagenhaft, von wieviel Schwachsinn sich die Menschheit schon befreien musste.

Fünfzig Jahre später waren sie in Mexiko – trotz aller Anstrengungen hiesiger Pharisäer – gewiss weiter. Ja, auch mich erhörte irgendwann so manch freundliche Mexikanerin. Ohne den Umweg über den Traualtar. Aber die Strecke dorthin, zum Bett, verlief zickzack, nie direkt, immer gepflastert mit Tricks, mit Kalkül, mit unendlich vielen entschiedenen Worten: um den Mühlstein katholischer Indoktrination und den Mühlstein gesellschaftlicher Gängelung vom Hals der Begehrten zu stemmen.

Rituale – für jedermann – waren unvermeidlich. Sie fragte: »Bist du mir ewig treu?« und er, der Mann, antwortete: »¡Claro, que sí!« Beide wussten, dass es nicht stimmte, aber der Schwindel taugte als Beruhigungsmittel. Tatsächlich, er schuf die Illusion, dass es ihm »ernst« sei. Selbstverständlich fragte sie hundert Mal und hundert Mal lautete die Antwort wie beim ersten Mal. Sagen wir, sie lautete ähnlich, denn jedes Mal wurde noch dramatischer, noch bestimmter geflunkert. Bis aller Zweifel verflogen war.

In Mexiko habe ich zutiefst verstanden, dass ein »Nein« kein »Nein« bedeuten musste. Ja, oft das Gegenteil signalisierte: dass die ersten Neins lediglich als Aufforderung gedacht waren, das Spiel der Verführung nur ja nicht aufzugeben. Nein tönte nach: »Mach weiter!« Das Komplizierte daran: Natürlich gab es »ehrliche« Neins (Josefina-Neins), die immer nur Nein bedeuteten. Ich lernte zwischen den einzelnen *Nos* zu unterscheiden: die ohne und die mit Zukunft. Mir wurde klar, dass die anfänglichen Neins der allwaltenden Scheinheiligkeit geschuldet waren. Pro forma führte die Frau die »Anständige« vor. Das Wunderbare am menschlichen Körper: Er will nicht anständig sein, er will leben.

Meistens war es undenkbar, die geheimen Stunden in der Wohnung der Freundin zu verbringen. Selbst wenn sie allein lebte. Zu viele Zeugen im Haus. Bei mir ging es ebenfalls nicht, denn auch mein Vermieter würde sich bald als sittenstreng erweisen. Also Hotels, also dubiose Häuser, wo niemand sich nach dem Zivilstand erkundigte.

Die Unvergessenste aber war Rosalinda, sie kam als Geschenk der hiesigen Muttergottes. Denn mitten im überschwänglichen Liebesspiel verrutschte das Kopfkissen und ein Rosenkranz kam zum Vorschein. Von der Schönen dort deponiert, ganz unbemerkt. Aber es kam noch sagenhafter, da Rosalinda, die 31-jährige Polizistin, eine aberwitzig überraschende Erklärung für die Heimlichkeit verkündete: Sie hatte die 59 Perlen nicht versteckt – wie ich sogleich vermutete –, um sich vor dem Mann beschützt zu fühlen. (Man weiß ja nie!) Nein, die *Liebe Frau von Guadalupe*, Mexikos berühmteste Unbefleckte, sollte dafür Sorge tragen, dass beim Küssen und Lieben alles gut ging.

Ach, was war das für ein grandioser Abend: die Himmlische als Kupplerin. Für ein Paar, das sich voller Hingabe befleckte. Und Rosalindas Pistole schimmerte auf dem Stuhl und *el rosario* leuchtete auf dem weißen Linnen. Wir gelobten, uns fortan nur im Beisein der Göttlichen zu begehren.

Und so stand Frau Maria immer Wache, schweigsam und wohlwollend. Ihr blieb gar keine andere Wahl, als strahlend am Bettpfosten zu hängen: denn viel Schöneres haben wir nicht zwischen Himmel und Erde als zwei Verschlungene, so verschwenderisch füreinander da.

125

Rosalinda war eine dieser Frauen, an die ich mich bis an mein Totenbett erinnern werde. Freudig grinsend. Wir hatten uns kennengelernt, als ich bei Rot über die Straße ging und sie mich verwarnte. In Mexiko! Aberwitzig komisch! Und ich versprach, fortan brav auf das grüne Männchen zu warten. Und lud sie zum Essen ein. Auch eine Art Korruption. Und Rosalinda ließ sich bestechen.

Einer meiner Lieblingsszenen passierte immer gleich zu Beginn, nachdem ich die Zimmertür abgeschlossen hatte: Rosalinda zog sich aus und griff – schon nackt – noch einmal nach ihrer Pistole. Um den Sicherungsriegel zu überprüfen. Das sah – *shame on me* – unglaublich erotisch aus. Geradezu absurd, aber die Geste machte sie noch begehrenswerter.

Unsere Liebschaft war wunderlich keusch. Kein Hintergedanke – Hochzeitsglocken und Haus und Hof und Kinderschar – befrachtete sie. Unser Sex war vollkommen rein. Denn er war nur Sex. Nichts anderes hatte Platz im Bett. Nur Körper, die sich Lüsternheit und Erfüllung schenkten.

Die zwei Stunden gehörten uns. Grundsätzlich zwei. Dann ging Rosalinda voraus, eilig, unansprechbar, ganz die Ehefrau auf dem Weg zum Gatten.

126

Die so federleichten Sünden mit der Frau aus dem Streifenwagen, sie blieben die Ausnahme. Dazwischen traf ich die Widerspenstigen. Die »eigentlich« auch gern gesündigt hätten, aber erst die lange Latte eingebläuter Bigotterie abarbeiten mussten, bis die Versündigung stattfinden konnte. Immerhin begriff ich wieder einmal, wie viel Idiotie in der Welt umging. Ja, wie verbissen sich ein Teil der Menschheit

Freveltaten und Verbote ausgedacht hatte. Um die Lebensfreude in Schach zu halten. Frauen wie Rosalinda betrachtete ich als Verbündete, die dem Schafsgeist entkommen waren. Jeder Kuss war ein Vergnügen, jeder Kuss war ein Aufstand: gegen die Dummheit, gegen die Leere, gegen die Einsamkeit.

127

Noch einmal Josefina – der zweite Teil unserer Geschichte: Monatelang waren wir strebsam und sittsam. Ein Josefina-Nein war das ultimative Nein. Nie musste man darüber nachdenken, was es bedeuten könnte. Ihr »No« war stets ein Nijet. Immerhin war die Familie endlich vertrauensvoll genug, mich allein mit der Tochter außer Haus zu lassen. Zum Spazierengehen. Zur Entspannung nach der vielen Hirnarbeit. Man war sich offensichtlich einig, dass das unmittelbare Risiko einer Vergewaltigung durch den Señor Andrés nicht mehr bestand. Aber: Der Auslauf war auf höchstens eine Stunde und auf höchstens einen Kilometer Umkreis beschränkt. Der ganz normale Irrsinn. Doch an diesem Samstag passierte etwas absolut Unvorhersehbares.

Die Rodriguez wohnten ein Stück außerhalb von Mexiko City, schon ländlich. Wir arbeiteten wie üblich, dann gingen wir los, plauderten zweisprachig und gratulierten uns gegenseitig zum Fortschritt, Stichwort Fremdsprachen.

Ich liebe den Moment, in dem ich aufhören darf zu reden und ein anderer mir von der Welt erzählt. Und ich nur zuhöre. Ist die Person, wie Josefina, klug, dann wird daraus ein sinnliches Ereignis. Und ich benahm mich noch immer folgsam: Nicht einmal unsere Fingerkuppen berührten sich.

Dann brach in Sekunden der Himmel auf, ein Regensturm fiel über das Land her, ein Dritte-Welt-Regen, dann Blitze am Horizont, dann jeder Tropfen eine Kopfnuss, dann der Blick hinauf zu den Hügeln, von denen Bäche voller Abfall und Erde in die Tiefe stürzten. Autos blieben stehen, Fahrer drückten die Tür auf und rannten davon. Wir stürmten auf eine Rampe, die zu einer Scheune führte. Die noch fünf Handbreit höher lag als die Flut.

Ein paar Mal ist der Mensch während seiner achtzig Jahre erleuchtet und jetzt war ich es: Ich lud Josefina auf meine Arme und stapfte – beladen mit den 52 Kilo – zurück zur großen Dorfstraße, Ziel Elternhaus. Das erhöht lag und vier Stockwerke hatte, plus Dachterrasse: der höchste Punkt in der näheren Umgebung. Entfernung etwa vierhundert Meter. Angst kann lähmen, Angst kann heimliche Kräfte lostreten. Zudem wusste ich, dass die Ärztin nicht schwimmen konnte. Ich musste durchhalten.

Ihr Gewicht war kein Problem, das einzige, was uns bedrängte, war das (eisige) Schlammwasser, das mir inzwischen bis zu den Oberschenkeln reichte. Und weiter stieg. Wie Knallerbsen prasselte der Regen auf unsere Haut. Josefina verschränkte ihre beiden Hände hinter meinem Hals.

Aber nein, dieses Sturmbrausen war nicht das absolut Unvorhersehbare. Solche Desaster passierten hier öfter, nur für mich war es neu. Was jedoch bis zu dieser Stunde nie vorstellbar schien, das sollte nun eintreten: Josefina richtete sich auf, spannte ihre beiden Oberarme, hielt einen Bruchteil Zeit inne – und küsste mich. Wie eine Frau, die es dreißig Jahre geübt hatte. Schlitternd, zungenfertig, wunderbar spielerisch mit ihren mexikanischen Lippen meinen Mund verwöhnend. Und Wasser, kübelweise, floss über unsere Haare, über unsere Gesichter.

Ich zog weiter – noch waren wir nicht in Sicherheit, noch stieg das Wasser – und Josefina hörte nicht auf mit dem Küssen, wild, hungrig, bedenkenlos und unbekümmert. Das Unheil musste sie befreit haben, die kleine Todesangst hatte alle zwangsverabreichten Ängste der letzten Jahrzehnte vertrieben, ja, eine Naturkatastrophe musste stattfinden, damit sie ihre Sehnsüchte zuließ, ihren Körper, ihr Frausein. Einmal verrutschten unsere glitschigen Münder und ich sah plötzlich ihre linke Brust, hautnah von einer völlig nassen Bluse bedeckt. Himmel, noch immer bestand die Möglichkeit, dass die Strömung uns fortriss, aber ich stieß einen Schrei der Freude aus: *Schönheit!* Noch in Zeiten schwerer Bedrängnis war sie unübersehbar.

Diese Minuten waren an *romance* nicht zu toppen. Die zwei wichtigsten Ingredienzien trafen rechtzeitig ein: Gefahr und Begehren. Hätten wir uns früher geküsst, nie wäre es so bewegend geworden. Ach, jedes Nijet hatte seinen Sinn.

Wir kamen heil an. Josefina als Wassernixe, ich als Schlammmensch. Erst am Ziel spürte ich die Erschöpfung. Wohlige Erschöpfung. Denn der Schrecken war vorbei, die Welt hatte aufgehört zu toben. Vater Rodriguez kamen die Tränen, als er seine Tochter an sich drückte. Und ich bekam seine Klamotten, um zivilisiert zum Nachmittagskaffee anzutreten. Es gab viel zu lachen, da Romeo (sic) zweizentnerdick war und seine Hose – gehalten von Hosenträgern – wie eine windzerzauste Flagge um meinen Bauch wehte..

Das war mein vorletzter Tag in Mexiko City. Und achtzehn Stunden später verließ ich die Stadt, fing wieder an, als Reporter zu arbeiten. So wurden Josefina und ich nie ein Paar. Besser so, da sie vom Traum der Liebe nicht loslassen wollte. Aber ich war kein Traum und ich verstand nichts von Liebe.

128

Der hochverehrte Mark Twain notierte einst, dass er niemals bemerkt hätte, wie ein Mitglied seiner Familie ein anderes geküsst habe, »ausgenommen ein einziges Mal: auf dem Totenbett«. *Lucky Mister Twain.* Ich habe es nicht einmal dort gesehen. Vater lag allein herum. Schon seit Jahrzehnten ungeküsst.

Ist das mit ein Grund, warum ich Küssen für ein Urbedürfnis der menschlichen Seele halte? Als Zaubermittel gegen die Kälte? Als eine bewundernswert intelligente Tätigkeit, um das Leben auszuhalten?

129

Es bleibt dabei: Ich erzähle nur von der Nähe zu einer Frau, wenn – jenseits der Intimität – eine Geschichte passierte. Dass ich mit irgendjemandem irgendwo ein paar gemeinsame Stunden verbracht habe: Eine belanglosere Nachricht könnte ich mir nicht vorstellen.

130

Ich flog nach El Salvador. Ich sollte über den Bürgerkrieg berichten, der das Land Anfang der 90er Jahre noch immer in Atem hielt. Armut, Ausbeutung, Todesschwadrone, das alte Lied aus Lateinamerika.

Ich fuhr auch nach San Miguel, der größten Stadt im Osten. Mehrmals wurde der Bus auf der Strecke von der Soldateska des Militärregimes angehalten. Dann hieß es »¡jovenes abajo!« und die Halbwüchsigen traten ins Freie. Als Zwangsrequirierte, ab sofort.

Krieg macht einsam. Die Nähe zu Gewalt verstärkt die Sehnsucht nach Wärme. So fuhr ich mit dem Taxi zum *El Cedazo*, die Adresse war ein Tipp vom Hotelbesitzer: ein Wirtshaus mit Puffanschluss. Der weitläufige Raum war voll. Mit Soldaten und Mädchen, alle gleichermaßen jung. Sehr jung. Die Männer aßen, spielten Karten und flirteten. Die *chicas* warteten und flirteten. Und bisweilen verschwand ein Paar in einem der Hinterzimmer. Fünf Mann der *Policia Nacional* kamen irgendwann vorbei und überprüften die Papiere der Prostituierten. Wer keine hatte (illegale Ausländerinnen), wurde mitgenommen. Damit – so der Brauch im Land – eine Freundin vorbeikäme und einen Schein ablieferte. Das Lösegeld: 500 Colones, damals etwa hundert Mark. Ein kleines Vermögen.

Ismelda und ich zogen uns zurück. Die Bude war nicht dreckig, aber nur das Notwendigste stand zur Verfügung: ein Bett, zwei Stühle, ein Spiegel an der Wand. Wir redeten, Small Talk. Pro Kunde – pro zehn Minuten, dann wurde geklopft – kassierte das Mädchen dreißig (!) colones, davon gingen fünf an den Wirt.

In dem winzigen Raum konnte man das Elend von El Salvador besichtigen: Das bildschöne Mädchen knöpfte ihr Kleid auf und eine Schwangere kam zum Vorschein, im fünften Monat. Ich bat sie, mir ihren Personalausweis zu zeigen, und mein Verdacht bestätigte sich: Ismelda war 15 Jahre alt. Ich fragte und sie lieferte alle Klischees: Sie konnte weder lesen noch schreiben, ihr Vater war noch vor der Geburt seiner Tochter verschwunden, die Mutter versuchte, in den Staaten Arbeit zu finden, der Vater ihres (künftigen) Kindes war vor Kurzem in einen Hinterhalt der Rebellen geraten.

Pobre chica. Ich half ihr beim Anziehen, erklärte ihr, dass es keine gute Idee wäre, mit ihr zu schlafen (sie meinte ängstlich, sie würde mir nicht gefallen), ließ Geld da und ersparte uns beiden jede Art wohlfeiler Sprüche. Glück, jetzt wusste ich es wieder, hat auch damit zu tun, auf welchem Erdteil man zur Welt kommt. Der hier war der falsche.

131

Unbeschwerte Beichte: Ja, natürlich habe ich »Dirnen« besucht. Bisweilen landeten wir zu dritt im Bett. Oder ich klingelte bei drei hintereinander. An einem Tag. Und keine Gewissensbisse zerrissen je mein Herz. Meine sechs Regeln standen schnell fest: Keine Minderjährigen! Und niemand, der für eine Bande Dreckskerle auf den Strich ging! Und Respekt der »Gunstgewerblerin« gegenüber (sie verteilt ja ihre Gunst)! Und nie etwas einfordern, was die Frau nicht geben will! Und Neugierde zeigen! Und bei jedem Besuch zwei Dinge herschenken: freundliche Worte und eine Massage! Sehr früh hatte ich mir angewöhnt, die Damen zu massieren. Um die Situation für uns beide zu erleichtern. Die Mehrheit reagierte zuerst verwundert, zeigte sich jedoch bald einverstanden. Der Klient bietet etwas an. Das ist zumindest originell.

Manche, die mir besonders vif und intelligent erschienen, lud ich zum Essen ein. Zum Dinner, bei lauer Abendluft. (Einmal auch ein Callgirl, *high class*, zuletzt waren es tausend Euro für die halbe Nacht.) Die Unbeschwertesten fassten Vertrauen und nahmen mich hinterher mit: zu einem Opium-Baba, um gemeinsam eine Pfeife zu rauchen. Oder in eine »shooting gallery«, wo es Heroin gab. Aber ich spritzte nie. Ich wollte nur *chasing the dragon*: die eher umständliche Art, den Dampf des erhitzten Rauschgifts zu inhalieren.

Am Ende war *ich* stets ein bisschen reicher: Denn ich zahlte nur mit Geld, sie, die Eingeladenen, zahlten mit Geschichten. Für einen Schreiber gibt es nichts Kostbareres.

Mir ging es eben wie vielen Männern: Nicht an jeder Ortseinfahrt wartete eine Frau, um mich ins nächste Hotel abzuschleppen. So war ich dankbar, dass es die *Gelben Seiten* gab oder ein Haus, das bedürftige Herren wie mich willkommen hieß. Und ich versuchte immer, die zu finden, die heiter waren, die lächelten, die Illusionistinnen: die *leichten Mädchen*, die *leichten Lebedamen*. Mit reichlich Leben im Gepäck. Die Begabtesten unter ihnen schaffen es zum Freudenmädchen. Sie verbreiten Freude. Seinen Körper anzubieten und diese Gabe nicht mit schlechter Laune zu verderben, das ist ein grandioser Akt von Menschenliebe. Nichts ist trüber als eine moralisierende Nutte, die auf die Lust des Mannes spuckt.

Trieb mich die schiere Geilheit? Eher nicht, eher drängte mich der unbedingte Wille, wieder die Haut einer Frau zu riechen, ja, mich zu versöhnen mit der Blödheit des Alltags, mit den schäbigen Dingen, die der Mensch aushalten muss.

Bald vermied ich den Beischlaf. Weil die von den *working girls* produzierten Töne meist eine Spur falsch klangen. Oft kam ein Piepsen zum Vorschein, das an talentlose Pornodarstellerinnen erinnerte. Lieb gemeint, aber in solchen Augenblicken brach die Illusion weg. Auch wollte ich den Ladys so viel Intimität nicht mehr zumuten. Nie überkam mich – bei aller Freundlichkeit ihrerseits – der Größenwahn, dass sie tatsächlich an mir als Liebhaber interessiert wären. Ausnahmen gab es. Und wir beide fingen Feuer und lagen hinterher erschöpft und heiter in den Laken. Einzelfälle, selten.

Sonst: Zuhören, reden, die Schöne anschauen, Komplimente sagen, sie berühren, mich anschmiegen, sie bitten, meine Erregung per *handrelief* – die englische Sprache verfügt über so praktische Wörter – zu dämpfen. Danach, als kleine Gegenleistung, begann ich die Wohltäterin zu massieren. Mit allen Mitteln versuchte ich, den Zustand mechanischer Kälte zu vermeiden. Warm sollte es sein, auch zwischen zwei Wildfremden.

Klar, bei manchen landete ich auf dem Bauch. Die wollten nur den Zaster. Und einen Johnny, der in Windeseile seinen Schwanz entsaftete. Innigkeit war das Letzte, für das sie Zeit verschwendeten. Auch sahen einige splitternackt weniger begehrenswert aus als fünf Minuten zuvor. Oder hassten alles an einem Mann, was immer man an ihm hassen konnte. Oder entpuppten sich als herzlose Roboter, die an meinem Penis zerrten, als müssten sie ihn von meinem Unterleib trennen. Auch das lernte ich: Häufig wechselnder Geschlechtsverkehr muss nicht unbedingt zu Raffinesse und Feinmotorik führen.

Dann beendete ich das Unternehmen. Und lief weg. Und die Mädels schleuderten mir die schwungvollsten Schimpfwörter hinterher. In Hongkong drohte mir die Abgewiesene mit der Polizei, wenn ich jetzt nicht den verhandelten Service beanspruchen würde. (Man glaubt nicht, wie viele Berufe vom Geschäftszweig Prostitution profitieren.)

Tilda in San Francisco verriegelte sogar die Tür und ließ mich erst ziehen, nachdem ich eine »compensation«, eine Entschädigung, hinterlegt hatte. Ich fand das so witzig, dass ich ohne Murren die Hälfte des vereinbarten Tarifs überreichte.

Für Rosa in Addis Abeba kamen halbe Sachen nicht infrage. Als ich versuchte, die Flucht zu ergreifen, umklammerte sie mich, den Geldbesitzer, blitzschnell. Ich wollte weg, weil ich im Raum plötzlich eine andere Frau entdeckt hatte, angeblich schlafend. »My sister, don't worry«, meinte Rosa noch. Doch, ich war besorgt, das roch nach Ärger. Und ich sollte recht behalten: Ich riss mich los und gleichzeitig sprang die »Schwester« auf. Okay, verstanden, das Locken in Rosas Bude war eine Falle. Um mich – sobald im Sinnenrausch – von meiner Börse zu befreien. Leider war ich gezwungen, hitzig zuzupacken. Um heil mit meinem Hab und Gut davonzukommen. Im Sprint, denn vor der Hütte griffen die Rabiaten nach Steinen. Aber in Afrika haben sie kein Geld für nächtliche Beleuchtung. Ich entschwand im Dunkeln.

Natürlich trug ich am nächsten Tag voller Dankbarkeit die Episode mit Rosa in mein Tagebuch ein. Mein Herz hatte gepocht, noch lange gepocht. Denn ich musste über Schleichwege zurück zu meinem Hotel, da ab Mitternacht in der äthiopischen Hauptstadt Ausgangssperre herrschte.

Jedem sei vergeben. Wenn er nur dafür sorgt, dass ich mich lebendig fühle.

Wo es am allerschönsten war? Ich weiß es sofort: in Japan. Wohl auch, da sie dort nichts wissen von Erbsünden und Leibsünden, ja, sie ein Weltwunder namens *Soapland* geschaffen haben: Weil die 127 Millionen unter Waschzwang leiden und jeder Kunde – vor dem Schweben ins Paradies – zuerst einmal im Seifenland von oben bis unten geputzt werden muss. Ich fand sogar ein Etablissement, das sich *Vatikan* nannte. Doch kein »heiliger« Stuhl erwartete den Glücklichen, sondern der *sukebe isu*, der geile Stuhl. Wer auf ihm Platz nahm, den überkamen überirdische Freuden.

Ach, ich muss mich disziplinieren, um nicht von allen Finessen und märchenhaften Durchtriebenheiten in diesem Land zu erzählen. Nur noch von einer sei berichtet, versprochen, denn sie ist die unvergesslichste. Da sie ungesetzlich war, stieg der Lustquotient um weitere hundert Punkte: Über Umwege kam ich an eine Organisation heran, die ausrangierte Rettungswagen aufkaufte und neu möblierte. Als ambulantes Bordell. Außen Ambulanz, innen Herrlichkeit-auf-Erden-Bett. Mit Spezialfenstern. So dass niemand reinschauen, aber man selbst ungehindert raussehen konnte. Eine Stadtrundfahrt einmal anders. Und im Augenblick des Höhepunkts – Schreie, Seufzen, Stöhnen – schaltete die mit Sanitäterhäubchen ausgestattete Wohltuerin die Sirene ein. Und der Fahrer fuhr ein paar Schlenker. Und das Leben war unbeschreiblich lustig und unfassbar schön.

132

Ein Zwischenruf: Obwohl ich zu einer festen – das Wort klingt schon zwielichtig – Beziehung nicht taugte, ja, sich Freunde Sorgen machten, da ich nicht wie sie in einer solide installierten Lebensgemeinschaft untergebracht war, nun, obwohl: Ich war guter Dinge. Ich liebte es jeden Tag, Reporter zu sein. Nie saß ich nachts fingernägelkauend am Bettrand. Nie lagen Bierflaschen – das erste Verdachtsindiz verlorener Männer – hinterm Kühlschrank. Nie erwischte mich jemand beim mutterseelenalleinigen Weinen vor der Glotze (die längst verschwunden war). Nie kam ein hoffnungslos vergrübelter Abend, nie die Idee, dass ich als Paar-Mensch frohgemuter wäre.

Mein Dasein war folglich eine Zumutung für alle – von einschlägiger Moral – verkündeten Naturgesetze: Ich hätte – eigentlich – die Rolle des Häufchens Elend übernehmen sollen, ach, der Ungeliebte, ach, der Verwaiste. Zur beruhigenden Selbstvergewisserung meiner Umgebung. Denn sie – gerade wieder einmal mit den Aufräumarbeiten einer Eheruine beschäftigt – sahen irritiert auf einen, der frei in der Welt herumlief. Und den, unübersehbar, kein nervöses Zucken im Gesicht entstellte. Und der – Gipfel der Verwunderung – dennoch Zugang zu Sex hatte.

Mag sein, meinten die Hartnäckigsten, aber im Alter, ja, da würde ich mit tierischer Einsamkeit bestraft. Ja, das Alter, das war ihr letzter Strohhalm. Um schließlich Recht zu bekommen. Und um weiter dem Wahn zu erliegen, dass sich ein Leben zu dritt – die Öde als Stammgast nicht zu vergessen – doch auszahlt.

Ich wunderte mich immer, woher diese Leute die Kraft nahmen: um so viel Ängstlichkeit auszuhalten, so viele abgewürgte Sehnsüchte. An schlecht gelaunten Tagen nannte ich meine Freunde meine Spießer. An arroganten Tagen hielt ich sie für Neidhammel. Und an allen anderen liebte ich sie und bat die Götter, ihnen ein bisschen *crazyness* und ein bisschen Lebensmut einzuhauchen.

133

Bevor ich endgültig nach Frankreich umzog, gab es noch zwei Begegnungen, die ich erwähnen will. Beide sorgten dafür, dass nachts keine Zeit war fürs Einsamsein. Und beide Frauen habe ich – aus so verschiedenen Gründen – tief in meinem Busen abgespeichert. (Bei den alten Griechen galt dieser Körperteil als Gefühlszentrum. Auch bei Männern.)

Die erste Frau war berühmt, eine Zeit lang sehr berühmt. Und so schön, dass kein Zeitungskommentar über sie ohne einen Hinweis auf dieses besondere Merkmal auskam. Nennen wir sie Sphinx. Bei einem Abendessen – in der Wohnung meiner Agentin – lernten wir uns kennen.

Warum ich ihr gefiel, sollte ich eines Tages via Presse erfahren.

Unsere Rendezvous mussten diskret verlaufen. Öffentliche Zurschaustellung von Nähe widert mich an. Ich bin kein Blitzlichtluder.

Sie war tatsächlich schön, selbst wenn von aller exquisiten Mode befreit. Natürlich erregte mich ihr Status, ihr Ruhm. Und das Wissen, dass viele Männer sie gern (und stammelnd) mit nach Hause genommen hätten. Die Vorstellung, dass sie, die Berühmte, von Scharen anderer begehrt wurde, machte sie noch begehrenswerter.

Bei einem Flughafen-Abschied gab sie mir einen kleinen Zettel (hier die Übersetzung des englischen Satzes): »Nimm diese flüchtige Erinnerung an uns mit und schenk mir Neugier und Distanz und ich werde dein sein, solange es dir gefällt.«

Das war genau sie. Sie wollte nichts Ernstes, sie wollte keine Zweisamkeit, sie wollte das, was wir beide wollten: den Kick, *the curiosity*, das Da-Sein und das Wieder-weg-Gehen. Damit kein Schimmel sich ansetzte.

In einem Wochenmagazin erschien bald darauf ein Interview mit ihr. Sie erzählte dem Journalisten von ihren Projekten, dann Fragen und Antworten:

- Ist da noch Platz für einen Mann?
- Es gäbe einen, der zu mir passt. ich will einen Mann, der keine Zeit für mich hat, weil auch ich keine Zeit für ihn habe.
- Was ist er von Beruf?
- Reporter. Er gefällt mir. Er bringt die gleiche Art von Seltsamkeit in die Beziehung wie ich.
- Auch ein Dicke-Lippe-Verhältnis? Wir haben Ihr Buch gelesen.
- Ich liebe dicke Lippen.
- Und der Reporter hat auch welche?
- Er hat passende Lippen.

Das gefiel mir, das war nicht schamlos und nicht verräterisch. Zudem sagte sie nichts, was in der Wirklichkeit nicht stattfand: Sie war so, sie war libertär und sie konnte Freiheit tatsächlich aushalten.

Zugegeben, ihre offiziellen Verlautbarungen klangen *tough*. Der Weg einer Sphinx wohl, um sich vor der Öffentlichkeit zu schützen. Privat – nur wir und fern aller Mikrofone und Kameras – war sie eine *femme douce*: witzig, ironisch und wunderbar welterfahren. Von Peter Rühmkorf stammt die hinreißende Bemerkung: »Und hat die Liebe sich ausgeschrien, muss es noch was zum Plaudern geben.« Ersetzen wir das Wort *Liebe* durch *Eros* und alles stimmte: Nach der Erschöpfung plauderten wir. Und da sie als Künstlerin eine internationale Karriere hingelegt hatte und ich nie aufhörte, sie auszufragen, kamen Geschichten en masse zum Vorschein.

Albert Camus soll gesagt haben, dass Frauen das Einzige sind, was wir vom Paradies je zu sehen bekommen. Gut, nicht alle Frauen will ich im Himmel wieder treffen, aber sie, mit der die Liebelei ein kurzes Jahr dauerte, sie schon.

134

Jetzt kommt eine, die hätte einen Platz in der Hölle verdient: Laura. Ich habe das Desaster bereits an anderer Stelle erzählt. Allerdings gab es nach dem Unheil noch ein Nachspiel, das ich damals nicht erwähnte. Deshalb soll die Story hier in Kurzfassung nochmals stehen. Mit dem Nachspiel. Denn die – anschließend – ergriffenen Maßnahmen stellten einen (kleinen) Wendepunkt dar. So höllisch die Erfahrung war, als so wichtig sollte sie sich hinterher erweisen.

Rosig fing es an. Laura war hübsch, biegsam, eine Punklady, vollkommen unberühmt. Wir unterhielten das, was die Franzosen eine *histoire de cul* nennen. Vornehm übersetzt: eine reine Bettgeschichte. Die Frau mit der Stachelfrisur klingelte, ich öffnete, wir zogen uns aus und legten los. Da sie jede Art von Verhütung ablehnte, einigten wir uns auf die *Knaus-Ogino-Methode*, sprich, an Lauras fruchtbaren Tagen »passte ich auf«. Wir berechneten großzügig, da wir uns geschworen hatten, weder Söhne noch Töchter in die Welt zu setzen. Wenn es doch zu einer Schwangerschaft kommen sollte, dann würde sie – ich hatte ihr Wort – abtreiben lassen.

Viele Male ging es gut. Und einmal nicht. (*Sie* hatte vorher gesagt: »Rück alles raus!«) So rief sie eines Morgens an und beichtete: »Ich bin schwanger.« Das klang grässlich, aber nicht nach Untergang. Wir lebten in modernen Zeiten, ich kannte Ärzte, die bei Bedarf eingriffen. Ohne Umweg über staatliche Stellen.

Nicht bei meinem Punkie. Jetzt war das Ei befruchtet, jetzt war alles anders: »Nein, ich werde das Kind behalten.« Für jemanden, der sich schon anstrengen musste, sein eigenes Leben – auf emotionaler und finanzieller Ebene – in den Griff zu bekommen, war das ein vorlauter Satz. Und ein Wortbruch. Und eine ungeheuer bedrohliche Ankündigung: für den Fötus, für sie, für mich.

Kein Bitten half, kein Flehen, kein Winseln, kein Drohen, kein Termin beim Anwalt, kein Pläneschmieden, um die Wahnsinnige – und sei es mit Gewalt – zur Vernunft zu bringen.

Doch Gerissenheit half. Nachdem ich mich – buchstäblich – vor ihr auf die Knie geworfen hatte. Denn meine Existenz stand auf dem Spiel, das Reisen, das Freisein, das unbezahlbare Gefühl, dass niemand von mir abhängig war. Ja, ein miserablerer Vater als ich schien nicht vorstellbar. Ich hatte selbst einen und einen zweiten Täter sollte es in meiner Familie nicht geben. Und nun versuchte jemand, mich zu einem Leben zu vergewaltigen, das in meiner DNA nicht vorgesehen war.

Und so geschah es: Nach dem letzten Versuch, Laura umzustimmen, doch Gnade walten zu lassen (und keine Gnade gewährt wurde), schoss ein Blitz durch meinen Kopf. Ich verabschiedete sie und suchte in meinen Unterlagen nach einem Attest, das mir das seriöse Max-Planck-Institut ausgestellt hatte. Zwanzig Jahre zuvor. Um meine Krankenkasse zur Zahlung einer Therapie zu veranlassen. Die zwei großartigen Wörter »streng vertraulich« tauchten am Ende des Befunds auf und, gleich daneben, die imposanten Unterschriften zweier Professoren.

Eine lange Nacht brauchte ich, um mithilfe eines Freundes das Schriftstück zu manipulieren. Denn meine dort notierten Fehlleistungen waren gewiss nicht schwerwiegend genug, um eine Gebärversessene zur Umkehr zu bewegen.

Unsere Arbeit konnte sich sehen lassen. So furchterregende Auskünfte wie der (angebliche) Selbstmord meines Vaters und die (angebliche) Zwangseinweisung meiner Mutter in eine Nervenheilanstalt standen jetzt da. Und als Zauberformel die sieben Buchstaben: »Erblich.« Mit der beeindruckenden Aufforderung, mir eine Vaterschaft genau zu überlegen. Drohte doch die Gefahr, dass meine Nachkommen mit größter Wahrscheinlichkeit der *Dementia praecox* anheimfallen würden, dem frühen Irresein. Wie meine Eltern.

Per Kurier schickte ich eine Kopie der Diagnose, plus Begleitwort, an Laura. Und nach drei Stunden klingelte das Telefon. Was für ein herrlicher Tag: Die bisher so Unnahbare rief an und ihre Stimme klang gehörig verworren. Ah, die Briefbombe war angekommen. Sie redete von einem »Kettensägenmassaker« und dass sie nie daran denke, »einen bescheuerten Kegel« aufzuziehen. Mit keiner Silbe zweifelte sie an der Authentizität meines Schreibens. Die Maßarbeit saß. Ich grinste, still und triumphal.

Um es kurz zu machen: Zwei Tage später chauffierte ich Laura in eine feine Privatklinik und erst am Krankenbett verabschiedete ich mich, noch einmal das »Schmerzensgeld« bestätigend: eine Woche italienischer Meeresstrand mit Hotel und Flug und Vollpension, alles für sie allein und alles auf meine Rechnung.

135

Das war knapp. Nein, bis heute franst kein schlechtes Gewissen an mir. Im Gegenteil, ich habe Dreien das Leben gerettet: einer erwachsenen Frau, einem ungeborenen Kind, mir. Denn ich weiß es besser als jeder andere: Ein Kind braucht fortwährend Umsorge und fortwährend Wärme. Doch wie etwas (so ausdauernd) verschenken, das einem selbst nicht gegeben ist? Es wimmelt schon genug von ungeliebten Knirpsen auf Erden, da muss ich nicht auch noch antreten und ihren Schmerz vermehren. Ganz ohne Gefühlsdusel: Bei dem Thema kenne ich mich aus.

136

Jetzt kommt das Nachspiel: Noch am selben Tag, an dem ich Laura ablieferte, flog ich nach Indien. Für eine Reportage über Goa. Im Flugzeug bestellte ich mir mehrere Martinis und ließ die letzten Wochen Revue passieren, die Katastrophe, der ich – bereits millimeternah – entkommen war. Ich suchte nach eigenen Fehlgriffen, um künftige Abstürze zu vermeiden. Einer davon: Mein Vertrauen auf Lauras Berechnungen ihres Zyklus. Und noch ein Irrtum, ein grundsätzlicher: mich auf diese riskante Technik der Kontrazeption zu verlassen.

Der Flug dauerte lange und irgendwann fielen mir Poona und Bhagwan ein. Und: *Tantra*. Eine unglaublich vielschichtige, komplizierte Lehre, fast zweitausend Jahre alt, voller Götter, Regeln und Esoterik. Was mich noch nie interessierte. Der Ashram jedoch hatte *Neo-Tantra*-Kurse angeboten, die vor allem den sexuellen Aspekt dieser Philosophie betonten: auf dass wir – die Frauen, die Männer – lernten, sorgloser und vergnügter mit unserem Körper umzugehen.

Und dem des anderen. Wobei mir ein Punkt am besten gefallen hatte: die Fähigkeit des Mannes, sein »Kommen« hinauszuzögern oder – wenn er nur fleißig übte – überhaupt nicht zu ejakulieren. Und er dennoch einen Orgasmus erlebt, eben einen »trockenen«, da kein Sperma den Penis verlässt. Was für Aussichten: Keine Bevölkerungsexplosion mehr! Plus die wilde Hoffnung, den Liebesakt zu intensivieren und zu verlängern! Was – wenn ich denn einiges richtig verstanden hatte – gerade der Frau, der Geliebten, zugutekäme.

Leider verlor ich die Idee damals nach Poona – wahrhaft drückendere Sorgen belasteten mich – aus den Augen. Jetzt war alles anders, jetzt war ich bereit.

137

Nach der Zeit in Goa blieb ich noch ein paar Wochen in Indien. Ein Freund gab mir die Adresse eines Arztes in Mumbai, der auf Tantra spezialisiert war. Kein Guru, kein Quacksalber, kein Ex-Taxifahrer, der auf »Doctor« umgesattelt hatte. Da ich keine Sexfibel schreiben will (kann), soll hier nur eine radikale Zusammenfassung meiner Erfahrungen mit dem so sympathischen Mister Desai stehen.

Nur er und ich, abgesehen von einer freundlichen Dame am Empfang, befanden sich in seiner (hochmodernen) Praxis. Der vielleicht 50-Jährige untersuchte mich gründlich, stellte Fragen zu meiner Krankheitsgeschichte und hörte sich meine Motive an. Dann begann der Unterricht. Denkbar einfach und denkbar schwer.

Der physische Teil bestand darin, den so wichtigen *Musculus Pubococcygeus* zu trainieren, der sich vom Schambein bis zum Steißbein erstreckt und Anus und Genitalien mit den Gesäßknochen verbindet. Jenen Muskel, der After und Harnröhre/Samenkanal öffnet und schließt. Er liegt unter dem Perineum, dem Damm, man kann ihn abtasten, kann seine Anspannung und seine Entspannung fühlen. Desai zeigte Grafiken, um die genaue Lage zu demonstrieren.

Eines der Geheimnisse von Tantra: diesen Muskel so zu stärken, dass er die Explosion in eine Implosion verwandelt, sprich, kein Liebestropfen nach außen dringt. Das hat, neben den schon erwähnten Vorteilen, den erstaunlichen Nebeneffekt, dass die Erektion nicht abschwillt, so dass Frau und Mann sich stundenlang vergnügen können. Bedenkt man die Statistiken, die uns von der (üblichen) knappen Frist sinnlicher Kurzgefechte im Bett berichten, dann hören sich die Geschenke, die Tantra in Aussicht stellt, wie Nachrichten aus einer La-Fontaine-Fabel an: länger schmusen und länger Haut riechen und weniger staubsaugen und Auto waschen und Börsenkurse abfragen. Ist das nicht einen Freudenschrei wert?

Desai unterrichtete mich, zeigte mir die Übungen für das »Krafttraining«, machte sie vor, übte sie mit mir und ließ mich jeden Tag wissen: Das Eintreffen von »Erfolg« kann dauern. Und wer mit der Mühsal anfängt, muss dabeibleiben. Den Rest seines Lebens. Oder so lange, wie Sex eine Rolle für ihn spielt.

Die zweite Herausforderung war mentaler Art. Der Urtraum des gliedprallen Gockels ist ja: Spritzen! Abspritzen! Der Saft als Nachweis von Virilität. Ich spritze, also bin ich. In der Pornoszene wird der Mann erst bezahlt, wenn er den *money shot* liefert, eben im letzten Moment den Stöpsel zieht und der Welt beweist, welch Quell in ihm sprudelt. Und er meist ins Gesicht der Frau zischt. Dass unsere verschwitzten Haudegen zu jener Männerrasse gehören, die – trotz bisweilen kolossaler Gerätschaften – ihre Partnerinnen eher selten zum glückseligen Schlingern verführt: Auch das wird anschaulich vorgeführt.

Gefühl, meine Herren, Rhythmus, Takt – in jeder Bedeutung – und ein paar Wörter auf Flügeln, eingewickelt in lautmalerische Begeisterung: Sie könnten vielleicht aushelfen.

Wie dem auch sei. Tantra will nichts beweisen, will keinen Rekord brechen, will nur das Schönste: Leben vertiefen, eine Ahnung vermitteln von dem, was menschenmöglich ist. Wenn zwei beieinanderliegen.

Mein Sexualleben war ja im Laufe der Jahre von verschiedenen Blitzschlägen bedroht worden. Aber unter dem Verhängnis *vorzeitiger Samenerguss* hatte ich nie zu leiden. Das machte Training und Praxis von Tantra leichter. Denn »Zurückhaltung« soll geübt werden.

Ich blieb unbeirrt und wann immer eine Reportage in Indien anstand, besuchte ich Mister Desai. Zur Auffrischung, zur Fehlerbeseitigung, zum Gespräch mit einem, der wunderbar anfeuern konnte.

Und nach etwa sechzehn Monaten war ich – das klingt herrlich pompös – »Tantriker«. Sie funktionierte: die sorglose *und* stundenlange Hingabe. Für einen Mann, der noch nie wegen furchterregender Potenz auffällig geworden war, klang das wie eine Freudennachricht. Und für die Frauen, die meine Nähe schätzten, gewiss auch: Tantra erhöhte die Wärme beim Liebesspiel. Noch ein Geschenk, noch ein Heilmittel. Denn Kälte, Herzenskälte, zerstört mich. Sie holt das Böseste aus mir, sie macht mich kalt.

PS: Heute kann man im Netz vieles über Tantra nachlesen. Doch der interessierte Leser sei gewarnt: Lesen nutzt nichts. Tun nutzt, sprich: Beharrlichkeit.

138

Ich zog wieder nach Paris, denn nach Schönheit hungerte mich immer. Schon der Blick aus dem Fenster am Morgen sollte beschwingen. Als Belebungsmittel für den Tag. Als Herzschrittmacher.

Die nächste Reportage führte nach New York. Ich wohnte in einem *Crackhouse*. Um über die dortige Drogenszene zu berichten. Nicht als Reporter, sondern als (angeblicher) Junkie und als (angeblicher) Ex-Philosophie-Professor.

Wer dort – als Ausländer – Unterschlupf suchte, brauchte Beziehungen. Und die wurden mit Dollar erkauft. Mit das Aufregendste an dieser Arbeit in Brooklyn war die Tatsache, dass mein Auftraggeber, ein hochangesehenes Magazin, eine »Schwarzkasse« für mich einrichtete: um den Crackhouse-Chef zu bezahlen. Und die konsumierten Drogen. Ich konnte ja den Dealer schlecht bitten, mir eine Quittung auszustellen. Und die Kasse musste prall sein, denn über zwei Wochen hielt ich durch.

Diese Story wurde schon veröffentlicht, so will ich nur eine Szene erzählen, die seinerzeit wohlweislich unerwähnt blieb. Da undruckbar in einem seriösen Blatt. Wäre ich Katholik gewesen, ich wäre für das Erlebte in die Hölle gekommen. Als Gottloser kam ich in den Himmel: damals, in diesen Augenblicken exzessiver Körperlichkeit.

Eine Crackwohnung ist vieles – ein Eroscenter, ein Auffanglager für schwangere (und bisweilen nicht schwangere) Prostituierte, für Obdachlose, Arbeitslose, Kriminelle und *runners*: die jungen Kerle, die rund um die Uhr den Stoff abholten und in der Stadt verkauften. Nebenbei fungierten die siebzig Quadratmeter als Waffenversteck. Und, ja doch, als Hort von – unter Ironie und Zynismus – versteckter Wärme.

Barby aus Puerto Rico war die einzige Nicht-Schwarze. Mit einem attraktiven Gesicht und einem attraktiven, noch nicht von Drogen und Hemmungslosigkeit ruinierten Körper. Zudem wachsam, noch fähig zu vollständigen Sätzen, noch nicht verwüstet im Kopf.

Wir mochten uns. Und da Crack wie Kokain – die zwei sind eng verwandt – die Sinne erhitzt, blieb es nicht aus: Eines Nachmittags nahm Barby meine Hand und führte mich in eines der Hinterzimmer. Wo die Matratzen und die Wäscheberge lagen. Und wir packten unsere Glaspfeifen aus und ich legte je einen *rock*, einen winzigen Crackfelsen, auf ihr und mein Sieb, zündete beide an und das unheimlichste Rauschgift im Kosmos raste unter unsere Schädeldecken. Noch ein Zug, noch ein dritter und noch einer und die Welt war weg, ihr Gewicht, die Last, jeder abschüssige Gedanke. Und mit letzter Selbstverständlichkeit öffnete Barby meine Hose und – ihr Geschenk für mein Geschenk – *gave head*. Und diesen Moment, in dem die erotische Lust, mitten im Körper, und die zügellose Leichtigkeit des Seins, mitten im Hirn, zusammentrafen – der sogenannte *double shot* –, den habe ich als Sternstunde abgespeichert. Nicht der Menschheit, aber meines kleinen bemühten Lebens.

Schon wundersam: An einem Ort, wo die meisten Anwesenden bereits auf den Absturz zusteuerten, wo es eher gefährlich und ungemütlich zuging, an einem solchen Ort schenkte mir eine Frau – die ich vorher nicht gekannt hatte und die ich später nie wieder sehen würde – einen Zustand absoluter Empfindung. *Barby, the girl from Brooklyn*, soll leben!

139

Zu Hause, in Paris, holte mich der *cold turkey* ein, die Entzugserscheinungen. Weil kein Crack mehr zur Verfügung stand. Aber ich blieb standhaft. Die Hitzewallungen, der trockene Mund und das Zittern – bald war alles überstanden.

Doch ein anderer *cold turkey* fing an: Paris war der Traum und überbevölkert von begehrenswerten Frauen. Die alle ohne mich auskamen. Schriftsteller reden von einem *writer's block*, von dem Phänomen, plötzlich nicht mehr schreiben zu können. Mich überkam ein *woman's block*, die Blockade, mich nicht mehr zu trauen. Keine Wörter mehr zu finden, um Nähe herzustellen.

Es gab Gründe, klar. Die Studentenzeiten an der Sorbonne waren vorbei, sprich, das Klassenzimmer als Kontakthof gehörte der Vergangenheit an. Und mein Französisch war noch immer nicht betörend. Und zuletzt, ganz einfach: Malheur. Die hilfreichen Zufälle, das schiere Glück:

weg. Nichts ist so erfolgreich wie der Erfolg. Und nichts so erfolglos wie der Misserfolg.

Der kam jetzt, zuhauf: Ich war so verlassen, dass ich mich in Clubs wie *Eurofit* – schon der Name klingt nach Zumutung – eintrug. Und Geld überreichte. Verein für verwundete Herzen, Frauenherzen, Männerherzen. Ja, die meisten – auf beiden Seiten – waren einsam und – nachsichtig formuliert – einsilbig. Fit? Nicht wirklich. Nicht im Kopf, nicht anderswo. Eher Männersprüche und Nachrichten aus dem Reich der Trockenhauben-Illustrierten. Niemand, auf den man sich hätte stürzen wollen, da verführt von originellen Sätzen. Auch die vorhandenen Leiber verzauberten nicht: Nicht alle, aber zu viele hatten ihre glorreichen Tage bereits hinter sich. Hier, so konnte man es in der Broschüre nachlesen, träfen sich »les gens intelligents et attractifs«. Das muss vor meiner Zeit gewesen sein.

Bald suchte ich, als Zusatzmaßnahme, eine clevere Hausfrau auf, die nebenbei einen Zettelkasten verwaltete: In dem sich die Adressen von Damen und Herren befanden, die sich kennenlernen wollten. Ich zahlte wieder und stand jetzt auch drin. Und begegnete seltsamen Wesen: zwei weiblichen Vollblutnazis. Und anderen, deren hinterlegte Fotos absolut nichts mit der Person zu tun hatten, die ich in der Wirklichkeit antraf. Unsere (einmaligen) Rendezvous dienten keinem weiteren Zweck, als uns des gegenseitigen Desinteresses zu versichern. Bei Marie Claude entschuldigte ich mich mit dem Hinweis, dass ich kurz auf die Toilette müsse. Und verschwand aus dem Restaurant. Mit Vollgas und einem Jauchzer auf den Lippen. War ich doch einem Abend gnadenlosen Blablas entkommen.

Ich fiel auf eine *Chasseur du cœur*-Agentur herein. Nach Zahlung von umgerechnet 400 Euro erfuhr ich, dass damit nur die Anmeldegebühr plus »Profiltest« – Dauer zehn Minuten – beglichen sind. Das konkrete Jagen nach Herzen wären dann nochmals 5000 (!) Euro.

Als letzte Maßnahme antwortete ich auf drei Zeitungsannoncen von Frauen, die nach einem Mann Ausschau hielten. Per Chiffre. Es wurden meine drei ersten und meine drei letzten Bekanntschaften dieser Art. Bizarre Treffen in verschiedenen Cafés folgten. Zwei der Unbemannten fingen sogleich zu heulen an. Vor mir, dem Wildfremden. Den ausnahmsweise kein Tadel traf. Es ging um meine »Vorgänger«, die offensichtlich wie Raubtiere die Seelen dieser Verlassenen zerfleischt hatten. Ich hörte aufmerksam zu und beschloss, nicht am Rennen um den Nachfolgerposten teilzunehmen. Enttäuschungen, die bereits in der Stunde Null weitererzählt werden, sind ein wenig gutes Omen. Wer grundsätzlich auf andere die Schuld verteilt, verspricht eine mühselige Paarung.

Die Dritte war von Anfang darum bemüht, mich unfehlbar überheblich spüren zu lassen, dass sie sich einen Eindrucksvolleren vorgestellt hatte. Ich beneidete Claudine – weder Covergirl noch Leuchte – um ihr Selbstvertrauen.

Nun, Hochmut half noch nie, nur ein Gramm Einsamkeit lässiger durchzustehen, ja, er taugt nicht einmal für passablen Sex. So habe ich mich bald manierlich verabschiedet. Mit dem Schwur im Hinterkopf, dass mir diese Art von Annäherung – Stichwort *blind date* – künftig verschlossen bliebe. Ich muss jemanden vorher sehen, und sei es aus der Entfernung. Von wegen äußerer Werte. Und ich muss den Mensch vorher hören. Von wegen Geist, Scharfsinn, Lust am Denken.

Eine Szene, Tage danach, wird mich nicht verlassen: Ich saß auf der Terrasse meines Lieblingscafés, frühe Nacht und Paris zum Niederknien. Und Paris als Epizentrum romantischer Anwandlungen. Ich sah die Verliebten an mir vorbeiflanieren. Küssend, umhalsend, wispernd. Und ich spürte, wie meine Atemwege verstopften, spürte eine bodenlose Sehnsucht nach den Berührungen einer Frau. Die mich ersehnt und begehrt, eine, die flüsternd nah ist.

Das wurde ein unvergesslicher Abend. Betrübt wie ein Galeerensträfling schlurfte ich nach Hause. Und schlich ins

Schlafzimmer und wusste, dass mein Bett mitten im Fegefeuer stand. So heiß loderte es und so unerlöst und ausweglos lag ich da.

140

Die Verhältnisse änderten sich. Unvermeidlich, wenn alles in einem Menschen will, dass andere Zeiten kommen. Und sie kamen. Das Glück, sprich die Frauen meldeten sich zurück: weil eine im Flugzeug zufällig neben mir saß. Oder im Zug. Oder eine Studentin Taxi fuhr und wir entlang der 33 Kilometer bis vor meine Haustür nicht aufhörten, miteinander zu reden.

Mein Mundwerk funktionierte wieder. Ich war ja nicht klatschspalten-berühmt, nicht hollywood-schön, nicht ölscheich-reich, ich war immer nur, wenn ich es denn war: beredt. Mein einziges Lockmittel. Und da ich oft als Reporter unterwegs war, um von der Niedertracht in der Welt zu berichten, trug die Nähe einer Frau auch dazu bei, die Abschürfungen – in der Herzgegend – zu mildern. Ohne sie, diese Nähe, wollte ich nicht leben. So einfach.

Nein, so einfach war es doch nicht. Ich lebte ja bereits in Bigamie: links die schönste Braut, die Freiheit, und rechts die schönste Braut, die deutsche Sprache. Da noch die dritte schönste Braut, eine Frau, unterzubringen, endete bisweilen in (quälenden) Verwirrungen. Aber gleichzeitig blieb die unwiderrufliche Einsicht, dass alle drei Bräute sein mussten, ja, der Verlust nur einer von ihnen zu erheblichen Gleichgewichtsstörungen führen würde.

141

Bevor ich das nächste Kapitel erzähle (eher für Nervenstarke), soll eine leichte, unbeschwerte Szene erwähnt werden. Leicht, aber – für mich – schwer an Bedeutung: Vorne auf meiner Fahrradstange saß eine Frau. Eine Pariserin. Ich radelte uns beide zu ihrer Wohnung. Und ihr Haar wehte, und ich fuhr mit ihr an den vielen faradayschen Käfigen vorbei, in denen Männer alleine (einsam?) im Stau standen und nicht vom Fleck kamen. Teure, chromblitzende Käfige mit gewiss teuren Herren. Und Sylvie lächelte sie alle an, durchs Seitenfenster. Ich genoss jedes Lächeln. Und war froh über eine Welt, in der es Frauen gab, die man nicht kaufen musste, ja, denen man nah sein durfte, ohne vorher protzen zu müssen, ja, nur mit dem Fahrrad aufs Liebesnest zusteuern musste. Und ankommen, ganz ohne Parkplatzsorgen. Und absteigen und sich küssen. Und nebenbei sacht die Haustür öffnen.

142

Ich flog nach Kuba. Castro war noch Regierungschef und jeder zweite Kubaner wollte weg. Im Laufe der Reportage lernte ich Emilio kennen, auch er wartete auf den Absprung. Aber nicht mit einem zusammengenagelten Floß, sondern mit Hilfe von Helen. Die er vor einigen Monaten kennengelernt hatte. Als amerikanische Touristin.

Eines Abends saß ich mit ihm in seiner heruntergekommenen Wohnung und das Telefon klingelte: der erwartete Anruf aus Paris, wo Helen lebte. Und ich übersetzte zwischen Englisch und Spanisch. Da der Wahnsinn Bürokratie besprochen werden musste, alle Details, bevor Emilio seine Koffer packen und nach Frankreich ziehen konnte. Die beiden, so hörte ich, liebten sich. Mit Freuden half ich aus.

Zurück in Paris, kontaktierte ich die junge Frau, um ein paar Sachen von ihr (für ihn) abzuholen, die ich dann, mit anderen kleinen Geschenken, nach Havanna schickte. Eher vergebens, denn die dortige Post war als Diebstahlzentrum verrufen.

Da ich Emilio versprochen hatte, mit ihm in Verbindung zu bleiben, rief ich Helen nach Monaten wieder an. (Da ich ihn nicht erreichte.) Zu spät: Aus der Liebe war nichts geworden, die Kalifornierin hatte kalte Füße bekommen. Sie sah sich außerstande, die emotionalen und finanziellen Konsequenzen eines so endgültigen Schritts zu übernehmen. »The story is over.«

Schon bei unserem ersten Treffen war mir aufgefallen, wie wissend sie war, wie wissbegierig. Aber natürlich hielt ich damals den Mund und sprach keine Einladung für ein Rendezvous aus. Jetzt tat ich es und Helen sagte Ja. Das war ein Fehler, denn keiner brachte dem anderen Glück. Das einzig Lustige an unserer Geschichte war die Tatsache, dass sie links ein Gipsbein trug, als wir uns zum ersten Mal in ihrem Bett trafen. Und alles, dort, gut ging.

Ab dem folgenden Tag lief alles schief. Umso verwunderlicher, da wir uns doch vergnügt hatten. Ein freundlicher, unbeschwerter One-Night-Stand, der, so bildete ich mir ein, uns beiden wohlgetan hatte. Und durchaus ein paar Wiederholungen vertragen hätte. Offenbar nicht, denn Helen reagierte eisig auf jeden weiteren – rein verbalen – Annäherungsversuch. Ob über Telefon oder bei einem Kurzbesuch an ihrer Arbeitsstelle. Sie lieferte auch keine Erklärung. Nun herrschte Eiszeit.

Nachdem ich mir drei, vier Abfuhren geholt hatte, ließ ich los. Wer keine Nähe wünscht, wird seine Gründe haben. An der unbedingten Regel, mich nie jemandem aufzudrängen, war nicht zu rütteln. Erbettelte Intimität ist würdelos. Der Kontakt brach ab.

Helen, damals 26, jobbte. Als Babysitterin und Korrektorin bei der *International Herald Tribune*, die in Paris gedruckt wurde. Und träumte nebenbei vom Beruf einer Filmemacherin. Dieser Traum, ich würde es noch erfahren, war die Triebfeder ihres Unglücks. Zu »unserer« Zeit hatte ich keine Ahnung davon, in welch gefährliche Fahrwasser sie dieses Ziel bereits getrieben hatte.

Zehn Monate vergingen und ich meldete mich erneut. Ich wollte einfach wissen, woher ihre Kälte gekommen war. Reine Skopophilie, reine (krankhafte) Neugier. Ein kleines

Wunder geschah: Helens Stimme klang freundlich, ja einladend. So vereinbarten wir, dass ich sie in drei Tagen abholen sollte: um gemeinsam eine Lesung von Allen Ginsberg zu besuchen, dem Poeten-Ass aus New York.

Ich kam zur Verabredung, läutete und Helen öffnete die Tür. Und ich trat, ganz unbewusst, einen Schritt zurück. Aus dem *Californian dream girl* war eine amerikanische Ehefrau geworden. Nicht superfett, aber wabbelig und, noch auffälliger: Sie war schmutzig. Mit Drecksrändern unter den Fingernägeln, mit wildem, verfilzten Haar und mit einer Latzhose (!), die gewiss schon eine Woche lang an ihr hing. Im Gegensatz zu Jana (Meditationscamp in Irland), die mir viel später einen ähnlichen Schock versetzen würde, war Helens Verwandlung in kürzester Zeit vor sich gegangen. Und ich hatte noch immer nicht verstanden, was diesen Menschen umtrieb.

Seltsamerweise war sie bestens gelaunt. Wir tranken Tee, dann brachen wir auf. Um Ginsberg, den Urvater der *Beat Generation*, zu hören. Hinterher, nachdem ich sie nach Hause gebracht hatte, war ich so ahnungslos wie zuvor. Helen hatte die Aussage verweigert: was ihr früheres Verhalten mir gegenüber betraf. Nicht eisig verwehrt, eher aufgekratzt. Das Überdrehte an ihr irritierte mich plötzlich. War sie früher zu kalt, war sie jetzt zu spaßig. Auf dem Heimweg fiel mir das Stichwort ein: Drogen.

116 Tage danach, so steht es in meinem Tagebuch, rief ich sie nochmals an. Mit dem Vorsatz, dass es mein letzter Versuch sein sollte. Würde sie diesmal nicht reden, würde ich die Akte Helen schließen. Mit dem Vermerk »Ungelöst.«

Sie redete tatsächlich nicht, aber das Rätsel löste sich trotzdem.

Da der Anschluss in ihrer Wohnung nicht funktionierte, meldete ich mich bei der Zeitung, wählte ihre Durchwahl. Ein Mann hob ab und ich bat ihn, mich mit Helen M. zu verbinden. Er stockte für Sekunden, dann fragte er, wer ich sei, und ich antwortete, dass wir beide – sie und ich – uns gut kannten und ich gerne wissen wollte, wie es ihr ginge. Okay, ich solle einen Augenblick in der Leitung warten, dann Stille, dann wieder der andere, direkt und ohne Einleitung: »Sorry, Helen is dead, she committed suicide.«

Der Redakteur hatte eine warme Stimme und ich begriff, dass er meine einzige Chance war, mehr über Helen, ihr Leben und ihren Tod zu erfahren. Denn wir hatten keine gemeinsamen Freunde, ich wusste absolut nichts von ihrer Familie, hatte nie ihre Adresse in den USA notiert, nichts.

Ich fragte nach und der Mensch (er nannte nicht seinen Namen) am anderen Ende sagte aus, erstaunlich offen und gewiss offener, als es *de jure* erlaubt war: dass sie Arbeitskollegen waren. Helen hatte ihm beim Recherchieren von Artikeln geholfen, vor allem aber Texte auf Korrektur gelesen. Und dann waren die Depressionen gekommen. (Ich sprach ihn darauf an.) Weil dieser Job sie nicht erfüllte. Und ihre Träume vom Filmemachen nichts wurden. Zweimal war sie bei Aufnahmeprüfungen durchgefallen und als Autodidaktin fehlten ihr das Geld und das Zähe. Ja, sie sei kalt und unnahbar geworden. Zu jedem. Und irgendwann hätte sie (ich erwähnte den Abend mit Ginsberg) angefangen zu verwahrlosen und Drogen zu schlucken. Amphetamine. Was für ein Jammer, ihr beim Verfallen zuzuschauen. Keinen Rat habe sie angenommen, keinen Vorschlag zur Hilfe. »And one day, she screwed up.«

Das war der Tag, genau zwei Wochen zuvor, an dem die Concierge Gasgeruch vor Helens Wohnung roch und sofort den Hauptschalter im Keller abdrehte. Um ein Desaster für die restlichen Bewohner zu vermeiden. Und sie die Feuerwehr anrief und man Helens Kopf aus dem Backofen zog. Ohne Schlusswort, ohne Nachricht auf dem Küchentisch.

So war das, und so manches wurde nun klar. Ich versuchte die folgenden Tage, Emilio zu erreichen. Vergeblich, er war umgezogen: in ein Castro-Verlies. Über viele (kubanische) Schleichwege konnte ich mit Diego sprechen, seinem besten Freund. Da wir uns kannten, hatte er Vertrauen: Nach der

Absage Helens habe Emilio doch den Versuch unternommen, in Florida anzulanden. Aber ein Unwetter auf hoher See zwang ihn (und drei andere) zur Umkehr. Mitten hinein in die Fänge der Küstenwache.

Während ich Diego reden hörte, dachte ich an den Abend, an dem ich zwischen Paris und Havanna vermittelt hatte: Ach, wie waren die zwei – Emilio und Helen – verliebt, ach, wie schwärmten sie vom gemeinsamen Leben in Frankreich: er als Ingenieur, sie mit der Filmkamera in der Hand.

Erst als ich aus der Kabine auf dem Postamt trat, merkte ich, dass ich zu heulen angefangen hatte. Der Traum der beiden sollte nicht sein, nur ein Scheißtod und ein Scheißleben. So ist das wohl. Wenn der Mensch kein Glück hat, dann geht er vor die Hunde.

143

Das Schicksal Helens spornte mich an. Im Sinne von *negative learning*, sprich: von einem anderen lernen, wie man es *nicht* machen soll. Denn dem Glück muss die Kraft beistehen, dieser unbedingte Wille. Und den hatte sie nicht, sie träumte vom Filmedrehen, aber sie war nicht besessen. Sie redete und hinterher stand sie still. Jede Niederlage empfand sie als verlorenen Krieg.

Ich hatte es leichter, ich trug schon so lange dieses Bild mit mir herum: Ein Mann lebt in Paris, dort schreibt er und von dort fliegt er in die Welt. Als Reporter. Das Bild musste wahr werden, weil ich es so wollte. Um jeden Preis. Es war stärker als ich. Stärker als meine Ängste. Jeden, der mich daran gehindert hätte, hätte ich verraten. Denn mich selbst aufzugeben, wäre der ultimative Verrat gewesen.

So ähnlich intensiv drängt die Sehnsucht nach Frauen. Ich komme immer in ihre Nähe. Nicht, weil die Götter aus mir den glorreichen A geschmiedet haben, sondern, so einfach: weil ich mit allen Sinnen, inklusive Geist und Verstand, nach ihnen trachte. Die Frau als Grundnahrungsmittel. Für meine Seele, für den Leib. Für alles, was ich bin. Es scheint, ach, es ist unersetzbar.

144

Ich flog nach Tanger, um an der Nordspitze von Marokko eine Reise durch Afrika zu beginnen. Ein ganzes Buch habe ich darüber geschrieben, aber so manche Szene ausgelassen. Weil ich ein Feigling war, der glaubte, er müsse den »Anständigen« vorführen. Bedenklich, wie tief die angezüchtete Verlogenheit in einem sitzt.

So will ich einen dieser zensierten Vorfälle nachtragen. Um den Kontext zu verstehen, muss die Vorgeschichte noch einmal – bündig verkürzt – erzählt werden: Ich war in Lomé, der Hauptstadt Togos. Kurz nach 21 Uhr verließ ich die *Mini-Brasserie*. Von dort bis zu meinem Hotel waren es knapp 500 Meter. Finster, still, leer die Straße. Wie gewohnt schlich ich entlang der Mitte. Käme ein Unhold, wären noch ein paar Schritte Zeit, um zu reagieren. Aber niemand griff an, ich selbst ging dem Täter entgegen.

Plötzlich rief mir jemand etwas zu. Freundlich, sacht, ja lockend. Der Mond schien, ich erkannte einen breiten Schatten. Und der Unbekannte streckte die Hand aus und sagte den einfältigsten Satz in der modernen Kriminalgeschichte: »Guten Abend. Sag mal, kennen wir uns nicht?« Und das Unfassbare passierte: Anstatt mit Höchstgeschwindigkeit in Richtung Hotel loszupreschen, näherte ich mich der Stimme.

Einer, der stets geglaubt hatte, mit allen afrikanischen Drehs und Finten vertraut zu sein, bekam jetzt eine Lektion erteilt. Eine schmerzhafte. Wie hypnotisiert – eine andere Rechtfertigung halte ich nicht aus – schaltete ich die Alarmsirenen ab und wollte wissen, ob wir uns kannten. Der Schatten und ich.

Die ersten Sekunden verliefen noch problemlos. Der

mächtige Kerl nahm meine Hand und meinte heiter: »Klar kennen wir uns, ich bin's, Jean-Michel.« Ein Ton, der völlig entwaffnete. Ein Profi arbeitete hier. Mit den bescheidensten Mitteln legte er mein Hirn lahm. Und dessen Warnschrei, dass ich auf diesem Erdteil nie einen Mann mit einem solchen Namen getroffen hatte, er kam zu spät.

Blitzschnell stürzte sich Jean-Michel mit seinen zehn rabiaten Fingern auf meinen Hals, schraubte zu und zischelte: »Rück dein Geld raus.« Hätte ich das getan, hätte ich am nächsten Tag bei der deutschen Botschaft um ein Rückflugticket betteln müssen.

Die Luft wurde knapp. Aus der linken Seitentasche – das große Geld war woanders versteckt – zog ich zwei Scheine, mein *give-away-money*. Was folgte, geschah rasend schnell. Weil jetzt der Verführer und Straßenräuber seinen einzigen Fehler beging: Die Gier ließ ihn nach der Beute schnappen, er löste seine rechte Hand, ich schlug mit meinen Fäusten gegen seine Halsschlagader, er taumelte für Sekundenbruchteile, packte nochmals zu und – erwischte mich erneut. Doch sein Griff war nicht mehr so stählern. Ich riss mich los und hetzte in persönlicher Rekordzeit die *Rue du Commerce* hinunter. Sein Atem und die hinterhergeschleuderten Flüche begleiteten mich bis kurz vor meiner Unterkunft. Dann drehte er ab. Ich setzte mich in die Lounge und fühlte den Schock. Das war das Vorspiel, nicht zärtlich, aber ungemein adrenalinreich.

Nun jedoch zur Beichte: In der *Mini-Brasserie* hatte ich mit Béatrice vereinbart, dass wir an diesem Abend unsere erste Nacht verbringen würden. Wäre es nach mir gegangen, ich hätte sie schon vor Tagen zur *Miss Westafrika* gewählt. Sie, die Studentin mit dem weißen Vater und der schwarzen Mutter, sie sagte Ja. Endlich, nachdem ich ihr seit einer halben Woche den Hof gemacht hatte. Und sie klopfte pünktlich, um 21.30 Uhr, an meine Zimmertür.

Eros bekommt eine unheimliche Tiefe, wenn man Minuten zuvor eine bedrohliche Situation gelebt hat: weil man mit allen Sinnen, blitzartig und brutal, begriffen hat, wie gefährdet der Körper sein kann. Man wusste es immer. Im Kopf. Jetzt weiß es der ganze Mensch. Und er feiert den wunderbaren Gedanken: »Ich lebe!« Unversehrt.

Doch noch ein Pluspunkt trägt zur Intensivierung bei: Der »Überlebende« fühlt sich freier, hemmungsloser und noch desinteressierter an den überall lauernden Vorschriften zum rechten Sein. Er spürt, schlagartig, was zählt.

Wie diese Stunden mit Béatrice. Und was für ein schönes Sinnbild: Der Mann attackierte mich, die Frau heilte mich. Noch schöner, da eins dem anderen folgte. Fast übergangslos.

Natürlich habe ich hinterher ein paar Scheine überreicht. Ohne großspurige Geste. Und lächelnd hat Béatrice sie genommen. Ohne übertriebene Dankbarkeit. Ich war ja der Beschenkte. Was die Studentin – nebenberuflich – unternahm, um ihren Unterhalt zu verdienen? Wie belanglos. Wichtig nur: Sie hatte nichts verlangt und ich wollte nicht Abschied nehmen, ohne etwas herzugeben. So lehnten wir beim letzten Schmusen an der offenen Zimmertür, die direkt zum Hotelgarten führte. Die Zikaden zirpten und wir beide gehörten gerade zu den Auserwählten Afrikas. Als ich hinter ihr abgeschlossen hatte, roch ich an meinen Händen: voller Duftnoten von Béatrice. *Femmes, je vous aime* – Julien Clerc hat das gesungen. Und ich sang es jetzt auch.

145

Vor dem langen Trip entlang der afrikanischen Westküste war ich im Irak gewesen. Und hatte eines Tages am Bahnhof einen Mann getroffen, der mir erzählte, dass er hier, an diesem Schalter, jeden Tag auf seine Freundin gewartet habe. Und eines Tages kam sie nicht mehr. Weil die Eltern von den Rendezvous erfahren hatten und der Tochter fortan jede Nähe zu ihm, dem »nicht Standesgemäßen«, verboten.

Wie viele Lieben haben nie stattgefunden, weil die einen sie verhinderten? Und die anderen sie verhindern ließen? Das mag ich an mir: Niemand darf mir vorschreiben, wem ich nah sein soll und wem nicht. Und der »Stand« einer Person? Dass ich nicht lache. Nichts könnte mich weniger interessieren. Ich besitze selbst keinen. Ich bin der Sohn eines Rosenkranztandlers, aus einem Kaff voller Dunkelbirnen. Wäre ich Inder, ich wäre gewiss ein Unberührbarer.

146

Am Ende der Reise durch Afrika, in Johannesburg, besuchte ich das Grab eines Freundes, mit dem ich mehrmals zusammengearbeitet hatte. Ken Oosterbroek lag hier, der Südafrikaner, der vielfach ausgezeichnete Fotograf. Ein paar Monate zuvor war er erschossen worden.

Über ihn und seinen Mut habe ich bereits geschrieben. Aber nicht über Monica, seine Frau, die nun versuchte, mit dem Tod ihres Mannes fertig zu werden, mit dem sie »madly in love« gewesen war.

Die 30-Jährige flog aus der Bahn. Die abrupte Trennung von dem, den sie liebte, entwurzelte sie. Ganz wörtlich: Sie war unfähig, weiter in ihrem Beruf als Journalistin zu arbeiten. Drogen mussten her, um das Unglück auszuhalten. Wir drei hatten öfter Haschisch geraucht, aber jetzt kamen die harten Sachen. Sie driftete, sie traf die falschen Männer, sie wurde vergewaltigt, sie schrieb mir, dass das Leben keinen Sinn mehr für sie hätte.

Zurück in Europa, bekam ich ein Fax, in dem sie von ihrem Umzug nach London berichtete. Um der Gewalt in ihrem Land zu entfliehen. Und um in eine Entzugsklinik zu gehen. Und wieder mit dem Schreiben anzufangen. Unter PS stand die Einladung, sie zu besuchen, dazu die Bitte: »Das Beste wäre, wenn du eine Knarre mitbringen würdest, um mich zu erschießen.«

Hatte sie mit Ken in einem feinen Haus gewohnt, so

konnte sie sich im teuren London nur ein paar lausige Quadratmeter leisten. Ich kam als Tröster, denn Ozeane flossen aus ihren Augen. Und irgendwann nach so vielen hilflosen Worten – wir saßen Händchen haltend auf der Couch – fingen wir an, uns zu küssen. Doch ich merkte bald, dass kein Verlangen sie drängte. Ihre Berührungen waren nur ein weiterer (vergeblicher) Versuch, der Trostlosigkeit zu entkommen. Der natürlich misslang. Eros hilft oft, aber nicht, wenn das Herz des anderen in Trümmern liegt. Also saßen wir wieder friedlich nebeneinander. Und beide, sie und ich, trockneten ihre Tränen.

Wir fuhren zu *Harrod's* und die Witwe setzte, bei Regenwetter, ihre dicke Sonnenbrille auf. Glamour und Shopping sind tatsächlich ein probates Mittel, um abzulenken. Zumindest für Stunden. Später, in einem Coffeeshop, erzählte mir Monica von einem Gedanken, der sie (auch) davon abhielt, sich mit mir einzulassen: »Ken sieht mich. Er beobachtet genau, was ich tue. Und er würde fürchterlich leiden, wenn ich mit einem anderen ins Bett ginge. Und ich weiß, eines Tages werden wir erneut zusammen sein.« Nach den drei Sätzen habe ich schallend gelacht, sorry, und sie brüderlich umarmt. Schon erstaunlich, was wir uns im Kopf zurechtlegen, um das Unzumutbare durchzustehen.

Weitere Abstürze folgten. Tiefere noch. Monica zog zurück nach Südafrika und ein neuer Mann tauchte auf, Steven. Auch ein Fotograf. Zuerst heiter und unbeschwert die Zweisamkeit, dann gefährlich: Denn die Sucht nach Heroin, nach Crack, nach Kokain fing (wieder) an, ihn zu verwüsten. Bis zum Ruin: Das Herz ihres zweiten Ehemanns versagte. Mit 39. Kurz darauf starb – nach einer Operation – Benjamin. Ihr gemeinsames, einziges, Kind.

Monicas Leben wurde, so schien es, in der Hölle geschmiedet. Sie verstummte, kein Zeichen kam mehr von ihr, keine Antwort.

Entwarnung: Über fünfzehn Jahre später fand ich ihre

Spur. In Australien. Und wir mailten und skypten. Sie hat alles überstanden. Sogar einen dritten Gatten, der mitverantwortlich für zwei prächtige Söhne ist und von dem sie inzwischen glücklich geschieden lebt. Monicas Fotos zeigen einen strahlenden Menschen. Sie kann wieder arbeiten und sie hat über ihren Untergang und das Triumphieren ein Buch mit dem fulminanten Titel »Love.Loss.Life.« geschrieben. *What a woman.*

147

Im 16. Jahrhundert gab es in Frankreich den »blasonneur«, den ritterlichen Minnesänger, der Gedichte komponierte, in denen er die verschiedenen Körperteile seiner Angebeteten beschrieb. Immer auf der Suche nach der einen, einzigen Metapher: auf dass der Leser die Schönheit der Mademoiselle erahne. Und sie sich ihm, dem Poeten, ergebe. Sprache als Betäubungsmittel.

Von so einer Frau muss jetzt geredet werden. Da ich das Wunder *Celeste* schon veröffentlicht habe, werde ich die dreißig Seiten auf ein paar reduzieren. Sie gehört in dieses Buch. Weil sie mich wie keine andere an den Rand meiner seelischen Reserven trieb. Weil sie physische Desaster in mir auslöste. Weil ich – gejagt von purer Sehnsucht, ja, Hörigkeit – Dinge tat, die ich mir nie zugetraut hätte. Und weil ich davonkam und hinterher radikal ein paar Zustände änderte, von denen ich damals nicht berichtet habe.

Ja, ich musste von ihr fliehen. Wohl wissend, dass für einen zweiten Fluchtversuch die Kräfte nicht reichen würden.

Wir lernten uns über einen gemeinsamen Arbeitgeber kennen. Sie war Reporterin und lebte in Paris. Mit ihrem Freund, einem Franzosen. Einem, wie sich bald herausstellen sollte, der »mou« war: träge, schwerfällig, ein Döser. Sie nicht, sie barst, sie hungerte nach Welt und Weltwissen. Schon bei unserem ersten Treffen – ganz unschuldig und unbefangen – war nicht zu übersehen: Die Amerikanerin war *good looking* und penetrant neugierig.

Als wir einander die folgenden Monate näherrückten – geistige Nähe verführt ja oft zum Umarmen der zwei beteiligten Körper –, spürte ich, in welche emotionale Tiefen mich diese Frau peitschte. Und mit welcher, bisher nicht gekannten, Wucht ich mich auslieferte. Ich wollte um jeden Preis »ihr Mann« sein, wollte sie dem anderen entreißen, wollte sie allein haben, sie, was für ein aberwitziges Wort: besitzen.

Was ich einst verlacht hatte – Monogamie, Treue, Ausschließlichkeit –, all das hielt ich nun für allerletzte Wahrheit. Ja, *Vater sein* schien plötzlich ein Wunsch. Ja, noch unfassbarer, eine Familie gründen und gemeinsam unter einem Dach leben: Ich suchte nicht mehr schreiend das Weite.

Noch heute, Jahre später, könnte ich nicht sagen, warum diese Frau einen so hypnotischen Bann auf mich ausübte. Okay, sie war *very good looking* und sie war *very intelligent*, doch, ganz ehrlich, solchen erstaunlichen Exemplaren war ich schon begegnet. Und war begeistert gewesen. Aber nicht preisgegeben. Nie wollte ich eine als Eigentum, sah keine als Mutter meiner Kinder, träumte keine Stunde davon, eine Wohnung mit ihnen zu teilen. Warum ich bei Celeste in die Abgründe beißender Eifersucht schleuderte, nicht nur einmal, nein, jeden Tag und jede Nacht? Ich weiß es nicht.

Unergründliches Menschenherz.

Das jedoch weiß ich: Ich entführte sie auf drei Kontinente. Wir verbrachten Nächte in indischen Palästen. In Paris besuchten wir Restaurants, bei denen man sich vier Wochen vorher anmelden musste, so teuer und exklusiv waren sie. Ich zimmerte eine Kiste, über einen Kubikmeter groß, und ließ das Ungetüm per Taxi zu ihr bringen. Um ihr ein drei Gramm leichtes Konzert-Billett zukommen zu lassen. Ich durchforstete die Weltliteratur, um die zauberischsten Wörter für sie zu finden. Ich putzte mich als Feuerwehrmann heraus, der mit voller Montur, plus Seile und Leiter, die Treppen zu ihr hinaufstürmte. (Um angeblich ein Baby zu retten, das sich laut eines Notrufs aus der Nachbarschaft auf das Dach, nahe Celestes Küchenfenster, verirrt hatte.) Ich saß einen langen Wintertag als Clochard neben ihrer Haustür. Und als sie endlich an mir vorbeiging, Geld in die Büchse warf und mich nicht erkannte (so heftig zugerichtet sah ich aus), da sagte ich leise: »Please, stop« und drehte den Karton mit dem Bettelgesang um: auf dass sie die Liebeszeilen lesen konnte, die auf der Rückseite standen. Ich heuerte Terence an, den ich als ambulanten Musiker in der Metro entdeckt hatte, kleidete den Amerikaner als d'Artagnan mit Säbel, Filzhut und rotem Wams ein und stellte ihn abends unter ihrem Wohnzimmerbalkon auf. Damit er Elvis Presleys »I can't help falling in love with you« hinauf in den dritten Stock seufzte.

Alles, auch unsere Telefongespräche, sollte heimlich geschehen. Denn Celeste lebte noch immer mit dem Döser. Mir misstraute sie, hielt mich für einen Schwächling, auf den kein Verlass war, sobald er »gewonnen« hatte. Aber er, der Gemütliche mit dem Bauchring, er, der sie so grob und ruppig begehrte, dass sie sich wegen »Dezentrierung (!) ihres Beckens« – ich fand das Attest des Arztes – in Behandlung begeben musste, er, der jedem Buch aus dem Weg ging und behäbig die Nachmittage durchkiffte, ihm vertraute sie.

Das immerhin verstand ich. Und irgendwann bestätigte Celeste meinen Verdacht: Luc (so soll er heißen) war nicht »gefährlich«, er war kein Jäger und auch kein Deserteur, er war der »one-woman-man«, der selig mit einer auskam. Mit ihr. Und da die 27-Jährige als Waisenkind aufgewachsen war, schien der Terror des Verlassenwerdens ihr wundester Punkt zu sein. Diese Angst ließ sie bleiben.

Dennoch, in einer Nacht in Asien schenkte sie mir das Allerletzte, ihre ganze Wärme, den ganzen Körper. Und ein paar Wochen später den schwerwiegenden Satz: »I love you.«

Die drei Worte krochen wie Gift in mein Unbewusstes. Schon sensationell. Nachdem ich das Ergreifendste gehört hatte, das andere zum Blühen bringt, fing ich an abzusteigen.

Celestes Bekenntnis zerstörte mich. Gewiss, *zerstörte*, da ein leichteres Verb nicht radikal genug klingen würde: Mein Appetit schwand, meine Freude am Leben, der Drang zu schreiben, meine Libido. Ich wurde impotent, an allen Fronten: als Mensch, als Schreiber, als Mann, als Liebhaber. Plötzlich die monumentale Angst, von den beiden, der Liebe und dieser Frau, vernichtet zu werden. Liebe? Ich wusste von nichts Bedrohlicherem.

Fest steht: Ich wollte wieder funktionieren, wieder meinen Schwanz zurück. Der nicht lieben, aber immerhin Liebe machen konnte. Mit Celeste. Mit einer, die mich – endlich – begehrte. Nach so langer Zeit des Werbens um sie.

Wie zwanzig Jahre zuvor trat ich den beschwerlichen Weg durch die Sprechzimmer von Therapeuten und Internisten an: Ein Doppler-Test wurde gemacht, Blut abgezapft, Urin und Stuhl eingesammelt, über vierzig Daten ausgewertet, ja, nachts verkabelte ich den Penis mit einem schwarzen Kasten, einer Art erotischem Fahrtenschreiber, der jene – dem Schläfer völlig unbewussten – Erektionen registriert. Ob überhaupt und wenn ja, wie ausdauernd, wie hart, wie oft.

Hätte ich das viele Geld nach Afrika verschickt, es wäre besser angelegt gewesen. Denn alle Ergebnisse waren erschütternd: Mir fehlte nichts, ich war wieder einmal unheilbar gesund. Alle Werte, selbst der Testosterongehalt, lieferten nur stinknormale Resultate, nicht *ein* verdächtiges Zeichen im und um den Genitalbereich. Ich hatte einen durchtrainierten Körper, dem nicht zu helfen war.

Doch. Zumindest vorübergehend. Sexologe Patrick D.

griff nun zu den schweren Geschützen und das Unsagbare passierte: Ich ließ die Hose herunter und der Eiskalte stach in mein primäres Geschlechtsorgan. Um mithilfe einer Spritze, randvoll mit *Icavex 10 MG*, eine »künstliche Schwellung« zu provozieren. Ich schaute hin und konnte nicht fassen, was ich sah: eine spitze Nadel mitten im empfindsamsten Teil meines Leibes. Die Pein war nichts im Vergleich zu der Ungeheuerlichkeit, dass derlei Dinge menschenmöglich waren.

Aber das Wunder der Auferstehung geschah. Ich erigierte, schnell und männlich. Ich heulte. Alle Trauer fuhr aus meinem Herz. Kurzfristig.

Jetzt musste ich lernen, mir selbst eine Ladung in den dösigen Phallus zu injizieren. Ich konnte ja nicht vor jedem Akt beim Fachmann vorbeirennen. Nur zwei Stunden wirkte das Präparat, höchstens.

Nun kamen Szenen, deren Drehbuch der Teufel verfasst hatte: Während Celeste auf dem Bett lag, ungeduldig nach mir rufend, saß ich hinter verschlossener Badezimmertür wie ein Junkie auf einer Hamburger Bahnhofstoilette, desinfizierte mit einem alkoholgetränkten Wattebausch die Nadelspitze, saugte aus dem Flakon die (kostspielige) Flüssigkeit und – stach zu.

Das Ergebnis war ein Desaster, nie kam das Wunder zurück. Nur ein müder Ständer, der nach Minuten verwitterte. Begleitet von Kopfschmerzen, Hitzewallungen, Hass auf mein Leben und einer von hundert Lügen verseuchten Ausrede: erfunden für Celeste, um mich davonzureden, um nicht zugeben zu müssen, dass aus mir ein impotenter Sack geworden war.

Der Doktor versuchte, mich zu beruhigen. Wenn der Erwartungsstress so erdrückend ist, die Versagerangst so riesig, dann kann Geilheit nicht stattfinden. Selbst nicht mit hochwissenschaftlicher Unterstützung.

Das Ende der Geschichte zog sich, ich will sie im Zeitraffer erzählen: *Nur leben* hatte mich nie interessiert. *Wie leben,* das war die entscheidende Frage. Und jetzt verkümmerte ich. Ich sah, dass das, was – für mich – zählte, nicht mehr existierte: Freude, Kreativität, Intensität, Eros. *Tout perdu*: Ich musste Reportagen absagen. Ich saß am Schreibtisch und keine fünf Zeilen kamen zum Vorschein. Ich blickte auf das sonnendurchflutete Fenster und mein Herz blieb verstockt. Ich lag neben einer Frau mit dem Duft einer Königin und ich stank vor Scham.

Ein solches Leben durfte ich nicht zulassen. Und ich dachte nicht daran, wieder nach den Triebfedern meiner Ängste zu schürfen. Gewiss der Schrecken bei meiner Geburt, gewiss der Totschlagversuch meiner Mutter im Wochenbett, gewiss mein psychotisch missratener Vater, gewiss die Pfaffen, die den Kinderkörper misshandelt hatten, gewiss: Liebe war Hass. Liebe war lebensgefährlich.

Und wenn ich auf den Millimeter genau gewusst hätte, wer wofür Verantwortung trägt: Hätte es mich erlöst? Nein. Aber das Eine, das einzig Eine, das wusste ich: So ein Leben ist Scheiße. Und so ein Leben wird mit mir nicht stattfinden. Ich wollte stark sein und strahlen. Und nicht hilflos sein, nicht verdämmernd, nicht verfügbar.

In Japan gibt es die *Wakaresaseya* (»Abbrecher«): Eine Firma stellt – gegen Bezahlung – Leute zur Verfügung, die dafür sorgen, dass eine Beziehung »abbricht«. Damit der eine, der Auftraggeber, den anderen loswird. Oft mit dubiosen (doch gewaltfreien) Mitteln.

Ich entschied mich für eine elegantere Lösung. Eines Morgens radelte ich in das noble 16. Arrondissement. Zu Docteur Edouard A., Sexologe und Psychotherapeut. Ein halbes Genie, hieß es, ohne Schonung für die Schmerzgrenzen seiner Patienten. Und so war es. Er stocherte nicht in meiner Kindheit, fragte mit keinem Wort nach Vater und Mutter, überflog nur kurz die mitgebrachten Befunde und hörte konzentriert zu, als ich ihm von Celeste und mir erzählte. Dann holte er einen Rechnungsblock hervor und schrieb einen rasanten Betrag auf, nahm meinen Scheck, begleitete mich zur Tür und sagte, eher beiläufig und gut gelaunt: »Ich kann leider nicht viel für Sie tun, da Ihnen nichts fehlt.« Genie Edouard A. schien solche Auftritte zu genießen. Als er mein trostloses Gesicht sah, fügte er noch hinzu: »Ach ja, trennen Sie sich von dieser Frau. Sie taugen nicht für diese Art Beziehung.«

Selbst wenn er das Zehnfache verlangt hätte, jeder Cent wäre verdient gewesen. Celeste war die bereicherndste Frau, die ich je getroffen hatte. Und genau sie ruinierte mein Leben. Denn ich war, wie offensichtlich, für die verheerenden Wohltaten und Nebenwirkungen der Liebe nicht ausgerüstet. In ihrer Nähe schrumpfte ich, wortwörtlich.

Trotz der Tränen, trotz des Unverständnisses, trotz der Stiche ins Herz, in ihrs, in meins: Nach der Zeremonie des Abschieds rannte ich wie vom Galgenstrick geschnitten zurück in mein früheres Dasein. Das Tier in mir war wieder auferstanden. Ich war frei. Ein Zustand, von der die Liebe nichts weiß.

148

Die frohe Botschaft, jetzt kommt sie: Ich saß hinterher nicht als Haare raufender Mittvierziger auf der Kante meines einsamen Sofas. Und ich onanierte nicht – die Internetzeiten hatten begonnen – in Richtung einer Webcam-Tussi, die gerade ein paar Hundert Herren bediente. Ich wollte – und ich werde es für immer wollen – das *homban*, das »reale Ding«. Ein Ausdruck, den ich aus dem *Soapland* mitgebracht habe: eine Frau tatsächlich berühren, tatsächlich riechen, sie tatsächlich zu mir allein reden hören. Unvorstellbar, von nun an als notorischer IT-Masturbant den Rest meiner Zeit auf flauschiges Küchenpapier zu kleckern.

149

Étienne Pivert de Senancour, der frühromantische Schriftsteller aus Paris, notierte einmal: »Zwischen dem, was ich bin, und dem, was ich sein möchte, liegt die Unendlichkeit.« Der Satz klingt schön und ist eine Bankrotterklärung. Ich hätte ihn nie als Überschrift über meinem Leben ausgehalten. Natürlich wird unvermeidlich ein Abstand bleiben zwischen der Wirklichkeit und dem Traum. Nur unendlich darf er nicht sein. Die beiden müssen sich näher kommen, sich bisweilen streifen.

Und so war es. Bald traf ich Amre, in einem Bus auf dem Weg nach Amsterdam. Eine Algerierin mit französischem Pass. Sie war – was ihre Erwartungen betraf – das Gegenteil von Celeste: Sie war leichtsinnig und nie belastete sie unsere Vertrautheit mit Zukunft und Ausschließlichkeit. Nie sprach sie von Liebe. Amre war clever. Meine Schatten übersprang sie und nahm nur das Beste, was ich zu bieten hatte: meinen Überschwang fürs Leben.

So kam alles zu mir zurück – mein Hunger nach so Vielem, meine Begeisterung, die eigene Leichtsinnigkeit. Und das Vermögen, wieder ein Mann zu sein. Ohne *High-Protein-Powder-Nutrition*, ohne Spritzen, ohne Pillen. Nur angefeuert vom Blick auf das Halluzinogen Frau.

150

So wie ich damals nach Laura, dem Punkie, der mich mit einem Kind segnen wollte, beschlossen hatte, mich selbst um das Problem Bevölkerungsexplosion zu kümmern, so schrieb ich jetzt mit dem Presslufthammer in mein Tagebuch: dass ich a) jede Frau, die drohte, mich mit Liebe zu überschütten, unweigerlich verlassen würde – um uns beide zu retten. Und dass ich mich b) keiner mehr ausliefern würde, so haltlos, so geknechtet – um mich zu retten.

Dass zwei sich das Glück auf Erden schenken können, ohne sich ununterbrochen die Ohren mit Liebesschwüren vollzublasen, das wollen die Fachkräfte für »Wahre Liebe« nicht hinnehmen. Nur wer des anderen habhaft ist, von frühmorgens bis spätabends und dann noch die ganze Nacht, nur der ist ein Liebender. Denn man »gehört« einander. Aua.

151

Die letzten Kapitel schrieb ich in Phnom Penh, der Hauptstadt Kambodschas. Aus Thailand hatte ich die *Bangkok Post* mitgebracht. Und der beschwingteste Artikel in dieser Februarausgabe handelte von Emma Morano, die mit 115 verschmitzt in die Kamera lächelte. Die Italienerin ist der zweitälteste Mensch in Europa und der fünftälteste der Welt. Auf die Frage, warum sie so lange und so gut gelaunt durchgehalten habe, antwortete sie: »Rohe Eier und nie mehr heiraten.« Die erste Ehe endete unfroh. Vor knapp achtzig Jahren. Freiheit scheint ein Aphrodisiakum von magischen Kräften zu sein.

Tage später las ich in der Lokalpresse von einem Mann aus dem benachbarten Malaysia, der – 110 Jahre alt – eine Anzeige aufgegeben hatte: »Ich suche eine Frau, denn mir ist einsam und ich habe Angst, allein zu schlafen.«

Ach, ich fühle mit beiden, der Greisin und dem Greis. Die Sehnsucht nach Freiheit und die Sehnsucht nach warmer Haut. Nur Tote verstehen das nicht.

152

Amre ging, Amre kam. Und war sie in Paris, kam sie zu mir. Mir gefiel ihr Bestehen auf Freisein. Sie gab mir mein altes Leben zurück: Sie ließ sich nicht »haben«. Und ich lernte wieder, dass *niemanden haben wollen* mich reich machte.

Die Frau als Besitz und ihr Geschlecht als Eigentumswohnung: nur vom Besitzer betretbar! Verfügt er schon über Haus und Hof, so verfügt er jetzt auch noch über sie. (Dass

Damen ihren Liebsten ebenfalls als Hab und Gut betrachten – auch das hat sich herumgesprochen.)

Danke, nein. Nicht mit mir, nicht *mehr* mit mir. Ich habe vom Leben eines Menschen gekostet, der Alleininhaber eines anderen sein wollte. Und ich bin, heulend, gescheitert. Was sich jedoch als eine meiner kostbarsten Niederlagen erweisen sollte. Weil ich zäh genug war, die Konsequenzen zu ziehen. Fehler begehen ist cool. Aber nur, wenn ich hinterher etwas kapiert habe.

153

Schlussstrich. Nun kommt etwas Heiteres. Und eine Parabel mit tiefer Erkenntnis: wie aus persönlicher Frustration eine Morallehre fabriziert wird. Und wie ich in Echtzeit dabei sein durfte.

Die Vorgeschichte: Ich war fleißig als Reporter unterwegs, dabei gleichzeitig bemüht, meinem anstrengenden, bisweilen von Viren, Malaria, Krätze und Dengue-Fieber geplagten Leben Freude zu bereiten. Durch die Anwesenheit einer Frau. Keine Nerven zerfetzenden Vorkommnisse folgten in den nächsten Monaten, doch Nächte, nach denen ich gern zu zweit aufgewacht bin.

Ich lernte Irène kennen. Bei Jim H., einem Amerikaner, der einmal die Woche kochte und die »klügeren Leute von Paris« einlud. Und es war klug: Expats kamen, Künstler, Schreiber, Neugierige. Ich kam auch deshalb, weil Jims Haus nicht weit von der *Villa Seurat* stand, in der Henry Miller zwei Generationen zuvor gelebt hatte. Allein zu wissen, dass der Meister einst hier wandelte, erfüllte mich mit wundersamem Staunen.

Irène war Bankerin und wollte Sex. Möglichst umgehend. Wie jeder artige Mann bedankte ich mich für das Kompliment und gab dem Taxifahrer meine Adresse.

Die knapp 30-Jährige war eine Bombe, deren Entschärfung von langen, herrlich melodischen Schreien – Irène nahm Gesangsunterricht – begleitet wurde. Das lag, ach, wär's nur so, nicht an mir, sondern an ihrem, so beichtete sie bald, lebenslangen Hunger nach Lust und Lustempfinden.

Jetzt die Story: Unsere vierte Nacht fiel auf einen 24. Dezember, auf Weihnachten. Und während Irène das Fest der Liebe mit unüberhörbaren Bekenntnissen zur Lebensfreude feierte, donnerte es an meiner Wohnungstür und eine Stimme, gellend und sich überschlagend, brüllte: »Ça va pas? Vous n'avez pas honte?«, das darf doch nicht wahr sein, schämen Sie sich gar nicht?

Ach, meine Nachbarin aus dem dritten Stock. Ein unglückliches Weib, das jeden Tag einem rundlichen Herrn, ihrem Angetrauten, den Krieg erklärte. Oder er ihr. Die Auftritte der beiden – ebenfalls schreiend, aber bar allen Verlangens – gehörten zur Hausordnung. Flehen und Bitten von uns anderen Mietern verhallten. Das Paar – aggressive Hardcore-Prolos – skalpierte sich vor aller Welt Augen und Ohren.

Irène und ich waren auch schlechte Menschen. Denn statt der Niederkunft des Herrn mit Gebet und Gebuckel zu gedenken, legten wir nach dem Pochen der Verzweifelten noch eine Extrarunde ein. Und Irène schmetterte noch enthusiastischer ihre Wonneschreie in die stille, heilige Nacht.

Was für ein Lehrstück! Madame R. träumte gewiss von einem, der sie ersehnte und begeisterte, einem, der sie mitriss ins Glück wogender Erschöpfung. Und da es den nicht gab, nur einen Typen, den nackt sich vorzustellen schon Willenskraft erforderte, musste die Moral aushelfen. Um die Stimme im Busen, die Stimme des Sehnens, abzuwürgen. Deshalb sollten wir zwei, hinter der Tür, uns »schämen«. Und aufhören, aufhören, aufhören.

154

Meine Mutter starb. Aus Respekt flog ich von Paris nach München, dann mit der Bahn nach Altötting. Ja, aus Respekt, denn ich hatte mir vor langer Zeit, großmäulig, geschworen, nur an Bord eines Bombergeschwaders an den »Gnadenort« zurückzukehren. Um ihn mit 23 380 000 Stinkbomben – eine für jeden Quadratmeter – heimzusuchen. Auf dass er bis zum Jüngsten Tag nach Scheiße rieche.

Mit dem Taxi kam ich zum Friedhof. Im Gegensatz zum Tod meines Vaters berührte mich Mutters Ende nur am Rande. Sie war ein so unglückseliger Mensch gewesen, dass ich durchaus erleichtert die Nachricht ihres Exitus zur Kenntnis genommen hatte. Wer nicht leben will, muss sterben. Jetzt hatte sie es hinter sich.

Die Beerdigung war die übliche Operette. Der Pfaffe machte klar, dass er keine Ahnung von dieser Frau hatte, jeder Satz klang wie eine halbe oder ganze Lüge. Die kaum dreißig Anwesenden standen in der Kälte und ließen, wie auf allen Begräbnissen dieser Welt, den Nonsens stumm über sich ergehen. Dann wurde der Sarg – es haperte, erst beim dritten Anlauf klappte es – in die Familiengruft gesenkt. Ins schwarze Loch, direkt neben den Mann, der sie jahrzehntelang vergewaltigt und erniedrigt hatte. Sie wollte es so. Manchen ist nicht zu helfen auf Erden.

Dieser Dezembernachmittag war so trostlos wie ihr Leben. Und so trostlos wie die Familie Altmann. Denn schon vor der Leichenrede hatte ich erfahren, dass eines meiner Geschwister unsere Mutter – die letzten Jahre leicht dement – die Monate über intensiv bearbeitet hatte: damit die 76-Jährige ihr Testament änderte, sprich, wir anderen auf den Pflichtteil kämen. Also 62,5 Prozent für die Schlange und je 12,5 für uns drei. Es ging um kein Vermögen, es ging um Erbärmlichkeit.

Warum ich diesen Tag erwähne? Weil er von Frauen erzählt. Von solchen und solchen. Noch am selben Tag fuhr ich zurück nach München. Und traf, wie um mich zu trösten, eine frühere Geliebte. Trost über das lieblose, gräulich unbegabte Dasein meiner Mutter. Und Trost – bereits nach dem Tod des Vaters hatte einer von uns vier versucht, die anderen zu hintergehen – über eine Mischpoke, deren Gier vor nichts Halt machte. Auch nicht vor den Allernächsten.

Diesen Abend und diese Nacht verbrachte ich bei Katja. Sie hatte für mich gekocht (obwohl ich sie zum Essen einladen wollte). Die studierte Sinologin kannte ich schon vor meinem Umzug als Verschwenderin. Und unbelehrbar großzügig war sie geblieben. Nach dem feinen Dinner zogen wir um in ihr Bett. Und irgendwann spürte ich den Druck hinter meinen Augen. Jetzt, urplötzlich, kam die Trauer über das Leben und den Tod meiner Mutter. Es musste wohl mit Katja zu tun haben, mit dem Blick auf diese so genussfähige, herzenswarme Frau. Und der gleichzeitigen Erinnerung an Mutter, die mir einst von ihrem stillgelegten Leib berichtet hatte. Der keinen Augenblick Lust geschafft hatte, keinen einzigen fröhlichen Fick, nie vibriert, nie glückszitternd und weltvergessen in den Armen eines Mannes gelegen hatte. Nie.

Ich mag diese Gegensätze: innerhalb weniger Stunden von der Kälte in die Wärme gelangen. Von den Toten und Raffsüchtigen zu jemandem, der Lebensfreude verströmte und sie splendid und gedankenlos teilte.

155

In einem Reiseführer aus dem 19. Jahrhundert wurde jungen Frauen – sobald der Zug in einem Tunnel verschwand – empfohlen, sich den Mund mit Nadeln zu füllen: um so unbelästigt von Unholden zu bleiben und ungeküsst das Licht am Ende der Finsternis zu erreichen.

Das folgende Kapitel soll zeigen, dass Frauen noch 150 Jahre später zu Vorsichtsmaßnahmen greifen, um unbeschadet an Leib und Seele durch den Tag zu kommen. Durchaus erheiternd.

156

Eine Zeitschrift bat mich, über die *rickshaw pullers* in Kolkata (vormals Kalkutta) zu schreiben. Die tapferen Männer, die mit nichts als dem Körper ihr Vehikel ziehen. Um Leute von einer Adresse zur anderen zu befördern. Helden, die täglich die Abgase indischer Auspuffe schlucken. Tonnenweise. Für ein paar Rupien. Jeden Abend wusste ich wieder, wie leicht und einfach mein Leben ist.

Im dortigen Goethe-Institut lernte ich Elona kennen. Sie gehörte der gehobenen Mittelklasse an und nahm an einem Deutschkurs teil. Sie war wunderbare 23 Jahre alt und erwähnte gleich im ersten Gespräch, dass sie noch Jungfrau sei. »My husband will be my first man.« Sie sagte das in einem Ton, der den Mann – den Mann im Allgemeinen und den (verruchten) weißen Mann im Besonderen – warnen sollte: Lass alle Hoffnung fahren, ich bin nicht zu haben.

Das war ungemein drollig, denn wir redeten gerade von den belanglosesten Dingen der Welt. Aber wir Männer, wir Schweine, müssen wohl prophylaktisch zur Ordnung gerufen werden. Um unsere – so scheint es – schwer zu kontrollierenden Instinkte zu zähmen. Mir schien, als ob Elona grundsätzlich, bei jeder neuen Begegnung, diesen Slogan verkündete. Eine Art Nadelsatz, der klarstellen sollte: Achtung, ich bin bewaffnet!

Das so Ergreifende an Sprache: dass jeder Satz, ja, jedes Wort, mehrstimmig daherkommen kann. Noch dramatischer, er könnte das Gegenteil von dem meinen, was er vorgibt. Elonas Parole vom Gatten, der ihr erster Liebhaber sein würde, war so einer. Eine Art Pflichtübung, gewiss den Eltern geschuldet. Vollkommen unbewusst sprach sie ihn jedoch in einer Tonlage aus, die man auch souverän anders interpretieren konnte: Hoffentlich muss ich, Elona, nicht so lange warten!

Ich hütete mich, ihren Spruch ins Lächerliche zu ziehen, ja ich kommentierte ihn nicht einmal. Ich tat, als hätte ich ihn nicht vernommen. Und schlug vor, uns am folgenden

Tag im Garten des märchenhaften Oberoi Hotels zu treffen, *teatime at six p.m.*

Habe ich irgendetwas vom menschlichen Körper verstanden, ganz gleich, ob er einer Frau oder einem Mann gehört: Er will berührt, ersehnt, gewärmt werden. Nur nicht von jedem. Und nicht zu jeder Zeit. Die Kunst besteht also darin, den anderen in einen Zustand zu versetzen – ohne Hauch von Gewalt, ohne einen einzigen gemeinen Trick –, der ihn davon überzeugt, dass jetzt der rechte Augenblick für Nähe gekommen ist. Andersherum: der ihr – im konkreten Fall Elona, der Inderin – dabei hilft, die vielen Tonnen Scheiße, Moralinscheiße, zu vergessen und der Weisheit der eigenen Sehnsüchte zu vertrauen.

Alles ging seinen Weg. Nach dem Flirten am Pool der Five-Star-Herberge schwang sich die *Economics*-Studentin zu einer Heldentat auf: Sie kam 48 Stunden später – ohne elterliche Eskorte, ohne den Begleitschutz einer Tante – in mein Hotelzimmer. Beinahe wäre sie vor Panik gestorben, sagte sie beim Schließen der Tür. Aber sie starb nicht und war hier. Hinreißend der Anblick eines Menschen, dessen Neugier mächtiger ist als die Ängste, mit denen Erziehungsberechtigte ihre Nachkommenschaft infizieren.

Elona war kein *absolute beginner*, sie war ein *super absolute beginner*. Sie hatte bis zu diesem Moment noch nicht einmal einen Männermund geküsst. Dafür war sie ein Naturtalent und konnte, von den ersten sachten Berührungen an, küssen und sich küssen lassen. Überall. Ihr bronzefarbener Körper reagierte mit unbeschwerter Hingabe. Seine Temperatur änderte sich, die Farbe seiner Haut, die Laute, die ihm entkamen.

Natürlich habe ich nicht mit ihr geschlafen. Das wäre nicht fair gewesen. Da ich ja eine Woche später schon wieder abreisen würde. Doch so innige Intimität braucht ein Nachspiel, braucht einen, der da ist und die Frau, die sich so radikal hingegeben hat, behütet. Eine Zeitlang, immerhin. Zudem, ich war nicht (mehr) penetrationsnärrisch. Ich muss nicht alles bekommen, ich war bereits überwältigt von dem Vielem, was Elona mir geschenkt hatte.

Auch ein Kompliment, mit dem ich gern angebe. Beim Abschied sagte sie: »You behaved always so courteous«, du hast dich stets wie ein Gentleman benommen. Ich fragte nach und erfuhr, dass sie die kleinen Gesten sehr schätzte: ihren Stuhl im Restaurant zurechtrücken, damit sie leichter Platz nehmen konnte, vorausgehen und die Tür öffnen, auch beim Taxi, ihre Sporttasche tragen, wenn sie aus dem Fitnessstudio kam.

157

Zurück in Paris, sah ich den Dokumentarfilm *Sex – The Annabel Chong Story*. Ein hartes Teil, eher gedacht für Leute mit strapazierfähigen Nerven. Die fünfundachtzig Minuten berichten über Grace Quek, eine in Singapur geborene Chinesin, die in London aufs College ging und dann nach Los Angeles umzog. Wo sie bald als 22-jähriger Pornostar – nun unter dem Namen Annabel Chong – einen Weltrekord aufstellte: Geschlechtsverkehr mit 251 Männern innerhalb von zehn Stunden. *On record.* Jede Nummer gefilmt. *The World's Biggest Gang Bang* wurde der meistverkaufte Pornostreifen aller Zeiten.

Der Film, den ich sah, zeigte kurze Ausschnitte aus dem Rekordversuch, konzentrierte sich aber auf Interviews mit der Hauptdarstellerin, mit Freunden, mit Medienleuten und Personen aus dem professionellen Umfeld. Klar, die immer wieder gestellte Frage lautete: *Warum?* Nun, die Studentin sieht das Unternehmen als ihren Beitrag, um auf die »wahre Sexualität von Frauen« zu verweisen: Die sei – wenn man sie nur ließe und nicht gesellschaftlich zähme – genauso aggressiv und wild wie die eines Mannes. Doch Männer dürfen sie ausleben, Frauen müssen sich schämen. Und: Da sie an der Universität *Gender Studies* belegt habe, könne man die weltweit publizierte Vögelei auch als ihr

»Praktikum« verstehen. Auf der einen Seite die Strebsame als Bücherwurm, auf der anderen die Mannstolle, umzingelt von Hunderten von Schwänzen. (Nach dem 251. wurde der Marathon abgebrochen, da Blut floss.)

Beruhigend, dass Annabel keinen Versuch unternahm, ihren Hunger nach Anerkennung zu verschleiern. Und nicht ihren grundsätzlich zuverlässigen Appetit auf männliche Genitalien. Löblich auch, dass Regisseur Gough Lewis die Doku ohne erigierten Zeigefinger drehte. Kein Kommentar aus dem Off, nur Bilder von Menschen, die nackt und erregt sind oder angezogen sitzen oder stehen und über das Nackte und Erregte sprechen.

Man kann über den Film denken und fluchen, was und wie man will. Aber ich hatte wieder verstanden, warum Frauen entlang der Jahrtausende unterdrückt und erniedrigt wurden: als Hexe oder Burka-Vogelscheuche, als Wesen minderer Qualität, als – Gipfel aller Niedertracht – Versucherin im Paradies, die dem unschuldigen Herrn Adam den Apfel gereicht hatte. Wodurch, unvermeidlich, das Elend über die Menschheit hereinbrach.

Die Schändung der Frau via Moral, via Verachtung, via Gewalt vertuscht nur mühsam die Angst, die darunter lauert: die Angst der Männer vor der weiblichen Sexualität. Die zu ganz anderen Taten imstande ist als die seine. Nicht der Potenteste unter uns könnte in sechshundert Minuten über zwanzig Dutzend Frauen befriedigen. Vielleicht ein Dutzend, aber schon das klingt nach Maulheldentum. Klar, Annabel Chong demonstrierte ein bizarres Extrem, aber dahinter steckt eine – für Männer – so bedrohliche Wahrheit.

Das einzige, was ich bedenklich fand: die vielen vom Wohlstand deformierten Männerkörper, die der Schönen so nah sein durften. Körper, denen man nicht einmal in einer Ritterrüstung versteckt begegnen wollte.

Ach ja, ein Jahr später wurde Miss Quek entthront. Von einer gewissen Jasmin St. Claire. Sie fertigte 300 Erektionen ab. Neue Bestmarke, bis heute ungebrochen.

158

Stichwort Deformation. Eine der grandiosen Erfindungen der Menschheit ist die Kleidung. Vom Feigenblatt über den Lendenschurz zur Vielfalt aller Moden. Sie hilft beiden Geschlechtern, das eher Ungustiöse geschickt zu drapieren. Was den sieben Milliarden Weltbewohnern unsägliches Leid erspart. Wären sie doch sonst dem Anblick von ein paar Tausend Millionen Splitternackter ausgeliefert. Täglich. Ein schneller Spaziergang entlang eines FKK-Strands – einmal war ich kühn genug – lässt ahnen, was an Schauder und Schauerlichkeiten auf uns zukäme.

Nota bene: Auf mittelalterlichen Bildern sind die Frauen und Männer, die in die Hölle müssen, unbekleidet und jene, die in den Himmel dürfen, gut angezogen. Wäre ich gottesfürchtig, ich würde es mit Freuden glauben.

Okay, ich habe längst zu lange gezaudert. Nun aber, sorry, die nackte Wahrheit: Bisweilen landete eine Frau auf meinem Futon, in deren Anwesenheit ich plötzlich in starke Turbulenzen geriet. Denn der nun hüllenlose Leib sah (fast) ganz anders aus als der so hübsch verhüllte. In der Werbung nennt man das »Etikettenschwindel«: Der Inhalt entspricht nicht dem, was außen angekündigt wurde.

Trotzdem, ich will immer Gentleman bleiben. Und werde hier, an dieser Stelle, auf erschütternde Details verzichten. Doch wenn ein Frauenkörper sich als das Schönste auf Erden ankündigt und man sich im Dämmerlicht des Schlafzimmers nur verwundern kann, was raffinierte Textilien zu stützen und halten und kaschieren imstande sind, dann beginnen die (inneren) Sturmböen. Nein, ich bin auch in diesen schweren Momenten kein Gutmensch. Und nein, ich denke nicht daran, begehrenswert zu finden, was – in meinen Augen – kein Begehren provoziert.

Ich weiß – so habe ich es gelesen und gehört –, dass ein Teil der Männerwelt es so genau nicht nimmt. Dass er souverän über derlei Enthüllungen hinwegsieht. Gewiss ist diese Spezies viriler als ich, braucht weniger Verlockung, um Mann zu sein und sich zu erregen. Ich nicht, ich bin absolut außerstande, jetzt den strahlenden Eroberer zu spielen, der begeistert hinschaut, anfasst, abküsst, riecht, ja stammelnd nach Worten sucht, um das Lied der Ergriffenheit anzustimmen.

Nein, ich komme ins Schwitzen und lüge um mein (halbes) Leben. Denn ich habe mir feierlich versprochen, nie die Tatsachen zu verraten, nie einer Frau mitzuteilen, dass kein Reiz von ihr ausgeht und kein Testosteron zu sprudeln beginnt und kein Blut in Wallung gerät.

Die »eigentliche« Botschaft würde eine Frau zu Tode kränken. Und niemandem helfen. Und nichts ändern. Nein, ich nehme alle Schuld auf mich, murmle etwas von schwacher Tagesform oder erfinde die Trennung von einer Ex, über die ich noch immer nicht hinweggekommen bin. Ich riskiere folglich, dass ich als Pfeife daliege, als ein Männchen, das sich ganz unheldenhaft davonmacht.

Ab diesem Zeitpunkt wird diese Frau, die vielleicht klug und beredt ist und mir verzeiht, in den Stand der »guten Freundin« erhoben. Wenn sie es denn will. Und wir sehen uns wieder, allerdings außerhalb des Betts und komplett angezogen.

Sex ist das Wunder Schönheit. Den Satz habe ich in mein Herz gestanzt und er wird so lange dort leuchten, bis das Herz aufhört. Er ist unbestechlich, nicht abwaschbar. Er pocht. Unentwegt.

Eine Banalität als Postskriptum: Dass es einer Frau genauso zusteht, mich als Liebhaber nicht ansehnlich genug zu finden, soll der Vollständigkeit halber noch erwähnt werden. Es ist mir passiert. Und ich habe es akzeptiert, genauer: Ich habe es zu akzeptieren.

Damit wir uns messerscharf verstehen: Jeder soll mit seinem Leib umgehen, wie es ihm beliebt: ihn achten und als Einmaligkeit begreifen, ihn hüten und wissen um seine Güte. Oder ihn missbrauchen und an die Wand fahren, ihm die Freundschaft kündigen und ihn wie einen Müllsack durchs Leben schleppen. Ich habe hier niemanden zu richten, ich rede nur bescheiden davon, was mich entzückt und was nicht.

Ach, noch etwas, wenig lustig: Bisweilen habe ich keine Lügengeschichte erfunden. Aber auch nicht, natürlich nicht, die Wahrheit ausgesprochen. Bin eben doch bestechlich: von nacktem Mitleid. Und von der eigenen Schwäche. Weil mir die Kraft fehlte, in diesem Moment nonchalant die Vorstellung abzusagen. Und bin angetreten. Als schlechter, nein, miserabler Galan, der sein Pflichtprogramm absolviert. Ich will gar nicht wissen, in welcher Schublade – Niete oder Pfeife oder Flasche – mich die Betroffenen hinterher abgelegt haben. Zu Recht.

Manche verschwanden auch abrupt. Auf eine Weise, die man heute »ghosting« nennen würde: wie ein Geist abtauchen, ohne Nachricht, ohne Abschied, ohne Spur.

159

Ein ganzes Jahr lang passierten keine wilden Dinge. Doch an einige dieser Liebhaberinnen, die während dieser Zeit die Nächte mit mir teilten, erinnere ich mich mit einem ergriffenen Kopfschütteln. Oder Wehmut.

Ach, Aline. Ich suchte einen Zahnarzt und fand sie. Sie war das, was man auf den Salomon-Inseln einen *wantok* – Pidgin English für *one talk* – nennen würde: Ein Mensch, der meine Sprache spricht. Im ganz wörtlichen Sinn und, später, im übertragenen. Eine Person auf meiner Wellenlänge. Wir sahen uns und waren umgehend guter Laune. Obwohl sie mich bald einen »filou« nannte und jedes Mal wissen ließ, dass sie sich unmöglich in mich verlieben könnte. Das hinderte uns nicht, zart und wohlgemut miteinander umzugehen.

Warum eine Frau mit ihren Maßen und sprühenden Lebensgeistern Zahnärztin geworden war, auch dieses ungelöste Rätsel werde ich mit ins Grab nehmen. Egal, in ihre

Sprechstunde ging ich in Hochstimmung. Umso erstaunlicher, wenn man bedenkt, dass das Tun ihres Berufsstands meist nur Angst und Abwehr hervorruft. Nein, nicht bei Aline, denn wir hatten uns ein paradiesisches Spiel ausgedacht: Sobald sie mir mit ihren Folterwerkzeugen – Spritze, Bohrer, Reißzange – in meinen Mund fuhr, durfte ich nach ihren strahlenden Brüsten greifen. Das brachte einen solchen Genuss in diese Marterstunden, dass wir die Behandlung – bauchmuskelweh und freudentränenglitzernd – immer wieder unterbrechen mussten. Zahnarzt und Freudentränen, ach, was hat das Leben nicht alles zu bieten.

Muss ich es noch hinschreiben? Natürlich hat Aline mich eines Tages verlassen. Weil sie eben den »Richtigen« suchte. Und ich war noch nie der Richtige.

Ach, Antonia. Seltsam, aber an manche Ex erinnere ich mich zuerst über das Stichwort Sprache. Antonia war eine Bücherverschlingerin, mit zwei akademischen Abschlüssen. Und von den vielen klugen Worten, die sie mir geschenkt hat, fällt mir sogleich eine Situation ein, die sie mit einem Mann erlebt hatte. (Ich liebe es, Frauen zu ihren Verflossenen auszufragen: Quelle unerschöpflichen Lernens.) Die heitere Erinnerung hat sicher auch damit zu tun, dass wir bei ihrer Erzählung gerade an einem griechischen Strand lagen, kurz vor Sonnenuntergang, und die Welt in dieser Stunde wie ein Ort unfassbaren Glücks aussah.

Hier die Szene, filmreif: Zum ersten Mal folgte die Architektin der Einladung eines Verliebten zu ihm nach Hause. Und sie tranken und schmusten und beschlossen, miteinander ins Bett zu gehen. Bis der junge Kerl sich das Hemd vom Leib zog und Antonia blitzartig entschied, dass sie von diesem Oberkörper nicht geliebt werden wollte. Und sich (wie ich das verstehe) in Ausreden flüchtete. Und er, der Abgewiesene – manche Menschenkinder wollen von Sensibilität nichts wissen – geknickt fragte: »Und den ganzen Rest, den willst du auch nicht sehen?« – Liebste Antonia, allein dafür gehörst du in meine Schatztruhe.

Ach, Michelle. Bei ihr gab es nichts zu lachen. Doch einen langen, tiefen Blick in ein verworrenes Herz. Die Redakteurin einer Modezeitschrift war – ich will mich geziemend ausdrücken – *instabil*. Impulsivität als Trumpf, Michelle schien vollkommen unberechenbar zu sein. Nein, falsch, man konnte sie berechnen. Aber es dauerte eine Schrecksekunde, bis ich, rein zufällig, die Formel fand, nach der sie funktionierte.

Nach dem dritten Treffen vereinbarten wir, dass ich sie in ihrer Wohnung besuchen würde. Unsere Mails waren eindeutig, kein Rendezvous fürs Schachspielen, sondern für das wundersame Tun zwischen Frau und Mann. Und als ich irgendwann, schön behutsam, an ihr zu nesteln begonnen hatte, ging eine Tretmine los. Michelle stieß mich zurück, sprang auf und deckte mich ein. Mit derben französischen Schimpfwörtern. Wobei das »cochon sauvage«, das Wildschwein, das harmloseste war. Und sie ging auf mich los. Jetzt fuhr ich hoch, packte ihre angriffslustigen Arme, drehte sie um und drosch ihr mit der Rechten auf den Arsch. Das war meine erste (und einzige) Tätlichkeit einer Frau gegenüber. Aber ich wusste mir nicht anders zu helfen, um das hysterische Weib zur Räson zu bringen. Noch drei Stunden zuvor hatte sie mich schriftlich aufgefordert, sie zu beschlafen. Wobei die Wortwahl – *»baise-moi«*, vögle mich – denkbar einfach und unmissverständlich klang.

Doch dieser Hieb – unergründliches Frauenherz – brachte die Wende. Michelle ließ sich auf die Knie fallen und stöhnte: *»Prends-moi«*, nimm mich. Das war auch filmreif, aber kein Lustspiel, keine Klamotte, nein, eher ein Schnipsel aus einem Schulmädchen-Report. Unsäglich debil und unheimlich wirklich. Und ich schob ihren Rock hoch und nahm sie und Michelle rief »je t'aime, je t'aime« und ich ahnte: Das »Brave« langweilte sie. Die 33-Jährige wollte »vergewaltigt«, mit Gewalt gefügig gemacht werden. Das Wildschwein war ihr Lieblingsmann. Den »Normalen« – mich, Minuten vorher – verachtete sie. Einer musste her, der sie mit Liebesspiel und anderen Kindereien verschonte, einer, der ihr zwischen die Beine griff und sie penetrierte. Schon klar: Der Eine durfte kein Wildfremder sein, sie musste ihm schon einmal begegnet sein. Und anschließend beschlossen haben, von ihm vergewaltigt werden zu wollen. Hundsgemein kompliziert, aber so war es. Nach der Erschöpfung habe ich sie ausgefragt und (diskret) mitgeschrieben.

Mehr als fünf Mal stieg ich mit Michelle nicht in den Ring. Weil mir – siehe Tamara, die Ärztin, die Prügel verlangt hatte – jede Art Zwang zuwider ist. Unwiderruflich, wenn es sich um den menschlichen Körper handelt. Das ist – nur an zweiter Stelle – eine Frage der Moral. Die Hemmung geht tiefer: Eine Sperre blockiert in mir, die nicht mit sich verhandeln lässt. Für kurze Zeit kann ich sie außer Kraft setzen, der Erfahrung zuliebe. Doch dann rastet sie wieder ein und ich will nichts als verführen, will swingen und eine Frau mittels Sprache und *romance* für mich gewinnen.

Ach, Gabriella, auch sie unvergesslich. Denn um ein Haar hätte sie meinen – von ihr zugerichteten – Johnny auf dem Gewissen. Schuldlos schuldig.

Mir soll nichts erspart bleiben. Ist das reine Willkür oder passieren diese »Dinge«, weil ich sie mir, eher unbewusst, wünsche? Das ist eine schwachsinnige Frage und jede Antwort wäre ebenfalls schwachsinnig. Sie passieren.

Wie in dieser Nacht mit Gabriella, die einen seltsamen Berufsweg hinter sich hatte. War sie fünf Jahre zuvor noch »Trapezistin« gewesen, eine, die schwungvoll in der Zirkuskuppel turnte, so arbeitete sie nun als Kundenberaterin einer Kosmetikfirma. Wir hatten uns in einem *club de conversation* kennengelernt. Und ich lud sie ein, weil sie clever und schnell konversierte.

Ihr geschmeidiger Körper war eine Freude, er konnte auch wunderbar Bodenturnen. Und wieder war ich dankbarer Schüler. Bis zu jener Morgenstunde, in der wir verschlafen aufwachten und uns zu lieben anfingen. Und Gabriella in einer etwas komplizierteren Stellung – ganz ihrem Temperament geschuldet – daneben landete und »ihn« – unter meinem Schmerzensgebrüll – wegquetschte. Jeder Mann, der schon einmal einen prallen Fußball – mit Wucht geschossen – in der Mitte seines Körpers ankommen spürte, weiß, wovon hier die Rede ist.

Nach etwa einer Stunde verzog sich die Höllenqual. Und Monate später suchte ich Professor Schwarzer in Freising auf, eine der Koryphäen auf dem Gebiet. Denn ein »Penistrauma« war über mich gekommen und der Traumatisierte hatte angefangen, sich unschön zu verformen. Jeder Interessierte kann im Netz unter »induratio penis plastica« – so der seltsame Name des Gebrechens – nachschauen, zu welch aberwitzig krummen Exzessen ein solcher Albtraum führen kann.

Ich hatte Glück. Das Verbogene wurde wieder gerade. Ohne Zutun. Wie bei jeder anderen Unglückseligkeit hatten zwei Alternativen zur Verfügung gestanden: in den Abgrund hinein, das wäre eine höchst delikate Operation mit ungewissem Ausgang. Oder knapp daran vorbei. Schon verwunderlich, welchen Gefahren ein – von Ferne betrachtet – eher unscheinbarer Körperteil ausgesetzt ist. Auch verständlich: Gabriella und ich turnten ab diesem Morgengrauen eine Spur behutsamer.

Ach, Joëlle. Sie fühlte sich zu mir hingezogen und beschimpfte mich jedes Mal. Weil sie inzwischen ein Alter erreicht hatte, in dem sie wie von Sinnen neben ihrer wild tickenden Eieruhr herrannte, konkret: den einen Einzigen suchte, der sie mit allen Freuden auf Erden versorgen würde. Und sie erkennen musste, dass ich für all ihre Träume die ideale Fehlbesetzung war. Und sie oft nach einer Liebesnacht zu weinen anfing. Voller Angst, den letzten Eisprung zu verpassen und den Rest ihrer Zeit kinderlos, familienlos, ehemannlos und zukunftslos zu fristen.

Eines Abends nach einem Dinner in einer Pizzeria (nach

einer monatelangen Strafpause ihrerseits) schlug ich ihr wieder vor, mit mir nach Hause zu gehen. Und Joëlle antwortete poetisch: »Ça rime à quoi?«, auf was soll sich das reimen? Und ich: »À la vie«, auf das Leben. Ihre Frage war eindeutig: Diese Nacht, jetzt, interessierte sie nicht mehr, sie wolle nur mitgehen, wenn sie alle Nächte bekäme. Joëlle ahnte nicht, was für ein Langweiler aus mir würde: als Mann für alle Ewigkeit.

160

Wochen später bestieg ich ein Flugzeug und suchte meinen Fensterplatz. Und eine winzige Geste zeigte mir, dass andere Männer das Leben zu zweit wohl intelligenter inszenieren als ich: In der Mitte der Dreierreihe saß eine Frau und links von ihr ein Mann, die beiden ganz offensichtlich – ich sah die Ringe – ein (älteres) Ehepaar. Ich setzte mich an das Fenster und die zwei wechselten die Plätze. So »beschützte« der Gatte die Gattin. Dieser kleine Akt der Eifersucht hatte etwas Rührendes. Er war ihr Ritter, auch noch nach langen Jahren.

161

Und ich war auf dem Flug zu einer, bei der ich als Edelmann versagen würde. Gut, ich habe meist versagt, aber immerhin konnte ich eine gewisse Zeit – vor der Entdeckung des wenig glorreichen Tatbestands – manches Frauenleben erheitern. Nicht im fernen Montreal.

Shirin und ich kannten uns – flüchtig, nicht intim – aus dem Sommer, in dem sie in Frankreich gelebt hatte. Sie hatte als Zehnjährige fluchtartig mit ihren Eltern den Iran verlassen und war – nach langjährigen Zwischenstationen – in Paris gelandet. Und hatte keine dauerhafte Aufenthaltserlaubnis bekommen. Deshalb war sie nach Kanada weitergezogen. Und irgendwann hatte sie gemailt und mich eingeladen. Und ich flog und lernte: Jede Sucht, selbst die nach Schönheit, kann zum Crash führen.

Ihr Loft war sechs Meter breit und sechzehn Meter lang. Und die Decke knapp unter dem Himmel. Alte Möbel standen herum, Shirin jobbte als Restauratorin. Für wenig Geld, sie überlebte. Als sie mir meinen Schlafplatz zeigte, ein Sofa für Pygmäen, bat ich sie, ein Taxi zu rufen. Und wir kauften eine große Matratze und das entsprechende Bettzeug.

Hier in Stichworten die neun Tage mit Shirin, dieser *walking desaster area*. Um rasch zum Finale zu kommen. Das unter Polizeiaufsicht stattfand.

Der Hinweis, dass ich grundsätzlich alles bezahlte, muss sein. Um gleich von der ersten Niederlage zu berichten, die ich nach dem Unterschreiben des Mastercard-Vouchers (im Bettenhaus) bezog: kein »merci«, nie, auch nicht nach der nächsten Unterschrift, drei Stunden später in einem Restaurant. Nach keiner der knapp dreißig Quittungen. Kein Wort, kein Lächeln, immer nichts. Männer waren offenbar auf die Welt gekommen, um ihr, Shirins, Leben zu finanzieren. Dafür verteilte sie schlechte Laune. Reichlich. Wie ein beleidigtes autistisches Würstchen saß sie am Tisch. Nachfragen blieben ohne Antwort. Schnell abgetan mit einer Gebärde, die sagen sollte, dass man zu dämlich, zu unsensibel sei, um die Tiefe und Größe ihres Leids zu verstehen.

Ein grotesker Zustand: Nach Jahren treffen sich zwei wieder, der eine fliegt Tausende Kilometer und die andere – die um den Besuch bat – schafft kein Zeichen von Hochgefühl, keinen Funken Begeisterung, keine fünf Minuten Fröhlichkeit.

Doch zu Hause im Loft wurde es besser. Nicht gut, aber besser. Kurzfristig. Denn der erste Weg nach dem Verschließen der Wohnungstür führte zur roten Dose am Fensterbrett. Versteckt hinter einem Blumentopf: die Haschisch-Schatulle, feinste Ware aus dem Libanon. Und wir rauchten, ich als Genießer, sie als Junkie. Nach zehn Zügen konnte die 34-Jährige den Mund öffnen. Freilich, kein Freudenreigen zog auf, kein Lossprudeln über das Leben, kein drängendes Mitteilen über die Vergangenheit. Nur ein bisschen Gemaule über das Gastland und die bösen Franzosen, nur ein paar dunkelgraue Wörter zum Zustand der Welt. Eine persische Kassandra saß da am Küchentisch, schön und unsexy wie Schwermetall.

Von wegen besser: Nach einer halben Stunde fingen die Telefone (Festnetz und Handy) zu klingeln an und – ja, unheimlich – der Mehlsack sprang hoch und plapperte los. Rasant, fünfhundert Silben pro Minute, lachend, kichernd, *never-ending*.

Schon beim ersten Frühstück nahm dieses Ritual seinen Anfang, hörte nur auf (für mich), weil ich zum Schreiben in die Stadtbibliothek verschwand. Und war noch immer in vollem Gang, als ich um 16 Uhr zurückkam.

Shirin um etwas zu bitten, wie sinnlos. Ihr erklären, dass ich mich nicht in ein Flugzeug zwänge, um anderen Leuten beim Telefonieren zuzuhören, auch das blieb ungehört. Meine (ab dem dritten Tag laute) Wut über die stundenlange (ja, stundenlange) tägliche Schwadronade und die orkanartige Musik, die brausend – im Hintergrund hämmernd – durch das Loft zog: Sie stieß nur auf Gegenwut.

Ein Irrenhaus in Montreal: unsere Schreie, das verkiffte Gesülze in und aus einem Telefonhörer, der Hammerrock. Mich überkam irgendwann der Gedanke, dass mich eine Sadistin eingeladen hatte. Die Wert darauf legte, mich gewissenhaft zu demütigen. *Just for fun.* Ein anderer Grund fiel mir nicht ein, denn wir hatten ja keine Vorgeschichte, keine offenen Rechnungen.

Da Shirin nur sporadisch arbeitete – jede Struktur war ihr durch zwei Jahrzehnte Shitinhalieren verloren gegangen –, stand unendlich viel Zeit zur Verfügung. Zum Totschlagen: mit Blabla, mit Abhängen, mit Starren, mit Dösen, mit Drehen des nächsten Reefers, mit der Veröffentlichung giftgrün geladener Sätze.

Wären die Nächte wenigstens voller Leichtsinn und Küsse gewesen. Welch aberwitzige Idiotie, davon zu fantasieren. Obwohl die Mails der Gastgeberin – Richtung Paris – kaum getarnte Hinweise enthielten. Gedacht wohl als Lockmittel, wie ich endlich begriff. Und sicher nicht als Vorankündigung einer Wirklichkeit. Auf mich als Mann, wie offensichtlich, war sie so wenig erpicht wie auf mich als Gesprächspartner. Dennoch kam es – einmal – zu sexuellen Handlungen. Und die Frau mit dem Traumkörper war keinen Moment fähig, einen Traum zu verschenken. Nicht, weil sie unerfahren und ungelenk gewesen wäre. Keineswegs. Nein, weil aus jeder Pore ihrer Haut Kälte strömte. Sie wurde geil, unübersehbar, unüberhörbar, aber sie blieb vereist wie ein Vergewaltigungsopfer. Sie erreichte den Höhepunkt – und drehte sich um. Wortlos, fern wie ein Feind.

Das war unsere einzige Umarmung. Hinterher zog ich aufs Pygmäenlager. Leichter ertrage ich Enge als den Frost eines Menschen.

Dann der neunte Tag, die neunte Nacht. Unser Finale. Ich kam erst nach 23 Uhr zurück. Jedes Mal später, um eine Konfrontation – wenn nicht zu verhindern – so doch hinauszuschieben. Alle Rettungsversuche waren ja gescheitert. Jedes Wort – ihrs, meins – kam nur noch als Messer daher, mitten ins Herz des anderen. Ich war in einen Krieg geraten, den mir niemand offiziell erklärt hatte.

Als ich eintrat, saß Shirin am Tisch. Neben einer Frau und einem Mann, wohl Freunde. Ah, Verstärkung. Meine (gepackte) Reisetasche stand nahe der Tür. Kassandra kam sogleich auf mich zu, die Arme verschränkt: »Verschwinde, hier stehen deine Sachen!« Gefühlsmäßig hätte ich sie gern erdrosselt, aber ich hielt an mich und war einverstanden. Nur nicht heute um Mitternacht, sondern morgen früh. »Nein, sofort.« Ich verwies – sorry, auch ich bin nicht immer cooler Weltmann – auf die knapp tausend Dollar (ohne Flug), die ich inzwischen in sie und das Apartment investiert hatte, sprich, eine Nacht, ohne Speis und Trank, sollte noch möglich sein. »Nein, sofort.« Da ich auf Zwang grundsätzlich widerborstig reagiere, kam nun meinerseits ein hartes »Non«. Und das Angebot, die Polizei zu rufen. Nun hatte ich Lust auf Zoff, nun wollte ich wissen, wie dieser Albtraum enden würde. Shirin wählte die 911.

Drei Mann kamen und natürlich hatte ich keine Chance. Ich war Fremder und sie die Mieterin des Lofts. Sie allein konnte entscheiden, wer bleiben durfte. Zudem ließ sie durchblicken, dass ich ihr gegenüber Gewalt angewendet hätte. Uff, mit so viel Niedertracht hatte ich nicht gerechnet. Denn wären Tätlichkeiten ausgebrochen, hätte ich garantiert nicht darauf bestanden, die Bullen zu holen.

Mein Kopf fieberte, alles an mir wollte jetzt Rache nehmen, wollte mich heilen für die neun mal 24 Stunden elend anstrengender Einsamkeit, die in der Nähe dieser Frau hinter mir lagen.

Ja, ich hatte einen Trumpf in der Hand. Eine Information, die mit einem Schlag ein ganz anderes Licht auf Shirin, das so scheinheilig herausgeputzte Opfer, werfen würde: Ein Fingerzeig auf die rote, mit Drogen proppenvolle Schatulle (nachlässigerweise nicht weggeräumt!): Und die Noch-Iranerin konnte – abgesehen vom Gerichtsverfahren – ihren Antrag auf die kanadische Staatsbürgerschaft vergessen. Wir hatten sogar darüber gesprochen: über ihre panische Angst, verpfiffen zu werden.

Ich zögerte – und hielt den Mund. Und schluckte die Demütigung. Trotz maßloser Wut. Aber ihre Zukunft zu zerstören kam nicht infrage. Ich griff nach meinem Gepäck und stieg – eskortiert von drei Schwerbewaffneten – die fünf Stockwerke hinunter auf die Straße. Nachdem sie im Wagen meine Papiere gecheckt hatten, war ich entlassen. Mit dem Hinweis, mich hier nicht mehr blicken zu lassen.

0.37 Uhr, sieben Grad minus (an diesem Morgen im Wetterbericht angekündigt), heftiger Schneefall, ziemlich weit weg vom Zentrum, totes Wohnviertel. Und erst in sechs Tagen mein Flug zurück nach Paris.

162

Alles wurde gut. Und die schöne Zeit begann: Ich erinnerte mich einer griechischen Kneipe, marschierte eine halbe Stunde, fand sie, bat um die *yellow pages*, rief ein Hotel an, rief ein Taxiunternehmen an und fuhr mitten in die Stadt. Und bezog mein Zimmer. Stille, kein schriller Mensch weit und breit. Ich grinste. Aber ja: Es gibt ein Glück, das sich nur daraus speist, dass das Unglück vorbei ist.

Die folgende Woche lang tat ich jede Minute, was ich liebte: in der *Bibliothèque Nationale* schreiben, am Nachmittag flanieren und die Welt anschauen, dann im Kaffeehaus lesen und rauchen, dann abends ins Kino. Ich unternahm nicht den geringsten Versuch, einer Frau zu begegnen. Eine Pause, dachte ich, würde nicht schaden.

Nota bene: Nach Niederlagen, nachdem Zorn und Schmerz verflogen sind, suche ich nach Fehlern. Meinen. Warum passierte der Unfall? Was muss anders werden? Erste Antwort: Ich hatte das getan, wovor schon Albert Camus als Quelle unendlichen Leids gewarnt hatte: Ich hatte gehofft. Gehofft, dass hier zwei vollkommen diametrale Lebensentwürfe – Shirins und meiner – miteinander swingen könnten. Und sei es für kurze Zeit. Hätte ich so viel Menschenklugheit besessen, wie ich mir immer einbildete, wäre ich bereits nach 48 Stunden davon. Im Sturmschritt. Unverbrüchlich überzeugt, dass uns beiden nicht zu helfen war. Und, nächste Erkenntnis: Ihre Schönheit machte mich blind, geil, berechnend, sprich, ich ertrug den Irrsinn, um von ihrem Körper zu kosten. Wie billig. Wie peinlich. Ich hätte es längst wissen müssen: So entsteht keine Wärme zwischen Frau und Mann. Ach, warum habe ich nicht auf Mister Ellington gehört: »It don't mean a thing, if it ain't got that swing.«

163

Ich hatte es leicht mit meinen Fiaskos. Solange sie intensiv waren, durften sie passieren. Zudem speicherte ich sie ja als Unterrichtsstunden ab. Die mich daran erinnern, dass ich noch immer nicht genug von der Welt weiß. Drittens: Ich bin resilient, ich gehöre zu denen, die hinfallen – und wieder aufstehen. Liegenbleiben geht nicht. Nie.

Zuletzt: Die Götter lieben die Unwehleidigen. Jene, die herben Zumutungen nicht ausweichen. So kommen nach den Peitschenhieben die Geschenke, konkret: die Nähe zu Frauen, die – bis zum letzten Stündlein – wie wild glitzernde Rubine durch meine Herzkammern flirren.

164

Wie N. N., die mich bald nach meiner Rückkehr zu ihrer Talkshow einlud. Damit ich über die Arbeit eines Reporters berichte. Ach, diese Frau war so witzig, so unheimlich begabt für das Leben. Durchaus tief und gründelnd. Und dennoch ging sie mit einer Leichtigkeit durch den Tag, so undeutsch und elegant, dass ich sie mehrmals nach ihrem Geheimnis fragte. Gar sinnlos, denn es gab keins. N. N. hatte, so behauptete sie, bereits federleicht den Uterus ihrer Mutter verlassen. Lebensglück als Erbgut. War Shirin ein Mensch gewesen, der mir Eisbrocken um den Hals kettete, so nahm die Fernseh-Talkerin mich bei der Hand. Und entführte uns in die Schwerelosigkeit. Und wann immer ich in der großen deutschen Stadt zu tun hatte, kurvte ich mit dem Taxi bei ihr vorbei. Und nichts schien einleuchtender, als sich in ihrer prächtigen Altbauwohnung an den Küchentisch zu setzen und irgendwann hinüber zu ihrem Futon zu wandern.

Liebe N. N., ich bitte um Nachsicht. Aber eine deiner Heimlichkeiten, um die ich dich dann doch erleichtern konnte, muss ich jetzt der Welt erzählen. Weil sie davon, so wie ich, gewiss noch nie gehört hat. Du Beneidenswerte, du

Frau mit den tausend Meridianen Sinnlichkeit. Wäre ich Schausteller, ich würde dich in einer Glaskugel durch Europa kutschieren. Und jeden Abend ein Zelt über dir aufstellen. Damit wir alle anderen, die wir mit einem weniger begnadeten Körper zurechtkommen müssen, dich angaffen. Und fassungslos schweigen: Weil du, die Sensation, nun vorführst, wie du in einer Großstadt-Trambahn – auf dem Weg zur Arbeit und umzingelt von trostlosen 9-Uhr-Visagen – sitzt und vergnügt zum Fenster hinausschaust, die Oberschenkel übereinanderschlägst und dich sammelst und – explodierst. Lautlos. Mitten in dir, ganz im Zentrum. Dein Morgenorgasmus. Ohne dass dich die Fingerspitze eines Mannes berührte, ohne irgendeine Gerätschaft aus dem Beate-Uhse-Versand. *Just like this, just like one of these wonders of the world.*

Ist das gerecht? Wenn man bedenkt, wie viele Frauen, weltweit, »um den Höhepunkt ringen«. Du ringst nicht, du tänzelst, dich beschenkt der Himmel. Ach, lass mich niederknien vor allem Deinem. Auf dass ein Stück Blau von dir in mein Herz fährt.

165

Dann kam Kira. Ich erinnere mich genau an den Tag, an dem ich zum ersten Mal von ihr hörte. Ich war gerade in Monrovia, der Hauptstadt Liberias. Für eine *MARE*-Reportage. Nur 35 Kilometer entfernt, versteckt im Busch, wartete Massenschlächter Charles Taylor – inzwischen für seine Verbrechen zu fünfzig Jahren Zuchthaus verurteilt – auf die rechte Stunde. Um ein neues Blutbad zu organisieren.

Um 14.31 Uhr an diesem elften Februar war ich verhaftet worden. *Afrikanisch verhaftet*: Drei »Sicherheitsbeamte« konfiszierten meinen Pass. Um für die Herausgabe des Dokuments »Lösegeld« zu kassieren. Als ich im Wagen der drei staatlich angestellten Ganoven saß, kam es zu einer erstaunlichen Szene. Chief Arichure, der Chef des Trios, saß am Steuer. Eine (sehr) junge Frau überquerte vor uns die Straße, unser Toyota hielt, Arichure hupte, das Mädchen kam zu seinem Fenster, er:

- Please, comfort me. (Bitte, tröste mich!)
- Where?
- In my office, Ministry of Justice.
- OK, what time?
- Say, five o'clock?
- Why not.

Am Abend – die Preisverhandlungen, Stichwort Ausweis, liefen noch – fand ich ein Internetcafé, das funktionierte. Und las die Einladung zu einer Lesung aus meinem letzten Buch. Eben von Kira, einer Bibliothekarin. Zum ersten Mal bekam ich eine Mail, in der ein Veranstalter mir anbot, bei ihm (ihr) zu übernachten. Ohne den Hauch einer Anzüglichkeit, einfach nur, um Spesen zu sparen. Kira war Ossi und im Land ihrer Kindheit – so erfuhr ich Wochen danach – war diese Art Hilfsbereitschaft eine Selbstverständlichkeit.

Ja, sie »tröstete« mich bald, aber nicht im Justizministerium. Und nicht, weil ich mit grünen Scheinen gewedelt hatte. Ach, sie war unbezahlbar.

Irgendwann konnte ich Liberia, nach Übergabe eines Dollarbündels, wieder verlassen. Und in Kiras Stadtbibliothek antreten. Als Autor. Und obwohl ich ihr Angebot, auf dem Gästesofa zu schlafen, nicht annahm (ich zucke vor jeder Art Familienanschluss zurück), wurden wir ein Paar. Ein ganzes Jahr lang. Bis ich die Nähe ruinierte.

Hier das Protokoll: Kira, geschieden, hatte die Geburt ihrer beiden Kinder bravourös überstanden. Mit einer Strandfigur, der andere Männer – ich registrierte es grinsend – mit hungrigen Augen hinterherschauten.

Wäre ich ein Mann, der lieben kann, wäre sie *die* Frau gewesen. Sie überhäufte mich: mit Liebesnächten, mit Frühstücksgedecken wie aus einem Märchenland, mit ihrer Sehnsucht nach Sprache und Literatur. Alle Tage war sie der bessere Mensch von uns zweien. Ich sah ihr zu und wusste stets aufs Neue, dass sie über seelische Landschaften verfügte, die mir fehlten.

Kira teilte ihre Wohnung mit ihrer 15-jährigen Tochter und dem 17-jährigen Sohn. Und etwas – für mich – Überraschendes passierte: Die beiden ließen mich im Laufe der Monate spüren, dass ich wenig willkommen war. Nicht auf die harte Tour, aber deutlich: Halblaut fielen gallige Kommentare, Massen von SMS piepsten zur genau falschen Zeit, Gespräche wurden abrupt beendet, irgendwann das Wohnzimmer von außen versperrt. (Nachdem offensichtlich wurde, dass Mutter und der Fremde sich hinter der Tür liebten.)

Ich begriff all die Gesten nicht, bis Kira mich aufklärte: Eifersucht. Auf sie. Wäre ich selbst auf die Idee gekommen, ich hätte sie als absurd verdrängt. Nein, sie stimmte: Es ging wieder einmal um Besitz. Diesmal wollte nicht der Mann die Frau (oder umgekehrt) für sich haben, diesmal bestand die Nachkommenschaft auf ihrem Besitzanspruch.

Und ich – vollkommen tumb aller familiären Gruppendynamik gegenüber – nahm den Fehdehandschuh auf. Und ermahnte die zwei Teenies, sich um ihren eigenen Mist zu kümmern, ja, nicht halbtagslang vor der Glotze und ihren – noch hirnzellenmordenderen – Videospielen zu hocken. Ich Wicht. Statt auf die schöne Mutter zu hören, die wusste, dass jede Schlacht eines Erwachsenen gegen Jugendliche in diesem Alter verloren ist. Von Anbeginn.

Bei mancher Fehlersuche, wie hier, wenn die Scherben einer zerbrochenen Liebe bereits herumlagen, hasste ich mich: ob meiner Kläglichkeit. Ich, der (angebliche) Weltmann, war wieder einmal als (tatsächlicher) Kleinbürger unterwegs.

In meiner Not, nachdem die Kinder mich besiegt hatten und die Begehrte bekümmert zwischen den Fronten stand, begegnete ich einer neuen Frau. Ihr dreizackiges Lächeln hätte mich warnen sollen. Nein, ich blieb blind: Vertrieben von den zwei Halbwüchsigen, verließ ich die schöne, warme Kira für die schöne, eisige Milena. Und die Story mit ihr endete nicht in Anwesenheit von drei Polizisten, sondern vor vier Richtern.

166

Das Wort *Trost* kommt, sprachgeschichtlich, von *Treue*. Und Treue heißt: dableiben. Das konnte ich nicht. Immer arrangierte ich das Leben und die Umstände so, dass ich einen Grund fand davonzulaufen. Weil es mir zu eng wurde, zu laut und zu mühselig, zu kriegerisch. Bereits als 18-Jähriger, als ich eingezogen werden sollte, habe ich den Kriegsdienst verweigert. Befehlen folgen geht grundsätzlich nicht. Kompromissen folgen nur zögerlich.

Paare, die streiten, sind mir ein Gräuel. Ich hasse diese Auftritte. Zu oft hatte ich – noch Knirps – Gelegenheit, Erwachsenen bei ihren (verbalen) Gewalttaten zuzusehen. Ich beschloss schon damals, dass ich das nicht will. Und so war es: Geriet ich in eine Beziehungskiste – irgendwann voller Geschrei, Rechtfertigungen und Schützengräben –, trat ich die Wände ein und rannte weg. Egal, wer auch immer – der andere oder ich oder wir beide – für den Kriegsherd verantwortlich war. Hatte ich Pech (hatte ich bisweilen), verirrte ich mich in die nächste Feuerlinie. Wie jetzt.

167

- Schau mal, da drüben, da sitzt sie.
- Wer sitzt da?
- Na, die Schönste des Abends.

So simpel ging sie los, die Geschichte. Die zuerst in den Himmel führte und dann in die Tiefe riss. Nicht in die Hölle, aber in eine kleine Vorhölle. Und dort schmiedete sie mich, die Schönste.

Alex, ein Freund, hatte mich auf Milena aufmerksam gemacht. Am Ende einer Lesung war sie im Zuschauerraum sitzen geblieben. Allein die Geste gefiel mir: dass jemand versonnen dablieb. Nicht losschwatzte, nicht nach dem Handy fingerte, nicht losdaddelte. Nein, ganz innig verweilte sie. Wie eine, die noch voller Wörter und Gefühle war und diesen Zustand so schnell nicht verlassen mochte. Ich sprach sie an. Sie war klug und selbstsicher. Aber auf coole Art, nicht ein Funke Protzen lag in ihrer Stimme. Hier öffnete keine Tussi den Mund, sondern ein Mensch, der Anteil nahm an der Wirklichkeit, ja, der nachdachte über das, was gerade passiert war. Sie punktete und ein (lautloser) Jauchzer der Freude entkam mir.

So war unsere Liaison nicht aufzuhalten. Obwohl wir an verschiedenen Orten lebten, fast tausendfünfhundert Kilometer auseinander. Obwohl ich Tage später eine monatelange Reise antreten musste. Doch das Versprechen lag in der Luft, dass wir zwei uns nah sein wollten. Wie die unaussprechlich vielen vor uns fingen wir umgehend zu träumen an: angetrieben von dem Wunsch nach Zauber und Dramatik.

Begeistert legten wir los, sogleich nach meiner Rückkehr. Der eine kam zum anderen. Einmal sie, einmal ich. Landete die ausgebildete Krankenschwester in Paris, dann glitzerte die Stadt ein paar Sonnen heller. Von Tag eins an verstanden wir uns. Und ihr erotisches Raffinement war eine Gabe. Milena schenkte und nahm. Unsere verliebten Körper und unsere heftigen Reden, wir brauchten beides. Milena prüfte jeden Gedanken, akzeptierte oder verwarf ihn. Ja, auch mit dem Hirn vögeln ist ein Akt der Menschlichkeit.

Ich genoss ihre Schönheit und ihren hungrigen Geist. Und die Sehnsucht der Männer nach ihr. Und da sie Nein zu ihnen sagte, redeten sie schlecht über mich. Das gefiel mir. Ihre Gemeinheiten bewiesen nur, wie begehrenswert Milena war.

Kam die Gelegenheit, flogen wir in die Welt. Ihre Neugier war immer drängend, immer umtriebig. Noch ein Glanzpunkt. Die Fremde machte ihr keine Angst. Sie hatte längst die einfache Wahrheit begriffen, dass wir nur einmal da sind und dass Ausreden nicht gelten: um den Augenblick in die Zukunft zu verschieben. Und sie überschätzte mich – auch das noch –, mailte sie doch irgendwann die poetische Zeile: »Ich sehne mich nach der, die ich bin, wenn ich bei dir bin.«

Dann kam der Bruch, die Kehrtwendung. Über zwei Jahre waren vergangen und unser Status quo sah in etwa so aus: Milena, knapp über dreißig, Milena, dieser Wundermensch voll Überschwang und Weltliebe, Milena, die mit den 175 Zentimetern von Kopf bis Fuß, Milena, die mit Beinen herumlief, die man auf zehn Millionen versichern müsste, nun, dieses wunderbare Einzelstück Frau begann zu schwächeln: Sie wurde, in Windeseile, gewöhnlich. Als hätte jemand heimlich ihre Synapsen umgestellt, als hätte ihr Leib Hormone ausgeschüttet, die nach nichts Radikalerem trachteten, als ihr wildes Herz zu zügeln.

Panik überkam sie und ab sofort wollte sie ein anderes Leben. Eins auf eigenem Grund und Boden, eins mit Nachwuchs, eins mit Unendlichkeit und für alle Zeit. Der Glanz sollte aufhören und das stille Elend des Alltags uns heimsuchen. Jetzt fing ich zu zittern an und bettelte um Nachsicht: aus Angst vor Babygebrüll, aus Angst vor muffiger Gewohnheit, ja, vor der fürchterlichen Aussicht, in ein Ehebett ziehen zu müssen. Dorthin, wo ein Großteil der Menschheit wie selbstverständlich alles Feuer begrub. Nacht für Nacht.

Bald musste ich mir eingestehen, dass unser Spiel zu Ende war. Keiner wollte nachgeben. Das Verlangen dieser Frau, sich zu vermehren und gleichzeitig ihre Unbekümmertheit aufzugeben, ja, ihre Existenz in einer Art Sicherheitstrakt einzurichten, war nicht aufzuhalten. Es hätte bedeutet, eine Naturgewalt zu bremsen, ja, die sieben Weltmeere mit einem Fingerhut leer trinken zu wollen. Schon erstaunlich, wie abrupt aus ihrer Glut kalte Asche wurde.

Wie so viele Paare wussten wir es. Und weigerten uns, für die Konsequenzen einzustehen. Weil doch – trotz so unterschiedlicher Lebenspläne – Wärme und Begehren füreinander existierten. Also begannen die Monate der sinnlosen Gespräche, der sinnlosen Argumente, der sinnlosen Anklagen. Schützengrabenzeit. Jeder von uns schien so unbekehrbar wie der andere. Gewiss, auch an meiner Sturheit war nicht zu rütteln: ein Schicksal als Hausbesitzer, Erzeuger und Ehevorstand ist ja in meinen Genen nicht vorgesehen. Längst war ich vergeben: an die Leichtigkeit, das leichtsinnige Leben, ja, an den unbedingten Willen, mich nicht festzurren zu lassen.

So mancher – vom Hochsitz der Moral herab – nennt einen wie mich den Liebesunfähigen. Wie Milena. Das mag stimmen, nein, das stimmt. Mit Einschränkungen. Denn ich liebe, seit Jahrzehnten, ein paar Frauen, ein paar Männer. Vollkommen unabhängig von ihrer Attraktivität, ihrem Alter und ihrem Ansehen. Nur diese Ein-Mensch-für-immer-Liebe, die kann ich nicht, die begreife ich nicht.

An einem heißen Sommertag war es aus. Diesmal offiziell. Ich landete und Milena holte mich ab. Wie vereinbart. Wir umarmten uns und sie sagte, eher gefasst, »Es ist vorbei«, verlangte ihren Wohnungsschlüssel, gab mir meinen zurück und formulierte Sätze, denen ich nur zustimmen konnte: dass da keine Zukunft wäre mit mir. Weil ich sie als Mutter und Gattin und Hausbesitzerin nicht wolle. Kein unrichtiges Wort entkam ihr, denn ich wollte sie anders: als Frau, als Geliebte, als die eine, der ich damals im Zuschauerraum begegnet war.

Ja, die ersten beiden Teile unserer Geschichte verliefen durchaus zivilisiert: Zuerst sprühten die Funken, dann regnete es Blei. Und bleischwer gingen wir auseinander. Das war's, dachte ich. Und flog zurück.

Aber das war's nicht. Denn der dritte Teil, der kriminelle, stand noch aus. Hier kommt er.

Ziemlich früh in unserer Beziehung hatte ich Milena – obwohl sie in sorglos-finanziellen Verhältnissen lebte – eine Menge Euro geliehen. (Für den Kauf ihrer zweiten (!) Eigentumswohnung.) Zinsfrei und mit der Vereinbarung, dass ich den Schotter am Ende der Liebe zurückbekomme. Davon war am Flughafen keine Rede. Hätte doch einleuchtend geklungen: Sie serviert mich ab und gibt mir, als Trostpreis, das Kuvert mit den Scheinen. Mit meinem Geld. Das wäre ein sauberer, anständiger Schnitt gewesen. Von wegen.

Etwas Befremdendes passierte. Milena schrieb überschwängliche Mails. Nein, von der Rückgabe kein Wort. Stattdessen viele brennende Liebesworte: dass sie mich liebe, dass sie überreagiert habe, ja, dass sie uns zurückhaben wolle. Uns beide, als Liebespaar.

Ich reagierte verhalten. Inzwischen war mir klar geworden, dass es zu Milenas Entscheidung, mich zu verlassen, keine Alternative gab. Nicht für sie, nicht für mich. Ich bin Hallodri, doch kein Hochstapler: Nur um weiter in den Genuss ihrer sinnverwirrenden Umarmungen zu kommen, lüge ich einer Frau keine (künftige) Kleinfamilie vor. Folglich: Ein neuer Mann musste her. Einer jener Außergewöhnlichen, die sich mutiger aufführen als ich. Zudem flenne ich nicht die Nächte durch, weil die eine nicht mehr will. Ich bin eher Stehaufmännchen. Ich gehe kurz zu Boden, bin aber rechtzeitig zurück auf den Beinen, soll sagen: Bald nach der Trennung hatte ich eine nächste Freundin. Denn das Leben wartet auf niemanden, auch nicht auf mich.

Ach ja, das Geld. Noch immer kein Wort. Ich blieb gelassen, weil ich im Herbst in Milenas Gegend sein würde. Aus beruflichen Gründen. Ich schlug ihr ein Treffen vor, umgehend akzeptierte sie. Das Stelldichein als passende

Gelegenheit, um sie an ihre Schulden zu erinnern. Dachte ich. Himmel, wie naiv ich war.

So sahen wir uns nach vier Monaten wieder. Und gleich hörte ich eine gute Nachricht: Milena hatte einen Verehrer. Dass sie bereits im Bett gewesen waren, klang ermutigend. So würden ihre drängenden Mails aufhören. Zusammen mit meinen Schuldgefühlen, da ich eine Wiedervereinigung ja abgelehnt hatte. Und der Batzen Geld? *Logo, gar kein Problem*, sie würde es in der kommenden Woche überweisen. Ein Anruf bei ihrer Bank, reine Formsache.

Die Schöne hatte mir noch einen Gedichtband mitgebracht, als Geburtstagsgeschenk. Auf dem Deckblatt stand: »Für dich, den wunderbaren Mann, mit dem diese Lebensreise tiefer, wahrer geworden ist. Voller Freude, Milena.« Ich zitiere die Widmung hier nicht, um mich als den Herrlichen vorzustellen, nein, ich erwähne sie nur, um den Lobgesang als das zu entlarven, was er war: eine Perfidie, ein Masterplan. Von dem ich zu jener Stunde nichts wusste, von dem ich aber bald erfahren würde. Auf brutale Weise.

Wir gingen in mein Hotel und schliefen miteinander. Vorher hatte sie mit ihrem Freund telefoniert und ihm ein Alibi vorgelogen, da sie mit ihm verabredet gewesen war. Hinterher sprach sie schlecht über ihn. Dann brach sie auf.

Ich war irritiert, doch noch immer nicht clever genug, die Finte zu durchschauen. Zudem ärgerte ich mich über die Macht, die ihr Körper über mich besaß. Ich war zu schwach, um ihren Avancen zu entkommen. Wer wüsste schon, wie viele Männer im Laufe der letzten sechs Millionen Jahre in diese Falle getappt sind. Getrieben von schierer Geilheit. Ich jedenfalls tappte.

Am nächsten Morgen kam sie zurück in mein Zimmer, in mein Bett. Nachdem sie eine Stunde zuvor noch bei ihrem »Verlobten« gelegen hatte. Um zehn Uhr nahm sie mich mit in ihre Wohnung. Sie bot mir an, dort die zweite Nacht zu verbringen. Während der Fahrt hielt sie, per Handy, ein weiteres Mal Märchenstunde mit ihrem Neuen, improvisierte die glaubwürdigsten Tatsachen, um ihre Abwesenheit zu erklären. Unheimlich, wie ein einzelner Mensch in so kurzer Zeit so schnell und so oft lügen konnte.

Wie eine Spinne spann sie ihr Netz und der Einzige darin, der sie interessierte, war ich. Nicht als Mann, nein, ich als Opfer. Das noch immer nichts von seinem Status als Schlachttier wusste. Sie erwähnte zudem, dass Arwin (so soll er heißen), »wahnsinnig eifersüchtig« sei und sie auf keinen Fall mit mir sehen dürfe. Wie ich gleich darauf erfahren sollte, sprach Milena ausnahmsweise die Wahrheit.

Dann telefonierte sie wieder, rief ihre Schwester an und bat sie, den Vormittag über nicht zu antworten, wenn seine Nummer auf ihrem Display erschiene. Vermutlich versuche er ihr, Milena, nachzuspionieren. *Poor boy*, dachte ich, wie gut, dass ich das alles hinter mir hatte. Ich Einfaltspinsel, nichts hatte ich hinter mir.

Bekanntlich hat auch das Ernste, ja, das Verkommene, seine komischen Seiten. Kaum bei ihr angekommen, schliefen wir noch einmal miteinander. Auf dem Wohnzimmertisch, groß und rund und in der Höhe – auf den Zentimeter – passend. Und wie vom Teufel choreografiert, entfuhr ihr der Schrei der Seligkeit genau in dem Moment, als es laut schellte. Und Milenas Gesicht verzog sich zur Fratze, gleichzeitig schnellte ihre rechte Hand auf meinen Mund und sie flüsterte: »Das ist Arwin, er steht vor der Tür.« Und wir, gerade noch wundersam von Sinnen und hundert Prozent nackt und wehrlos, erstarrten. Und hielten den Atem an. Geschlagene zehn Minuten verharrten wir in einer Stellung, die – sonst überaus erfreulich – jetzt nichts als lächerlich wirkte. Dann lösten wir uns, leise wie unter Wasser, und Milena schlich zum Spion. Niemand. Kein Arwin, kein Rächer, keiner mit der Axt zwischen den Fäusten.

Wie grotesk diese Situation war. Doch erst am Ende der Geschichte würde mir das Absurde bewusst werden: Eine Frau gibt sich hin, um ihrem Ex (mir) zu schaden. Und schwitzt dabei Todesängste wegen ihres aktuellen Kerls, der sie kontrollieren will. Und auf den sie herabsieht. Unergründliches Menschenherz.

Hinterher saßen wir in ihrer Küche und tranken Kaffee. Ich muss zugeben, dass sie einen genialen Plan ausgeheckt hatte: Wieder drängte sie mich, zu ihr zurückzukehren. Und ich fühlte mich geschmeichelt. Statt den Hinterhalt zu ahnen, in den ihr Gerede mich führen sollte. Immerhin sagte ich Nijet zu jeder Art Neubeginn, hatte inzwischen begriffen, dass nur noch die Trümmer ihrer einst hochfliegenden Illusionen herumstanden, ja, dass Milena die nächsten fünfzig Jahre als betuliche Hausfrau verbringen würde. Und nicht als Weltbürgerin, die hungrig blieb nach Intensität und Staunen. Ihr Traum, für »Ärzte ohne Grenzen« in Afrika und Asien zu arbeiten, war längst tot. Und ich wusste, dass mich die Normalen nie interessiert hatten, immer nur die anderen, immer die nur, die schon von weither leuchteten.

Als Arwin wieder anrief, drückte sie ihn weg. Ich sah kurz seinen Kopf. Da leuchtete auch nichts. Mir kam der so einfache Gedanke, dass die beiden zusammenpassten.

Milena teilte mir noch mit (die wohl hundertste Lüge, wie ich später erfuhr), dass sie inzwischen mit ihrer Bank telefoniert habe: Ja, ihre Bitte sei kein Problem, allerdings würde es eine Woche dauern, bis man den Betrag auszahlen könne. Hätte ich über einen oder zwei Funken Verstand verfügt, dann wären jetzt die Alarmglocken losgegangen. Mit tausend Dezibel. Aber sie blieben still. Im Gegenteil, ich war gerührt von ihrem Vorschlag, mir das Geld persönlich zu übergeben: in einem Hotel auf halber Strecke zwischen ihrem und meinem Land. »So können wir uns noch einmal lieben.« Sie lächelte verlockend und küsste mich zum Abschied.

So gingen wir mit der Vereinbarung auseinander (Milena verbrachte die Nacht bei A.), dass ich am nächsten Morgen ihre Wohnung verlassen und sie mich auf dem Laufenden halten würde. Über Datum und Rückgabe. »Ach, ich hab dich sehr lieb«, hatte sie noch geflüstert. Und geschlagen von Blindheit versprach ich, ihr auch künftig ein »guter Freund« zu sein.

Ich flog zurück nach Paris. Und nur drei Tage musste ich warten, dann kapierte ich – endlich – den Plot Milenas. Denn ihre Mail war eindeutig: *Sie dächte gar nicht daran zu zahlen.* Jetzt kam die Realität in Blitzsekunden zum Vorschein: Am letzten Wochenende hatte sie alles unternommen, um mein Zutrauen zu gewinnen. Deshalb hatte sie Sex mit mir gehabt. Deshalb hatte sie mich mit Liebesworten eingelullt. Deshalb hatte sie abfällig über ihren Typen geredet. Jedes Wort gelogen, jeder Blick gelogen, jede Tat gelogen: damit ich ihr vertraute, ja, ich nie an ihrer Bereitschaft zweifelte, die Schulden – seit über zwei Jahren zinsfrei! – zu begleichen. Und damit ich – der absolut entscheidende Punkt – wieder nach Paris zurückkehrte, sprich, ich nicht dabliebe und, getrieben von Argwohn, auf die Rückzahlung – vor Ort, auf die Kralle – bestünde. Jetzt war ich wieder weit weg, jetzt fiel die Maske.

Halt ein, Leser, du täuschst dich. Wie ich mich täuschte. Denn ich musste erst verstehen lernen, dass hinter einer Maske eine andere Maske lauern kann. So hat diese Geschichte, ganz überraschend, ein viertes Kapitel. Nennen wir es: *Noch ruchloser, noch hinterfotziger.*

Ich antwortete, mühsam mich zähmend, und forderte Milena auf, sich ihrer Zusagen zu erinnern. Verlorene Liebesmüh. Im Gegenteil, sie drehte den Spieß um und nannte mich einen Lügner und Betrüger: weil ich mir den Namen meiner neuen Freundin auf den Oberarm hatte tätowieren lassen! Die Hysterie packte sie, denn schließlich hatte *sie* mich verlassen. Sie gehörte wohl zu jenen Frauen, die auch noch *post festum*, nach dem Fest der Liebe, eifersüchtig sind, nein, besitzen wollen. Als ich sie darauf hinwies, dass das Tattoo sicher kein juristischer Grund sei, die Rückzahlung von Schulden zu verweigern, kamen die nächsten Lügen, eine nach der anderen: dass das viele Geld ein »Geschenk« (!), dann mein »Anteil an der Wohnungsmiete« (!), dann mein »Beitrag zum Kauf ihrer zweiten (sic) Eigentumswohnung« gewesen sei. Lügen aus allen Himmelsrichtungen. Milena musste mich mit einem Heiligen oder einem Scheich verwechseln, der Säcke voller Scheine im Boudoir seiner Haremsdamen hinterlässt. Aber ich bin weder grandios nobel noch steinreicher Wüstensohn. Die knapp zweitausend Euro Zinsen, die mir inzwischen entgangen waren, fand ich spendabel genug.

Geld stinkt? Was für eine vorlaute Behauptung. Geld riecht betörend gut. Ja, unfassbar scheint, in welch seelische Untiefen Leute hinabsteigen, um auf den Duft des Mammons nicht verzichten zu müssen.

Doch ich war noch nicht ganz unten, Milena hatte sich eine letzte Überraschung für mich ausgedacht. Sie schenkte, ja, schenkte, mir eine Erfahrung, die man nicht glauben will, wenn man davon über Dritte erfährt. Man muss sie leben, *erleben*, um unwiderlegbar zu wissen, dass sie wahr ist, unheimlich wahr. Wohl nur selten erlauben Menschen einen so rabiaten Blick in ihr Herz, in – im vorliegenden Fall – ihre Blackbox.

Ich verklagte Milena, nachdem mehrere Versuche gescheitert waren, sie zur Überweisung zu bewegen. Ich hasse derlei Unternehmungen, doch ich wollte Mann sein, der sich wehrt. Nicken und schlucken kann jeder.

Keine leichte Entscheidung, denn sie bedeutete: in Milenas Land einen brauchbaren Anwalt zu finden und mehrmals in ihre weit entfernte Stadt fliegen zu müssen.

Mein Verteidiger war smart und mit mir zufrieden. Hatte ich doch ein »Dokument« gefunden, das einen eindeutigen Sieg versprach. Jetzt waren wir – er und ich – schon zwei (optimistische) Tröpfe, die keine Ahnung von Milenas Talent für Habgier und Hinterlist hatten.

Dann kam der Tag im Gerichtssaal, Monate später. Die Beklagte trat schwanger an, dick schwanger. Die gute Nachricht: Ich konnte nicht der Vater sein. Die schlechte: Schwangere punkten, automatisch gelten sie als beschützenswert. Zudem war ich hier der Ausländer, noch ein Minuspunkt. Aber alles ging, vorläufig, seinen korrekten Gang: Angaben zur Person, Beklagte und Kläger erzählten ihre Version, Milena berichtete, dass der Haufen Geld »geschenkt« gewesen sei, ich berichtete, dass ich ihn ihr zinslos geborgt hätte. So weit, so unentschieden. Denn Aussage gegen Aussage, ohne jeden physischen Beweis, klärt nichts. Doch ich hatte ja die Wunderwaffe. So meldete sich mein Anwalt zu Wort und verteilte eine ausgedruckte Mail von Milena D. An dem Tag an mich geschrieben, an dem wir uns auf dem Wohnzimmertisch geliebt hatten. Und er las den ganzen Text vor, alle blühend erstunkenen Liebesverse und den entscheidenden Satz: »Zuerst einmal gebe ich dir die Kohle zurück, die du mir geliehen hast. Sobald ich das Geld auf meinem Konto habe, kriegst du es.« Wunderbare Stille im Raum, wie vereinbart saß ich mit Pokermiene da, kein Triumph im Gesicht. Selbst der Richter schien überrascht, bis er endlich fragte: »Und, Frau D., ist das von Ihnen?« Und statt eiskalt abzustreiten, strauchelte sie und wisperte unter Tränen: »Ja.«

Jeder vernunftbegabte Mensch würde nun glauben, dass ich den Prozess gewonnen hatte. Mitnichten. Denn die Frau, von der wir gerade gehört hatten (Buchwidmung!), dass sie mich liebt, erkannte plötzlich das Desaster, vergaß die Tränen, deutete auf mich und drückte ab: »Stimmt, das habe ich geschrieben. Weil ich Angst vor dem Kläger hatte, der jähzornig und gewalttätig ist.«

Ich erinnere mich genau an diesen Augenblick. Wie eine Stichflamme raste die Missile in mein Herz. Wie erschossen saß ich da, wie einer im Wachkoma, für den die Welt verschwunden ist. Irgendwann zupfte mich jemand am Ärmel. Es war mein Anwalt, er holte mich zurück.

Milena gewann. Plus das Berufungsverfahren. Vor drei Kadis. Obwohl ihr Bruder, mit dem sie die Wohnung die

Jahre über geteilt hatte, ihr vor Gericht widersprochen hatte. Was meine angeblichen Gewaltattacken betraf. Es hatte sie nie gegeben. Nicht den Schatten davon. Sie hätte ihm gegenüber auch nie einen Übergriff erwähnt. Aber alle vier Richter, jeder ein Daddy mit Wampe, hatten beschlossen, dass die eine – jeden Zweifel klärende – Mail nichts zu bedeuten habe. Ihre seitenlange Urteilsbegründung klang so hanebüchen, dass sie mein Rechtsanwalt nach eigenem Bekunden mehrmals lesen musste. Der Wortdreherei entscheidender, schwachsinnigster Punkt: Der Kläger (ich) konnte nicht »das Versprechen der Rückzahlung beweisen«, sprich, ich hätte wohl eine Videokamera bei der Übergabe des Geldes aufstellen sollen, um eines Tages belegen zu können, dass Frau D. sich damit einverstanden erklärte, mir das geliehene Geld wieder zurückzugeben. Nein, natürlich habe ich kein Aufnahmegerät installiert, verdammt, Milena war meine Freundin und ich habe ihrem Wort vertraut.

Und damit der Skandal für immer ein Skandal bliebe, wurde jeder weitere »Rechtszug« untersagt. Bilanz: Der Batzen Geld war unwiderruflich weg, plus sonstige Ausgaben wie Gerichtskosten, das Honorar für beide Verteidiger, Spesen. Satte 23 000 Euro.

Milena, mon amour.

168

Die Moral der Geschicht'? Leben! Was sonst. Wie meinte Charles Bukowski? »Manche Weiber schickt der Teufel.« Und noch eine Moral: Wieder Geld leihen! Denn schwindet das Zutrauen in Freunde, dann stirbt einer an Einsamkeit. Und die dritte Moral: Die Niederlage zugeben. Aushalten, dass man verloren hat. Und ganz zum Schluss, die Königsdisziplin: nicht schwarz werden lassen die Seele.

Wie voraussehbar: Selbst Milena war nicht imstande, mir die Lebensfreude auszutreiben. Als ich diese Story jetzt, in einem Hotelzimmer in Spanien, aufschreibe, muss ich zuzeiten laut lachen. Okay, ich kam mit zwei blauen Augen davon, aber ich kam davon. Wenn ich mir vorstelle, dass ich um ein Haar meinen Pariser Wohnsitz für sie aufgegeben hätte. Dass ich um ein Haar – hätte ich nicht strikt Tantra angewendet – Vater geworden wäre, sprich, Milena mich noch viel schamloser hätte abzocken können. Ja, dass sie mich zuletzt dann doch verhausschweint hätte. Und ich irgendwann zu dem Ehemännchen mutiert wäre, das beim Beischlaf mit der Gattin grundsätzlich an ferne Frauen denkt. Und sie von einem anderen Mann fantasiert.

An einem dieser Tage in Spanien bin ich nach dem Schreiben runter ins Café gegangen und sah dort ein Paar, das es drei Stunden lang schaffte, kein Wort miteinander zu reden. Stumm, fast bewegungslos dazu verdammt, sich nichts mehr aus seinem Leben zu berichten. Weil es, so ist zu vermuten, nichts mehr zu berichten gab. Wie zwei Sphinxe – ohne Geheimnis – saßen sie sich gegenüber, wie gefrorene Erinnerungen an eine tote Vergangenheit, wie zwei Warnschilder, die mich vollkommen lautlos ermahnten, nicht so zu enden wie sie. Und sofort dachte ich an Milena. Und grinste voller Seligkeit.

Seltsamerweise fiel mir ein Film ein, den ich Tage zuvor gesehen hatte. *La Terrazza*, ein alter Streifen von Ettore Scola. Eine Szene allein war den Abend wert: Marcello Mastroianni sitzt mit Carla Gravina in einem römischen Restaurant und ein Blumenverkäufer kommt an ihren Tisch. Und Mastroianni wählt ganz selbstverständlich eine Blume und zieht ganz selbstverständlich das Geld aus der Jackentasche. Ein wunderbarer Moment voll Eleganz und Menschlichkeit.

So will ich auch sein. Keine dieser Elendsfiguren, die kalt und entnervt einen armen Bangladeshi abwimmeln. Um ein paar Münzen zu sparen. Und keiner (siehe die Stummen im Café), der als Fossil endet und nichts mehr zu teilen hat. Nein, einer wie der Filmheld werden: der den Blumenmenschen anlächelt und mit einem Lächeln die Blume an die Schöne weiterreicht.

169

Von der Nähe zu der Frau (der »Nachfolgerin« Milenas), deren Namen ich mir – aus einer Laune heraus – auf den linken Oberarm hatte tätowieren lassen, gibt es nicht viel zu sagen. Nur, dass wir ein bisschen koksten und sie entschieden weniger an mir interessiert war als umgekehrt. Das hatte, unter anderem, damit zu tun, dass ihre Mutter mich nicht mochte. »Zu alt!«, so ihr Urteil. Das bedrückte Manon, die sich noch als 30-Jährige vorschreiben ließ, wer für sie infrage kam.

Trotzdem, ich will die Hübsche für ewig wertschätzen. Denn sie schenkte mir einen Menschen, einen unvergesslichen: Wir flogen über die Weihnachtstage nach London, wo ihr Vater an der Botschaft seines Landes arbeitete. *In a very high position*. Dementsprechend nobel war die Villa, in der das Ehepaar wohnte. Mitten in Kensington.

Die Mutter ertrug mich, und die Tochter wusste nicht, was sie wollte. Und Vater H. und ich verliebten uns. Okay, rein platonisch. Er war die Art Mann, dem ich als Frau nachlaufen würde: cool, selbstsicher, Diplomat, mehrsprachig, freundlich und großzügig. Da ich wie eine Fleischfliege bei klugen Leuten andocke, wurden wir unzertrennlich. Wir flanierten durch die Stadt, besuchten Museen, flüchteten vor dem Regen in die Pubs. Und redeten und redeten. Ich durfte ihn hemmungslos ausfragen. Und nur bisweilen konnte er nicht antworten, Berufsgeheimnis.

Ich blühe, wenn ich bewundern darf. En masse liefen *Übertragungen*, keine Stunde verging, in der ich mir einen – wie ihn – nicht als Vater ausgesucht hätte. Und H. hätte mich um ein Haar in ein Tränenmeer gestürzt, als er irgendwann sagte: »Ich wünschte, ich hätte einen Sohn wie dich.« Das klang umso absurder, da uns nur wenige Jahre trennten.

This was my story with Mister H. Was Manon nicht hinderte, mich Wochen später zu entlassen. Ich war einfach nicht der richtige Bräutigam. Den sie bald fand, plus Kind, plus Heim, plus Zustimmung der Mutter. Alles Glück auf Erden soll sie überkommen, wenn ich H. nur wiedersehen könnte und neben ihm sitzen dürfte. Und zuhören.

170

Meine Fähigkeit, niemanden besitzen zu wollen, wuchs. Jeder stand es frei, mich zu feuern. Ich schwankte dann ein paar Tage. Bis ich wieder festen Boden unter den Füßen spürte. Denn ich blieb verstockt: Für den Umzug ins bürgerliche Lager war ich nicht geschaffen. Und so besaßen alle Unzufriedenen das Recht, sich einen anderen zu suchen. Umso mehr, da ich grundsätzlich nicht »treu« war.

Um diese Zeit flog ich nach Bangladesch. Für eine Reportage über Frauen, die Opfer eines Säureattentats geworden waren. Weil sie sich, aus welchem Grund auch immer, einem Mann verweigert hatten. Und ich schaute in Gesichter, die einmal bildschön gestrahlt hatten und jetzt wie verschorfte Halloweenfratzen aussahen. Die Rache eines Abgewiesenen.

Monatelang verfolgten mich die Bilder. Eine unauslotbare Einsamkeit ging von ihnen aus. Und jedes Mal, bei jeder Erinnerung, schwor ich mir, dass ich – auch wenn abserviert, auch mit geplättetem Ego – Gentleman bliebe. Und keinen Rachefeldzug organisieren, sondern Ausschau nach einer Nächsten halten würde. Denn ich glaube, ganz unbelehrbar, dass die Welt für stets neue Überraschungen gut ist. Nur trauen soll einer sich, nur nicht im Eckchen sitzen und das arme Schwein vorführen.

171
Es kam eine Zeit, in der ich wieder »à la carte« lebte: keine Beziehung suchte, nur punktuelle Begegnungen, nur Nächte und Freuden. Eine davon hieß Gesa. Immer wenn ich in Deutschland zu tun hatte, sahen wir uns. Sie war Ehefrau und ehemüde. So versteckten wir uns in einem Hotel oder im nächsten Wald und taten uns gut. Okay, das ist keine Nachricht, die irgendjemand wissen muss. Ich vermute, solche Heimlichtuereien passieren alle hundert Meter in Europa.

Aber eines Tages wurde es hitziger. Ich hatte begriffen, dass Gesa belastbar war, sich nach einer »richtigen Sünde« sehnte. Ehe-Erbrechen schien ihr nicht verwerflich genug. Doch gleichzeitig hatte sie Angst. Noch faulte ein Stück Katholizismus in ihr. Bis mir die passende Freveltat einfiel.

Wir fuhren zum bekanntesten Puff der Stadt und parkten in einem dunklen Eck. Gesa blieb im Wagen. Am Eingang fragte ich den Hausmeister, ob ich eine Frau mitbringen könne. Seine Antwort klang unmissverständlich: »Gehen Sie rauf und fragen Sie die Mädels.« Und ich erkundigte mich und die einen wollten nicht und die anderen wollten den dreifachen Preis. Bis ich »Janka« fand, aus dem fernen Südamerika. Und da wir spanisch miteinander sprachen, war sie gerührt und begeistert von der Idee. (Himmel, was Sprache alles kann.)

Ich holte Gesa und die beiden verstanden sich auf Anhieb. Das schummrige Zimmer war der genau richtige Ort, um sich auszuziehen und aneinander Gefallen zu finden. Als *Hors d'œuvre* beschmusten wir uns zu dritt. Bis Janka – ich hatte sie diskret darum gebeten – den Part einer Lehrerin übernahm und Gesa wunderbar unaufdringlich zeigte, wie man – noch raffinierter – einen Mann anfasst, seine Kleinode berührt und – schlingernd verspielt – Hände und Zunge als Wunderwerkzeuge der Liebe einsetzt. Es wurde unheimlich witzig: Wenn Gesa loslegte, dann das Freudenmädchen die verbesserte Version vorführte, dann die zwei anschließend über das Für und Wider dieser oder jener »Aktion« diskutierten, ich zwischendurch auch meine Meinung kundtun durfte und Gesa zuletzt – dank souveräner Nachhilfe – eine (noch) bessere Liebhaberin wurde.

Dass die beiden Damen sich gefielen und irgendwann selbst begonnen hatten, sich gegenseitig zu befummeln, verdoppelte das Amüsement. Jeder fand den anderen sexy und alle kicherten und keine Sekunde lang verdarb genitale Feierlichkeit den Zauber dieser Begegnung. Und das in einer hässlichen Novembernacht, in einem hässlichen Puff, irgendwo in einer hässlichen Gegend.

Die neunzig Minuten erinnerten mich an das Frage-und-Antwort-Spiel eines japanischen Mönchs:

- Wie viel Zen findest du auf der Spitze eines Bergs?
- Genau so viel, wie du mitbringst.

Wir waren sehr Zen und Gesa umhalste mich im Auto, lobte mich ausdrücklich, weil ich ihr letztes Angstwimmern ignoriert und sie mit (sanfter) Gewalt vom Wagen ins Bordell gezerrt hatte. Weil ich wusste, dass *sie* es wollte. Und ich noch nie ertragen habe, dass jemand – lahmgelegt von Bedenken – aufs Leben verzichtete. Sie verzichtete diesmal nicht und innige Freude war die Belohnung. Und natürlich befriedigte es mich ungemein, Gesa in eine Situation verführt zu haben, die für sie bislang verbarrikadiert war. Von Angst, von Moral.

Aber ja, ganz ohne schlechtes Gewissen schreib ich es hin: Der überaus Belohnte in dieser Nacht war ich. Was nichts anderes bedeutete, als dass ich sogleich noch eine Strophe – Stichwort »Femmes, je vous aime« – anstimmte. Ach, die Hymne scheint endlos.

172

In diesen Tagen las ich in der Zeitung, dass Thronfolger Charles 290 Millionen Pfund gehören, weit über dreihundert Millionen Euro. Und der Prinz sein jährliches Taschengeld wie folgt anlegt: 50 000 für adrette Kleidung, 400 000 fürs Fortfliegen in ferne Länder, 100 000 für Brotzeiten mit Freunden und anderen Schmarotzern. Und 150 000, um Ehefrau Camilla Parker Bowles bei Laune zu halten.

Uff, hab ich ein schönes Leben. Wäre ich Königssohn, keine meiner Geschichten wäre mir zugestoßen. Denn ich hätte zweimal heiraten und zweimal mit veloursgepolsterten Kutschen durch London fahren, ja, jeden Tag darüber nachdenken müssen, wie ich die eigene Unersättlichkeit und die meiner königlichen Gattinnen besänftige. Auf dass die Götter mich für alle Zeit vor so viel Tristesse bewahren.

173

Aber ja, die Zukunft war freundlich zu mir. Ich lernte Vilma kennen. Schon der Anfang unserer Nähe war lustig. Eine Mail von ihr hatte sich in meinen Spamfilter verirrt. Da der Adressat mit Nachnamen so hieß wie ich. Unergründlicher Cyberspace.

Die (harmlosen) Zeilen der Fremden klangen so launig, dass ich ihr antwortete. Und ich sogleich, nein, *sofort* Feuer fing. Denn es stellte sich heraus, dass die junge Frau Pastorin (!) war. Hübsche Pastorin, wie sich über Umwege klärte. Ich zitterte vor Aufregung bei der Vorstellung, mich überwältigt und hemmungslos mit einer Gottesfrau auf dem Futon zu wälzen. Eine ultimative Himmelsgabe.

Nur Wochen später wurde das Wunder wahr. Vilma kam nach Paris und unser Glück schien unvermeidbar. Sie war schwer religiös und vielwissend und kunstverliebt und eine herrliche Sünde. Ja, ich weiß, ich bin ein Kindskopf, aber die nackte, laute, keuchende Nähe einer Frau, die hauptberuflich als »Hirtin« ihre lieben (evangelischen) Schafe tröstete, erfüllte mich mit namenloser Dankbarkeit. Wäre ich Christenmensch gewesen, ich hätte mir eingeredet, dass der liebe Gott gerade mir, ja, mir, ein unfassbar schönes Geschenk machte.

Es kam noch fantastischer. Ich besuchte sie. Und es wurde so todsündenheiß, dass der Lattenrost ihres Betts durchbrach und die Nachbarin (ach, die Nachbarn) von unten gegen die Decke klopfte. Das klingt nach dem Schwank einer tingelnden Schauspieltruppe, fand aber in der sonst so stillen Schweiz statt.

Okay, auch das Todsündenheiße ist in dieser Welt ein alter Hut. Was jedoch so außerordentlich bewegte: Am nächsten Morgen begleitete ich sie zur Messe (meine erste seit Jahrhunderten), saß mittendrin und hörte dieser gut aussehenden Schweizer Seelsorgerin zu, wie sie – hoch auf der Kanzel – über die heilige Adventszeit und die Niederkunft des Jesuskindleins palaverte. Und die bizarrsten Bilder überblendeten sich in meinem Kopf: die Zeilen ihrer Mail, die sie während des Verfassens der Predigt an mich geschrieben hatte, mit herrlich schwungvollen Wörtern, die – weit weg vom Gottessohn – nach der Nähe eines leibhaftigen Mannes verlangten, unser von Lust und Freude demoliertes Bett, ihr schlanker, warmer Frauenkörper, der so begabt war im Mitteilen seiner Sehnsüchte, das Pochen der tagsüber eher schwerhörigen Hausbewohnerin und – mitten in der Gegenwart – ihr weicher Singsang, der ergreifend ernst den winterlichen Hokuspokus vom baldigen Eintreffen des Herrn erzählte.

Ich schloss die Augen, lächelte und war schier unfähig, diese Bilder extremer Gegensätze zu vereinigen: sie, Vilma, jetzt über uns mit schwarzem Talar und Bettchen, und sie, Stunden davor, über mir mit nichts als nackter heller Haut. Sie jetzt mit sanftem Leierton Märchenstunde haltend, und sie nachts schreiend, voll tiefster Empfindung, voll tiefster Wahrheit.

Natürlich wusste ich schon vorher, dass ein Individuum zu äußerst konträren Taten fähig ist. Ja, dass ein allzeit liebenswerter Straßenbahnschaffner eines Morgens seine drei Kinder vierteilte, auch das stand bereits in der Zeitung. Aber diese Kontraste – in Vilmas Fall nur lebensschonende – als Zeuge und in so rascher Folge erleben zu dürfen: Das empfand ich als grandioses Privileg, als verblüffende Zugabe, als Lehrstunde in der so faszinierenden Disziplin »Rätsel Mensch«.

174

Vielleicht sollte ich ein Missverständnis ausräumen. Beim Lesen dieses Buchs könnte der Eindruck entstehen, dass ich kurz nach der Pubertät fünfzehn Säcke voller Golddukaten fand. Und mich seitdem weltweit als Privatier vergnüge. Nijet. Ich habe allerdings, während meines Aufenthalts in einem japanischen Zenkloster, diesen Satz von Konfuzius auswendig gelernt: »Dein zweites Leben beginnt, wenn du begriffen hast, dass es nur eines gibt.« Für den All-Tag übersetzt: Nicht wie der europäische Michel, so die Statistiken, jeden Tag knapp vier Stunden vor dem Fernseher siechen! Nicht in Kneipen dösen! Nicht wie die ArmleuchterInnen aller Herren Länder dreihundert Mal – pro Tag – aufs Handy glotzen! Nicht via *global blabla* Zeit totmachen! Nie dem *always-connected*-Irrsinn anheimfallen!

Was ich – unerreichbar für den aus allen Ecken plärrenden Schwachsinn – damit gespart hatte, floss in meine Arbeit (und mein Leben): lesen, reisen, schreiben, leben. Getrieben von dem unbedingten Willen, die 86 400 Sekunden, die jedem von uns – von einer Mitternacht zur nächsten – zur Verfügung stehen, mit Verve hinter mich zu bringen. Wenn möglich – unsäglich schwer, ich weiß: mit ungeteilter Aufmerksamkeit. Ich hasse *Multitasking* und ich liebe den *Flow*, diesen vollkommen unspektakulären Rausch:

sich *einer* Sache hinzugeben. Dann einer nächsten, wieder nur *einer*.

Und meine fünfte Lieblingsbeschäftigung – dafür wurde ich nicht bezahlt, doch immens bereichert – ist eben die Begegnung mit Frauen: nicht mit jenen, die mit der Sparflamme unter der Schädeldecke ihre Zeit versitzen, eher mit denen, die etwas vom Glanz und der Einmaligkeit des Lebens verstanden haben.

175

»Bereichert werden« ist ein mehrdeutiger Begriff. Nach der Nähe zu einer Frau war ich reicher. Gewiss im Kopf, gewiss in der Herzgegend. Wieder war ich in meinem *Studium generale* mit dem Hauptfächern *Leben* und *Frau* vorangekommen. Ob ich hinterher klüger war? Mich klüger benahm? Nicht unbedingt. Aber immerhin wusste ich nun mehr als zuvor. Wobei es kaum eine Rolle spielte, ob mich die Erfahrung mit Freude erfüllte oder mit Fassungslosigkeit. Oder mit Wut. Das Wichtigste, jeden Tag: Ich hatte etwas gelernt von der Welt. Begreifen als sinnliches Unternehmen. Das fand ich Belohnung genug. Entdecken ist ein anderes Wort für Glück. Hier ein paar Blitzlichter, die mich erhellten.

176

Ich war beruflich in Kolumbien unterwegs. Die folgende Szene habe ich woanders schon erwähnt, jedoch das Entscheidende – siehe Auslassungssünden in anderen Büchern – verschwiegen. Ach, ich Memme. So will ich Buße tun und sie jetzt erzählen: Ich flanierte durch Medellin, einst Koks-Hauptstadt der westlichen Hemisphäre, und kam an einem Hotel mit dem hübschen Namen *Gloria de su media naranja* – Glorie seiner besseren Hälfte – vorbei. Prompt standen fünf Menschen mit riesigen Brüsten um mich herum. Trotz ihrer gewaltigen (sekundären) Geschlechtsmerkmale gab ein Blick in ihre Gesichter klar Auskunft: Männer. Ex-Männer, die Frauen werden wollten. Und als Stricher arbeiteten, um die notwendigen Eingriffe zu finanzieren. Sofort luden sie mich zum fixen Liebesspiel ein. Und ratterten die Preisliste herunter. Zuletzt, für 40 000 Pesos/fünfzehn Euro gäbe es »todo«. Wir lachten herzlich, denn vehement drückten sie beim Reden ihre zehn Betonkugeln an mich. Der Atombusen als Visitenkarte.

Ich entschied mich für »Joana«, er/sie hatte das eleganteste Lächeln. Im sauberen Zimmer – verschlossen von einer Tür plus einem extra installierten Gitter – legten wir uns aufs Bett. Aus dem festgeschraubten Fernseher kam (heterosexuelles) Gestöhne.

Ich hatte ja meine homoerotische Erfahrung bereits hinter mir und an der ausschließlichen Sehnsucht nach Frauen war seitdem nicht zu rütteln. Doch ich wollte wissen, wie sich Sex mit einem Transsexuellen anfühlt. Sagen wir, halber Sex, denn ein Beischlaf via Hintereingang: *no way*.

Ich zog mich aus, Joana ließ jedoch seine Unterhose an. Eindeutig, sein *pene* war noch vorhanden. Deshalb, so der 25-Jährige, müsse er fleißig sparen. Auch meine Pesos sollten dazu beitragen, dass er eines Tages ganz und gar Frau würde: wenn »la última operación« stattfände.

Wir plauderten über die Tarife der einschlägigen Kliniken und redeten über die Stadt, die inzwischen eine Spur friedlicher geworden war. Bis Joana an mir zu fingern begann und ich – mit Blick auf eine splitternackte Pornoqueen – geil wurde. Ja, das Vorurteil ist so wahr: Männer können andere Männer fehlerlos masturbieren, fehlerlos blasen. Weil sie ja über dasselbe Körperteil verfügen, sprich, blindlings fühlen, was bei diesem delikaten Organ Freude und Erregung auslöst. Dass ich nebenbei seine/ihre zwei steinharten Hügel kitzeln durfte, nahm der heiteren Stunde allen Ernst. Joana musste lachen, ich auch. Bis zum erlösenden Ende.

Ich zahlte nochmals für seine/ihre Anwesenheit. Rein intuitiv hatte ich das Gefühl, dass Joana etwas verheimlichte. Wir saßen noch immer auf dem Bett, jetzt angezogen. Und rauchten. Meine aus Europa mitgebrachten Zigarillos, so vermutete ich seit Langem, luden zum Beichten ein.

Ich insistierte, wollte mehr von ihm erfahren. Und da ich ziemlich lästig werden kann, wenn ich eine Story hören will, erklärte sich Joana irgendwann bereit zu erzählen: dass er als Kind und Halbwüchsiger missbraucht wurde. Von Leuten aus seiner (Groß-)Familie. Über Jahre, von mehreren. Auch der Pfarrer tatschte (und beließ es dabei).

Joana war ein ausgesprochen hübscher Mensch. Man konnte ahnen, dass er schon als Junge den Päderasten gefiel. Als 12-Jähriger fing er an, sich zu ekeln. Vor sich (!). Nicht vor den Tätern. Und so kam schleichend der Wunsch, den geschundenen Körper gegen einen anderen auszutauschen. Seit dieser Prozess begonnen habe, fühle er sich besser, ja, gut. »Soy mujer ahora«, jetzt bin ich Frau.

Das war nicht der Bericht, den ich erwartet hatte. Ich hatte etwas mit Drogen vermutet: dass Joana nebenbei – von wegen Geldquelle – als *burro* arbeitete, als Drogenesel, der das Rauschgift in andere Länder schleppt. Ich sagte ihm, dass ich bestimmt nicht mitgekommen wäre, wenn ich von den Übergriffen gewusst hätte. Aber Joana beruhigte mich geradezu emphatisch: Nein, nein, ich solle mir keine Vorwürfe machen, im Gegenteil, es befriedige ihn/sie sehr, wenn er als Frau reize. Die Geilheit des Kunden sei der Beweis für die Richtigkeit seiner Entscheidung. Ich lächelte schüchtern, okay, noch ein Satz für das große Unerklärbare, das unergründliche Menschenherz.

Unten an der Haustür wurde ich wieder umringt von den gerade arbeitslosen Silikonbomben. Sie kesselten mich ein. Und zwei Minuten und 200 Meter später hatte ich begriffen: Das Gedränge war inszeniert. Um nach meinen Habseligkeiten zu greifen. Sogar die Knöpfe an den Oberschenkeltaschen hatten sie abgerissen. Erfolglos, da fürs Öffnen des Reißverschlusses die Zeit nicht reichte. Immerhin räumten die fünf meine beiden Hosentaschen aus, magere Beute, nur Kleingeld und die Bankquittung mit der (für sie deprimierenden) Nachricht, dass ich am Morgen 300 Euro gewechselt hatte. Und die Uhr vom Flohmarkt fehlte, billiger als ein Sandwich.

Ich blieb bestens gelaunt, denn ich habe ein Faible für alle, die vom Weg bürgerlichen Fleisches abkommen. Und es aushalten, dass die Wohlanständigen sie verachten.

177

Ich lese in der Zeitung, dass die Deutschen ihre Lebenszeit in etwa so verbringen: Sechs Wochen Vorspiel. 16 Stunden Orgasmus. Sechs Monate im Autostau und 12 Jahre vor dem Fernseher. Heitere Lektüre, schreckliche Lektüre.

178

Da ich höchstens eine Woche Stau und zwei Monate TV in meinem (auto- und fernsehlosen) Leben geschafft habe, blieb Zeit für sinnenfroheres Tun. Eines, ich erwähnte es bereits, war die duftende und hirnanregende – nicht benzinstinkende und nicht geisttötende – Nähe zu Frauen.

Jean-Paul Sartre notierte einmal, dass es die »amours nécessaires et amours contingents« gäbe, die notwendigen Lieben und die Nebenbeilieben. Der Meister sagte es so genau. Und jeder darf in seine Bemerkung hineinlesen, was immer er will. Ich lese: auf der einen Seite die großen Dramen, die schön regelmäßig in den Himmel und in die Hölle und wieder zurück schleudern. Und andererseits die One-Day-Stands, die One-Night-Stands, die faunischen Liebeleien, die man – ohne Herzwunden, ohne am Saum des Wahnsinns entlangzuhetzen – genießt. Unbeschadet an Leib und Seele. Und die aufhören, ohne dass hinterher die Welt abstürzt. Im Gegenteil, man geht gestärkt davon, mit dem reinen Gewissen, begehrt zu sein, ja, der Einsicht, dass das Leben bestimmt sinnlos ist, aber es Beschäftigungen gibt, die mithelfen, das Sinnlose souveräner zu ertragen.

179

So will ich einige Begegnungen erwähnen, deren Frist rasch ablief. Aus verschiedenen Gründen: weil auf Reisen, auf denen die Zeit nur für einen Stopover reichte. Weil (eheliche) Umstände jeden weiteren Fortgang blockierten. Weil das Begehr – ihrs und/oder meins – schnell verlosch. Weil die »Moral« über das Leben siegte, sprich, der Mut wieder in Mutlosigkeit versank. Weil ein Mann daherkam, der alles mitbrachte, was mir fehlte. Weil es Frauen gab, die es mit keinem aushielten. Weil man Tausende Kilometer getrennt wohnte und Eingeborene jede Fernliebe irgendwann zurückerobern. Weil noch eine Frau sich das Leben nahm (Himmel, nein, auch diesmal nicht wegen mir). Weil eine andere ebenfalls zerbrach und als Prostituierte in Spanien anschaffen ging. Weil eine Frau mir gestand, dass sie *eigentlich* Lesbe ist. Weil die nächste eine sieggewohnte *business woman* war und ich mich Monate vorher anmelden musste, um einen Termin als Beischläfer zu bekommen. Weil eine – mitten in meiner Wohnung – wirres Zeug zu reden begann, zu randalieren drohte und ich Wochen später erfuhr, dass sie in ein Heim für psychisch Gefährdete gekommen war. Weil eine Frau, nein, Frauen, nein, viele Frauen an der typischen Frauenkrankheit – *Überdosis Illusionen* – litten und wir Männer (ich zuerst) außerstande sind, es mit der Grandiosität dieser rosaroten Fantastereien aufzunehmen. Weil eine, nein, einige, ihren Körper verrieten und nichts mehr von den (verwerflichen) äußeren Werten wissen wollten. Weil eine ihren *black belt* als Zickenmonster nie ablegte und keine zwei Stunden Unbeschwertheit aushielt, ohne Gift zu sprühen, ja, sie von dem Wahn verfolgt wurde, dass sich die

Erdachse allein ihretwegen drehte. Weil eine ein Herz besaß, das ich nicht verdiente und ich deshalb davonlief: um es vor mir zu schützen.

Ach, unzählbar die Gründe, warum eine Frau und ein Mann sich nicht nah bleiben können. Trotzdem: Kein Beschwerdesatz wird mir entkommen. Keinen Schuldigen will ich bestimmen, keine Schuldige.

Hinterher hadern? Wie ätzend, wie lebenszeitvernichtend. Denn: Wenn der eine Tag, die eine Nacht nur bewegend waren, soll alles andere nicht zählen.

Von den paar Komplimenten, die ich bekam, war das eine von Krista das schönste: »Ach, Altmann, du Zigeunerjunge, du bist ein Fulltime-Job, ein ziemlich aufreibender. Ich danke dir für deine Direktheit, deine mir völlig fremde Herangehensweise an einen Abend, deine Fürsorge, die vielen Fragen, deine Kompromisslosigkeit, die kontroversen Gefühle, die du provozierst. Und ich danke dir für dein mitreißendes, irrsinnig ansteckendes Intensiv-Leben-Wollen.«

Das könnte mir gefallen: dass ich für nichts anderes auf die Welt kam, als andere ein bisschen zu peitschen. Damit sie aufhören, sich tot zu stellen. Aufhören, zu buckeln und zu gehorchen. Aufhören, so aberwitzig die eigene Existenz verfallen zu lassen. Und anfangen, jeden Tag, ab sofort, ein Lied auf das Leben zu singen.

180

Seltsame Menschenkinder liefen mir über den Weg. Und wenn nicht immer ein Blitz (der Erkenntnis) durch meinen Kopf schoss, so warfen diese Begegnungen der dritten Art ein Schlaglicht auf die Tatsache, wie bizarr manche mit sich und ihrer Umgebung umgehen.

Wie Beatrice, die mich in Paris besuchte. Und mir die grauenhaftesten Anekdoten von ihrer (niederbayrischen) Familie erzählte, mit Stichwörtern wie *Inzest* und *Zähneaus-*

schlagen und *Hirnschlag* und *Leberzirrhose* und einer Großmutter, die jeden wissen ließ, dass »Juden und Behinderte getötet werden müssen«. Die 84-Jährige meinte wohl die eigene Verwandtschaft, denn laut Enkelin war die Hälfte davon »psychisch und körperlich verkrüppelt«. Dass der Freund von Beatrice gerade zu Haus saß, vollgelaufen und mit Depressionen, erfuhr ich auch noch.

Nun, das alles könnte erfunden sein, ich habe Beatrices Kriegsbericht nicht gecheckt. Doch nun passierte die nachprüfbare Wirklichkeit: Wir küssten uns, warm und vollkommen undramatisch. Dann sagte sie, dass sie wahnsinnig aufgeregt sei, noch nie geflogen sei, noch nie in Paris gewesen sei und jetzt unbedingt spazieren gehen wolle. Allein und – Gipfel des Wahns – mit ihren beiden (!) Reisetaschen. Keine Gegenrede half. Und so machte sich Beatrice L. um 22.14 Uhr auf zu einem Spaziergang. Hinaus in den Schneeregen. Und ward nie wieder gesehen. Kein Anruf mehr, keine Mail mehr, nichts.

181

Warum Frauen mir so rückhaltlos erzählten? Von sich und dem Leben, das hinter ihnen lag, und jenem, das sie gerade beschäftigte? Ich kann nur mutmaßen: Weil sie intuitiv fühlten, dass ich nach der Erzählung nicht die Moralkeule herausholen, sie nicht mit dem Grind tradierter Sittsamkeit belästigen würde. Denn schon früh war ich davon überzeugt, dass Frauen nicht die »Anständigen« sind und wir (= die Männer) nicht die Schweine. Ja, bald vom (patriarchalischen) Glauben abgefallen war, dass Frauen »naturgemäß« die Treuen wären und wir nicht. Gleich nochmals abgeschworen hatte der läppisch-absurden Idee, dass Frauen weniger Hunger auf Sex haben als wir. Zugleich aber begriff ich, dass ihr Zugang zu Eros komplizierter abläuft als in einem Männerkörper: Sie brauchen mehr »Umgebung«, mehr Reize wie Sprache, wie Musik, wie Wärme, mehr *romance*, mehr Leichtigkeit und Verführung, mehr Zauber und Flirren. Stehen diese Ingredienzen zur Verfügung, dann bitten sie zu Bett. Fast unweigerlich.

182

Zurück zur dritten Art. Auf der Frankfurter Buchmesse sprach mich eine Frau an, erzählte, dass sie mich gern auf meinen Reportagen begleitet hätte. Als Fotografin. Eva S. schien klug, so verabredeten wir uns zum Abendessen. Und kaum saßen wir im Thai-Restaurant, legte die Fremde los. Vom Reisen und Bildermachen war nicht mehr die Rede, mit keinem Wort. Dafür erfuhr ich nach fünf Minuten, dass die 33-Jährige zu einer »normalen« Beziehung nicht fähig sei, dass sie nur mit den Unerreichbaren, den Verheirateten, den Kaputten und den (psychisch) Verseuchten könne. Nicht genug: inzwischen arbeite sie als Callgirl, dann lancierte sie Anzeigen im Internet (»Bei mir darfst du winseln!«), sattelte auf SM um und traf die Winsler in einem Hotel. Für 250 Euro pro Stunde hole sie aus.

Eva nahm Fahrt auf. Ihr Service hatte einen weltanschaulichen Hintergrund: Sie hasste Männer. Jedes gebuchte Zimmer verwandle sie in eine Kampfzone. Um Männer zu erniedrigen und zu quälen für das Leid, das sie in die Welt gebracht hätten. Sühnen müssten sie nun für das an Frauen verbrochene Unrecht.

Evas Schönheit diente als Lockmittel. Damit die Herren antraten und fürs Anglühen ihrer Hoden und Auspeitschen ihrer »verkommenen Leiber« die Scheine hinlegten. Mich hatte sie an diesem Nachmittag kontaktiert, weil sie nach dem Lesen meiner Bücher den Eindruck gewonnen hatte, dass ich zu den »Kaputten« gehörte, ja, nebenbei als Frauenhasser unterwegs wäre, ein »echtes Arschloch halt«. Ihr Angebot, mit mir zusammenzuarbeiten, war nur Vorwand. Um mich zum Thai zu locken, als Vorspiel. Und anschließend in ihre Folterkammer abzuschleppen. Um dort mich festzuzurren – auf dem Rücken (!) liegend – und ihren Rachefeldzug zu beginnen.

Fasziniert hörte ich zu. Selten, dass jemand so ungezügelt von seinen wahnwitzigen Träumen erzählt. Leider musste ich absagen. Trotz meines Hungers nach Erfahrung selbst mit Leuten, die sich inzwischen vom zivilisierten Umgang zwischen Frau und Mann verabschiedet haben. Aber Gewalt geht nicht. Als Ausgelieferter erst recht nicht. Körperlich erniedrigt werden, das kenne ich aus meiner Zeit als junger Mensch. Die knapp zehn Jahre Schmerz reichen mir. *Poor Eva*. Unheimlich, wie viele unglückliche Seelen durch die Welt geistern.

183

Eine letzte Geschichte zum Thema: Wie begabt wir Menschlein sind, uns das Leben zu ruinieren. Wie uns Gedanken und Handlungen einfallen, die uns nicht anfeuern, eher lähmen oder das Herz in bösen Aufruhr versetzen.

Kristina und ich waren uns freundlich zugetan. Sie gehörte zu den Frauen, deren Bild Männer in einen Schrein stellen sollten. Als Danksagung. Weil sie nicht einfach mit einem Mann schlafen, sondern mit ihm – vom Bett aus – ins Paradies schleudern. Begleitet von enthusiastischen »Mein Gott, mein Gott«-Schreien. Sich lieben und dabei den Lobgesang des Herrn vernehmen – das klingt sogar für Atheisten hinreißend.

Wir hatten nur ein Problem: ihre hübsche, 18-jährige Tochter. Natürlich habe ich ihr eine Mail geschrieben. Mit katastrophalen Folgen. Nadines Antwort schien (ja, *schien*) eindeutig: Was ich Sack mir eigentlich einbilden würde! Zuerst die Mutter und jetzt sie! Fassungslos sei sie und außer sich über mein »abscheuliches Verhalten«!

Manchmal bin ich eben der reine Tor. Da ich nie auf die Idee gekommen wäre, Kristina Keuschheit aufzuerlegen, wenn sie mit ihrem Freund (dem offiziellen) zusammen war, so wäre mir nie eingefallen, selbst monogam zu werden. Und meine Mail an die Tochter war sacht, nicht fordernd. Nur um ein Rendezvous bittend.

Nadines Empörung (die durchaus echt geklungen hatte, oder?) war die erste Breitseite. Die zweite kam, als sie mich wissen ließ, dass sie die Mutter informieren würde. Ich schloss die Augen und wunderte mich über das Bedürfnis mancher ZeitgenossInnen, einen Konflikt anzuheizen, statt ihn souverän abzuschaffen. Ein schlichter Nadine-Satz – »Hör zu, du bist so gar nicht mein Typ« – hätte gereicht. Und ich hätte stillgehalten und mich für die Störung entschuldigt. Denn ich bin der Letzte, der von dem Wahn geschlagen ist, dass jede in Ohnmacht fällt, wenn ich vorbeikomme. Tut sie nicht, ich weiß es. Schon lange.

Wie zu erwarten, erklärte mir nun Kristina den Krieg. Die nächste Breitseite. Aus einer Eins-a-Geliebten wurde eine Giftgranate. Ich hielt den Mund, da ich grundsätzlich nicht an Diskussionen über »Moral« teilnehme. Jedenfalls nicht über Moral, die nach Scheinheiligkeit stinkt.

Bis jetzt war alles übersichtlich gewesen, doch nun wurde die Dreiecksgeschichte spannend. Nach einiger Zeit klangen Kristinas Mails wieder sanfter. Und irgendwann platzte die Bombe: Tochter Nadine hatte meine Nachricht an sie keineswegs wutentbrannt – Stichwort: *Schau mal, dieses Schwein!* – der Mutter auf den Küchentisch geknallt, sondern mit, wörtlich, »diebischer Freude«, Subtext: *Sieh nur, auch auf mich ist er scharf*, weiterer Subtext: *Nicht du allein machst Männer wild, ich auch!*

Verstanden: Hier schwelte eine Tochter-Mutter-Fehde, für die der böse Mann fabulös instrumentalisiert werden konnte. Umso unheimlicher, da Nadine tatsächlich keinen Funken Interesse an mir zeigte.

Was für eine Lehrstunde. Was für ein Auftritt für freie Radikale. Was für ein Aufwand von anrüchiger Energie, mit der wir unser bisschen Zeit auf Erden verbringen.

Nachspiel: Kristina und ich fanden wieder zusammen.

Und erneut stiegen ihre Halleluja-Kaskaden in den Himmel. Ein Geschenk an Gott und an den Mann, den sie erhörte. Selbstverständlich mussten wir unsere Liebschaft ab da verheimlichen. Wenn nicht, hätte die Tochter ihre Mutter als »Hure« (wortgetreu!) verachtet. Wie sagte es Karl Kraus: »Das Wort Familienbande hat einen Beigeschmack von Wahrheit.«

Eigene Fehler? Gewiss. Heute würde ich keine heimliche Mail an eine zweite Frau im Haus schreiben. Nicht, weil mich endlich die Züchtigkeit eingeholt hat, nein, ausschließlich wegen *peace of mind.* Für alle Beteiligten. Der innere Friede ist (bisweilen) wohltuender als eine erotische Stunde am späten Nachmittag.

Und das noch: Nadine meldete sich. Nach zwei Jahren. Nein, nicht, weil sie die Sehnsucht nach mir überkommen hatte, sondern, um mich um Rat und Tat zu bitten. Für ihren beruflichen Aufstieg. Sie wollte Journalistin werden. Ich war – verhalten formuliert – überrascht. Dass ein Abscheulicher plötzlich wieder salonfähig wurde, sprich, von Nutzen sein könnte, zeigt, wie hurtig wir unsere (moralischen) Parameter den Gegebenheiten anpassen: Sieht es gut aus, dann führt man den Angewiderten vor, schwerst empört. Fällt einem beizeiten ein, dass der Widerling als Karriere-Katalysator zu gebrauchen wäre, dann legt sich die Empörung.

Ich bin kein Nachtrager. Ich half Nadine. Als Wiedergutmachung für meinen Fauxpas. Aber auch, weil ich weiß, dass wir alle nicht so »gut« und nicht so »tadellos« sind, wie wir uns gerne einbilden. Die anderen nicht, Nadine nicht, ich nicht.

184

War die erste Hälfte meines Lebens ein eher dornenreiches Unternehmen gewesen, so ging es anschließend nur bergauf. Mit dem Glück. Dazwischen kurze Abstürze, doch sonst:

schier unheilbar gesund, nie mehr niedergestreckt von Depressionen, für immer befreit von wild um sich prügelnden Autoritäten, finanziell im (unbeschwert) Trockenen, irgendwann in Paris gelandet, dem nach Weltluft duftenden Ort, dem perfekten Antidot gegen das Stinkloch, in dem ich geboren wurde.

Als ich anfing, als Reporter Erfolg zu haben und meine Bücher viel gelesen wurden, änderte sich etwas in meiner Beziehung zu Frauen. Nein, nichts vernebelte mir den Kopf. Da ich ja nicht an Eigenverdienst glaube, eher an Glück und Gene, löste Erfolghaben nur Freude in mir aus. Nie Stolz, nie Blasiertheit. Nein, das Neue lag darin, dass das Herstellen von Nähe zwischen ihnen und mir leichter fiel. Denn meine Bücher waren meine Visitenkarten und eine Frau, wenn angetan, konnte sich ein (vages) Bild machen von dem Schreiber. Und sich melden, sollte der Text ihr zusagen. Und viele meldeten sich, auch Männer, und die meisten davon wollten nur danke sagen. (Und einige mich in die Hölle schicken.) Und ein paar – keine Männer – waren noch großzügiger. Für jede von ihnen müsste ich eine Plakette aus purem Platin am Baum des Lebens festschrauben: So exquisit waren ihre Geschenke, so wärmend, so überraschend, so heilend in unseren so gräulich unsinnlichen Zeiten.

Ich preise sie umso inniger, als nach dem nächsten Kapitel die *bitches* vorgestellt werden. Jene Damen, die sich vorgenommen hatten, mich zu dekonstruieren, ja, die tatsächlich imstande waren, mir (kurzfristig) Lebensfreude und Lebenszeit zu stehlen.

185

Zunächst die Verschwenderischen, die Einladenden. Manche traf ich in der Provinz und manchen bin ich in ferne Länder nachgeflogen, bis in die USA und Indien, bis nach Guatemala und Portugal. Gerührt von ihrer Freigiebigkeit.

Und ich war dankbar für jede Geste. So flüchtig oder so intensiv sie gewesen sein mochte.

Ob für ein Abendessen cum Liebesnacht. Oder für Tage und Nächte in einem Hotel, das sie leiteten. (Welch Überraschung: Managerinnen lesen meine Bücher!) Ob Selma – und ein paar andere –, die mir nach einer Lesung zuflüsterten, dass sie mich gerne »ein bisschen anfassen« würden. Und wir ums Eck zogen und uns anfassten.

Oder Sofie, die in einem superseriösen *Beauty Center* massierte, mit der exklusiven Kundschaft aus »besseren Kreisen«. Und die mich zur *beauty massage* einlud. Und ich offiziell und scheinheilig buchte und zahlte und wir uns – nach der tief entspannenden Dienstleistung – liebten. Hinter Milchglas. Wundersam leise. Damit die Kolleginnen und die besseren Leute nichts hörten. Und Duftkerzen leuchteten und Musik schwebte und ich ging wie ein gekrönter König davon.

Ob Jenny, die auch »seriös« massierte, aber – per Internet – zusätzlich »Intim-Massagen« anbot, ja »Tantra-Massagen«, plus »Lingam-Massage«. Hui, lauter Wörter, bei deren Vernehmen man in Kopfgeschwindigkeit in ein Schlaraffenland schnellt. Jenny war das Gegenteil der männerfressenden Eva S. Jede Zeile ihres Angebots klang zart und spielerisch und einladend und – auch das – sweet versponnen: Gut wäre, wenn man als Kunde eine gewisse »Berührungsintelligenz« mitbrächte, um zur »Innenzentrierung« und zum »Seelenwesen« durchzustoßen. Ach, wie nebensächlich. Jenny kutschierte mich in ihr *Cabinet*, sagte noch »Du gabst mir deine Worte und ich gebe dir meine Hände« und schenkte mir – zwei geschlagene Stunden lang – ihre Meisterschaft. Und mit einem »strahlenden Lichtkörper« – undenkbar, gleich aufzustehen – blieb ich liegen, selig gebettet von Jenny.

Oder Moni, die schöne arme Kirchenmaus, die mich in ihre Schäferhütte (!) einlud und ich lernte, dass Zuneigung zwischen Frau und Mann überall ausbrechen kann.

Ob Daria, die Polin, die neben einem Zugfenster saß und Krishnamurtis »Die Zukunft ist jetzt« las und ich sie ansprach. (Nichts leichter, als jemand mit Geist in ein Gespräch zu verwickeln.) Und wir über den Inder plauderten und Daria irgendwann leise bemerkte, dass sie etwas zum Rauchen dabei hätte. Und so zogen wir in die Toilette um. Ja, Haschisch kann tüchtig vernebeln und die Enge einer solchen Lokalität führt ganz automatisch zu mehr Körperkontakt. Und was wir beide dort nicht wollten, sollten wir bald, so unser Versprechen, in Paris nachholen.

Oder Reagan (sic), die als Assistentin eines Mannes arbeitete, den ich in Australien suchte. Um ihn auszufragen für eine Reportage. Aber der Ex-Cop war verreist, auf einen fernen Kontinent. Also fragte ich Reagan aus, der einsam zumute war. Mitten im Outback. Und so wurde sie meine Mitarbeiterin. Um unser beider Einsamkeit zu vertreiben.

Oder Melanie, eine Journalistin, der ich nach dem Interview vorschlug, uns zu küssen. Denn wäre jetzt nicht höchste Zeit, nach so viel Hirnarbeit, uns zu belohnen? Und nichts schien einfacher, als dass jeder sich ein Stück nach vorne beugte: damit die Lippen sich trafen und loslegten.

Lauter Situationen, in denen ein Mensch sich einbilden darf, dass es die Götter gerade gut mit ihm meinen. Deshalb: nicht zaudern, nicht dem (plötzlichen) Glück ausweichen, nicht träumen. Tun.

Manchmal klappte das Spiel, manchmal nicht. Gewinnen war nicht so wesentlich. Das Spiel zählte, das Sichtrauen, der bedingungslose Wunsch nach Aufregung. So war eine Absage keine Katastrophe. Nagender wäre Feigsein gewesen, das Eingeständnis, ein Maulheld zu sein, dem der Schneid fehlt, sein Maul aufzumachen.

Irgendwann – spät, ich bin ja Spätzünder – hatte ich eine entscheidende Verhaltensregel gelernt. Was im Beruf galt – keine Vermessenheit! –, soll in der Nähe von Frauen auch gelten: Ich hatte radikal aufgehört, mich mit anderen Männern zu vergleichen, Stichwort »Abwerten«, Stichwort »Auftrumpfen«. Hatte pfeifend die Arena der Gockel verlassen, hatte längst begriffen, dass es Schönere, Potentere, Intelligentere, Reichere, Erfolgreichere, ja, Männlichere gab. Als mich.

Ich wollte nichts anderes mehr sein als einer, der einer Frau seine Siebensachen anbietet (hier die vier meistgewünschten): meine Freude, meine Neugier, mein Bestehen auf Innigkeit, meine penetrante Sucht nach Leben. Lauter Artikel, die ich stets in meinem Bauchladen führe. Und fand eine Frau etwas Passendes, dann sollte den *swinging times* nichts mehr im Weg stehen.

Und was immer passierte, ob Hände streicheln oder gegenseitig das Gesicht abschmusen oder *all inclusive*: Eine weibliche Haut berühren war ein Sieg über die Moralkotze-Prediger, ja, über die frigiden Monster, in deren Nähe ich aufgewachsen bin. Jede Frau, die sich mir hingab, erinnerte mich – automatisch, chronisch – an mein Elternhaus. Wo achtzehn Jahre lang kein Lustseufzer zu hören gewesen war. Doch nun war jede dieser (seufzenden) Frauen meine Verbündete, war mein Triumph über den eingeprügelten Leibhass. Liebe machen war (auch) ein Akt der Wiedergutmachung.

Eros als Heilkraut. Und die Frau als Heilerin.

186

Bevor die Damen vorgestellt werden, die mich nicht geheilt haben, hier ein paar Fundstücke der letzten Wochen. Erstaunlich, hinter wie vielen Gesichtern Eros auftritt:

Ich sehe eine elefantendicke Frau in einem Toreingang stehen, sie streckt das Handy von sich, streckt sich, will den ganzen Elefanten aufs Bild bannen, drückt endlich ab, verharrt weiter (ah, ein Video wird gedreht) und sagt wunderbar sweet: »Habe ich dir heute schon gesagt, dass ich dich liebe?«

Ach, die Liebe, wie blindlings sie jeden umarmt. Das macht ihr keiner nach.

Jetzt die weniger poetische Version: ein Bahnhof, fast leer, spätabends. Ich warte auf meinen Zug, lesend. Bis ein Mann, etwa zehn Schritte entfernt, in sein Telefon zu sprechen beginnt. Sofort bin ich hellwach, denn bereits der erste Satz ist ein Vorbild unmissverständlicher Nachrichtenübertragung (ich übersetze sein gebrochenes Englisch): »Ich habe große dicke Schwanz, vierzig Zentimeter lang, wenn ich ficken dich, treten Schwanz vorne bei Mund heraus.« Ich bin nur noch zwei Ohren, würde zu gern erfahren, wie eine Frau auf die Aussicht reagiert, einen Kerl mit einem knapp halbmeterprallen Zebedäus zu treffen, der ihr, einmal perforiert, zwischen den Lippen wieder herauskommt. Ich schummle mich sogar näher heran. Vergeblich, kein Wort zu dechiffrieren. Aber die Angerufene hängt nicht ein, sie schreit auch nicht, sie scheint ausführlich Stellung zu nehmen. Und der Mann, fast allein unterm kalten Nachthimmel, singt von Neuem das Hohelied auf sein Mordsding. Wundersame Welt. Mein Zug kommt.

Wir hatten die Poesie, dann das Volkstümliche. Nun Eros unter rein praktischen Gesichtspunkten: Amina, einst zutraulich und zuvorkommend unter marokkanischem Himmel, schrieb mir eine Mail aus Rabat. Ja, sie sei abtrünnig geworden und werde nun doch heiraten. Noch schlimmer: einen streng Gläubigen. Natürlich landeten meine energischen Aufrufe – *s'il te plaît, erinnere dich an deinen Verstand!* – im Aus. Aber immerhin – als wollte sie mich beruhigen – hatte sie sich aus Hongkong ein *Artificial Virginity Hymen Kit* bestellt: ein Ding aus Watte mit Farbbeutel, das die Nichtmehr-Unbefleckte vor Beginn der Hochzeitsnacht diskret in die Scheide einführt. Damit Blut fließt, wenn der nun offizielle Besitzer der (Ex-)Jungfrau sie penetriert. Made in China, dreißig Dollar. Wie ich bald hörte, ging alles gut. *Allah Akbar!*

187

Ein paar der letzten Kapitel sollen, wie angekündigt, den Anstrengenden gehören. Den Trolls (mit einer Ausnahme weiblichen), die aus verschiedensten, oft mysteriösen, Gründen beschlossen, mein Leben einige Grade mühseliger zu gestalten. Zuzeiten ganz unfreiwillig komisch, folglich überkam mich bisweilen schlechte Laune, bisweilen schallendes Gelächter. Heute lache ich über jede von ihnen. Denn ich kam davon und keine der aufgestellten Fallen hat mich erlegt.

Alle Attacken fanden erst statt, nachdem ich als Schreiber bekannt geworden war. (Merke: Erfolg hat einen Preis.) Und seitdem es die Möglichkeit gab, per Internet zu kommunizieren. Das Netz ist eine grandiose Erfindung. Und nebenbei eine Kloake, in die so manche bedenkenlos hineinkacken. Da sie sich – selbst wenn sie ihren richtigen Namen angeben – straffrei hinter ihrer Anonymität verstecken. Unterschrift: Eva Müller. Wie viele E. M.s haben wir in Mitteleuropa? 17 500?

Aus Platzgründen kann ich nur ein paar der Heckenschützinnen vorstellen. Die man in drei Hauptgruppen einteilen könnte. Und die sich ein Stück – in ihrem Verhalten – überschneiden.

Die *allumeuses*, die – wörtlich aus dem Französischen übersetzt – »Anzünderinnen« heißen, im Deutschen aber mit dem groben Wort »Schwanzquälerinnen« bezeichnet werden.

Dann jene, die als »Rächerinnen« im World Wide Web unterwegs sind. Und sich diesmal an mir rächten. Da ich mir erlaubt hatte, eine Beziehung nicht einzugehen. Ihr Insistieren nährte zwar meine Eitelkeit, war jedoch vollkommen unverständlich. Denn keine auf Erden muss an mir genesen. Egal, sie griffen zu den Waffen. Den Waffen der Frau. Auch die stechen und hauen.

An dritter Stelle die »Kamikaze-Ladys«, die irgendwann – warum auch immer – zu kommandieren anfingen. Wie befremdlich, denn vor Jahren schon hatte ich einen Satz von Sartre in meine persönlichen zehn Gebote aufgenommen: »Ich kann weder gehorchen noch befehlen.« Kuschen? Das war noch nie eine Alternative.

Ach ja, der *eine* Mann. Ihm fehlten ebenfalls ein paar Tassen im Schrank. Obwohl mich seine (entscheidende) Mail noch heute amüsiert. Ihn trieb die Eifersucht. Er versuchte, mich zu blamieren. Um mich bei einer Frau anzuschwärzen, die ihn verlassen hatte. Da sie mich, wie erfreulich, begehrte.

188

Von je einer – der Originellsten aus den erwähnten Kategorien – will ich erzählen. Dass dabei auch meine eigene Einfalt zur Sprache kommt, ist unvermeidlich.

Naima, die (erotische) Brandstifterin, die mich knapp zwei (!) Jahre wie einen Dorfdepp hinter den sieben Bergen vorführte, Naima, die alles versprach und nichts lieferte, die bei jedem Atemzug log, ja, die sich die aberirrwitzigsten Legenden einfallen ließ, um meine Ankunft in ihrem Bett immer wieder zu verhindern, ja, die zuletzt eine Bande Vergewaltiger erfand, die sie missbraucht hätte und sie deshalb stumm (!) geworden sei vor Schreck, ja, sie somit außerstande sei, »all die Liebesworte zu flüstern, die mir auf der Zunge brennen«, nachdem sie bereits angekündigt hatte, »in speziellen Essenzen und Düften vor unserem ersten Liebesakt zu baden«, denn das sei »Brauch arabischer Frauen, um ihren Liebhaber noch mehr zu verführen«.

Sie, Naima, wäre ein ganzes Buch wert. Wobei die eine Hälfte kaum ausreichen würde, um von meiner monumentalen Dummheit zu erzählen. Ginge es gerecht zu in der Welt, ich müsste tausend Kilometer Sackhüpfen, dann einmal um Lourdes kriechen, dann zurück nach Paris hopsen: für so viel Schwachsinnigkeit. So viel Verblendung. So viel Gier. So viel Trotz gegen Fakten. Wie ein gehäutetes Kalb kam ich mir zuletzt vor, das muht, statt zu denken, ja, sich entwürdigen ließ, statt selbstbewusst Entscheidungen zu treffen. Wie eines dieser Schafe, die ich immer verlacht hatte, wenn ich sie als Herde nachblöken sah, was das Oberschaf ihnen vorgeblökt hatte.

189

Bevor ich von der Rächerin berichte, hier ein kurzer Dialog aus dem polnischen Streifen *Ida*, der 2015 mit dem Oscar für den besten fremdsprachigen Film ausgezeichnet wurde. Ida, die Ex-Nonne, und Lis, der Saxofonspieler, liegen im Bett. Er zu ihr:

- Willst du nicht mitkommen nach Gdansk?
- Und dann?
- Dann kannst du unserer Band zuhören, wir können am Strand spazieren gehen.
- Und dann?
- Dann heiraten wir irgendwann.
- Und dann?
- Dann haben wir Kinder, ein Haus, eine Familie.
- Und dann?
- Dann haben wir Probleme.

So lakonisch, so knapp vom Elend erzählen. Hinreißend. Wie ich hinterher mein eigenes, viel bescheideneres, Elend, ertrage. Wie das mit Birte, die nun ihren Auftritt hat.

190

Die Vorgeschichte: Lesung in einer Kleinstadt, der Organisator überreichte mir nach dem Signieren ein vierteiliges (!) Kaffeeservice, plus zwei Pfund Kaffee. »Eine kleine Aufmerksamkeit.« (Das war es nicht, denn wäre er aufmerksam gewesen, dann hätte er gewusst, dass Schreiber auf

Lesetouren keinen Geschirrschrank einpacken können. Das nur am Rande.) Ich bedankte mich höflich und überlegte sofort, wo ich das Ungetüm entsorgen könnte. Draußen auf der (toten) Straße, außer Sichtweite, steuerte ich auf eine Abfalltonne zu. Und hörte jemanden meinen Namen rufen. Ich drehte mich um und sah eine Frau, dunkel gekleidet, Modell Babuschka, Gewichtsklasse *dick* und, beim Näherkommen: Babuschka mit Damenbart. Welch Glück. Denn sie war in der Veranstaltung gewesen und folglich die ideale Person, um bei ihr den Klimbim abzuladen. Was sie begeisterte. Ihr Eifer war so heftig, dass sie anbot, mich ins (einzig offene) Café zu begleiten. Was ich mit dem (geschwindelten) Hinweis verhinderte, dass dort eine Freundin auf mich wartete. Ich beschleunigte den Schritt und entschwand. Das war's, dachte ich gut gelaunt: eine treue Leserin und zudem eine liebe Frau, die mir beim Entrümpeln zu Diensten stand.

Das war es nicht. Umgehend meldete sich Birte via E-Mail. Und ihr Leben flutete in meinen Computer: das wenige Geld, die Alkoholsucht, die vielen Kinder (eins davon im Knast), die fehlenden »Lebenselixiere«, ihr »selbst verschuldetes Scheißleben«, der fehlende Sex, die einsamen Abende vor dem Fernseher, die Sehnsucht nach einem »kernigen Kerl«. Dazwischen ihre tieferen Gedanken. Birte schien belesen zu sein, zitierte Stendhal und Dostojewski, kam immer wieder auf Nietzsche zurück. Der Rest der Mails drehte sich um mich: »Ihre schönen Hände«, »Ihr weiches, liebes Herz«, »Ihre beeindruckende Persönlichkeit«, »Ihr treffender Humor«, »Sie Juwel«, »was für ein gelungener Mensch Sie«, ja, »Ihr herrlich gestalteter Intellekt« et cetera ad absurdum.

Ich war sofort auf dem Quivive. Nein, mein Narzissmus blühte kein bisschen. Denn solche Lavaströme glühenden Hallelujajubels klangen vom ersten Satz an verdächtig. Sogleich fiel mir der passende Ausdruck ein: das *Chapman-Syndrom*. Benannt nach Mark David Chapman, der am 8. Dezember 1980 John Lennon in New York erschoss. Da sein angebetetes Idol irgendwann angefangen hatte (so die Begründung des Killers), sich anders zu benehmen, als er, der überhitzte Eiferer, es gern gehabt hätte.

Okay, ich bin nicht Mister Lennon. Und ich hatte auch keine Angst, dass Birte mir vier Kugeln in den Leib jagt. Aber ich wusste (aus anstrengender Erfahrung), dass solch Superlativgeschrei in dunkle Gassen führt. Wo plötzlich totale Ablehnung, totaler Hass warten. Weil die Enttäuschung über das selbst inszenierte (Trug-)Bild so schmerzt.

Dennoch, ein knappes Jahr ging alles gut. Ich antwortete kurz und trocken auf ihre Mails. Ich verordnete ihr mehrmals »IT-Keuschheit« und bat sie dringlich, ihren Redeschwall einzuzäunen.

Birte beruhigte sich zwischendurch, ihre Anbetungstiraden wurden bisweilen leiser, dann wieder schrill, ja, sie schrieb eine enthusiastische Kritik über mein letztes Buch. So enthusiastisch, dass von Neuem schwer befrachtete Mails bei mir eintrafen. In denen sie sich detailliert – zwischen Borderline links und Borderline rechts lavierend – über meine Seele ausließ. Psychoanalyse nach Hausfrauenart. Nicht genug. Bald entdeckte sie auch meinen Körper, den sie – Herr, hilf! – nun ebenfalls gern kennengelernt hätte. Nicht mit eleganten, sondern mit brachial anzüglichen Worten gab sie darüber Auskunft.

Bis ein fünfter April kam und ich explodierte: Kurz nach Mitternacht informierte Birte mich über die Talkshow, in der sie mich gerade gesehen hatte. Das müsse unbedingt sein, befand sie, denn alle anderen in der Runde wären »unerotische Säcke« gewesen, ich aber: »wie immer umwerfend«. Da ich das von ihr schon gefühlte tausend Mal gelesen hatte, blieb mein Puls gelassen. Bis ich in derselben Post erfahren musste, dass sie, Frau Birte, gleich im Bett liegen würde: »völlig nackt und entblößt und mit einem Fibrator (sic!) in der Hand, perversen Gedanken nachhängend.«

Mich schauderte plötzlich: Ein fettbauchiges, splitternacktes Weib, ihren Dildo schwenkend, lud mich zum Ficken ein. Diesmal ereilte mich das Grauen. So viel unappetitliche Geilheit einem Fremden aufzuhalsen, empfand ich als Angriff auf meine Intimsphäre.

Ich ging in meine Munitionskammer, die deutsche Sprache, und suchte nach Wörtern, die wie Atombomben einschlügen. Ich fand sie und feuerte ab. Als Gegenrede auf ihr Angebot. Und auf alle restlichen Zumutungen. Dann war Ruhe.

Bis mein nächstes Buch erschien. Und Birte wieder auftauchte. Als Missis Birte Chapman. Jetzt war sie in der Sackgasse angekommen und jetzt brodelte sie vor Verachtung und Hass. Obwohl die Neuerscheinung bei der Kritik bestens besprochen wurde, sich nebenbei ein paar zehntausend Exemplare verkauften, erklärte ihr Birte den Krieg. Und da sie arbeitslos war, stand unendlich viel Zeit zur Verfügung, um ihr Giftgas ins Netz einzuspeisen. Nun hagelte es Verrisse. Zuerst unter ihrem richtigen Namen, bald unter Pseudonym, bald benutzte sie Computer von Freunden, um mehr als einmal auf das Buch zu rotzen, bald kommentierte sie (wohlwollend) andere Verrisse, bald beschimpfte sie LeserInnen, die Stellung nahmen gegen ihren rasenden Kreuzzug, bald kostümierte sie sich als Moral-Drohne, die mich als »geldgeil sabbernd, wurmstichig und betrügerisch« entlarvte. Selbstverständlich war meine früher so begeisternde Sprachgewalt längst dahin. Alle Schreibkraft, so ist zu vermuten, war an jenem 5. April aus mir gewichen, als ich der »völlig entblößten« Birte eine Kanonenkugel ins Haus schickte.

Noch ein weiteres Jahr nährte sie sich von der Tobsucht auf mich. Um dann erneut auf ein Buch von mir zu kotzen. Dessen Erfolg auch diesmal nicht von Birte, der Zornglühenden, zu stoppen war. Schließlich verschwand sie vom Radar.

Bis sie mir, weltmeisterlich bigott, folgende Zeilen zukommen ließ: »Viele gute Emotionen für den Andreas :-), Gesundheit, gute Freunde und alles, was der Andreas sich selbst wünscht :-)«

Nun denn, Andreas hielt hübsch still. *Eine* Birte im Leben soll reichen.

191

Die Kamikaze-Frau, die Dritte im Bunde, war eine tolle Frau. Sie hatte so vieles, wofür ein Liebhaber dankbar sein sollte: einen ansehnlichen Körper, einen vifen Geist, Herzenswärme, Belastbarkeit, Großzügigkeit, sinnliches Talent, eine so ausdauernde Hilfsbereitschaft. Zudem war sie verheiratet. Was ja den Eros beflügelt. Weil er heimlich stattfinden muss und ihn kein Sex-Tod (noch vor dem Ehe-Tod) bedroht. Ich war ihr Mann für geheime Stunden. Welch Auszeichnung.

Nach zweieinhalb Jahren begann die Begehrenswerte abzusteigen. Nun, nicht alle sind für Leichtigkeit begabt. Zumindest nicht auf Dauer. Irgendwann fängt einer von beiden an, die Nähe einzureißen. Irgendetwas treibt sie/ihn, das Schöne kaputtzumachen. Wie Svea. Plötzlich kamen Mails, die kein Rendezvous vorschlugen, sondern einforderten, sogar Tag und Uhrzeit festlegten, ja, noch verwirrender: Sie fing auf bizarre Weise an, Naima zu ähneln. Die *Monomanie* kam über sie, laut Psychiatrie der »Einzelwahn«, der nur *einen* Bereich des Lebens betrifft. Und der meinte uns zwei. War Naima mir ausgewichen, wollte Svea nicht mehr von mir weichen.

Ihre Erfindungen, um mich zu einem Stelldichein zu erpressen, konnten sich sehen lassen. Arglos fing es an: Sie müsse mit ihrem Mann, einem Uni-Dozenten, nach Rom umziehen, ein neuer Forschungsauftrag erwarte ihn. Schwierig, von dort zu entkommen. *Also, lass mich dich unbedingt vorher treffen!* Später erfuhr ich von einem mysteriösen Eingriff im Krankenhaus (»über den ich lieber nicht sprechen will«), dann von einer bevorstehenden »dreifachen Operation an der Hand« (!), dann drohte Multiple Sklerose, dann gab's die Anspielung auf eine Chemotherapie (wofür blieb ungesagt), dann trafen – gewürzt mit der Aussicht auf Liebesentzug und Schuldgefühle – die ersten Schimpfwörter ein. Von denen »schwimmbeckengroßes Arschloch« am bemerkenswertesten klang. Das alles, weil ich mir erlaubt hatte, sie darauf hinzuweisen, dass ich an diesem oder jenem Tag nicht konnte. Meist wegen beruflicher Verpflichtungen.

Es muss sich um schweres Gepäck aus meiner Jugend handeln. Das ich nicht abwerfen kann: kommt Druck, kommt Gegendruck. Ich will es erklären: Wenn man einen Tropfen Gift am Westufer eines großen Sees hineinträufelt, dann kann man ihn, nach dem heutigen Stand der Wissenschaft, am Ostufer nachweisen. So ähnlich funktioniere ich auch. Spüre ich nur den Hauch eines Hauchs eines Befehls (selbst wenn er nicht als solcher gemeint war), dann reagiere ich sofort mit Befehlsverweigerung. Das hat wohl damit zu tun, dass mir knapp zwei Jahrzehnte lang »befohlen« wurde. Von den einschlägig Verdächtigen, den Pfaffen, den Lehrern, dem Vater. Und ich mir damals – in der endlosen Zeit der Erniedrigungen – schwor, mit dieser Praxis aufzuräumen. Als Erwachsener dulde, ja, dulde, ich nur Vorschläge. Zu denen ich, klingen sie gescheiter als meine eigenen Ideen, augenblicklich und mit fliegenden Fahnen überlaufe. Es geht nicht ums Rechthaben, es geht um Würde. Auch beim Spiel zwischen Frau und Mann.

Die schönen Stunden mit Svea kamen nicht wieder. Sie wurde immer drastischer, ich immer bockiger. Wir lieferten ein Paradebeispiel dafür, wie man es *nicht* machen soll. Ja, man weiß es und folgt trotzdem der falschen Spur. Und so führt ein Paar bisweilen einen Krieg, den beide nur verlieren können. Zuletzt hatten wir uns verrannt und keiner wusste mehr den Weg zurück.

Hätte ich ihn nur verloren und hätte ich nur als einer der

Besiegten den Gefechtsstand räumen dürfen. Doch Svea hatte noch ein letztes Racheschwert geschmiedet. Und als es auf mich niedersauste, zuckte ich zu Tode erschrocken zusammen. Zu Tode erschrocken: genau so.

An einem 15. August kam ein Brief bei mir an, Absender sie: »Lieber Andreas, ich bin SCHWANGER, Ende der 8. Woche, herzlichen Glückwunsch, du feiger Hund! Entstehungszeitraum Mitte Juni, du bist weit und breit der Einzige, der infrage kommt …« Die drei Pünktchen (von mir gesetzt) stehen stellvertretend für ein halbes Dutzend extrem muskulöser Wörter, schwarz auf weiß von Svea aufs Papier gehämmert. So finster und bluttriefend, als ginge es darum, einen der drei widerlichsten Drecksäcke auf Erden zu beschreiben.

Was mich nicht störte. Nur das EINE Wort ließ mich beben. Da ich den Terror einer angedrohten Schwangerschaft bereits hinter mir hatte (Stichwort Laura, die Punklady), lag ich einen Tag lang k.o. in meiner Wohnung: *Schwanger!* Die neun Buchstaben klangen wie »Aufhängen« oder »Sterben« oder »Wahnsinn«. Und mir fiel ein, dass ich wieder einmal reingelegt worden war, da es doch geheißen hatte, dass eine Befruchtung ganz ausgeschlossen sei. Unheimlich, was Angst alles kann.

Am nächsten Morgen kam ich zur Besinnung, mein Verstand war erneut funktionstüchtig: Natürlich würde ich nicht Vater werden, natürlich hatte ich – absolut unabhängig davon, ob gerade ein Eisprung stattgefunden hatte oder nicht – bei Svea stets Tantra angewendet, natürlich war Svea eine hemmungslos-monomane Erfinderin, natürlich war das ihr letzter Versuch, mich umzustimmen: Ich winsle um eine Abtreibung, sie sagt Ja und dafür kehre ich zurück zu ihr.

Das Schöne am Älterwerden: Man lernt. Und noch schöner: Man wendet das Gelernte an. In diesem Fall: Keine Antwort! Nicht argumentieren! Den Rächer allein in die Schlacht ziehen lassen!

So geschah es und – ich hätte meine maßgeschneiderten Hemden darauf verwettet – Mitte März des folgenden Jahres traf wieder Post von der Schwertträgerin ein. Eine – gefakte – »Geburtsanzeige«, mit links einem Babykopf (Internet!) und rechts zwei Zeilen, frisch aus der Klapsmühle: »Ein kleines bisschen Mama, ein kleines bisschen Papa und ganz viel Wunder. Hallo sagt Franz. 12. März 20XY/3200 g/51 cm.« Wobei der Vorname bewusst gewählt worden war, in Erinnerung an den meines Vaters. Das andere schwimmbeckengroße Arschloch der Familie. Irgendwie war ich gerührt. Ich faltete einen Papierflieger aus dem Blatt und übte so lange, bis er im Mülleimer landete.

192

Noch ein schnelles Kapitel über den Mann, der sich als Frau, als »Sanne Becker«, bei mir vorstellte. Per Mail. Das Lesen meiner Bücher sei ein »reiner Genuss«. Nun, ein Groupie sein fände »sie« affig, dennoch müsse sie ihre Bewunderung ausdrücken. »Ganz frech« würde sie fragen, wie es mit einem gemeinsamen Drink nach einer Lesung aussähe.

Die Mail war zu aufdringlich: um nicht den Braten zu riechen. Was und wer dahinter steckte, wusste ich natürlich nicht. Aber ich ahnte – auch gewitzt durch die Dornenkrone, die mir Naima verpasst hatte –, dass hier etwas faul war. Ich lud »Sanne« also nach Paris ein. Als Köder. Und sie biss zu. Aber wie: Sanne fragte gleich (als Antwort auf meine Einladung), ob ich über einen »gut ausgestatteten Schwanz« (sic) verfüge. Ein Foto desselben wäre »eine Freude«, ja, Bedingung. Denn davon – vom gelieferten Konterfei meines Zuchtbullen-Riemens – hinge ab, ob sie hinterher mit mir ins Bett ginge.

Nein, Sanne bekam keine Nahaufnahme, auch keine Angaben etwaiger Maße. Aber ich spielte mit, da Sanne so frei war, postwendend ein Foto ihres (bildhübschen) Gesichts zu schicken. (Das ihr nicht gehörte.) So forderte ich sie auf, da ich selbst einen »warzenfreien, bauchfreien und biegsamen Körper« hätte, mir umgehend ein Ganzkörperbild von sich zu mailen. Von oben bis unten, schön splitternackt.

Nun kam Sannes Entrüstungsschrei, zum Schreien scheinheilig. Was für ein »armer, widerlicher, eitler Typ« ich sei, schrieb sie, ja, Sanne wäre nicht Sanne, sondern Rudi, ein Mann, der – so erfuhr ich bald – das alles inszenierte, um mich bei einer Frau bloßzustellen. Die mir nah war und die (vorher) ihm nah war. Und von der sich Rudi wünschte, dass sie zu ihm zurückkehre.

Ach, Sanne, ach, Rudi, der Schuss sauste in die falsche Richtung: Die Freundin blieb bei mir. Und beide haben wir oft über dich gekichert, der sich so sehr mein abgelichtetes *Dingdong* gewünscht hatte. Denn Rudis Stolz, so hörte ich zuletzt, belastete ein »little penis complex«. Und gewiss hatte er gehofft, dass der meine noch winziger daherkäme. *Too funny.*

193

Emma, die Frauenzeitschrift, hat mich vor nicht langer Zeit zum »Pascha des Monats« gewählt. Aufgrund eines Interviews in einer großen Tageszeitung. Meine vorlaute Behauptung, dass »Frauen das Schönste sind, was wir auf Erden haben«, ging noch durch. Auch »Wie so viele Männer bin ich von ihnen verhext.« Aber anschließend wurde ich zum Unhold erklärt, da ich eine Liebesmail erwähnt hatte, die von einer knapp 70-Jährigen stammte. Und auf die ich mit »Wie süß, dass Sie so durchgeknallt sind« geantwortet hatte. Noch unholdiger ging es weiter, da ich auf die Frage der Journalistin, ob ich ihr das tatsächlich geschrieben hätte, unschuldig meinte: »Ja, was soll ich sonst antworten? ‚Besuche mich?' Soweit geht die Muttibetreuung dann doch nicht.«

Dafür bekam ich den Pascha-Titel. Denn in der Welt rühriger Gutmenschinnen muss ein Mann *jede* Frau begehrenswert finden. Aber so wenig wie jede Frau mit *jedem* Mann ins Bett muss, soll auch hier gelten: Ich bin so frei und finde die einen sexy und die anderen eher nicht.

Die Auszeichnung hat mich höchst erheitert. Und flugs landete die offizielle Begründung auf meiner Website, ja, ich habe nicht einmal die Aufforderung der flammenrot entrüsteten Redakteurin unterschlagen, endlich ein Buch über meinen »Scheißsexismus« zu schreiben.

Welcher Macho wird so fleißig von Feministinnen gelesen?

194

Ich will noch eine Frau vorstellen. Unsere Geschichte liegt nicht lange zurück. (Und liest *Emma* dieses Kapitel, dann werden die Damen mich zur *Bestie des Jahres* ausrufen.) Aber diesen letzten Gesang muss ich noch anstimmen, dieser letzte Song haltloser Verwunderung soll noch in die Welt. In diesem Lied steht alles, was ich an einer Frau liebe, so ergriffen verehre. Auch die Stärke, auch die Würde, mit der Luzie, dieser formidable Mensch, einen Akt tiefster Erniedrigung überlebt hat.

So ging es los: Luzie hatte gemailt, dass sie eine eifrige Leserin meiner Bücher sei. Und sie gern ein Interview für ihre Schülerzeitung mit mir machen würde. Ich reagierte verhalten, siehe Birte, Rudi und Co. Wieder ein Irrläufer, der rastlos via Mausklick anderer Leute Lebenszeit sabotiert? Luzie konterte gelassen meine (inzwischen leicht überdrehten) »Sicherheitsfragen« und berichtete, dass sie in Tschechien geboren, aber bald mit ihrer Familie nach Deutschland umgezogen sei. Und sie nannte ihr Alter: sechzehn (16!).

Ich erfuhr die Zahl, als sich die Temperatur unserer Mails schon deutlich erhöht hatte. Wobei Luzie zu zündeln angefangen hatte. Aus heiterem Himmel. Sofort fiel mir Naima ein, die mich zwei Jahre lang per Nasenring durch den Cyberspace gezogen hatte.

Und dennoch: In Windeseile fing ich Feuer, blöd und unbelehrbar. Um mich zu beruhigen, redete ich mir ein, dass »16« nicht stimmen konnte und dass die Schülerin kokettierte. Denn ihre Gedanken waren zu klug, zu welterfahren, zu gründelnd, als dass sie bereits im Kopf eines Teenies angekommen sein konnten. Wenn doch, dann war sie eine Wunder-Sechzehnjährige. Was das Verlangen nur steigerte.

Federico Fellini hatte einst notiert: »Frauen sind schon deshalb faszinierend, weil sie Frauen sind.« Und sind gewiss noch sagenhafter, wenn sie – so konkret – blitzgescheite Zeilen schreiben. Geht Geist um, so ist die Aussicht auf eine Bruchlandung entschieden geringer.

Trotzdem, ich zuckte zurück. Bei aller Sehnsucht nach Nähe, nach Leben, nach Sinnenfreude, aber erwachsene Frauen sind mir lieber als minderjährige. Ich begann zu transpirieren: 16 Jahre. Das ist eine ungeheuer kleine Zahl. Noch kleiner, als feststand, dass Luzie mich in Paris besuchen wollte. Von irgendwo hinter Berlin kommend, aus einem Dreibauerndorf in die strahlende Stadt: wo die tausend Versuchungen lauerten.

Ich fragte einen meiner fünf Freunde: Was tun? Und er: »Finger weg!« Und: »Das ist eine Falle!« Ich solle mich um meine Karriere kümmern, statt es darauf anzulegen, eines Tages auf Facebook als Kinderschreck ausgestellt zu werden. Ich rief einen Juristenfreund an, beichtete und er verwies auf die richtige Stelle im Strafgesetzbuch (ich übersetze das Beamtendeutsch): *Bei Jugendlichen zwischen 16 und 18 geht der Gesetzgeber davon aus, dass sie eigenverantwortlich über sexuelle Kontakte entscheiden können.*

Luzie war – vorausgesetzt, es gab diese Luzie – gewiss wach und selbstverantwortlich genug, um zu wissen, an was und an wen sie sich hingeben würde. Auch finanzierte ich mein Leben nicht als Drogendealer, dem das Mädchen zwanghaft hörig war. Auch stand kein »Entgelt« zur Diskussion. Und um eine »Schutzbefohlene« – von mir abhängig – handelte es sich ebenfalls nicht.

Rein juristisch war ich sauber. Aber ich, der um unaussprechlich viele Jahre Ältere, hatte natürlich eine moralische – jetzt stimmt das Wort – Verantwortung. Moral im Sinne: dass kein Anflug von Reue Luzie später heimsuchen, keine Geste je Bedauern auslösen würde. Dass alles, was wir miteinander täten, uns begeistern sollte. Ja, ich ihr etwas geben könnte, das sie nicht mehr missen wollte. In ihrem Leben »danach«. So etwas Behütendes, so etwas Funkelndes. Wann immer sie sich an uns erinnerte.

Ich meditierte. Um herauszufinden, ob ich mir das zutraute. Oder ob hier nicht eine Nummer zu groß auf mich zukäme. Auf emotionaler Ebene. Ich wankte und hörte mich zuletzt nur sagen: *Mach es!* Ich musste es leben. Wie sollte ich vorher wissen, wie ich mit der Zukunft umgehen würde?

Luzie weigerte sich, ein Foto zu schicken. Nein, das fände sie billig, ich solle gefälligst die Nerven behalten und mich überraschen lassen. Ein solcher Satz konnte nur Panik auslösen: Wer kein Bild schickt, muss unansehnlich sein! Bei aller Begeisterung über die Intelligenz einer Frau, Eros gelingt mir ja nur, wenn das zutrifft, was die alten Griechen »Kalokagathia« nannten: die Verbindung von körperlicher und geistiger Schönheit. Das alles klingt maßlos arrogant, wenn ein Mann sich erfrecht, das einzufordern. Erst recht, wenn berechtigte Zweifel daran bestehen, ob er selbst imstande ist, das vorzuzeigen.

Der Vorwurf sitzt, ändert aber nichts: Ich kann nicht anders. Ich will hier keine Anstandsfibel schreiben, sondern von Leuten erzählen (unter anderem von mir), die mit ihren – oft anstrengenden – Widersprüchen durchs Leben müssen.

Ich behielt die Nerven. Und fing an, im Kopf den Gedanken auszuhalten, dass mir kein Freudenschrei entkommen würde, wenn Luzie die Wohnung betritt. Und dass ich mich wie ein Gentleman aufführen und sie herzlich willkommen heißen würde. Und wir die geplanten drei Tage plaudern sollten. Sonst nichts. Gastfreundschaft muss sein, sie ist das Mindeste, was jemand erwarten darf, der eine lange Reise auf sich nimmt.

Luzie lief zu Hochform auf. Sie zeigte Chuzpe und war sofort bereit, die bürgerlichen Spielregeln zu missachten. Denn die Vorbereitung einer heimlichen, über vierzehn Stunden dauernden Busfahrt – aus der finsteren Provinz in ein fremdes Land, zu einem fremden Mann – forderte Mut. Und hart erarbeitete Logistik.

Wir warteten ihre nächsten Ferien ab. In der Zwischenzeit spann die Gymnasiastin (10. Klasse!) zu Hause ein Lügennetz, indem sie von einem Ausflug mit Freundinnen plapperte, ja, sich im Namen der Scheinheiligkeit ein Zelt besorgte, ja, jeden Tag, demonstrativ vor den wachsamen Augen des Vaters und einer krankhaft misstrauischen Mutter Handlungen ausführte, die nichts anderes beweisen sollten, als dass die Tochter sich sittsam und heiter auf eine Spritztour vorbereitete. Ins schöne brandenburgische Hinterland. Ja, indem sie nebenbei den genauen Ort verheimlichen und drei weitere Beteiligte briefen musste: Nein, kein Wort über Paris, aber immerhin so weit einweihen, dass die drei Vertrauten bei Kontrollanrufen überzeugend schwindelten. Und ein Keller fand sich. Im Nachbardorf, um dort am Abreisetag die gesamte Ausrüstung zu verstecken. Denn Luzie sollte ja auf meinem Futon schlafen und nicht auf einer Luftmatratze.

Die Mutter war unser gefährlichster Gegner. Erst später würde ich erfahren, warum der »Mann« – der Mann als menschgewordenes Wildschwein – einen geradezu überirdischen Hass in ihr auslöste. Noch heute müsste ich um mein halbes Leben fürchten, wenn Frau T. je von unserer – Luzies und meiner – Beziehung erführe. Wie gut, dass sie nie Bücher liest.

Die leichteren Aufgaben hatte ich übernommen. Ich überwies das Fahrgeld auf das Konto einer Ex, die sogleich bereit war, im Büro des (deutschen) Busunternehmens das

Ticket für Luzie zu besorgen. Da online buchen nicht möglich war. Und es *postlagend* an sie zu schicken. Über das Postamt einer größeren Stadt, ein paar Kilometer weg vom heimischen Nest. Während ich – Luzie hatte mir alle nötigen Daten geliefert – eine »Erklärung« im Namen ihres Vaters schrieb (und ebenfalls an die anonyme Adresse sandte): *dass Tochter Luzie mit meiner ausdrücklichen Genehmigung nach Paris fahren darf.* Busfahrer und Grenzer könnten kontrollieren. Denn minderjährige Reisende brauchen die Erlaubnis eines Erziehungsberechtigten. Wir mussten uns auf jede Eventualität vorbereiten. Unterliefe uns ein Fehler, dann landeten wir beide unsanft: Luzie wäre dem Furor ihrer Eltern ausgeliefert und Vater T. würde mich wegen Urkundenfälschung vor Gericht zitieren. Und Mutter T. mich, laut Tochter, in Stücke schneiden.

An einem 23. März stand Luzie in der kleinen Gasse. Und alle Ängste verließen mich. Luzie war ein schönes Mädchen, scheu grinsend. Wie ich. Ich nahm ihre linke Hand und die Tasche und führte sie hinauf in den zweiten Stock meiner Wohnung. Und hinter der Tür, verborgen vor aller Augen, umarmten wir uns. Ich spürte ihr wild schlagendes Herz. Und meins. »Du bist nicht abgebrüht«, dachte ich, »wie beruhigend.« Und irgendwann lächelten wir triumphierend: Alles war gut gegangen. Wie doch tausend Lügen zum Glück einer Frau und eines Mannes beitragen können. Ja, es stimmt bis ans Ende aller Tage, was André Gide in seinen Tagebüchern notiert hatte: Du musst dich wehren gegen die in der Welt aufgestellten Verbotsschilder!

Okay, trotz aller *romance*, mit der die Götter uns gerade überhäuften, bat ich Luzie, mir ihren Personalausweis zu zeigen: um mich zu vergewissern, dass sie tatsächlich sechzehn war. Ich hatte mir geschworen, sie nicht einmal anzutupfen, wenn sie jünger gewesen wäre.

Als wir uns in dieser Nacht zum ersten Mal liebten, kam mir der seltsame Gedanke, dass ihr Körper noch schöner war als ihr Gesicht. Kann man das sagen? Kann ein Körper schöner sein als ein schönes Gesicht?

Auf jeden Fall war Luzie unbeschreiblich weiblich, samten weich und geschwungen, endlose 174 Zentimeter nur Wunder, so wunderlich vollendet, dass ich mich immer wieder einen Meter von ihr entfernen musste. Um sie anzuglotzen und den Zauber Frau auszuhalten.

In diesen Momenten fiel mir ein, dass ich – als ich anfing, als Reporter (auch) für *Playboy* Reportagen zu schreiben – meiner jeweiligen Freundin vorgeschlagen hatte, sich für das Männermagazin fotografieren zu lassen. Um für wenig Arbeit leichtes Geld zu verdienen. Und die einen waren angetan und die anderen nicht. Nein, natürlich kam Luzie dafür nicht infrage, aber zweifellos hätte sie es zum *Playmate des Monats* geschafft. So sinnbetäubend lag sie da.

Ich zögere meist, explizit Sex zu beschreiben. Zu groß die Gefahr, sich verbal zu vergreifen. Auf rätselhafte Weise, so scheint es, entzieht sich dieser intime Akt der Sprache. Selbst bei literarischen Großmeistern kann man formidable Abstürze nachlesen. Noch am ungefährlichsten lässt sich rüder Porno in Buchstaben übersetzen. Doch sobald sich zwei Körper in tausendundeine Bewegungen verzweigen, nebenbei tausendundeine Stimmungen und Düfte wahrnehmen, zuletzt ein Flair von grandioser Vieldeutigkeit um die beiden schwebt, sobald all das geschieht, soll der Schreiber den Mund halten. Oder, wenn es denn unbedingt sein muss, ein paar Andeutungen flüstern. Und dann still sein.

Luzie und ich benahmen uns wie vertraute Liebhaber. Es gab nichts, was ich ihr hätte nahebringen können. Sie wusste und gab alles. Diese Nähe empfand ich umso absurder, als ich mich – auch einmal 16-jährig – mit ihr verglich. Unhörbar für sie. Und mittendrin lachen musste, so aberwitzig war der Unterschied zwischen Luzie jetzt und mir damals: Ich war eine linkische Jungfrau gewesen, Lichtjahre noch weg vom warmen Atem einer Frau, in (fast) nichts eingeweiht, ja, war nur ein von feuchten Träumen getriebener Pinsel, dem selbst vor der »Sünde Masturbation« graute.

Dann kam der Schrecken, weit nach Mitternacht. Blitzschnell passierte es: Luzie und ich gerieten beim Liebesspiel in eine bestimmte Position und in derselben Sekunde stieß sie mich laut schreiend zurück. Keine »perverse« Stellung, nichts, wofür ein Paar Zeit braucht, um sich »das« zu trauen. Luzie stieß mich von sich, rasend, wie von einer Giftnatter gebissen. Und kauerte. Und schwieg. Und begann zu heulen.

Wir hatten drei Nächte und drei Tage und irgendwann – ich wartete und ließ nicht locker – fing das Mädchen zu erzählen an: von einem Mann, der sie missbraucht hatte. Als sie vierzehn war. Unberührt war. In dieser einen Stellung. Mit der Waffe in der Hand. Mit der Pistole an der Schläfe. Ein Restaurantbesitzer, bei dem sie am Wochenende immer gekellnert hatte. Eines Nachmittags, in der Küche, nachdem die letzten Gäste gegangen waren. Beinahe lautlos verstrichen die zwei, drei Minuten. Die sie stillhielt, versteinert in Todesangst und Schmerz und Fassungslosigkeit. Nur das Schnauben des Tiers hinter ihr.

Kaum war das Keuchen verstummt, lief Luzie nach Hause. Den Kopf voller Drohungen. Das Herz voller Wüste. Den Körper voller verhasster Spuren. Und sie schwieg. Wie so viele hinterher. Erniedrigt und überschwemmt von Schuldgefühlen. Und gejagt von dem Zwang, den entwürdigten Leib zu waschen. Monatelang.

Doch ihr Zustand war nicht zu übersehen. Die Mutter bohrte und eines Tages sagte Luzie aus. Und der Mann wurde verurteilt: zu skandalösen drei Jahren. Statt dreißig. Und noch skandalöser: wegen »guter Führung« schon nach 23 Monaten entlassen.

Es dauerte, bis ich Luzie dazu brachte, den Namen des Folterknechts preiszugeben. Ich holte den Mac ins Schlafzimmer und suchte ihn im Netz. Und da es sich um ein bekanntes Restaurant handelte, war er leicht zu finden. Auch auf Facebook. Mit Foto, strahlend vor einem Sportwagen stehend, in der Pose des Siegers. Nach (!) dem Zuchthaus. Und am skandalösesten: Nirgends, absolut nirgends, stand ein Wort über seine Untat.

Ich kniete mich vor Luzie hin und bat sie, den Schinder im *World Wide Web* bloßzustellen. Einfach ihre Geschichte zu veröffentlichen. Mit Ort und Datum. Und Richterspruch. Damit Herr B. weiß, dass jetzt andere Frauen wissen, dass er eine Frau vergewaltigt hat, nein, ein 14-jähriges Kind.

Nein, kategorisch Nein. Sie wolle »vergessen«. Den Gerichtssaal, die Aussagen, die detaillierte Darstellung dessen, was passiert war: Das war zehrend und qualvoll genug. Der Fall sei für sie »erledigt«. Im Gegenteil, ich müsse ihr versprechen, unwiderruflich und unverhandelbar versprechen, nie seinen Namen in der Öffentlichkeit – weder mündlich noch schriftlich – zu erwähnen. Zudem hätte sie Angst vor seiner Reaktion. Er wisse, wo sie wohne und wo sie zur Schule ginge. *Nein, bitte, versprich es mir!*

In dieser Nacht verstand ich den Hass der Mutter. Und konnte nicht einmal den Mut Luzies ahnen, sich – nach alledem – schutzlos auf die Reise nach Paris zu begeben. Ein unheimlicher Lebenswille musste sie treiben, eine unheimliche Neugier, etwas unfassbar Geheimnisvolles.

Ich hatte Juden interviewt, die nach drei überstandenen Konzentrationslagern in ein gelungenes Leben zurückfanden, und war Männern begegnet, die nach einer Schuldenkrise oder einer gescheiterten Ehe einen Selbstmordversuch unternahmen. Das eine Herz kann tausend Niederlagen tragen, das andere verglüht im ersten Feuer.

Es dauerte, bis ich mich wieder an Luzie heranwagte. Aber sie bestand darauf, sie forderte mich auf, nein, sie *musste* mich auffordern, ihren Körper zu umarmen. Und sie überhäufte mich mit einer Wärme und einer Warmherzigkeit, die ich nicht verdient hatte, und von der ich nicht wusste, warum Luzie sie an mich verschwendete.

Wie seltsam, aber ihre Freude an uns kühlte meine eigenen Wunden. Und wenn unsere Nähe ihr eine Ahnung davon vermittelte, wie versöhnlich Frau und Mann miteinander umgehen konnten, dann war ein Zustand erreicht, der inniger nicht werden konnte. Die Welt stimmte, die Temperatur, das komplizierte Spiel zwischen uns zwei. Die verwundbar waren. Und sich auslieferten.

Fünf Jahre lang. Und immer mussten wir uns neue Plots, neue Alibis, neue Szenarien ausdenken. Zuerst, weil Luzie nicht erwachsen war, und später, weil sie mit einem Mann lebte, der ihr Sicherheit gab, aber Luzie noch etwas anderes zum Existieren brauchte: Unsicherheit, Unordnung, Unruhe. Wie gewohnt störte mich der »feste Freund« nicht. Mich zum Alleinbesitzer einer Frau aufzuschwingen, das gelang mir schon seit geraumer Zeit nicht mehr. Im Gegenteil, ich war froh, dass sie jemanden getroffen hatte, der ihr ein Gefühl gab, zu dem ich außerstande war.

Luzie kam nach Paris, ich kam nach Deutschland, sie kam ins Hotel – wobei wir bisweilen beim Rezeptionisten bluffen mussten. Und in Hamburg hatten wir ein *safe house* bei (meinen) Freunden eingerichtet. Und Luzie zog nach Madrid zum Studieren, sie zog auf eine Insel, sie wurde nebenbei Fallschirmspringerin und irgendwie kam sie stets zurück auf die Erde. Und nicht weit davon trafen wir uns. Für eine oder zwei Nächte. Und immer pochte unser Herz, wenn wir uns umarmten. Die Ferne des anderen war der Garant für unsere Sehnsucht. Und die folgenden Stunden – so nannten wir es bombastisch – waren wir für den Weltfrieden unterwegs. Denn wer verbreitete mehr Eintracht als zwei, die sich umschlingen und bejahen?

Nein, der *Lolita-Komplex* jagte mich nicht. Gesetzte Herren, die nach Nymphen Ausschau halten und närrisch nach deren Pfeife tanzen, sind mir ein Gräuel. Ich erinnere mich an Stanley Kubricks Verfilmung von Nabokovs Roman. Und an die Tatsache, dass ich das Kino frühzeitig verlassen hatte. Da das Thema mich nicht interessierte, ja, befremdete. Nein, ich begehrte Luzie, weil sie längst Frau war, unglaublich reif in ihren Gedanken und ihrem Tun, ja, sie nicht wie 16, eher wie 26 auftrat, ja, sie ihre Klassenkameraden auslachte, die sie als infantil empfand, ja, sie über einen Fundus von Welt verfügte, einen inneren Reichtum, ein von unerhörten Erfahrungen und Erkenntnissen und Verwundungen randvolles Herz. Nicht ihre »Unschuld« (was immer das sein mag) bewunderte ich, sondern das Übermaß an Wirklichkeit, das bereits hinter ihr lag. Und ihren aggressiven Lebenshunger, mit dem sie stets mehr Leben einforderte.

Starke Frauen, ich wiederhole mich, beruhigen mich. Weil sie mich *nicht* an meine Mutter erinnern, deren Schwäche mich krank vor Wut machte. So ausbeutbar, so hilflos habe ich sie noch vor Augen.

Nie fand ich heraus, woher Luzie – kein Jota gläubig – die Kräfte zukamen: um diesem Mann und seinem Verbrechen standzuhalten. Standzuhalten in der Seele. Eben nicht Rache schwor und alle anderen ab diesem Tag zu hassen begann. Sie war ein unglaublich junger und unglaublich souveräner Mensch.

Und nie gelang mir, sie aufzuhetzen. Damit sie B. denunziere. Sie wusste wohl besser als ich, wie sie »damit« umgehen sollte: keine Dämonen wecken, nicht hineinstechen in die Glut, nicht rühren an etwas, das unheilbar tief in ihr verborgen lag.

Und jedes Mal, jede Nacht und jeden Tag, an denen wir uns begegneten, stellte ich mich – heimlich im Kopf und wieder halbwüchsig – neben sie. Und nahm Maß an ihr. Diesmal nicht als tumber Jüngling, der keinen Deut von Eros und Fleischeslust verstand, sondern als einer, der unser beider Weltwissen – wir zwei in diesen Momenten gleich jung, gleich blutjung – abwog. Und wieder musste ich lachen. Wunderbar befreiend lachen. So hochkantig verlor ich den Wettkampf, so hinreißend hell war sie. Schon als Mädchen, das gerade Frau wurde.

Mit der Geschichte von Luzie ist das Buch zu Ende. Ich könnte nicht dankbarer sein. Denn sie verschenkte das, was ich am leidenschaftlichsten an einer Frau preise: ihre Klugheit, die Schönheit, die – tapfer erinnere ich mich an das verschollene Wort: Herzensbildung. Nicht zu reden von den anderen Geschenken, ihrem Mumm, ihrem Suchen, ihrer Respektlosigkeit dem braven Leben gegenüber.

Luzie, so erfuhr ich vor nicht langer Zeit von ihr, will anfangen zu schreiben. Ich vermute, sie hat etwas zu erzählen.

KLEINES NACHWORT

Wenn Affen die Wahl haben zwischen jemandem, der ihnen etwas zu essen gibt, doch jede physische Nähe ablehnt, und jemandem, an dem sie sich festhalten können, der ihnen aber jede Nahrung vorenthält, dann entscheiden sie sich für den Letzteren. Lieber verhungern sie, als nicht berührt zu werden.

Das Tierexperiment passt wunderbar auf uns Menschlein. Wer nicht »gefühlt« wird, nicht ersehnt, niemandem hautnah sein darf, der wird, ob Kind oder Erwachsener, vor die Hunde gehen. Körperliche Vertrautheit – ob freundschaftlich oder sinnlich – muss sein. Sonst erfriert der Mensch.

Im Frühjahr 2015 lief in Paris der italienische Film *Il giovane favoloso*/Der fabelhafte junge Mann. Es geht um die Lebensgeschichte von Giacomo Leopardi, einem Dichter und Essayisten, der 1837 mit 39 Jahren an »Schwäche«, ja, Lebensschwäche – plus Asthma und Wassersucht – starb. In Neapel.

Das ist kein Film für Heulsusen. Mehrmals rannen mir die Tränen herunter beim Sehen und Hören der Geschichte dieses Italieners, der begnadet begabt Kunst und Sprache liebte. Sein Äußeres war wenig anmutig, er war eher klein, später bucklig, auch scheu. Und doch war er das, was man im Französischen – verwirrend zunächst – »une belle personne« nennt, wörtlich: eine schöne Person. Ein Ausdruck, der sich jedoch exklusiv auf das Innerste eines Menschen bezieht. Einer eben, der ein liebenswertes, nachsichtiges, überreiches Innenleben besaß. Wie Giacomo.

In einem Gespräch mit einem Freund wünschte er sich für seinen gebrechlichen Leib »Feuer und Enthusiasmus«: entfacht von einer Frau. Doch nicht *ein* Kuss gelang ihm, nicht einmal im Bordell, aus dem er verjagt wurde.

Schon möglich, dass er ein bisschen länger gelebt hätte, wenn sein Körper vom verspielten Duft einer *amante* gewärmt worden wäre, wenn eine ihn von Kopf bis Fuß geküsst, eine ihm eine Ahnung von Begehrtsein hätte spüren lassen. Leopardis »vita strozzata«, sein erdrosseltes Leben, ging in die Literaturgeschichte ein. Neununddreißig lange Jahre ohne eine Sekunde Eros, ohne das Blinzeln einer Verliebten am Morgen, ohne einen Seufzer wohliger Erschöpfung: Das ist ein unheimlicher Preis für den Weltruhm.

Der japanische Zenmeister Joshu Sasaki, der 2014 im zarten Alter von 107 Jahren starb, war ein hoch angesehener Lehrer. Und Ansporner. In Kalifornien, nicht weit von Los Angeles, hatte er einst das *Mount Baldy Zen Center* gegründet.

Erstaunlicherweise kamen irgendwann Gerüchte und später handfeste Anklagen von Frauen auf, von ehemaligen Schülerinnen, die ihn beschuldigten, sich unerlaubt an ihren Brüsten zu schaffen gemacht zu haben. Man sieht: Auch Herr Buddha ist keine Garantie dafür, dass aus Männern Gentlemen werden. Trotzdem, jenseits der dreisten Übergriffe klangen Sasaki-sans Erklärungen – den ersehnten Damen gegenüber – geradezu witzig, ja, aberwitzig: Er müsse ihre Brust in seiner Hand fühlen, damit sie, die Schönbusigen, schneller und tiefer in Meditation versänken, und – noch abersinniger: damit er, der Ums-Haar-Erleuchtete, *non-attachment* – totale Ablösung von allen Wünschen – üben könne.

Ist das nicht bewegend, jenseits aller Moral, was sich Männer an Hokuspokus einfallen lassen, um an die Schatztruhe Frau heranzukommen? Das Beispiel zeigt, dass kein Kraut gewachsen ist und kein Trick je gefunden wurde, auch kein Gott, kein Gebet, kein Fluch, kein Einsamsitzen und Kasteien, auch keine Krankheit und kein Kränklichsein: um dem Sirenengeheul von Schönheit zu entkommen. So wäre die Kehrseite der Medaille: Wer als Schatzsucher – auf elegante Weise, bitte – nicht ans Ziel gelangt, der verkümmert. Siehe Giacomo L. Oder muss an den Pranger. Siehe Joshu S.

Ich kam ans Ziel. Oft, da oft vom Glück beflügelt. Auch gesichert: Der große Liebende wurde nicht aus mir. Der mit den Augen nur für die Eine. Der stets unversuchbar blieb. Der nur zur Einzigen wollte. Ich erinnere mich an Samantha, die mich eines Tages genervt wissen ließ: »Ich suchte nach einem Kerl als Helden und was bekam ich? Einen Weiberhelden!« Sie meinte den Kalauer ernst und ich musste grinsen. Okay, dann eben ein Weiberheld. Es gab gewiss Helden, die noch tiefer sinken konnten.

Über die Liebe habe ich nichts zu sagen. Auch nicht zuletzt. Sie überfordert mich. Die einschlägigen Bücher, die ich las, fand ich ungemein verhirnt, wahrscheinlich von Männern ausgedacht, die sich dabei – Stichwort Liebe – ähnlich verschreckt aufführten wie ich. Mit mehr Enthusiasmus las ich *The Peanuts* von Übergenie Charles M. Schulz. Wobei Charlie Brown die besten Sätze zum Thema lieferte und ich den allerbesten hier jetzt reinkopiere: »Liebe ist jemandem ein Schokoladeneis kaufen.« Jede Frau, die mir eins überreichte, habe ich geliebt. Bestimmt den ganzen schönen Augenblick lang.

Nein, ich bin nicht sündenstolz und mein schlechtes Gewissen drückt mich nur leicht. Die Dinge sind, wie sie sind. Nietzsche notierte einmal: »Wer das verlor, was du verlorst, macht nirgends Halt.« Das ist eine brutal pathetische Aussage, aber jeder, der so jung unter die Räder kam, liest sie mit Interesse.

Den Frauen, die heute mit eher betrübtem Gesicht an mich denken, rufe ich unbekümmert zu: *Hätte doch schlimmer sein können!* Wie ein Bericht im SZ-Magazin – Oktober

2013, *nicht*: Mittelalter 1013 – beweist. Auf mehreren Seiten wurden per wörtlichem Zitat Prominente vorgestellt, denen allen gemeinsam war, dass sie genau wussten, welche Aufgabe der Frau – Gattin oder Freundin – in ihrem Männerleben zukommt: ihren Rücken, ihren Männerrücken, freizuhalten! Von deutschen Politiker-Spießern über Fußball-Spießer und TV-Talk-Spießer bis zu Hollywoodstar-Spießern sind sich alle einig: des Weibes edelste Bestimmung ist es, der Schöpfung edelsten Rücken freizuhalten. Damit sich die Krone des Homo sapiens den höheren Anforderungen eines Menschenlebens widmen kann. Rückenfrei!

Das Wenige, das ich von Frauen verstanden habe, weiß: Nijet. Ich verkrafte keine Untertaninnen. Auch brauche ich keine Hausmagd. Zudem mag ich es lieber, wenn Frauen nicht hinter, sondern neben mir stehen. Oder liegen (wir beide seitwärts, bitte!). Dann sind wir auf Augenhöhe, dann können wir besser miteinander schmusen, besser plaudern, ja, uns besser – gegenseitig! – den Rücken streicheln. Ich mag die Ebenbürtigen, die es wie selbstverständlich mit mir aufnehmen.

Ach, der herrliche B. B. King ist von uns gegangen. Eines seiner vielen, vielen Geschenke an die Menschheit ist sein Blueslied »The Thrill is Gone«. Weil sein Girl, sein *Baby*, davonging.

Sollte mich irgendjemand irgendwann fragen, was Frauen in meinem Leben bedeuten – ganz zuerst, on top –, dann fiele mir sofort dieses schöne englische Wort ein: *thrill*. Ich würde es rauf- und runtersingen, in allen Farben, zu welcher Zeit auch immer, auf jedem Fleck der Erde.

Im Land, in dem alle Täter und Opfer sind

*Cover- und Preisänderungen vorbehalten

Andreas Altmann

Verdammtes Land

Eine Reise durch Palästina

Piper Taschenbuch, 304 Seiten
€ 11,00 [D], € 11,40 [A]*
ISBN 978-3-492-30717-8

Das »Heilige Land« – in Wirklichkeit ist es ein verdammtes Land, verdammt zum Unfrieden, zu Gewalt und Hoffnungslosigkeit. Andreas Altmann spricht in Palästina mit Juden, Muslimen und Christen, versucht zu verstehen, was sie bewegt und woher der Hass kommt, der das Leben dort bestimmt. Er bereist die Städte und Dörfer mit offenen Augen, vorurteilslos, neugierig, auf der Suche nach den besonderen Geschichten, die ihm und uns den Schlüssel in die Hand geben zum Verständnis Palästinas.

PIPER

Leseproben, E-Books und mehr unter www.piper.de